DESTINADA

The House of Night
Livro
9

1ª reimpressão – agosto/2012

P.C. Cast e Kristin Cast

DESTINADA

The House of Night
Livro
9

Tradução
Alessandra Kormann

novo século®

São Paulo 2012

COORDENADORA EDITORIAL Carolina Ferraz
DIAGRAMAÇÃO Carlos Eduardo Gomes
CAPA Genildo Santana - Lumiar Design
TRADUÇÃO Alessandra Kormann
REVISÃO Equipe Novo Século

TEXTO DE ACORDO COM AS NORMAS DO NOVO ACORDO ORTOGRÁFICO DA LÍNGUA PORTUGUESA (DECRETO LEGISLATIVO Nº 54, DE 1995)

DADOS INTERNACIONAIS DE CATALOGAÇÃO NA PUBLICAÇÃO (CIP)
(Câmara Brasileira do Livro, SP, Brasil)

Cast, P. C.

Destinada / P. C. Cast, Kristin Cast ; [traduzido por Alessandra Kormann]. -- Barueri, SP : Novo Século Editora, 2012. -- (Série house of night)
Título original: Destined.
1. Ficção norte-americana I. Cast, Kristin. II. Título. III. Série.

12-00107 CDD-813

Índices para catálogo sistemático:
1. Ficção : Literatura norte-americana 813

2012
IMPRESSO NO BRASIL
PRINTED IN BRAZIL
DIREITOS CEDIDOS PARA ESTA EDIÇÃO À
NOVO SÉCULO EDITORA LTDA.
CEA - Centro Empresarial Araguaia II
Alameda Araguaia 2190 - 11º Andar
Bloco A - Conjunto 1111
CEP 06455-000 - Alphaville - SP
Tel. (11) 2321-5080 - Fax (11) 2321-5099
www.novoseculo.com.br
atendimento@novoseculo.com.br

Esta é uma obra de ficção. Todos os personagens,
organizações e fatos descritos neste romance são
produto da imaginação das autoras.

Para Allie Jensen, com amor e gratidão.
Nossa magia funciona porque você é mágica!

AGRADECIMENTOS

Obrigada à nossa fabulosa família da St. Martin's Press. Nós amamos nossa editora!

Como sempre, queremos agradecer à nossa agente e amiga Meredith Bernstein, sem a qual a série *The House of Night* não existiria.

Nós também agradecemos a equipe de Will Rogers High School pelo modo como eles foram legais em nos deixar perambular pelo seu prédio incrível e transformá-lo em ficção (não, nenhuma parte do maravilhoso edifício art déco foi de fato danificada enquanto escrevíamos este livro!).

E, por falar em incrível e maravilhoso, um obrigada gigante ao povo da nossa cidade natal. Nós amamos o apoio de Tulsa à *The House of Night*. Estes caras são particularmente incríveis e fora de série: o hotel The Ambassador e o restaurante Chalkboard, a joalheria Moody's Fine, o Starbucks da Utica Square, a Miss Jackson's, The Dolphin, o restaurante The Wild Fork, a Little Black Dress, os museus Gilcrease e Philbrook e os Street Cats. E obrigada aos nossos fãs dedicados e maravilhosos que têm vindo à Tulsa em viagens inspiradas por *The House of Night*. Nossos fãs são demais!

E por último, mas não menos importante de jeito nenhum: Obrigada, Josh! Pelos Okieisims, mas principalmente por segurar as rédeas.

Prólogo

Zoey

Acho que minha mãe está morta.

Testei as palavras na minha mente. Elas pareceram erradas, estranhas, como se eu estivesse tentando compreender o mundo virando de cabeça para baixo ou como se o sol estivesse nascendo no oeste.

Dei um suspiro profundo e soluçante e virei de lado para pegar outro lenço de papel na caixa que estava no chão ao lado da cama.

Stark resmungou, franziu a testa e se remexeu inquieto.

Devagar e cuidadosamente, saí da cama, peguei o enorme blusão de Stark no lugar onde ele o tinha jogado, coloquei-o e me encolhi no pufe que ficava perto da parede do nosso pequeno quarto nos túneis.

O pufe fez aquele barulho de piscina de bolinhas de festa de criança, e Stark franziu a testa e murmurou algo novamente. Eu assoei meu nariz. Em silêncio. *Pare de chorar, pare de chorar, pare de chorar! Isso não vai ajudar. Isso não vai trazer Mamãe de volta.* Pisquei algumas vezes e limpei meu nariz outra vez. *Talvez tenha sido só um sonho.* Mas, no momento em que pensei nisso, meu coração já sabia a verdade. Nyx tinha me desviado dos meus sonhos para me mostrar uma visão de Mamãe entrando no Mundo do Além. Isso significava que Mamãe tinha morrido. *Mamãe disse para Nyx que ela sentia muito por me decepcionar,* eu lembrei a mim mesma, enquanto lágrimas escorriam pelas minhas bochechas de novo.

– Ela disse que me amava – suspirei.

Eu quase não tinha feito nenhum barulho, mas Stark se agitou todo irrequieto e murmurou: – Pare!

Fechei meus lábios, apesar de saber que não era o meu suspiro que estava atrapalhando o sono dele. Stark era meu guerreiro, meu Guardião e meu namorado. Não, namorado é uma palavra simples demais. Existe uma ligação entre mim e Stark mais profunda do que namoro, sexo e todas as coisas que fazem parte de relacionamentos normais. Era por isso que ele estava tão inquieto. Ele podia sentir minha tristeza – até nos seus sonhos, ele sabia que eu estava chorando, magoada, com medo e...

Stark tirou o cobertor de cima do seu peito e eu percebi que seu punho estava cerrado. Olhei atentamente para o rosto dele. Ele ainda estava dormindo, mas sua testa estava franzida e cheia de rugas.

Fechei os olhos e inspirei profundamente para me equilibrar.

– Espírito – suspirei. – Por favor, venha para mim – instantaneamente, senti o elemento roçar minha pele. – Ajude-me. Não, na verdade, ajude Stark, protegendo-o da minha tristeza – *e talvez*, acrescentei mentalmente, *você possa me proteger da minha própria tristeza também. Mesmo que seja só por um tempinho.* Inspirei profundamente outra vez, enquanto o espírito se moveu dentro e em volta de mim, girando sobre a cama. Ao abrir os olhos, consegui ver uma agitação no ar envolvendo Stark. Sua pele parecia brilhar enquanto o elemento se acomodava sobre ele como um manto diáfano. Senti-me aquecida e dei uma olhadinha para os meus braços, e percebi o mesmo brilho suave repousando sobre a minha pele. Stark soltou um longo suspiro junto comigo enquanto o espírito operava uma magia reconfortante, e pela primeira vez em horas senti uma pequena parte da minha tristeza ir embora.

– Obrigada, espírito – sussurrei e cruzei meus braços, abraçando-me com força. Envolvida pelo toque suave do elemento ao qual eu me sentia mais próxima, senti-me um pouco sonolenta. Foi então que um tipo diferente de calor penetrou em minha consciência. Devagar, sem querer perturbar o feitiço de conforto que o elemento estava fazendo, soltei meus braços e toquei meu peito.

Por que a minha pedra da vidência está quente? A pedra pequena e redonda estava pendurada na minha corrente de prata, pousada entre os meus seios. Eu não a havia tirado desde que Sgiach me presenteara com ela antes de eu partir da linda e mágica Ilha de Skye.

Pensativamente, tirei a pedra de baixo do blusão, correndo meus dedos por sua superfície lisa de mármore. Ela ainda me lembrava uma pastilha Life Safer de coco, mas o mármore de Skye cintilava com uma luz sobrenatural, como se o elemento que eu invocara tivesse feito a pedra ficar viva – como se o calor que eu sentia fosse porque ela pulsava com vida própria.

A voz da rainha Sgiach ecoou na minha memória: *Uma pedra da vidência está em sintonia apenas com a mais antiga das magias: o tipo que eu protejo na minha ilha. Eu a estou presenteando com uma pedra da vidência para que você possa, de fato, reconhecer a Antiga Magia, se ela ainda existir no mundo exterior.*

Enquanto essas palavras se repetiam na minha mente, a pedra se virou devagar, quase preguiçosamente. O buraco no seu centro parecia um minitelescópio. Quando ela se virou, eu pude ver Stark iluminado através do buraco, e meu mundo se alterou também, estreitando-se, e então tudo mudou.

Talvez porque o espírito estivesse tão perto de mim naquele momento, o que eu vi não foi nada parecido com a alucinante primeira vez em que eu havia olhado através da pedra em Skye e acabara desmaiando.

Mas isso não significa que tenha sido nem um pouco menos perturbador.

Stark estava lá, deitado de costas, com a maior parte do seu peito nu. O brilho do espírito tinha desaparecido. No seu lugar, eu vi outra imagem. Era mal definida, no entanto, e eu não consegui perceber suas feições. Era como a sombra de alguém. O braço de Stark se contraiu e sua mão se abriu. A mão da sombra se abriu também. Enquanto eu olhava, a espada do Guardião – a enorme e longa espada que tinha vindo até Stark no Mundo do Além – tomou forma na mão de Stark. Eu arfei surpresa, e o guerreiro-fantasma virou sua cabeça na minha direção e fechou sua mão em volta da espada.

No mesmo instante, a espada se alterou e se transformou em uma longa lança negra – perigosa, letal e manchada de sangue, ela parecia familiar demais para mim. Pontadas de medo me atravessaram.

– Não! – eu gritei. – Espírito, fortaleça Stark! Faça essa coisa ir embora! – com um barulho parecido com o bater de asas de um pássaro gigante, o espectro desapareceu, a pedra da vidência ficou fria e Stark se sentou, franzindo a testa para mim.

– O que você está fazendo aí? – ele esfregou seus olhos. – Por que você está fazendo tanto barulho?

Abri minha boca para tentar explicar a coisa bizarra que eu tinha acabado de ver, quando ele deu um suspirou profundo e se deitou de novo, abrindo as cobertas e me chamando sonolentamente.

– Vem aqui. Eu não consigo dormir se você não estiver de conchinha comigo. E eu realmente preciso dormir um pouco.

– Eu também – eu disse. E, com as pernas bambas, fui rápido em direção a ele e me encostei do seu lado, com a cabeça sobre o seu ombro. – Ei, ahn, acabou de acontecer uma coisa estranha – comecei, mas, quando eu levantei a cabeça para olhar nos olhos dele, os lábios de Stark encontraram os meus. A surpresa não durou muito, e aos poucos eu comecei a beijá-lo também. Era bom, tão bom estar perto dele. Seus braços me envolveram. Pressionei meu corpo contra o dele, enquanto os seus lábios seguiam a curva do meu pescoço. – Pensei que você tinha dito que precisava dormir – minha voz soou ofegante.

– Eu preciso mais de você – ele respondeu.

– É, eu também – eu disse.

Então, nos entregamos um ao outro. O toque de Stark afugentou a morte, o desespero e o medo. Juntos, lembramos um ao outro sobre a vida, o amor e a felicidade. Depois de tudo, finalmente dormimos, e a pedra da vidência repousou fria e esquecida sobre os meus seios entre nós dois.

1

Aurox

A carne do humano era macia, suculenta.

Foi uma surpresa o fato de ter sido tão fácil destruí-lo e fazer o seu coração fraco parar de bater.

– Leve-me para o norte de Tulsa. Eu quero sair à noite – ela disse. Foi com essa ordem que a noite deles começou.

– Sim, Deusa – ele respondera instantaneamente, saindo cheio de vida do canto da varanda no topo do prédio no qual ele tinha sido feito.

– Não me chame de Deusa. Chame-me... – ela parecera contemplativa. – Sacerdotisa – seus lábios carnudos, rubros e brilhantes se curvaram em um sorriso. – Acho que é melhor se todo mundo me chamar simplesmente de Sacerdotisa, pelo menos por um breve período.

Aurox cruzou sua mão em punho sobre o peito, fazendo um gesto que ele instintivamente sabia ser de um tempo antigo, embora, de algum modo, achasse aquilo estranho e forçado.

– Sim, Sacerdotisa.

A Sacerdotisa passara rápido por ele, gesticulando imperiosamente para que ele a seguisse.

E ele a seguira.

Ele havia sido criado para segui-la. Para receber suas ordens. Para obedecer aos seus comandos.

Então, entraram em uma coisa que a Sacerdotisa chamara de *carro*, e o mundo voara. A Sacerdotisa ordenou que ele entendesse o funcionamento daquilo.

Ele observara e aprendera, como ela tinha mandado.

Pararam e saíram do carro.

A rua tinha um cheiro de morte, podridão, depravação e imundície.

– Sacerdotisa, este lugar não...

– Proteja-me! – ela respondeu rispidamente. – Mas não seja *protetor*! Eu sempre vou aonde quero, quando quero e faço exatamente o que quero. É o seu trabalho, ou melhor, o seu propósito, derrotar os meus inimigos. E criar inimigos é o meu destino. Observe. Reaja quando eu ordenar que você me proteja. Isso é tudo o que eu exijo de você.

– Sim, Sacerdotisa – ele disse.

O mundo moderno era um lugar confuso. Tantos sons inconstantes. Tanta coisa que ele não conhecia. Ele faria como a Sacerdotisa ordenara. Ele iria cumprir o propósito para o qual fora criado e...

Um homem deu um passo para a frente, bloqueando o caminho da Sacerdotisa.

– Você é bonita demais para estar aqui neste beco tão tarde só com um garoto para te acompanhar – os olhos dele se arregalaram quando ele viu as tatuagens da Sacerdotisa. – Então, vampira, você deu uma parada aqui para usar esse garoto como um lanchinho, é? Que tal você me dar essa bolsa e então eu e você vamos falar sobre como é estar com um homem de verdade, hein?

A Sacerdotisa suspirou e pareceu entediada.

– Você está errado em ambas as suposições: eu não sou simplesmente uma vampira e ele não é um garoto.

– Ei, o que você quer dizer com isso?

A Sacerdotisa ignorou o homem e olhou por sobre o ombro para Aurox.

– Agora você deve me proteger. Mostre-me que tipo de arma eu comando.

Ele a obedeceu sem pestanejar. Aurox se aproximou do homem sem hesitar. Com um movimento rápido, Aurox cravou seus polegares nos olhos arregalados do homem, o que fez a gritaria começar.

O pavor do homem o inundou, alimentando-o. Tão simplesmente quanto respirar, Aurox inalou a dor que ele estava causando. O poder do medo do homem se dilatou dentro dele, latejando quente e frio. Aurox sentiu suas mãos se endurecendo, mudando, tornando-se algo mais. O que eram dedos normais viraram garras. Ele as puxou dos olhos do homem quando o sangue começou a vazar dos ouvidos dele. Com o poder emprestado da dor e do medo, Aurox levantou o homem, e o arremessou com força contra o muro do prédio mais próximo.

O homem berrou de novo.

Que excitação maravilhosa e terrível! Aurox sentiu mais ondulações de transformações pelo seu corpo. Meros pés humanos tornaram-se patas de diabo. Os músculos de suas pernas se engrossaram. Seu peito inchou e rasgou a camiseta que ele estava usando. E o melhor de tudo, Aurox sentiu os chifres grossos e mortais que cresceram na sua testa.

No momento em que três amigos do homem correram para o beco para ajudá-lo, ele tinha parado de gritar.

Aurox deixou o homem na sujeira e se virou para se colocar entre a Sacerdotisa e aqueles que acreditavam que poderiam causar algum mal a ela.

– Que merda é essa? – o primeiro homem chegou correndo e parou de repente.

– Nunca vi nada parecido com isso – disse o segundo homem.

Aurox já estava absorvendo o medo que começava a irradiar deles. Sua pele pulsava com aquele fogo frio.

– Aquilo são chifres? Ah, merda, não! Tô fora! – o terceiro homem se virou e correu por onde tinha vindo. Os outros dois começaram a se afastar devagar, com os olhos arregalados, em choque e olhando fixamente.

Aurox se virou para a Sacerdotisa.

– Qual é a sua ordem? – em alguma parte distante da sua mente, ele ficou surpreso com o som da sua voz, em como ela tinha ficado tão gutural, tão bestial.

– A dor deles deixa você mais forte – a Sacerdotisa pareceu satisfeita. – E diferente, mais feroz – ela olhou para os dois homens em retirada e o seu carnudo lábio superior se levantou em um riso de escárnio. – Não é interessante? Mate-os.

Aurox se moveu tão rapidamente que o homem mais próximo não teve nenhuma chance de escapar. Ele espetou o peito do homem com seus chifres e o levantou, fazendo ele se debater, berrar e sujar as próprias calças de medo.

Isso deixou Aurox ainda mais poderoso.

Com uma forte sacudida de cabeça, o homem espetado voou para a parede e depois para o chão, encolhido e silencioso, ao lado do primeiro homem.

O outro homem não fugiu. Em vez disso, ele pegou uma faca longa e de aparência perigosa e arremeteu contra Aurox.

Aurox fez uma finta para o lado e então, quando o homem se desequilibrou, ele pisou com força com sua pata sobre o pé dele, rasgando o seu rosto enquanto o homem caía para a frente.

Com a respiração ofegante, Aurox olhou os corpos dos seus inimigos derrotados. Ele se voltou para a Sacerdotisa.

– Muito bem – ela disse sem emoção na voz. – Vamos sair deste lugar antes que as autoridades apareçam.

Aurox a seguiu. Ele andou pesadamente, suas patas escavavam sulcos no beco sujo. Fechou suas garras em punho ao seu lado, enquanto tentava compreender a tempestade emocional que fluía pelo seu corpo, levando com ela o poder que havia alimentado o seu frenesi de combate.

Fraco. Ele se sentia fraco. E mais. Havia algo mais.

– O que é? – ela perguntou de modo ríspido quando ele hesitou antes de entrar no carro de novo.

Ele balançou a cabeça.

– Não sei. Eu me sinto...

Ela gargalhou.

– Você não sente absolutamente nada. Você obviamente está pensando demais nisso. Minha faca não sente. Meu revólver não sente. Você é minha arma; você mata. Lide com isso.

– Sim, Sacerdotisa – Aurox entrou no carro e deixou o mundo ficar para trás em ritmo acelerado. *Eu não penso. Eu não sinto. Eu sou uma arma.*

Aurox

– Por que você está parado aqui olhando para mim? – a Sacerdotisa perguntou a ele, encarando-o com seus gélidos olhos verdes.

– Eu aguardo as suas ordens, Sacerdotisa – ele respondeu automaticamente, pensando em como era possível que ele a tivesse desagradado. Eles tinham acabado de voltar para a cobertura no alto do majestoso edifício chamado Mayo. Aurox havia andado até a varanda e simplesmente ficara ali parado, em silêncio, olhando para a Sacerdotisa.

Ela expirou o ar com força.

– Eu não tenho nenhuma ordem para você neste momento. E você precisa ficar sempre me encarando?

Aurox olhou para longe, focando nas luzes da cidade e em como elas brilhavam de modo atraente contra o céu da noite.

– Eu aguardo suas ordens, Sacerdotisa – ele repetiu.

– Ah, por todos os deuses! Quem iria imaginar que o Receptáculo criado para mim seria tão idiota quanto bonito?

Aurox sentiu a mudança na atmosfera antes que as Trevas se materializassem da fumaça, da sombra e da noite.

– Idiota, bonito e mortal...

A voz ressoou na sua cabeça. O enorme touro branco tomou forma diante dele. Seu hálito era fétido, ainda que doce. Seu olhar era horrível e maravilhoso ao mesmo tempo. Ele era mistério, magia e caos juntos.

Aurox se ajoelhou na frente da criatura.

– Levante-se e vá lá para trás... – ela balançou a mão, dispensando-o com um gesto em direção às sombras do canto mais distante da varanda.

– Não, prefiro que ele fique. Eu tenho prazer em observar minhas criações.

Aurox não sabia o que dizer. Essa criatura comandava a sua atenção, mas a Sacerdotisa comandava o seu corpo.

– Criações? – a Sacerdotisa colocou uma ênfase especial no final da palavra enquanto ela se movia languidamente em direção ao touro corpulento. – Você sempre cria presentes como esse para os seus seguidores?

A risada do touro foi terrível, mas Aurox percebeu que a Sacerdotisa não se sobressaltou nem um pouco – em vez disso, ela parecia ser atraída cada vez mais para perto do animal gigantesco enquanto ele falava.

– Que interessante! Você está mesmo me questionando. Você está com ciúmes, minha cara impiedosa?

A Sacerdotisa acariciou os chifres do touro.

– Tenho motivos para estar?

O touro a acariciou com o seu focinho. Onde ele tocou a Sacerdotisa, a seda do vestido dela se enrugou, expondo a carne macia e nua que estava por baixo.

– Diga-me, qual você acha que é o propósito do meu presente a você? – o touro respondeu à pergunta da Sacerdotisa com outra pergunta.

A Sacerdotisa piscou e balançou a cabeça, como se estivesse confusa. Então o olhar dela encontrou Aurox, ainda ajoelhado.

– Meu mestre, o propósito dele é proteção, e eu estou pronta para fazer o que você ordenar para agradecer.

– Eu vou aceitar suas deliciosas oferendas, mas eu devo explicar que Aurox não é só uma arma de proteção. Aurox tem um propósito, que é criar o caos.

A Sacerdotisa inspirou profundamente, em choque.

– Verdade? – ela perguntou com uma voz suave e reverente. – Através dessa única criatura eu posso comandar o caos?

Os olhos brancos do touro pareciam a lua se pondo.

– Verdade. Ele é, de fato, uma única criatura, mas seu poder é vasto. Ele tem a capacidade de deixar o desastre no seu rastro. Ele é o Receptáculo,

que é a manifestação dos seus sonhos mais profundos, e eles não são o mais completo e absoluto caos?

– Sim, ah, sim – a Sacerdotisa suspirou as palavras. Ela se inclinou contra o pescoço do touro, acariciando seu dorso.

– *Ah, e o que você vai fazer com o caos agora que ele está sob o seu comando? Você vai botar abaixo as cidades dos humanos e governar como rainha vampira?*

O sorriso da Sacerdotisa era bonito e horrível.

– Rainha não. Deusa.

– *Deusa? Mas já há uma Deusa dos vampiros. Você sabe muito bem disso. Você já esteve a serviço dela.*

– Você quer dizer Nyx? A Deusa que permite que seus subordinados façam escolhas e tenham vontade própria? A Deusa que não intercede porque acredita com tanta força no mito do livre-arbítrio?

Aurox achou que podia ouvir um sorriso na voz da besta e ficou imaginando como isso era possível.

– *Sim, eu me refiro a Nyx, Deusa dos vampiros e da noite. Você usaria o caos para desafiá-la?*

– Não. Eu usaria o caos para derrotá-la. E se o caos ameaçar a estrutura do mundo? Nyx não iria intervir e desafiar suas próprias regras para salvar seus filhos? E fazendo isso a Deusa não iria rescindir a sua lei que concede livre-arbítrio aos humanos e trair a si mesma? O que acontecerá então ao seu divino reinado se Nyx mudar o que ele está destinado a ser?

– *Eu não posso dizer, já que isso nunca aconteceu antes* – o touro bufou como se estivesse se divertindo. – *Mas é uma questão surpreendentemente interessante, e você sabe o quanto eu gosto de ser surpreendido.*

– Eu apenas espero poder continuar a surpreendê-lo muitas e muitas vezes, meu mestre.

– *Apenas é uma palavra tão pequena...* – o touro disse.

Aurox continuou ajoelhado na varanda muito tempo depois de a Sacerdotisa e o touro terem partido, deixando-o de lado e esquecido. Ele ficou onde havia sido deixado, encarando o céu.

2

Zoey

– Um micro-ônibus escolar? Sério? – tudo o que eu podia fazer era balançar a cabeça e olhar para aquela coisa amarela e atarracada com letras pretas recém-pintadas nas laterais, onde se lia Morada da Noite. – Quero dizer, legal que o meu telefonema para Thanatos funcionou tão rápido e que a gente conseguiu permissão para voltar à escola, mas um micro-ônibus escolar?

– Gêmea! Eles mandaram o micro-ônibus dos retardados[1] para a gente! – Erin disse, dando risadinhas.

– Gêmea, isso é muito maldoso – Shaunee falou.

– Eu sei, Gêmea. Não acredito que Neferet seja tão maldosa a ponto de enviar o micro-ônibus dos retardados para a gente – Erin continuou.

– Não, eu não quero dizer que Neferet é maldosa. Quero dizer que é maldoso dizer retardados – Shaunee explicou, revirando os olhos para a sua gêmea.

– Acho que Shaunee está correta e vocês deveriam pensar em expandir o seu vocabulário. Vocês estão usando maldoso muitas vezes, é redundante – Damien afirmou.

Shaunee, Erin, Stevie Rae, Rephaim e eu encaramos Damien. Eu sabia que todos nós estávamos pensando que era ótimo ouvi-lo obcecado por vocabulário de novo. Mas nós não queríamos dizer nada, pois

1 Nos Estados Unidos, um micro-ônibus menor que o ônibus escolar normal é usado para transportar deficientes e alunos com problemas de comportamento. Na gíria politicamente incorreta, é chamado de *retard bus.* (N.T.)

estávamos todos com medo de que ele pudesse explodir em lágrimas e se afundar novamente na depressão que o assombrava desde a morte de Jack.

Aphrodite e Darius escolheram aquele momento para emergir do porão da estação e, como sempre, Aphrodite atravessou a ponte entre a decência e o desastre invocando a sua única regra verdadeira e experimentada: importe-se com as Aparências.

– Ah, que merda. Eu não vou entrar nisso. O micro-ônibus é para os retardados – Aphrodite falou, bufando e jogando os cabelos.

– Ei, pessoal, não é tão ruim assim. Quero dizer, está na cara que é um ônibus novo. Olhem só as letras fresquinhas de Morada da Noite – Stevie Rae observou.

– Poderia muito bem estar escrito suicídio social ali – Aphrodite retrucou, franzindo a testa para Stevie Rae.

– Não vou deixar você cortar o meu barato. Eu gosto da escola – Stevie Rae disse. Ela deu um passo e subiu no ônibus, sorrindo para o guerreiro Filho de Erebus que havia aberto a porta para ela com uma cara séria.

– Sacerdotisa – ele a saudou sombriamente com um aceno de cabeça e então, ignorando totalmente o nosso próprio guerreiro Filho de Erebus, Darius, ele olhou para mim. Com um cumprimento de cabeça ainda mais rápido, ele disse: – Zoey, eu devo comunicar você e Stevie Rae sobre a Reunião do Conselho da escola, que vai se reunir em trinta minutos. Vocês duas devem comparecer.

– Certo. Stark está avisando a todos que você está aqui, então poderemos partir em um segundo – eu disse sorrindo para ele, como se o seu rosto não parecesse uma nuvem de tempestade.

– Ei, pessoal, ainda tem cheirinho de novo aqui dentro – Stevie Rae gritou. Eu podia ver seus cachinhos loiros e curtos balançando enquanto ela admirava o interior do veículo. Então ela saiu de novo saltando alguns degraus para pegar a mão de Rephaim e sorrir para ele. – Você quer se sentar no banco de trás comigo? Tem bastante molejo!

– É sério – Aphrodite falou. – Esse micro-ônibus é perfeito para você; você é uma retardada. E eu odeio ser aquela que vai revelar isso a você... ah, espere, isso é mentira; eu não odeio não... mas mesmo que o Conselho Supremo dos Vampiros tivesse pressionado Neferet, forçando-a a nos levar de volta para a Morada da Noite, o menino-pássaro ainda não é bem-vindo lá. Você esqueceu, no êxtase do que quer que vocês dois andaram fazendo durante os poucos segundos entre o pôr do sol e agora, que ele era um pássaro?

Eu vi Stevie Rae apertar com mais força a mão de Rephaim.

– Vou ter que te informar que passaram mais de poucos segundos desde o pôr do sol, que não é da tua conta o que a gente andou fazendo e que Rephaim vai para a escola. Assim como todos nós.

Aphrodite levantou as suas sobrancelhas loiras.

– Você não está brincando, está?

– Não – Stevie Rae disse com firmeza. – E você deveria entender isso mais do que qualquer um.

– Eu? Entender? De que merda você está falando?

– Você não é uma novata, nem vermelha nem normal. Você não é vampira. Talvez você não seja nem humana.

– Porque ela é uma bruxa – eu ouvi Shaunee sussurrar.

– Do inferno – Erin sussurrou de volta.

Aphrodite franziu os olhos para as gêmeas, mas Stevie Rae ainda não tinha acabado.

– Assim como Rephaim, você é algo que não é muito normal, mas Nyx deu a sua benção a você, mesmo que ninguém no mundo entenda por que ela fez isso. Seja como for, você vai para a escola. Eu vou para a escola. E Rephaim também vai. Fim.

– O que Stevie Rae disse faz sentido – Stark falou enquanto se juntava a nós no estacionamento da estação, com o resto dos novatos vermelhos seguindo atrás dele. – Neferet não vai gostar disso, mas Nyx perdoou e abençoou Rephaim.

– Na frente da escola inteira – Stevie Rae acrescentou rapidamente.

– Eles sabem disso – Rephaim murmurou para Stevie Rae. Então ele desviou os olhos para nós, finalmente focando em mim. – O que você acha? – ele me surpreendeu ao perguntar. – Eu devo tentar ir para a Morada da Noite ou isso iria apenas causar problemas sem razão?

Todos olharam embasbacados para mim. Com uma rápida olhada para o rosto inflexível do guerreiro Filho de Erebus no ônibus, eu falei:

– Ahn, vocês não querem ir entrando? Eu preciso falar com o meu... ahn... – parei de falar e fiz um gesto que englobava Aphrodite, Stevie Rae e o resto dos meus amigos mais próximos.

– O seu círculo – Stevie Rae completou, sorrindo para mim. – Você quer falar com o seu círculo.

– E com o seu círculo acessório – Damien acrescentou, indicando com a cabeça Aphrodite, Darius e Kramisha.

Eu abri o sorriso.

– Gostei disso! Certo, vocês podem ir entrando no ônibus enquanto eu falo com o meu círculo principal e com o meu círculo acessório, por favor?

– Não tô certa se eu gostei de ser chamada de acessório – Kramisha falou, franzindo os olhos para mim.

– Isso significa... – Stevie Rae começou a explicar, mas Kramisha a interrompeu balançando a cabeça.

– Eu sei o que isso quer dizer. Só tô falando que não sei se gostei.

– Você pode escrever sobre isso no seu diário mais tarde e agora calar a boca e seguir Zoey, para acabarmos logo com isso? – Aphrodite disparou enquanto Kramisha respirou fundo e olhou com raiva para ela. – E só para registrar – ela apontou para todos menos para Darius. – Vocês são um bando de nerds. Eu sou o símbolo da popularidade e da perfeição.

As gêmeas pareceram prestes a retrucar Aphrodite, então eu disse:

– Pessoal, foco. A questão de Rephaim é importante – felizmente, aquilo calou todo mundo, e eu fiz um gesto para que os meus círculos principal e acessório me seguissem pela calçada até um ponto em que não pudéssemos ser ouvidos pelos novatos vermelhos, que estavam subindo no ônibus. E eu me esforcei realmente para pensar na questão muito importante de Rephaim.

Minha mente estava sentimental. A noite passada tinha sido horrível. Olhei para Stark e senti minhas bochechas esquentarem. Tudo bem vai, a noite não foi totalmente horrível, mas, mesmo assim, questões difíceis enchiam a minha cabeça. Dei uma sacudida mentalmente em mim mesma. Eu não era mais uma criança. Eu era a primeira Grande Sacerdotisa Novata e todo esse pessoal me olhava e esperava que eu soubesse as respostas certas (bem, para tudo, menos para Geometria, traduções de espanhol e sobre como estacionar paralelamente aos outros carros).

Por favor, Nyx, deixe-me dizer a coisa certa. Fiz uma prece rápida e silenciosa e então encontrei o olhar de Rephaim. Subitamente, percebi que não era da minha resposta que nós precisávamos.

– O que você quer? – perguntei a ele.

– Bem, ele quer... – Stevie Rae começou, mas minha mão levantada interrompeu minha melhor amiga.

– Não – eu disse. – Não pode ser o que você diz que Rephaim quer, nem o que você quer para ele. Eu preciso da resposta de Rephaim. E então, qual é sua resposta? O que você quer? – repeti.

Rephaim sustentou o meu olhar.

– Eu quero ser normal – ele respondeu.

Aphrodite bufou.

– Infelizmente, ser normal e ser adolescente significa ir para a chatice da escola.

– Ir para a escola não é chato – Damien disse e então olhou para Rephaim. – Mas ela está certa sobre a parte normal. Ir para a escola é o que garotos normais fazem.

– É – Shaunee concordou.

– É chato, mas é verdade – Erin falou. – Apesar de que é um incrível desfile de moda.

– Você está certa, gêmea – Shaunee disse.

– O que isso significa? – Rephaim perguntou para Stevie Rae.

Ela sorriu para ele.

– Basicamente, que você deve ir à escola com a gente.

Ele sorriu de volta para ela, com o rosto cheio de amor e ternura. Quando ele olhou para mim, aquela maravilhosa expressão ainda estava lá, e eu não pude deixar de sorrir para ele.

– Se ser normal significa ir para a escola, então é isso o que eu realmente gostaria de fazer. Se isso não causar muitos problemas.

– Isso vai causar problemas, sem a menor dúvida – Darius afirmou.

– Você acha que ele não deveria ir? – perguntei.

– Eu não disse isso. Concordo com você que a escolha é dele, a decisão é dele, mas, Rephaim, você deve entender que seria mais fácil se você escolhesse ficar aqui, fora do caminho, pelo menos até nós descobrirmos quais serão os próximos passos de Neferet e Kalona.

Pensei ter visto Rephaim se encolher com a menção ao seu pai, mas ele concordou e respondeu:

– Eu realmente entendo, mas estou cansado de me esconder sozinho nas sombras – ele olhou para Stevie Rae e depois para nós de novo. – E Stevie Rae pode precisar de mim.

– Certo, vocês sabem que essa coisa toda de "vamos deixar o menino-pássaro decidir" e "Stevie Rae pode precisar de mim" é toda bonitinha na teoria, mas na prática vamos entrar em um campus onde a louca da Grande Sacerdotisa morcegona nos odeia e vai usar qualquer coisa que ela tenha para derrotar a nós e principalmente a você, Z. Isso sem falar que Dragon, o líder dos guerreiros Filhos de Erebus, definitivamente não está agindo bem desde que sua companheira foi morta pelo cara que nós vamos levar de volta para o campus. Neferet vai usar Rephaim contra nós. Dragon vai apoiá-la. Ela vai jogar merda no ventilador – Aphrodite afirmou.

– Bem, não vai ser a primeira vez – eu ponderei.

– Ahn, eu posso dizer uma coisa? – a mão de Damien estava levantada, como se ele estivesse em sala de aula e quisesse ser chamado.

– É claro, querido, e você não precisa levantar a mão – eu respondi.

– Ah, obrigado. O que eu quero dizer é que nós precisamos nos lembrar de que Nyx, quando apareceu na Morada da Noite, perdoou e abençoou Rephaim. Assim, basicamente ela nos deu permissão para incluir Rephaim no nosso mundo. Neferet não pode ir contra isso, pelo menos não abertamente. Nem Dragon. O quanto eles não vão gostar disso não é o ponto.

– Mas eles já foram contra isso – Stark lembrou. – Neferet perguntou a Dragon se ele iria aceitá-lo e ele disse que não, e então ela o expulsou do campus. Stevie Rae chamou aquilo de papo furado, e foi por isso que todos nós acabamos indo embora.

– É, e só porque o Conselho Supremo deu um jeito de pressionar Neferet para nos deixar voltar à escola, isso não significa que nós vamos realmente ser aceitos. Eu posso jurar a vocês que Dragon e provavelmente um monte de outras pessoas não vão ficar numa boa com isso – Aphrodite remexeu seus dedos em direção a Rephaim.

Damien falou antes que eu pudesse dizer qualquer coisa.

– Bem, a verdade é que nem Neferet nem Dragon podem suplantar a vontade da Deusa.

– Suplan... o quê? – Shaunee perguntou.

– ...tar o quê? – Erin acrescentou.

– Significa se sobrepor, tomar o lugar – Stevie Rae explicou por Damien. – E esse é realmente um ponto interessante, Damien. Ninguém pode suplantar a Deusa, nem mesmo uma Grande Sacerdotisa.

– Vocês podem imaginar o que as vampiras irritadiças do Conselho Supremo diriam sobre isso? – Aphrodite revirou os olhos. – Elas são nervosinhas. Todas.

Eu pisquei surpresa e tive uma súbita vontade de abraçar Aphrodite. Bem, a vontade passou rápido, mas mesmo assim fiquei animada.

– Aphrodite, você é um gênio! E Damien também é! – eu disse.

– É claro que eu sou – Aphrodite disse toda convencida.

– Você vai falar sobre Neferet e Dragon ao Conselho Supremo, não vai? – Damien falou.

– Eu acho que "falar sobre eles" não é o modo correto de colocar a questão. Seu notebook está com você, não está? – perguntei.

Damien passou a mão sobre a bolsa masculina pendurada no seu ombro.

– É claro. Está na minha mochila.

– Bolsa masculina – Shaunee corrigiu.

– Só falamos por falar – Erin acrescentou.

– É uma mochila tipo *satchel* europeia – Damien disse com firmeza.

– Se a coisa tem penas... – Erin falou.

– ... e faz quá-quá – Shaunee completou.

– Seja o que for, estou feliz que você está com o seu computador – eu me adiantei antes que Damien falasse uma daquelas palavras complicadas para elas. – Você já baixou o Skype nele, certo?

– Sim – ele respondeu.

– Ótimo. Eu preciso dele emprestado para a Reunião do Conselho, se você não se importar.

– Sem problemas – Damien concordou, levantando as sobrancelhas com cara de interrogação para mim.

– O que você está planejando? – Stevie Rae fez a pergunta por ele.

– Bem, quando eu falei com Thanatos sobre nos ajudar a voltar para a escola, eu não mencionei aquele pequeno detalhe de que nós estamos criando uma espécie de filial da Morada da Noite aqui, mas que nós ainda vamos continuar indo para a aula e tal na nossa Morada da Noite original.

– Nós precisamos pensar em um nome incrível para o nosso lugar – Shaunee disse.

– Aaaah, você está certíssima, gêmea! – Erin se animou.

– Ei, aqui é a estação, então que tal Morada da Noite *Pot Lot*[2]? – Shaunee sugeriu.

Eu olhei para elas. Balancei minha cabeça e disse com firmeza:

2 Estação em inglês é "depot"; "pot" é uma gíria para maconha e "lot" quer dizer área, terreno. (N.T.)

– Não para *Pot Lot* – então voltei ao assunto original. – Mas eu realmente preciso fazer uma conferência no Skype com o Conselho Supremo dos Vampiros para obter permissão para o que queremos fazer. Uma Reunião do Conselho da escola parece uma boa hora para fazer isso, especialmente porque eu tenho certeza de que Neferet vai adorar se eu pedir para ela ser testemunha da minha chamada.

– Z., esse parece ser um plano de merda. Neferet vai adorar falar com o Conselho Supremo e descobrir um jeito de distorcer tudo o que você disser para fazer você parecer uma adolescente insana – Aphrodite opinou.

– Esse é mais ou menos o meu ponto – eu respondi. – Eu não vou ser a adolescente insana. Eu vou ser a Grande Sacerdotisa Novata que vai dar ao Conselho Supremo todos os detalhes sobre o dom incrível e milagroso que Nyx deu ao Consorte da Grande Sacerdotisa Vermelha, Rephaim, e sobre como ele está excitado por começar a estudar na Morada da Noite de Tulsa. Tenho certeza de que elas vão até querer cumprimentar Neferet por ela ser uma Grande Sacerdotisa tão incrível que consegue lidar com todas as mudanças que estão acontecendo aqui.

– Isso é diabólico. Eu gosto – Aphrodite falou. – Assim você coloca Neferet e até Dragon em uma posição na qual, se eles disserem "nós não vamos aceitar o menino-pássaro de jeito nenhum" ou mesmo se reclamarem um pouco por causa disso, vão parecer super do mal depois da aparição e do milagre de Nyx.

– *Mesmo assim, esse não será um caminho fácil* – Stark disse.

Rephaim olhou-o com firmeza.

– Não importa o quanto seja difícil, é um caminho melhor do que aquele que leva à escuridão, ao ódio e à morte. E acho que você sabe exatamente o que eu quero dizer.

– Eu sei – Stark respondeu, olhando de volta para ele sem vacilar.

– Eu também sei – Stevie Rae afirmou.

– E eu também – acrescentei.

– Então nós estamos de acordo. Rephaim volta para a Morada da Noite conosco – Darius disse.

– Espera aí!? Isso significa que a gente tem que entrar naquele maldito micro-ônibus? – Aphrodite perguntou.

– Sim! – todos nós respondemos juntos.

Rindo e me sentindo leve como não me sentia há dias, subi no ônibus com meus amigos e cutuquei Stark com meu ombro quando nós nos sentamos. Ele mal olhou para mim. Foi então que percebi que ele não tinha falado muito comigo (nem com ninguém) desde que a gente tinha acordado. Lembrando de como nós estivéramos próximos – de como ele havia me tocado e feito o mundo voltar para o lugar de novo –, acabei mordendo o lábio e me sentindo super confusa. Dei mais uma olhada para Stark. Ele estava encarando a janela. Parecia cansado. Muito cansado.

– Ei, o que há com você? – perguntei quando o ônibus arrancou pela Cincinnati Street em direção ao centro.

– Comigo? Nada.

– É sério, você parece muito cansado. Você está se sentindo bem?

– Zoey, você me acordou e me manteve alerta na maior parte do dia ontem. Daí você fez aquela ligação para Thanatos para resolver toda essa coisa da volta à escola, o que não foi exatamente uma conversa calma e sossegada. Eu tinha acabado de dormir quando você gritou qualquer coisa e me acordou de novo. Fazer amor foi ótimo – ele fez uma pausa, sorriu por um segundo e quase pareceu normal. Então ele abriu a boca e estragou tudo, dizendo: – Depois de tudo, você se remexeu muito de um lado para o outro antes de apagar. Não consegui dormir de novo. Então, estou cansado. É isso.

Pisquei surpresa para ele. Duas vezes. E tentei não me sentir como se ele tivesse acabado de me dar um tapa na cara. Mantendo a voz baixa porque eu não queria que meus amigos ouvissem, eu disse:

– Tudo bem, deixando de lado toda a coisa de eu ter que ligar para Thanatos para a gente poder voltar para a escola, o que é o que eu deveria ter feito? Porque eu sou a Grande Sacerdotisa, e o fato de que você veio para cima de mim quando tudo o que eu pretendia fazer era deitar de conchinha e dormir, minha mãe está morta, Stark. Nyx me deixou vê-la entrando no Mundo do Além. Como neste exato momento eu não sei como nem por que isso aconteceu, estou me esforçando muito para ficar o mais normal possível. Eu ainda nem falei com a minha avó.

– É verdade, você não falou. Eu disse que você deveria ter ligado para ela na mesma hora ou pelo menos ligado para a sua mãe. E se tudo foi apenas um sonho?

Eu olhei para Stark sem acreditar no que ouvia, lutando para manter minha voz e minhas emoções sob controle.

– Você é a única pessoa no mundo que deveria entender mais do que ninguém que eu sei a diferença entre ver o Mundo do Além e sonhar com ele.

– Sim, eu sei, mas...

– Mas você está dizendo que eu deveria passar por tudo isso sem perturbar o seu precioso sono? Ah, a não ser que seja para fazer sexo com você!

Fechei minha boca e tentei parecer normal quando vi Aphrodite se virar e dar uma olhada para mim com um ponto de interrogação no rosto.

Stark soltou um longo suspiro.

– Não, não é isso o que eu quero dizer. Desculpe-me, Z. – Então ele pegou minhas mãos. – É sério. Eu estou parecendo um idiota.

– Sim, está mesmo.

– Desculpe-me mesmo – ele disse e então cutucou o meu ombro com o dele. – A gente pode apagar essa conversa?

– Pode – respondi.

– Então vou começar de novo: estou cansado e isso está fazendo com que eu seja um imbecil. E sobre a sua mãe, nós não sabemos o que realmente aconteceu e isso está nos deixando tensos. Mas, seja como for, eu te amo, mesmo que eu seja um idiota. Melhorou?

– Melhorou – respondi.

Ainda deixando que ele segurasse a minha mão, olhei pela janela quando viramos à esquerda na Fifteenth Street, passamos por Gumpy's Garden, que sempre deixava o ar com cheiro de pinhão, e seguimos pela Cherry Street. Na hora em que a gente estava na Utica, cruzando a

Twenty-fisrt, eu já havia esquecido a briga e só tinha na cabeça a preocupação com a minha mãe e com a minha avó. E estava pensando se Stark poderia estar certo de questionar o que eu pensei ter sido uma visão. Quero dizer... Eu ainda não tinha falado com vovó. E se tudo não tivesse sido um sonho ruim...

– É sempre tão bonito – a voz de Damien veio do banco da frente, que ele tinha escolhido automaticamente ao entrar no ônibus. – Olhando daqui, é difícil acreditar que coisas tão horríveis e dolorosas possam ter acontecido lá.

Eu ouvi o soluço na sua voz, apertei a mão de Stark antes de soltá-la e fui sacolejando pelo corredor para sentar ao lado de Damien.

– Ei – eu disse, deslizando meu braço entre o dele. – Você precisa se lembrar das coisas maravilhosas e do amor que aconteceu ali também. Nunca se esqueça de que foi ali que você conheceu Jack e se apaixonou por ele.

Damien olhou para mim e eu pensei que ele parecia triste, mas muito, muito sábio.

– Como você está lidando com a falta de Heath?

– Sinto saudade dele – eu disse honestamente. Então algo me fez acrescentar: – Mas eu não quero ficar como Dragon, devorada pela tristeza.

– Nem eu – Damien falou suavemente. – Mesmo que às vezes seja difícil não ficar assim.

– É tudo muito recente.

Apertando os lábios para não chorar, ele concordou com a cabeça.

– Você vai superar – acrescentei. – E eu também vou. Nós vamos. Juntos – eu disse com firmeza.

Nesse momento, atravessamos o portão de ferro que tinha o símbolo de uma lua crescente no meio, e fomos em direção à entrada lateral da escola.

– A Reunião do Conselho da escola começa às sete e meia – o guerreiro Filho de Erebus disse quando o micro-ônibus parou. – As aulas começam às oito em ponto, como sempre.

– Obrigada – eu disse, como se ele tivesse sido amigável (ou pelo menos respeitoso). Então olhei para o meu telefone: 19h20. Faltavam dez minutos para a reunião e quarenta para as aulas começarem. Eu me levantei e olhei para o grupo de garotos nervosos. – Vão para os seus antigos quartos e esperem lá até serem informados sobre o que fazer. Stevie Rae, Stark e eu vamos para a Reunião do Conselho e, como diriam na Ilha de Skye, daremos uma solução para o horário escolar de Rephaim e para o de vocês.

– E eu? Não vou para a reunião? – Kramisha perguntou. – Normalmente é um tédio, mas aposto que hoje vai ser melhor.

– Você está certa – respondi. – Já está na hora de eles incluírem você, além de mim e Stevie Rae.

– Para onde eu vou? – Rephaim perguntou do fundo do ônibus.

Eu estava pensando, tentando imaginar um lugar para onde ele pudesse ir, quando Damien se levantou ao meu lado.

– Você pode vir comigo, pelo menos por hoje. Se Zoey e Stevie Rae concordarem.

Eu sorri para Damien. Acho que eu nunca senti tanto orgulho dele. Todo mundo estava preocupado com ele, tratando-o como se ele pudesse ficar histérico a qualquer momento, então, se ele ficasse ligado a Rephaim, ninguém iria questionar o garoto – eles teriam medo de perturbar Damien.

– Obrigada – eu disse.

– É mesmo uma ótima ideia, Damien – Stevie Rae concordou.

– Tudo certo, então. Tentem agir normalmente – falei. – Encontro vocês aqui de novo depois da escola.

– Minha primeira aula é de Feitiços e Rituais – escutei Aphrodite murmurar para Darius. – E quem dá essa aula é aquela *vamp* nova que parece ter doze anos. Vai ser engraçado.

– Lembre-se – Stevie Rae disse, dando um olhar duro para Aphrodite, que a ignorou totalmente –, seja agradável.

Nós saímos do micro-ônibus. Pude ver como foi difícil para Stevie Rae deixar Rephaim ir embora com Damien. Não sabíamos no que ele poderia estar entrando, mas tínhamos a noção de que as chances de ele ser tratado como o garoto normal que ele tanto queria ser eram de pequenas a nulas.

Quando Stevie Rae, Stark, Kramisha e eu ficamos sozinhos, perguntei:

– Prontos para entrar na cova do leão?

– Eu tô achando que é mais como entrar em um ninho de vespas nojento – Kramisha respondeu. – Mas eu tô pronta.

– Eu também. Vamos agarrar o touro à unha e acabar logo com isso – Stevie Rae afirmou.

– Fechado – eu disse.

– Fechado – eles repetiram.

E andamos em direção a um futuro que já estava fazendo o meu estômago se contrair, me dando a sensação de que um episódio agudo de síndrome do intestino irritável[3] podia me atingir a qualquer momento.

Ai, que inferno.

---

3 A síndrome do intestino irritável tem como sintomas dor abdominal aguda, diarreia, gases e prisão de ventre, entre outros. (N.T.)

3

Kalona

Ele não teve que voar muito longe para encontrar seus filhos. Kalona seguiu o fio da conexão que o ligava à sua prole. *Meus filhos leais*, ele pensou enquanto circundava os morros ondulados cobertos de árvores da área menos habitada e cheia de mato que ficava a uma pequena distância do sudoeste de Tulsa. No topo do cume mais alto, Kalona desceu do céu, voando facilmente entre os galhos grossos e desfolhados pelo inverno até parar no meio de uma pequena clareira. Em volta dele, feitas nas próprias árvores, havia três construções de madeira, rústicas mas robustas. O olhar aguçado de Kalona viu quando, dentro das janelas, olhos vermelhos brilharam na sua direção.

Ele abriu seus braços.

– Sim, meus filhos, eu voltei! – o som de asas foi um bálsamo para a sua alma. Eles saíram rápido das cabanas e se ajoelharam ao redor dele, curvando-se bastante, respeitosamente. Kalona os contou; havia sete. – Onde estão os outros?

Todos os *Raven Mockers* se agitaram inquietos, mas apenas um rosto se voltou para cima para encarar o seu olhar e apenas uma voz sibilante respondeu.

– Essscondidosss no oessste. Perdidosss na área.

Kalona observou seu filho, Nisroc, comparando-o com aquele que ele sempre considerara seu filho favorito. Nisroc era quase tão desenvolvido quanto Rephaim. Seu modo de falar era quase humano. Sua mente era quase perspicaz. Mas era aquele quase, aquela linha tênue entre eles que havia feito de Rephaim o filho em quem Kalona confiava e não Nisroc.

Kalona cerrou e descerrou o maxilar. Ele havia sido tolo ao desperdiçar tanta atenção apenas com Rephaim. Ele tinha muitos filhos para escolher e favorecer. Era Rephaim quem tinha saído perdendo ao decidir partir. Rephaim só tinha um pai, e ele não iria conseguir substituí-lo por uma Deusa ausente e uma vampira que nunca iria amá-lo de verdade.

– É bom que vocês estejam aqui – Kalona disse, interrompendo os próprios pensamentos no seu filho ausente. – Mas eu preferia que todos vocês tivessem ficado juntos aguardando a minha volta.

– Elesss pegaram, eu não pude – Nisroc disse. – Rephaim morto...

– Rephaim não está morto! – Kalona o cortou rispidamente, fazendo Nisroc estremecer e abaixar a cabeça. O imortal alado fez uma pausa e recuperou o autocontrole antes de continuar. – Apesar de que seria melhor para ele se ele estivesse morto.

– Pai?

– Ele escolheu servir à Sacerdotisa vampira vermelha e à sua Deusa.

O grupo de *Raven Mockers* sibilou e se encolheu como se ele os tivesse golpeado.

– Posssível? Como? – Nisroc perguntou.

– É possível por causa das fêmeas e das suas manipulações – Kalona respondeu sombriamente. Ele sabia muito bem como alguém podia ser uma presa fácil para elas. Ele inclusive havia caído por...

Subitamente, ao se dar conta do que estava dizendo, o imortal piscou e falou, mais para si mesmo do que para seu filho:

– Mas as manipulações delas não vão durar muito! – ele balançou sua cabeça e quase sorriu. – Por que não pensei nisso antes? Rephaim vai se cansar de ser o animal de estimação da Vermelha e, quando isso acontecer, ele vai perceber o erro que cometeu; um erro que não é totalmente seu. A Vermelha o manipulou e o envenenou. Ela fez com que ele se voltasse contra mim. Mas isso é apenas temporário! Quando ela o rejeitar, porque no final das contas ela vai fazer isso, ele vai sair da

Morada da Noite e voltar para o meu... – Kalona cortou as próprias palavras, decidindo rápido. – Nisroc, leve dois de seus irmãos com você. Volte para a Morada da Noite. Observe. Seja cuidadoso. Vigie Rephaim e a Vermelha. Quando aparecer uma oportunidade, fale com ele. Diga que mesmo que ele tenha cometido esse erro terrível e se afastado de mim... – Kalona fez uma pausa, cerrando o maxilar, totalmente desconfortável com a tristeza e a solidão que o invadiam sempre que ele pensava demais na escolha de Rephaim. O imortal alado reordenou seus pensamentos, dominou seus sentimentos e continuou a dar instruções para Nisroc. – Diga a Rephaim que, apesar de sua escolha ter sido me deixar, ainda há um lugar esperando por ele ao meu lado, mas esse lugar terá mais utilidade se ele permanecer na Morada da Noite, mesmo depois que ele quiser partir.

– Ele essspionar! – Nisroc disse, e os outros *Raven Mockers* refletiram sua excitação com suas grasnadas características.

– Ele vai, mas no momento ele pode não saber disso – Kalona falou. Então ele acrescentou: – Você entendeu, Nisroc? Você deve observá-lo. Não deve ser visto por ninguém, exceto por Rephaim.

– Não matar vampirosss?

– Não, a menos que você seja ameaçado; se isso acontecer, faça como quiser, desde que não seja pego, *e não mate nenhuma Grande Sacerdotisa* – Kalona falou devagar e claramente. – Nunca é bom provocar uma Deusa sem necessidade, então as Grandes Sacerdotisas de Nyx não devem ser mortas – ele franziu a testa para Nisroc, lembrando-se de seu outro filho que quase havia matado Zoey Redbird não muito tempo atrás e que tinha morrido por causa disso. – Você entendeu as minhas ordens, Nisroc?

– Sssim. Falar com ele eu vou. Rephaim observar. Rephaim espionar.

– Faça isso e volte antes que o amanhecer ilumine o céu. Voem alto. Voem rápido. Voem silenciosamente. Sejam como o vento da noite.

– Sssim, Pai.

Kalona olhou em volta para a floresta espessa, apreciando o fato de os seus filhos terem encontrado um lugar alto e isolado para fazer o seu ninho.

– Os humanos não vêm aqui? – ele perguntou.

– Sssó caçadores, e não maisss – Nisroc respondeu.

Kalona levantou as sobrancelhas.

– Vocês mataram humanos?

– Sssim. Doisss – Nisroc se remexeu excitado. – Contra a pedra nósss jogamosss elesss – ele apontou uma pequena trilha na frente deles.

Curioso, Kalona deu passos largos até a beirada do precipício para olhar para baixo, onde as enormes linhas de transmissão que carregavam a magia elétrica do mundo moderno se estendiam diante dele. Os humanos haviam limpado a área em volta dos altos pilares, de modo que havia uma grossa faixa de terra que avançava no horizonte. A clareira havia deixado expostos enormes afloramentos rochosos de arenito de Oklahoma, pontiagudos e letais, projetando-se em direção ao céu.

– Excelente – Kalona disse, concordando com a cabeça em sinal de aprovação. – Vocês fizeram parecer um acidente. Muito bom. – Então ele se voltou para a clareira e para os *Raven Mockers*, que se aglomeravam ali com todas as atenções focadas somente nele. – Este lugar foi bem escolhido. Quero todos os meus filhos aqui em volta de mim. Nisroc, vá para a Morada da Noite de Tulsa. Faça o que eu ordenei. Quanto ao resto de vocês, voem para o oeste. Chamem seus irmãos, tragam todos aqui para mim. Aqui nós vamos esperar. Aqui nós vamos observar. Aqui nós vamos nos preparar.

– Preparar? Para que, Pai? – Nisroc perguntou, inclinando a cabeça.

Kalona se lembrou de como o seu corpo havia sido aprisionado e a sua alma arrancada dele e enviada para o Mundo do Além. Ele se lembrou de como, após a sua volta, ela o havia açoitado e o escravizado, além de tê-lo tratado como se ele fosse sua propriedade.

– Nós vamos nos preparar para destruir Neferet – ele afirmou.

Rephaim

Todo mundo olhava para ele com desconfiança. Rephaim odiava isso, mas entendia. Ele havia sido um inimigo. Ele tinha matado um deles. Ele fora um monstro.

A verdade é que ele ainda podia ser um monstro.

Quando a primeira aula começou e uma professora que se apresentou como Penthasilea começou a ler e a falar sobre o livro *Farenheit 451*, escrito por um vampiro antigo chamado Ray Bradbury, e sobre a importância da liberdade de pensamento e de expressão, Rephaim tentou fazer as suas novas feições humanas aparentarem atenção e interesse, mas a sua mente escapulia. Ele queria escutar a professora e não ter mais nada para se preocupar além do que ela chamava de "interpretação do simbolismo", mas a sua transformação de garoto em corvo o obcecava.

Esse processo foi tão doloroso e assustador quanto impressionante.

Ele não se lembrava de quase nada do que aconteceu depois disso.

Apenas algumas imagens e sensações daquele dia permaneceram com ele.

Stevie Rae foi com ele dos profundos túneis de terra até a árvore mais próxima da estação – aquela que, não muito tempo atrás, serviu de rota de fuga do sol escaldante para eles.

– Volte para dentro agora. Está começando a amanhecer – ele disse para ela, tocando gentilmente sua bochecha.

– Eu não quero te deixar – ela respondeu, envolvendo-o com os seus braços e abraçando-o forte.

Ele se permitiu abraçá-la de volta apenas por um instante, e então, delicadamente, soltou seus braços e a guiou de volta firmemente para as grades sombreadas da entrada do porão.

– Vá para baixo. Você está exausta. Precisa dormir.

– Eu vou ficar olhando até você virar, você sabe. *Um pássaro.*

Ela havia sussurrado a última parte como se o fato de não falar em voz alta pudesse mudar as coisas. Era certamente uma bobagem, mas fez Rephaim sorrir.

– Não importa se você diz isso ou não. Vai acontecer.

Ela suspirou.

– Eu sei. Mas mesmo assim não quero deixar você – Stevie Rae saíu das sombras, em direção à manhã que já clareava, e pegou a mão dele. – Quero que você saiba que eu estou aqui.

– Eu acho que um pássaro não sabe muita coisa sobre o mundo dos humanos – ele disse, pois não sabia mais o que falar.

– Você não vai ser um pássaro qualquer. Você vai se transformar em um corvo. E eu não sou uma humana. Sou uma vampira. Vermelha. Além disso, se eu não ficar aqui, como você vai saber para quem voltar?

Ele escutou um soluço na voz dela que fez seu coração doer.

Rephaim então beijou a mão dela.

– Eu vou saber. Dou minha palavra. Eu sempre vou encontrar o caminho de volta para você – ele esteve a ponto de dar um empurrãozinho nela em direção à entrada do porão quando uma dor nauseante atravessou seu corpo.

Agora, olhando para trás, ele percebia que devia ter esperado por isso. Como poderia não ser doloroso se transformar de garoto humano em corvo? Mas seu mundo havia sido preenchido com Stevie Rae e o prazer simples, mas absoluto, de tomá-la em seus braços, beijá-la, abraçá-la forte...

Ele não havia gasto seu tempo pensando na besta.

Pelo menos, ele estaria preparado da próxima vez.

A dor o havia rasgado. Ele ouviu o grito de Stevie Rae ecoar o seu próprio. O seu último pensamento humano foi de preocupação com ela. A sua última visão humana fora dela chorando e balançando a cabeça de um lado para o outro. Ela estendeu o braço em direção a ele quando o animal tomou totalmente o lugar do humano. Ele se lembrava de ter aberto suas asas como se estivesse se alongando depois de ficar preso em uma cela pequena ou uma jaula. E de voar.

Ele se lembrava de voar.

Quando o sol se pôs, ele se viu com frio e nu abaixo da mesma árvore ao lado da estação. Ele tinha acabado de pôr as roupas que haviam sido deixadas cuidadosamente dobradas para ele em um banquinho quando Stevie Rae irrompeu do porão.

Sem hesitar, ela se atirou nos seus braços.

– Você está bem? Mesmo? Está tudo ok? – ela ficou repetindo enquanto o examinava e apalpava seus braços, como se procurasse ossos quebrados.

– Eu estou bem – ele garantiu. Então ele percebeu que ela estava chorando e envolveu seu rosto com as mãos, perguntando: – O que foi? Por que você chora?

– Você sentiu muita dor. Você gritou como se estivesse morrendo.

– Não – ele mentiu. – Não foi tão ruim assim. Só me pegou de surpresa.

– Sério?

Ele deu um sorriso – *como ele amava sorrir* – e a puxou para seus braços, beijando seus cachos loiros e garantindo novamente:

– Sério.

– Rephaim?

Rephaim foi trazido bruscamente de volta para o presente pelo som do seu nome sendo chamado pela professora.

– Sim? – ele respondeu com seu próprio tom interrogativo.

Ela não sorriu para ele, mas também não zombou dele nem o repreendeu. Ela simplesmente disse:

– Eu perguntei o que você acha que a citação na página sete quer dizer. Aquela em que Montag diz que o rosto de Clarisse tem uma luz que é como "um frágil cristal leitoso" e "a estranhamente confortável, rara e agradável chama de uma vela". O que você acha que Bradbury está tentando dizer sobre Clarisse com essa descrição?

Rephaim ficou completamente pasmo. A professora estava fazendo uma pergunta a ele. Como se ele fosse apenas mais um novato sonhador... normal... igual... aceito. Sentindo-se nervoso e totalmente exposto, ele abriu a boca e falou a primeira coisa que veio à cabeça.

– Acho que ele está tentando dizer que essa garota é única. Ele reconhece o quanto ela é especial e a valoriza.

A professora Penthasilea levantou a sobrancelha e por um instante terrível Rephaim achou que ela poderia ridicularizá-lo.

– É uma resposta interessante, Rephaim. Talvez, se você mantivesse a sua mente mais focada no livro e menos em outras coisas, suas respostas passariam de interessantes a brilhantes – ela observou, com uma voz seca e prática.

– O-obrigado – Rephaim gaguejou, sentindo o rosto esquentar.

Penthasilea fez um leve aceno de cabeça antes de se virar para um estudante sentado mais na frente da classe e perguntar:

– E sobre a pergunta final dela para ele nessa cena: "Você está feliz?". Qual é o significado?

– Bom trabalho – Damien sussurrou da sua mesa ao lado para Rephaim.

Rephaim não conseguiu responder. Ele só fez um sinal com a cabeça e tentou entender a súbita leveza de espírito que ele sentia.

– Você sabe o que acontece com ela? Com essa garota especial? – o sussurro veio do novato sentado bem na frente de Rephaim. Era um rapaz baixo e musculoso, com um perfil forte. Rephaim pôde ver claramente o desdém no seu rosto quando ele se virou para trás rapidamente por sobre o ombro.

Rephaim balançou a cabeça. Não, ele não sabia.

– Ela é assassinada por causa dele.

Rephaim sentiu como se tivesse levado um chute no estômago.

– Drew, você tem algum comentário sobre Clarisse? – a professora perguntou, levantando sua sobrancelha de novo.

Drew deu de ombros indiferentemente.

– Não, senhora. Eu só estava dando ao menino-pássaro uma revelação sobre o futuro – ele fez uma pausa e olhou por sobre o ombro antes de dizer: – Sobre o futuro do livro, quero dizer.

– Rephaim – a professora pronunciou o seu nome com uma voz que havia se tornado dura. Rephaim ficou surpreso de sentir o poder dela na sua pele. – Na minha aula, todos os novatos são iguais. Todos são chamados pelos seus nomes corretos. O dele é Rephaim.

– Professora P., ele não é um novato – Drew disse.

A professora bateu a mão na sua mesa e a classe inteira vibrou com o som e a energia.

– Ele está aqui. E enquanto ele estiver aqui, na minha aula, ele vai ser tratado como qualquer outro novato.

– Sim, senhora – Drew respondeu, abaixando a cabeça respeitosamente.

– Ótimo. Agora que isso está resolvido, vamos discutir o projeto criativo que vocês vão fazer para mim. Quero que vocês escolham e deem vida a um dos muitos elementos simbólicos que Bradbury usa nesse livro maravilhoso...

Rephaim não se mexeu enquanto a atenção da classe se desviava dele e do novato Drew de volta para o livro. A frase "ela é assassinada por causa dele" não saía da sua cabeça. Era claro o que Drew queria dizer. Ele não estava falando sobre uma personagem em um livro. Ele estava se referindo a Stevie Rae, insinuando que ela acabaria morta por causa dele.

Nunca. Enquanto ele respirasse, ele nunca iria permitir que nada nem ninguém machucasse a sua Stevie Rae.

Quando o sino tocou sinalizando o final da aula, Drew encarou Rephaim com um ódio inabalável.

Rephaim teve que se segurar para não atacá-lo. *Inimigo!,* sua velha natureza gritava. *Destrua-o!* Mas Rephaim abaixou o queixo e sustentou o olhar de Drew sem piscar enquanto o novato esbarrava bruscamente ao passar por ele.

E não era só Drew que o encarava com ódio. Todos o encaravam de forma hostil, assustada ou horrorizada.

– Ei – Damien falou ao sair da classe com ele. – Não se incomode com Drew. Ele tem uma queda por Stevie Rae. Só está com ciúmes.

Rephaim concordou e então esperou até que eles se afastassem dos outros estudantes e ninguém pudesse ouvir. Então, em voz baixa, ele disse:

– Não é só Drew. São todos. Eles me odeiam.

Damien fez um sinal para que ele o seguisse um pouco para fora do caminho, então ele parou e falou:

– Você sabia que não seria fácil.

– Isso é verdade. Eu só... – Rephaim interrompeu o que ia dizer e balançou a cabeça. – Não. É a pura verdade. Eu sabia que seria difícil os outros me aceitarem – ele encontrou o olhar de Damien. O novato parecia abatido. A tristeza o havia envelhecido. Seus olhos estavam vermelhos e inchados. Ele havia perdido o amor da sua vida, mas mesmo assim estava ali sendo gentil. – Obrigado, Damien – ele disse.

Damien quase sorriu.

– Por dizer a você que não seria fácil?

– Não, por ser gentil comigo.

– Stevie Rae é minha amiga. A gentileza é para ela.

– Então você é um grande amigo – Rephaim falou.

– Se você realmente é o garoto que Stevie Rae acha que você é, você descobrirá que, quando está do lado da Deusa, você faz um monte de grandes amigos.

– Eu estou do lado da Deusa – Rephaim afirmou.

– Rephaim, se eu não acreditasse nisso, não estaria ajudando você, não importa o quanto eu gosto de Stevie Rae – Damien disse.

Rephaim concordou.

– É justo.

– Oi, Damien! – um dos novatos vermelhos, um garoto muito baixinho, correu em direção a eles, deu uma olhada para Rephaim e então acrescentou rapidamente: – Oi, Rephaim.

– Oi, Ant – Damien respondeu.

Rephaim fez um aceno com a cabeça, desconfortável com todo esse processo de saudações.

– Ouvi que você tem esgrima à esta hora. Eu também!

– Eu tenho – Damien confirmou. – Rephaim e eu estávamos apenas... – ele fez uma pausa e então Rephaim observou várias emoções passarem pelo seu rosto, terminando com constrangimento. Ele suspirou pesadamente antes de dizer: – Ahn, Rephaim, Dragon Lankford é o professor de esgrima.

Então Rephaim entendeu.

– Isso, ahn, não é bom – Ant comentou.

– Pode ser que ele ainda esteja na Reunião do Conselho – Damien disse esperançosamente.

– Acho que é melhor eu ficar aqui, esteja Dragon lá ou não. Se eu for com você só vai causar... – a voz de Rephaim desapareceu porque ele só conseguia pensar em palavras como caos, problema e desastre.

– Dissabor – Damien preencheu o silêncio por ele. – Provavelmente causaria dissabor. Talvez você deva matar a aula de esgrima hoje.

– Parece melhor – Ant opinou.

– Vou esperar por você – Rephaim fez um gesto vago em direção à área cheia de árvores em volta deles. Eles não estavam longe de um dos muros da escola onde, junto à fachada de pedra, havia um carvalho particularmente grande, embaixo do qual tinha um banco de ferro forjado. – Vou ficar sentado ali.

– Combinado, eu venho encontrar você depois da esgrima. A próxima aula é espanhol. A professora Garmy é muito agradável. Você vai gostar dela – Damien disse enquanto ele e Ant se dirigiam ao ginásio.

Rephaim concordou com a cabeça, acenou e se forçou a sorrir porque Damien continuou preocupado, dando olhadas por sobre o ombro para ele. Quando os dois novatos finalmente saíram de vista, Rephaim foi até o banco e se sentou pesadamente.

Ele ficou contente por ter um tempo sozinho, em que ele podia baixar a guarda, podia relaxar os ombros e não se preocupar com os olhares dos outros. Ele se sentia como um forasteiro! No que ele estava pensando quando disse que queria ser normal e ir para a escola como todo mundo? Ele não era como todo mundo.

Mas ela me ama. A mim. Assim como eu sou, Rephaim lembrou a si mesmo, e pensar isso o fez se sentir melhor - com o espírito um pouco mais leve.

Então, como ele estava sozinho, disse isso em voz alta.

– Eu sou Rephaim e Stevie Rae me ama do jeito que eu sou.

– Rephaim! Não!

A voz semi-humana sussurrada veio dos galhos do carvalho. Com uma terrível sensação de pavor, Rephaim olhou para cima para ver três *Raven Mockers*, três dos seus irmãos, empoleirados lá em cima, olhando para ele em choque e sem acreditar no que viam.

4

Zoey

Sei que eu sou uma adolescente e tal, mas sou péssima para usar o Skype. Na verdade, sou meio monga com tecnologia em geral. Traçar um círculo... beleza. Entrar em contato com qualquer um dos cinco elementos... de boa. Descobrir como sincronizar meu iPhone com um computador novo... ah, provavelmente, não. Só de pensar em tuitar me dá dor de cabeça, e realmente sentir falta de Jack.

– Olha só, não é tão difícil. Você só tem que clicar ali – Kramisha pegou rapidamente o Magic Mouse[1] por sobre o meu ombro. – E depois ali e pronto. A gente já tá no Skype e a câmera tá funcionando agora.

Levantei os olhos e vi Stevie Rae e todo mundo, incluindo Dragon, Lenobia e Erik, olhando incrédulos para mim.

Stevie Rae pelo menos sorriu e moveu os lábios em silêncio para dizer: – moleza.

– Qual é exatamente o objetivo por trás... – Dragon começou, mas a entrada de Neferet na Sala do Conselho o interrompeu. E, felizmente, foi naquele momento que a voz imponente da líder do Conselho Supremo dos Vampiros saiu clara e forte do computador de Damien.

– *Merry meet*, Zoey Redbird – Duantia disse. – É um prazer falar com você novamente.

Cruzei o punho fechado sobre o coração e me curvei respeitosamente.

1 Magic Mouse é o mouse da Apple, que vem com o iMac. (NT.)

– *Merry meet*, Duantia. Obrigada por encontrar tempo para esta chamada.

– *Merry meet*, Duantia – Neferet disse, aproximando-se do meu lado e se curvando formalmente. Eu a vi dar um rápido olhar de interrogação para Dragon antes de sorrir de modo cativante e continuar: – Devo me desculpar. Eu não sabia nada sobre esta chamada. Eu estava apenas esperando uma simples Reunião do Conselho da escola – então ela me atravessou com seus olhos de esmeralda. – Você é responsável por isso, Zoey?

– Sim, sem dúvida. Eu teria lhe contado antes, mas você só chegou aqui agora – eu respondi, sorrindo e parecendo super animada. Antes que Neferet pudesse responder, voltei minha atenção para Duantia. – Eu queria ter certeza de que o Conselho Supremo iria ouvir todos os detalhes sobre a incrível aparição de Nyx na escola ontem e – fiz uma pausa e um gesto com a cabeça indicando Neferet, como se eu a estivesse incluindo – eu sabia que Neferet estaria ansiosa para compartilhar isso com vocês também.

– Na verdade, nós sabemos muito pouco sobre isso, e essa é uma das razões pelas quais eu estava esperando impacientemente por esta ligação – Duantia desviou os olhos de mim para Neferet. – Eu tentei contatá-la durante o dia, depois que instruí Dragon a permitir que os novatos vermelhos e o grupo de Zoey começassem a frequentar as aulas hoje, mas não consegui encontrá-la, Grande Sacerdotisa.

Eu pude sentir a irritação de Neferet, mas ela apenas disse:

– Eu estava reclusa em profunda oração.

– Mais uma razão para esta chamada – Duantia falou.

– O que Nyx fez foi um milagre – gesticulei para que Stevie Rae entrasse no campo de visão da câmera. – Esta é Stevie Rae, a primeira Grande Sacerdotisa Vermelha.

Stevie Rae cruzou a sua mão em punho sobre o coração e se curvou profundamente.

– É um prazer enorme conhecê-la, senhora.

– *Merry meet*, Stevie Rae. Eu ouvi falar muito de você e dos novatos vermelhos. E, é claro, já conheci o guerreiro vermelho, Stark. De fato, Nyx é generosa com os seus milagres.

– Obrigada, mas, bem, o fato de nós sermos vermelhos e tal não é o milagre – Stevie Rae deu uma olhadinha para mim e acrescentou: – Bem, pelo menos não é o milagre sobre o qual Zoey está falando – ela limpou a garganta e então disse: – O milagre de Nyx tem a ver com o meu Consorte, Rephaim.

Duantia arregalou os olhos.

– Esse não é o nome de uma daquelas criaturas chamadas *Raven Mockers*?

– Sim – a voz de Dragon era tão dura quanto a sua expressão. – Esse é o nome da criatura que matou a minha Anastasia.

– Eu não entendo – Duantia falou. – Como essa abominação pode ser chamada de Consorte?

Rapidamente, antes que Neferet pudesse interromper dizendo algo horrível, comecei a tagarelar:

– Rephaim era um Raven Mocker e Dragon está certo, lá atrás ele realmente matou Anastasia – levantei os olhos para Dragon, mas foi realmente difícil encará-lo. – Rephaim pediu o perdão de Nyx por isso.

– E por tudo de ruim que ele fez quando era o filho de Kalona – Stevie Rae acrescentou.

– Perdão irrestrito é...

Neferet começou, mas eu a cortei, dizendo:

– O perdão irrestrito é uma dádiva que pode ser concedida pela nossa Deusa, e foi exatamente isso o que ela fez na noite passada – então eu olhei para Stevie Rae. – Conte à líder do Conselho Supremo o que você fez.

Stevie Rae concordou, engoliu em seco e então começou:

– Algumas semanas atrás, eu encontrei Rephaim quase morto. Ele tinha levado um tiro e despencado do céu. Eu não o entreguei – ela desviou os olhos da tela do computador e de Duantia para Dragon e disse de modo suplicante: – Eu não tive a intenção de machucar ninguém nem de fazer nada errado.

– Aquela abominação matou a minha companheira – Dragon afirmou. – Na mesma noite, ele foi abatido do céu e deveria ter morrido.

– Professor Lankford, por favor, permita que a Grande Sacerdotisa Vermelha continue a sua confissão – Duantia falou.

Eu vi Dragon cerrar o maxilar e seu lábio se levantar levemente em um riso sarcástico, mas as palavras de Stevie Rae atraíram minha atenção de volta para ela.

– Dragon está certo. Rephaim teria morrido naquela noite se eu não o tivesse salvado. Eu não contei a ninguém sobre ele. Bem, exceto para minha mãe, mas isso foi depois. Enfim, em vez de entregá-lo, eu cuidei dele. Eu salvei a sua vida. E então ele salvou a minha em retribuição. Duas vezes. Em uma delas, do touro branco das Trevas.

– Ele enfrentou as Trevas por você? – Duantia pareceu chocada.

– Sim.

– Realmente, ele rejeitou as Trevas por ela – eu resumi a história. – E na noite passada ele pediu perdão a Nyx e se comprometeu a seguir o seu caminho.

– E então a Deusa o transformou em um garoto! – Stevie Rae disse com tanto entusiasmo que até os lábios de Duantia se curvaram em um sorriso.

– Só do pôr do sol até o amanhecer – Neferet acrescentou, para tentar jogar um balde de água fria no momento. – Durante o dia ele está condenado a ser um corvo, uma besta, sem nenhuma memória da sua humanidade.

– Essa foi a consequência pelas coisas ruins que ele fez no passado – Stevie Rae explicou.

– E agora, no período que ele é um garoto, Rephaim gostaria de vir à escola como qualquer outro novato – eu completei.

– Notável – Duantia falou.

– Essa criatura não pertence a esta escola – Dragon afirmou.

– Essa criatura não está na escola – eu respondi. – O garoto está. O mesmo garoto que Nyx perdoou. O mesmo garoto que Stevie Rae escolheu como seu Consorte. O mesmo garoto que tentou servir a você sob juramento.

– Dragon, você o rejeitou? – Duantia perguntou.

– Sim – Dragon disse duramente.

– E foi por isso que eu expulsei a todos – Neferet acrescentou, usando um tom de voz calmo, racional e adulto. – Meu Mestre da Espada não consegue tolerar a presença dele e com toda a razão. Quando o grupo de Zoey decidiu trocar a sua lealdade a nós por Stevie Rae e Raven Mocker, eu não tive escolha a não ser fazer todos irem embora.

– Ele não é mais um Raven Mocker – Stevie Rae pareceu totalmente irritada.

– Mas ele ainda é o ser que matou a minha companheira – a voz de Dragon foi um açoite.

– Parem! – a ordem de Duantia foi disparada pelo computador. Mesmo a milhares de quilômetros de distância e através do Skype, o poder na voz dela era uma presença tangível no aposento. – Neferet, deixe-me ter certeza absoluta de que eu entendi com clareza os eventos da noite passada. Nossa Deusa, Nyx, apareceu na sua Morada da Noite e perdoou o Raven Mocker, Rephaim, e deu a ele a dádiva de ter a forma de um garoto durante a noite e, como penitência, amaldiçoou-o com a forma bestial de um corvo durante o dia?

– Sim – Neferet respondeu.

Duantia balançou sua cabeça devagar.

– Neferet, há uma parte de mim... os vestígios de minha remota juventude, imagine você... que entende a sua reação a esses eventos tão incomuns, apesar de você estar errada. Para colocar de modo bem simples, você não pode expulsar um grupo de novatos que não fez nada além de ficar ao lado dos seus amigos. Principalmente esse grupo de novatos – Duantia afirmou. – Esse grupo foi incrivelmente tocado pela Deusa e não pode ser descartado assim.

– Por falar nisso, há uma segunda coisa sobre a qual preciso falar com você – eu disse. – Por causa das diferenças entre os novatos vermelhos e os novatos normais, realmente é melhor que eles tenham sido expulsos – franzi a testa. – Espere, não me expressei direito.

– O que ela quer dizer é que nós não conseguimos descansar bem se estivermos debaixo da terra – Stevie Rae explicou por mim. – E não há muitos locais subterrâneos aqui.

– Então, durante a luz do dia eles preferem ficar nos túneis embaixo da estação de Tulsa e à noite, durante a semana, eles gostariam de ser trazidos de ônibus para cá para as aulas. Não há muitos novatos vermelhos no grupo de Stevie Rae, e além de mim e do meu grupo nenhum novato azul deixou a escola. E se eles ficarem perto de mim, de uma Grande Sacerdotisa Vermelha e de dois guerreiros Transformados, acho que todos estarão bem lá – coloquei um enorme sorriso no rosto e me voltei para Neferet. – E eu sei que Neferet é uma Grande Sacerdotisa tão incrível que vai ser capaz de lidar com todas as mudanças que estão acontecendo aqui.

Houve um longo silêncio no qual eu e Neferet nos fitamos intensamente. Finalmente, Duantia perguntou:

– Neferet, o que você diz?

Vislumbrei a presunção no rosto de Neferet antes de ela se virar para a câmera.

– Depois de ouvir a sua sabedoria, Duantia, eu realmente vejo que tomei uma decisão muito precipitada ontem à noite. Como alguém que foi, como eu, recentemente perdoada por Nyx, eu devo me esforçar muito para emular a benevolência da Deusa. Claramente, ela tem planos especiais para Zoey e seu grupo. Talvez um lugar de descanso separado de nós seja o melhor. É claro que eles devem continuar obedecendo às regras desta Morada da Noite e têm que me reconhecer como a sua Grande Sacerdotisa por direito.

– Não necessariamente – eu disse, ignorando o olhar cortante de Neferet e me concentrando em Duantia. – O tempo que eu passei em Skye com a rainha Sgiach realmente significou muito para mim. Nos tornamos próximas. Sgiach inclusive disse que gostaria de ser minha mentora, que ela iria começar a abrir Skye para o mundo moderno. Eu não posso ficar em Skye com ela, mas eu ainda gostaria de seguir seus passos – inspirei profundamente e concluí rápido: – Então, eu quero declarar oficialmente a estação de Tulsa fora da jurisdição da Morada da Noite, como Sgiach declarou Skye – olhei diretamente para Neferet. – E assim como Sgiach, não vou me intrometer nos seus negócios se você não se intrometer nos meus.

– Você se atreve a se autodeclarar uma rainha? – Neferet soou atordoada.

– Bem, eu não me declarei. Mas Sgiach me declarou, assim como seu Guardião. Além disso, Stark foi aceito como Guardião. No Mundo do Além, ele tinha a espada e tudo mais. Como ele é meu guerreiro, meio que por tabela isso significa que eu fui declarada uma rainha. Uma rainha iniciante, no entanto – acrescentei.

– Isso não parece certo para mim – Neferet disse.

– Concordo com Neferet – Dragon afirmou.

Eu o encarei, tentando telegrafar: *Sério? Você está mesmo dizendo que concorda com Neferet, depois de tudo o que você sabe sobre ela?* Mas Dragon olhou para a frente como se não me enxergasse.

– Eu preciso consultar o Conselho Supremo sobre esse assunto, Zoey Redbird. Nós não apoiamos a ideia de rainhas vampiras. Vampiros são Sacerdotisas, guerreiros e professores, e eles seguem os diversos caminhos de vida que têm origem nesses chamados. Há muito tempo essa é a nossa tradição.

– Mas Sgiach é uma rainha – eu insisti. – Há séculos. Isso é tempo demais para também poder ser considerado uma tradição.

– Não uma tradição vampira! – a voz levantada de Duantia fez os pelinhos do meu braço se eriçarem. A líder do Conselho Supremo respirou fundo, claramente para se estabilizar, antes de continuar em um tom mais calmo: – Sgiach mal é considerada uma vampira. Ela mantém a sua existência separada de nós há muitos séculos. Nós temos uma trégua incômoda com ela à revelia. Não podemos entrar na sua ilha. Ela não sai de lá – Duantia fez uma pausa e levantou uma sobrancelha. – Isso mudou, Zoey? Sgiach está planejando sair de Skye?

– Não – respondi. – Mas ela me disse que estava pensando em aceitar estudantes novamente.

– Permitir que gente de fora entre e saia de Skye seria extraordinário – o modo com que Duantia disse isso me fez pensar que ela não considerava "extraordinário" sinônimo de "uma coisa boa".

– Eu acredito que se abrir para gente de fora é algo que todos nós devemos fazer nestes tempos de mudança – Neferet falou.

Todo mundo a encarou. Até Duantia ficou sem palavras.

– Como eu tenho tanta certeza disso, decidi abrir as portas da minha Morada da Noite, contratando humanos locais para alguns dos empregos mais servis. Acho que isso é sábio e responsável, principalmente nestes tempos difíceis na economia. Espero que Sgiach siga esse exemplo.

– É uma excelente ideia, Neferet – Duantia afirmou. – Como você sabe, os humanos têm sido uma presença constante aqui na Ilha de São Clemente nos últimos séculos – a Grande Sacerdotisa Vampira sorriu. – Desde que nós nos tornamos civilizados e modernos.

– Assim como a Morada da Noite de Tulsa gostaria de se tornar também – Neferet disse.

– Bem, então está decidido. A Morada da Noite de Tulsa vai empregar humanos locais. Rephaim, os novatos vermelhos e o grupo de Zoey vão frequentar a escola da Morada da Noite e descansar nos túneis embaixo da estação durante o dia. Vou anotar um lembrete para falar com o Conselho Municipal de Tulsa sobre a compra da estação abandonada.

– E sobre o status de Zoey como rainha e a submissão da estação de Tulsa a mim e a esta Morada da Noite? – Neferet perguntou.

Segurei o fôlego.

– Como eu já decretei, vou consultar o plenário do Conselho Supremo em uma questão tão séria como essa, uma novata jovem e dotada ser considerada uma rainha, ainda que seja somente uma rainha em treinamento. Até que uma decisão seja tomada, Zoey Redbird e a estação de Tulsa serão um prolongamento da Morada da Noite de Tulsa.

– E portanto eu continuo a sua Grande Sacerdotisa – Neferet concluiu.

Stevie Rae limpou a garganta.

– Ahn, sem querer ser mesquinha ou qualquer coisa do tipo, mas já que Z. não vai ser considerada rainha agora e nós temos que ter uma Grande Sacerdotisa, eu sou a próxima na fila. Meus novatos vermelhos precisam de alguém como eles para entendê-los. E esta sou eu. Portanto, pode nos chamar de uma filial da Morada da Noite se quiser, mas, se tem que existir uma Grande Sacerdotisa acima dos novatos vermelhos, então serei eu.

– Seus argumentos são válidos, jovem Sacerdotisa – Duantia disse sem hesitar, o que me fez pensar se ela só estava esperando a contestação de Stevie Rae. – Stevie Rae, até que a questão da posição de Zoey Redbird seja resolvida, você vai atuar como a Grande Sacerdotisa da estação, que será um prolongamento da Morada da Noite de Tulsa.

– Obrigada, senhora – Stevie Rae falou. – E eu não quis soar desrespeitosa.

As feições penetrantes de Duantia se suavizaram quando ela sorriu.

– Você não soou desrespeitosa. Você soou como uma Grande Sacerdotisa. Agora, se não há mais nada a ser tratado, eu vou desligar para colocar as outras integrantes do Conselho Supremo a par desses acontecimentos e decisões.

– Eu já terminei – afirmei.

– Sim, eu também – Stevie Rae disse.

– Acho que tudo o que nós discutimos já é o bastante para um dia – Neferet falou.

– Excelente. Então, me despeço e desejo que todos vocês sejam abençoados.

O computador fez aquele barulho estranho de final de chamada do Skype e a tela ficou branca.

– Bem, foi bastante interessante – Lenobia afirmou.

Percebi então que ela não havia dito nada durante toda a chamada no Skype. Isso me fez pensar nela. Quero dizer, antes ela havia ficado claramente ao meu lado contra Neferet, mas Dragon também já esteve ao meu lado.

– Sim, interessante é uma boa palavra para descrever o que aconteceu – Neferet concordou.

– Parabéns, Grande Sacerdotisa – eu me voltei para Stevie Rae.

– Sim, parabéns – Erik se manifestou.

– Você já era nossa Grande Sacerdotisa, mas é legal que oficializaram isso – Kramisha disse.

– Eu não quero aquela criatura na minha classe – Dragon falou de modo abrupto, cortando totalmente os cumprimentos.

Comecei a abrir minha boca para defender o direito de Rephaim de ir à aula de esgrima ou qualquer outra, mesmo que ainda fosse muito estranho defender Rephaim, mas a resposta de Stevie Rae me surpreendeu e me silenciou.

– Acho que você está certo. Sei que isso é difícil para você, Dragon. Que tal se eu pedir a Darius e Stark para darem aulas extras de armas brancas e coisas assim? Rephaim pode frequentar essas aulas.

– Essa é mesmo uma ótima ideia – Lenobia concordou. – Como todo novato precisa ter alguma aula de defesa pessoal, e com o inesperado aumento no número de alunos por causa dos novatos vermelhos, suas aulas vão ficar lotadas.

– É, a gente devia estar morto. O fato de a gente ter *desmorrido* realmente vai ferrar com o tamanho das classes – Kramisha comentou.

Neferet suspirou pesadamente e então disse:

– Todo novato precisa ter alguma aula de defesa pessoal por causa do ataque dos *Raven Mockers*. Eu sou a única que vê a terrível ironia no que vocês estão dizendo?

– Eu vejo isso... e mais – Dragon respondeu.

– E eu vejo que você continua jogando merda no ventilador – Stevie Rae afirmou. Ela se virou e ficou encarando Neferet bem de perto. Ela não piscou. Ela não recuou. Minha melhor amiga parecia forte, valente e muito mais velha do que era.

Stevie Rae parecia uma Grande Sacerdotisa.

Uma Grande Sacerdotisa que estava fazendo inimigos perigosos.

– Duantia resolveu que Rephaim e todos nós podemos ficar – eu falei enquanto me levantava, ficando entre Stevie Rae e Neferet. – Acho que o que nós devemos fazer é descobrir um jeito de fazer isso sem causar um monte de estresse e problemas – olhei para Dragon, tentando encontrar dentro dos seus olhos raivosos aquele Mestre da Espada sábio e gentil que eu conhecera. – Todos nós já tivemos estresse e problemas suficientes por bastante tempo, vocês não acham?

– Eu estarei no ginásio com os novatos normais – Dragon disse e saiu apressadamente do recinto.

– Stevie Rae, você pode dizer a Stark e Darius que eles podem dar aula nos estábulos – Lenobia ofereceu.

– Fico feliz de ouvir que você está com essa disposição conciliadora, professora Lenobia – Neferet começou. – Os primeiros humanos que eu vou contratar serão cavalariços para ajudá-la com todo o... – ela fez uma pausa e seu olhar intenso se voltou para Stevie Rae, Kramisha e eu – esgoto do estábulo.

– Esterco – a resposta de Lenobia foi imediata. – Não há esgoto em meus estábulos. Há esterco. E não preciso de nenhuma ajuda com isso.

– Ah, mas você vai aceitar a ajuda. Pois essa é a coisa certa a fazer, e o Conselho Supremo já endossou isso, não vai?

– Vou fazer o que eu acredito ser o certo.

– Então você vai fazer o que eu espero – Neferet deu as costas para Lenobia, dispensando-a. – Zoey e Stevie Rae, os novatos vermelhos devem retomar o horário de aulas que eles tinham antes de morrer – ela disse de modo prático. – E vocês duas devem se juntar a eles. Quer vocês sejam anormalmente Transformados – ele gesticulou os dedos para Stevie Rae – ou apenas novatos anormais – ela voltou sua atenção para Kramisha e para mim –, isso importa pouco. Vocês precisam ir para as aulas. Vocês são muito jovens para serem realmente interessantes se não tiverem uma formação melhor. A segunda aula deve estar em andamento agora. Vão para suas classes. Esta Reunião do Conselho está encerrada.

Sem falar nenhum "abençoados sejam", ela saiu rapidamente do aposento.

– Ela é uma louca – Kramisha disse.

– Louca vezes dez – Stevie Rae acrescentou.

– Mas Neferet já é uma figura conhecida. Quando lidamos com ela, nós sabemos que estamos lindando com uma Grande Sacerdotisa que já errou e que é totalmente louca – Lenobia falou devagar. – É Dragon que me preocupa mais.

– Então você está conosco? – perguntei para a Mestra dos Cavalos.

Os olhos cinza de Lenobia encontraram os meus.

– Uma vez eu disse a você que já lutei contra o mal. Eu carrego as cicatrizes desse encontro, tanto fisica quanto emocionalmente, e nunca vou permitir que o mal e as Trevas destruam a minha vida de novo. Eu estou com você – ela acenou com a cabeça para Stevie Rae e Kramisha –, com você e com você, pois vocês estão do lado da Deusa – então ela se voltou para Erik, que estava de pé, mas não havia feito menção de sair da sala. – E onde está você nisso tudo?

– Eu sou o Rastreador da Morada da Noite de Tulsa.

– Nós sabemos, mas em que lado isso coloca você? – Stevie Rae perguntou.

– Eu estou do lado que Marca garotos e muda os seus destinos – Erik se esquivou.

– Erik, algum dia você vai ter que tomar uma posição – eu disse a ele.

– Ei, o fato de eu não estar combatendo Neferet abertamente não significa que não tomei uma posição.

– Não, só significa que é uma posição fraca – Stevie Rae rebateu.

– Que seja! Você não sabe de tudo, Stevie Rae – Erik saiu do recinto batendo pernas.

Kramisha bufou.

– É um desperdício de garoto bonito.

Isso me deixou triste, mas não pude deixar de concordar com ela.

– Vou começar a separar uma área com divisórias para as aulas dos guerreiros – Lenobia disse. – Enquanto isso, vocês podem encontrar os guerreiros e avisá-los que eles vão ser professores, ou pelo menos professores temporários.

– Não vai ser difícil encontrá-los – eu afirmei. – Stark e Darius provavelmente estão no ginásio, treinando com suas espadas.

– Eu vou com você – Stevie Rae falou.

– Acho que eu vou para a segunda aula – Kramisha disse com um pesado suspiro.

Quando Stevie Rae e eu saímos da sala, ela puxou meu braço e me fez ir mais devagar até que ficássemos sozinhas.

– Ei, você sabe que só porque o Conselho Supremo e os outros estão me chamando de Grande Sacerdotisa da estação, isso não significa que eu quero ser sua chefe nem nada parecido.

Eu pisquei surpresa para ela.

– Sim, é claro que sei disso. E de qualquer forma você é uma Grande Sacerdotisa incrível, o que significa que você não vai ser uma chefe vaca e "pé no saco".

Ela não riu como eu imaginei. Em vez disso, ela começou a puxar um dos seus cachos, um sinal definitivo de que ela estava estressada.

– Ok, é legal dizer isso e tal, mas eu só sou uma Grande Sacerdotisa há tipo uns dois segundos. Eu preciso ter certeza de que você vai me ajudar.

Eu enganchei meu braço no dela e a cutuquei com meu ombro.

– Você sempre pode ter certeza de que pode contar comigo. Você sabe disso.

– Mesmo depois de Rephaim?

– Mesmo depois de Loren, Kalona e Stark? – eu contra-ataquei.

Ela abriu um sorriso.

– Você sempre está um passo na minha frente, não é?

– Infelizmente, acho que estou três passos na sua frente – eu respondi, o que nos fez dar risada, mas também me fez suspirar.

Saímos da parte da Morada da Noite que englobava o centro de mídia em forma de torre e dobramos à esquerda na calçada que serpenteava em volta do ginásio e dos estábulos. Estava uma noite fria, mas muito clara. O céu estava cheio de estrelas, e era muito fácil vê-las através dos galhos invernais dos velhos carvalhos que salpicavam os jardins do campus.

– Então, ele é uma graça, hein?

Eu me fingi de boba.

– Quem, Stark?

Ela me cutucou com o ombro.

– Estou falando sobre Rephaim.

– Ah, ele. Sim, acho que ele é ok – eu hesitei e quase não perguntei, mas então decidi ir em frente. Quero dizer, nós somos melhores amigas. E melhores amigas podem perguntar qualquer coisa uma para a outra. – Então, você viu ele se transformar em um pássaro?

Pude sentir a tensão que entrou no corpo dela, mas ela soou quase normal quando respondeu:

– Sim, eu vi.

– Como foi?

– Horrível.

– E ele, ficou por perto? Ou ele saiu voando e foi embora? – não consegui evitar. Foi uma curiosidade totalmente mórbida, dessas de quem fica observando carros acidentados.

– Ele saiu voando na hora. Mas assim que o sol se pôs ele voltou. Ele disse que sempre vai achar o caminho de volta para mim.

– Então ele vai – eu disse, odiando ouvir a preocupação na voz dela.

– Eu o amo, Z. Ele é realmente bom. Prometo.

Eu estava abrindo a boca para dizer que eu acreditava nela quando um grito me interrompeu. Por um segundo não entendi o que a voz estava dizendo, só reagi ao perigo contido nela. Mas Stevie Rae entendeu.

– Ah, não! É Dragon! Ele está convocando os guerreiros!

Ela soltou meu braço e começou a correr na direção da voz de Dragon. Com um péssimo pressentimento, disparei atrás dela.

5

Rephaim

– Por que vocês estão aqui?! – Rephaim berrou para os três *Raven Mockers* empoleirados acima dele. Ele olhou rapidamente em volta. Se ele tivesse tido tempo, teria suspirado aliviado por aquela parte do campus continuar vazia; todos os novatos haviam ido para a segunda aula. – Vocês têm que ir embora antes que alguém veja vocês – ele disse com uma voz bem mais baixa.

– Rephaim? Como?

Apesar de haver três *Raven Mockers* na árvore, apenas um deles estava falando. É claro que Rephaim reconheceu na mesma hora que aquele era Nisroc, um dos seus irmãos que mais se parecia com os humanos.

– Eu escolhi o caminho de Nyx. A Deusa me perdoou e me aceitou e, ao fazer isso, ela mudou a minha forma para a de um humano – Rephaim não sabia por que ele não havia acrescentado "durante a noite". O que ele sabia era que qualquer coisa que contasse a Nisroc seria reportada diretamente para o seu pai.

– Perdão? Por quê?

Rephaim encarou seu irmão e ficou quase arrasado de tanta pena. *Ele não percebe que há outro caminho além daquele ao qual nosso pai o leva, e ele não entende que o que ele faz em nome de Kalona é errado.*

– Nisroc, quando nós... – Rephaim fez uma pausa. Não, ele pensou, eu só posso falar por mim. – Quando eu machuquei os outros, quando eu matei, violentei e peguei tudo o que eu desejava só porque eu podia... isso foi errado.

Nisroc balançou sua cabeça de um lado para o outro. Seus outros dois irmãos, da horda bestial, e sem nome, que seguiam as ordens de seu pai, sibilaram baixo, perturbados mas não desenvolvidos o suficiente para compreender o porquê.

Finalmente, seu irmão disse:

– Ordensss do Pai. Não errado.

Rephaim balançou a cabeça.

– Até o Pai pode estar errado – ele inspirou profundamente e acrescentou: – E até você pode escolher um caminho diferente.

As duas criaturas sem nome pararam de sibilar e olharam para ele em choque. Nisroc estreitou seus olhos humanos escarlate.

– Ela fezzz issso. A fêmea. Como o Pai dissse!

– Ninguém fez nada. Eu decidi sozinho – então, com um princípio de medo, uma súbita compreensão o atingiu. – Nisroc, a Vermelha, Stevie Rae, ela não fez nada para mim. Eu escolhi ficar com ela e sua Deusa. Você não pode nunca machucar a Vermelha. Ela pertence a mim. Você entendeu?

– Sssua. Grande Sssacerdotisa matar não podemosss – Nisroc repetiu automaticamente, mas Rephaim viu o brilho maldoso nos seus olhos em brasa.

– Vocês têm que ir embora. Agora – Rephaim disse. – Vocês não podem deixar ninguém ver vocês e não podem voltar.

– Primeiro, mensssagem do Pai – Nisroc desceu dos grossos galhos do carvalho, aterrissando na frente de Rephaim, seguido pelos dois outros *Raven Mockers*, que se posicionaram nos seus flancos. – Do lado do Pai você vai essstar. Masss aqui. Obssservando. Essperando. Essspionando.

Rephaim balançou a cabeça novamente.

– Não. Eu não vou espionar para o Pai.

– Sssim! Como o Pai quer! – Nisroc abriu suas asas, uma ação imitada pelos dois outros *Raven Mockers*. Extremamente agitado, ele sacudiu a cabeça e fechou suas mãos em punho.

Rephaim não se sentiu ameaçado. Sua mente não registrou o perigo físico que ele corria. Ele estava acostumado demais aos seus irmãos, acostumado demais a ser um deles. Não, era mais do que isso. Rephaim estava acostumado demais a ser o líder deles, de modo que não conseguia temê-los.

– Não – ele repetiu. – Para mim, não é mais como o Pai quer. Eu mudei. Por dentro e por fora. Voltem para ele. Digam isso a ele – Rephaim hesitou e então concluiu: – Diga a ele que minha escolha continua a mesma.

– Odiar você ele vai – Nisroc afirmou.

– Sei disso – Rephaim sentiu uma dor profunda dentro dele.

– Odiar você eu vou – Nisroc falou.

Rephaim franziu a testa.

– Você não precisa me odiar.

– Eu preciso.

Devagar, Rephaim estendeu o braço, oferecendo o seu antebraço para Nisroc na saudação respeitosa e tradicional entre guerreiros, que também era um gesto de despedida.

– Você não precisa. Nós podemos nos despedir como amigos, como irmãos.

Nisroc fez uma pausa, inclinando sua cabeça para um lado e depois para o outro. Seus olhos estreitos relaxaram. Sua postura agressiva se alterou. Ele começou a se mover e a falar, mas Rephaim nunca saberia a verdadeira intenção de seu irmão, pois naquele momento o grito de Dragon Lankford dizendo "Filhos de Erebus! Comigo!" abalou a noite, e então o Mestre da Espada investiu na direção deles.

Rephaim experimentou um momento de pânico paralisante. Ele ficou congelado no meio do caos, enquanto seus irmãos, sibilando e rosnando, encontravam o ataque de Dragon. Ele ficou olhando e sabendo, de modo terrível e fatalista, que muito em breve os guerreiros começariam a brotar do ginásio, com suas espadas desembainhadas e seus arcos armados. Eles iriam se juntar a Dragon e massacrar completamente seus três irmãos.

– Dragon, não! – ele gritou. – Eles não estavam atacando!

Do meio da batalha, a voz de Dragon Lankford chegou até ele.

– Ou você está a favor ou contra nós! Não há meio-termo.

– Há meio-termo – Rephaim gritou de volta, abrindo os braços como se estivesse se rendendo. – É onde eu fico – ele deu um passo em direção a Dragon. – Eles não estavam atacando! – ele repetiu. – Nisroc, irmãos, parem de lutar!

Rephaim achou realmente que Nisroc havia hesitado. Ele estava quase certo de que seu irmão o estava ouvindo, entendendo e querendo se retirar. Então a voz de Neferet cortou a noite.

– Aurox! Proteja! Destrua!

A criatura de Neferet explodiu dentro da cena.

Ele veio do muro lateral do jardim, encarando Rephaim. No começo, ele aparentava ser humano. Ele tinha a forma de um jovem sem nenhuma Marca de novato ou vampiro. Mas seus movimentos eram rápidos demais para serem humanos. Em um borrão, ele atacou. Vindo por trás, ele agarrou o Raven Mocker mais próximo pelas suas asas abertas e, com um único e horrível movimento, ele as arrancou do seu corpo.

Em seus séculos de existência, Rephaim havia visto coisas terríveis – ele tinha cometido atos vis e tenebrosos. Mas, de algum modo, assistir a tudo aquilo deste novo ponto de vista humano fazia a violência que ele estava testemunhando ser mais medonha. Seu grito ecoou o de seu irmão quando o corpo do Raven Mocker caiu no chão, estremecendo de agonia e jorrando sangue.

Foi então que Aurox começou a se transformar. Apesar de Rephaim ver aquilo acontecendo, ele mal podia compreender.

O corpo dele ficou maior e mais largo.

Cresceram chifres nele.

Seus punhos se endureceram.

Sua pele se ondulou e se levantou, pulsando como se algo por baixo dela estivesse tentando sair.

Ele se inclinou e, quase graciosamente, torceu e arrancou a cabeça de seu irmão.

Até Dragon Lankford parou o seu ataque para observar.

Forçando a sua mente para pensar no meio do choque e do horror, Rephaim gritou para Nisroc:

– Vá embora! Saia voando!

Com um grito de desespero, Nisroc, seguido pelo irmão, levantou do chão ensopado de sangue.

A criatura transformada berrou e deu um salto, tentando, inutilmente, derrubá-los do céu. Quando ele caiu com um estrondo no chão, com seus enormes cascos de diabo freando no gramado do inverno, ele voltou seus olhos cor da lua em chamas para Rephaim.

Desejando ter asas ou uma arma, Rephaim se encolheu defensivamente e se preparou para o ataque violento da criatura.

– Rephaim! Cuidado!

Ele escutou a voz dela e o seu medo ficou mais quente e espesso quando Stevie Rae, seguida de perto por Zoey, correu na direção dele.

A criatura abaixou a cabeça e arremeteu.

Zoey

Eu estava bem atrás de Stevie Rae quando corremos para a briga. Afe, tudo o que eu posso dizer é que aquilo era repugnante, horrível e totalmente confuso.

Eu mal podia dizer o que estava acontecendo. Dois *Raven Mockers* estavam grasnando e voando acima de nós. Eu vi o corpo de outro Raven Mocker sem cabeça (eca!) se retorcendo e se esvaindo em um sangue com um cheiro estranho aos pés de Dragon. Rephaim estava em pé um pouco afastado deles, como se ele tivesse assistido mas não participado da luta. De algum modo, Neferet estava lá também, parecendo super louca e sorrindo de um jeito muito esquisito.

No meio da coisa toda estava uma criatura que era meio humana, mas não totalmente. No instante em que eu o vi, comecei a sentir um calor no meio do meu peito. Coloquei a mão ali e senti o círculo de mármore duro e quente que pendia de uma corrente de prata no meu pescoço.

– Minha pedra da vidência – murmurei para mim mesma. – Por que está quente de novo? Por que agora?

Como uma resposta, meu olhar foi atraído para a criatura bizarra. Ele tinha chifre e cascos, mas seu rosto era o de um garoto. Seus olhos estavam incandescentes. Ele tinha tentado agarrar um Raven Mocker no céu, mas depois de falhar ele voltou sua atenção para Rephaim, abaixou a cabeça e investiu contra ele.

– Rephaim! Cuidado! – Stevie Rae gritou e disparou na direção dele. Ela estendeu rapidamente seus braços e eu pude ouvi-la invocando a terra.

– Espírito! – eu chamei, tentando acompanhá-la. – Fortaleça Stevie Rae! – senti o elemento responder quando ele girou em um redemoinho para dentro de Stevie Rae, junto com o próprio elemento dela, a terra. Como se estivesse jogando uma grande bola para cima, ela levantou os braços, e uma barreira verde fosforescente se ergueu da terra como uma cachoeira ao contrário, protegendo Rephaim do ataque da criatura.

A criatura se chocou violentamente contra a barreira verde e caiu para trás de costas. Stevie Rae, forte, ereta e orgulhosa, parou perto de Rephaim. Ela pegou a mão dele. Então, minha melhor amiga levantou sua outra mão e, quando a criatura tentou se levantar, ela fez um movimento de palmada e disse:

– Não! Fique deitado – uma onda verde brilhante o abateu, prendendo-o ao chão.

– Chega! – Neferet disse, marchando em direção à criatura. – Aurox não é o inimigo aqui. Liberte-o imediatamente.

– Não se ele for atacar Rephaim – Stevie Rae respondeu. Ela se virou para Dragon e perguntou: – Rephaim estava aliado aos outros *Raven Mockers*?

Sem nem olhar para Rephaim, Dragon respondeu:

– Ele estava falando com eles, mas não atacou com eles.

– Eles não atacaram! – Rephaim afirmou. – Eles estavam aqui para me ver... só isso. Você os atacou!

Dragon finalmente olhou para Rephaim.

– *Raven Mockers* são nossos inimigos.

– Eles são meus irmãos – a voz de Rephaim soou incrivelmente triste.

– Você vai ter que decidir de que lado está – Dragon disse solenemente.

– Já fiz isso.

– E parece que a Deusa acredita nisso – Neferet falou. – Aurox – ela se dirigiu à criatura que ainda estava deitada de costas, presa pelo poder da terra –, a batalha terminou. Não é mais necessário proteger ou atacar – ela virou seu intenso olhar de esmeralda para Stevie Rae. – Agora, liberte-o.

– Obrigada, terra – Stevie Rae disse. – Você pode ir agora – com um aceno de sua mão, o brilho verde evaporou, permitindo que a criatura se levantasse.

Mas não era uma criatura o que ficou em pé. Um garoto estava lá – um menino bonito, loiro, com olhos parecidos com pedras da lua e o rosto de um anjo.

– Quem é ele? E que diabo todo aquele sangue está fazendo ali? – a voz de Stark subitamente ao meu lado me fez dar um pulo.

– Ah, que merda. É um Raven Mocker morto – Aphrodite falou quando ela, Darius e o que pareceu ser a maioria da escola se amontoaram em volta de nós.

– E é um garoto humano muito bonito – Kramisha disse, dando uma olhada nele.

– Ele não é humano – eu afirmei, segurando minha pedra da vidência.

– O que ele é? – Stark perguntou.

– Magia antiga – eu respondi quando as peças do quebra-cabeças na minha mente se juntaram.

– Desta vez você está certa, Zoey – Neferet se aproximou do garoto e anunciou com um floreio: – Morada da Noite, este é Aurox, o presente que Nyx me deu para provar o seu perdão!

Aurox deu um passo à frente. Seus olhos de uma cor estranha encontraram os meus. De frente para a multidão, mas olhando apenas para mim, ele cruzou seu punho sobre o coração e se curvou.

– De jeito nenhum ele é um presente de Nyx – Stevie Rae murmurou.

Pelo menos uma vez na vida concordando com Stevie Rae, Aphrodite bufou.

Tudo o que eu podia fazer era observar. Tudo o que eu sentia era o calor da pedra da vidência.

– Zoey, o que foi? – Stark perguntou em voz baixa.

Não respondi. Em vez disso, eu me forcei a desviar meu olhar de Aurox e encarei Neferet.

– De onde ele vem realmente? – minha voz saiu dura e forte, mas parecia que meu estômago estava tentando virar de cabeça para baixo.

Em algum lugar, no fundo da minha mente, eu conseguia ouvir o zunzum e os sussurros dos garotos a minha volta, e eu sabia que forçar um confronto com Neferet aqui e agora não seria inteligente da minha parte. Mas não consegui evitar. Neferet estava mentindo sobre essa coisa chamada Aurox, e por alguma razão isso era tudo o que importava para mim.

– Eu já disse de onde ele veio. E, Zoey, eu devo dizer que é exatamente por isso que você precisa voltar à escola, frequentar as aulas e se concentrar novamente nos estudos. Eu acredito que você perdeu a habilidade de escutar.

– Você disse que ele é magia antiga – eu ignorei aquela lorota meio agressiva dela. – A única magia antiga que eu conheço é a da Ilha de Skye – *e essa*, eu disse a mim mesma, *foi a que eu vi na noite passada, quando olhei para Stark através da pedra; a magia antiga dos guerreiros Guardiões que ainda estava grudada nele desde a Ilha de Skye*. Com a mente zunindo, mas ainda confrontando Neferet, continuei: – Você está me dizendo que ele veio da Ilha de Skye?

– Criança tola, a magia antiga não é restrita a uma ilha. Sabe, você deveria pensar duas vezes antes de acreditar em tudo o que ouve, principalmente quando isso vem de uma vampira que chama a si mesma de rainha e que não sai de uma ilha há séculos.

– E você ainda não respondeu minha pergunta. De onde ele vem?!

– Que magia pode ser mais antiga do que aquela que vem da Deusa em pessoa? Aurox é o meu presente de Nyx! – Neferet olhou intencionalmente para a multidão e riu do meu questionamento como se eu não fosse nada além de uma criança irritante e eles estivessem todos rindo da mesma piada adulta junto com ela.

– No que ele estava se transformando? – não consegui me conter, apesar de saber que eu estava parecendo totalmente rabugenta e teimosa, como uma daquelas garotas que quer ter sempre a última palavra, que por sinal é sempre negativa.

O sorriso de Neferet foi magnânimo.

– Aurox estava se transformando no Guardião da Morada da Noite. Você não pensou que era a única digna de ter um Guardião, pensou? – ela abriu bem os braços. – Todos nós somos! Venham, cumprimentem-no e então vamos voltar para as aulas e para aquilo que é a base da Morada da Noite, o aprendizado.

Eu queria gritar que ele não era um Guardião! Queria berrar que eu estava cansada de Neferet ficar distorcendo as minhas palavras. Eu não conseguia parar de olhar para Aurox quando os novatos (na maioria garotas) começaram a se aproximar dele, tomando cuidado para desviar do sangue nojento e dos restos do Raven Mocker.

Na verdade, eu não sabia por que, mas eu só queria gritar.

– Você não vai ganhar essa – Aphrodite disse. – Ela tem a multidão e o garoto bonito ao lado dela.

– Ele não é isso – ainda segurando firme na minha pedra da vidência em brasa, eu me afastei daquela cena ridícula e comecei a andar de volta para a escola. Pude sentir Stark me observando, mas continuei olhando para a frente.

– Z., qual é o seu problema? Então ele não é só um garoto bonito. Isso é tão terrível? – Aphrodite perguntou.

Eu parei e me virei para encará-los. Estavam todos lá, seguindo bem atrás de mim em fila, como patinhos atrás da mãe: Stark, Aphrodite, Darius, as gêmeas, Damien, Stevie Rae e até Rephaim. Foi para Rephaim que eu dirigi minha pergunta:

– Você também viu, não viu?

Ele assentiu de modo sóbrio.

– Se você se refere à transformação dele, sim.

– Viu o quê? – Stark perguntou, soando exasperado.

– Ele estava se transformando em um touro – Stevie Rae respondeu. – Eu também vi.

– Aquele garoto branco bonito estava virando um touro? Isso não tá certo – Kramisha falou, dando uma olhada para a multidão que havíamos deixado para trás.

– Garoto branco... touro branco – Stevie Rae concluiu. E então, falando como eu, ela acrescentou: – Ai, que inferno.

6

Erik

Ele estava indo devagar para a sala de teatro, desejando fortemente que em vez de estar a caminho de uma aula ele estivesse prestes a fazer uma grande entrada em um set de filmagem em L.A.[1] , Nova Zelândia, Canadá... Droga! Em qualquer lugar, menos em Tulsa, Oklahoma! Ele também estava pensando em como havia deixado de ser o novato mais gostoso da escola e o próximo Brad Pitt, segundo o mais importante agente de elenco vampiro de L.A., e virado professor de teatro e Rastreador de vampiros.

– Zoey – Erik murmurou para si mesmo. – Minha vida começou a descer ladeira abaixo no dia em que eu a conheci.

Então ele se sentiu mal por dizer isso, mesmo que não tivesse ninguém por perto para ouvir. Ele estava realmente bem com Z. Eles eram até meio amigos. Com o que ele não lidava bem era com toda a loucura que rolava em volta dela. *Ela é um imã para bizarrices*, ele pensou. Não era de se estranhar que eles tivessem terminado. Ele não era bizarro.

Ele esfregou a palma da sua mão direita.

Vários novatos passaram correndo por ele, então ele estendeu o braço e puxou um deles pelo capuz da sua jaqueta xadrez da escola.

– Ei, por que a pressa, e por que você não está na aula? – Erik fez um olhar zangado para o garoto, mais porque ele estava irritado por soar

1 Los Angeles, onde fica Hollywood (N.T.).

como um daqueles professores, do tipo "volte já para a sala, jovenzinho!", do que por realmente se importar aonde o novato estava indo.

Irritando Erik ainda mais, o novato se encolheu de medo e pareceu que ia molhar as calças.

– Alguma coisa está acontecendo. Uma luta ou algo assim.

– Vá em frente – Erik o soltou com um pequeno empurrão e o garoto saiu correndo.

Erik nem pensou em segui-lo. Ele sabia o que ia encontrar: Zoey no meio de uma confusão. Ela tinha um monte de gente para ajudá-la a sair da confusão. Ele não tinha a menor responsabilidade sobre ela, assim como acabar com o maldito mundo das Trevas também não era sua responsabilidade.

No momento em que ele colocou a mão na maçaneta da porta da classe sua palma direita começou a arder. Erik balançou a mão. Então ele parou e a observou.

A Marca em forma de labirinto em espiral estava levantada, como uma marca de ferro quente em gado que acabou de ser feita.

Então a compulsão o atingiu. Com força.

Erik arfou, virou-se e começou a correr na direção do estacionamento e do seu Mustang vermelho. Enquanto aquele ímpeto aumentava para níveis cada vez mais febris, ele não conseguia ficar quieto e seus pensamentos jorravam em pedaços de sentenças fragmentadas:

– Broken Arrow. Avenida South Jupiter, 2801. Andando. Em trinta e cinco minutos. Você tem que chegar lá. Você tem que estar lá. Shaylin Ruede. Shaylin Ruede. Shaylin Ruede. Vai, vai, vai, vai, vai...

Erik sabia o que estava acontecendo. Ele havia se preparado. O último Rastreadores da Morada da Noite, que chamava a si mesmo de Caronte[2] , havia contado a ele exatamente o que esperar. Quando chegasse a hora de ele Marcar um novato, a palma da sua mão iria arder; ele

2 Na mitologia grega, Caronte era o barqueiro de Hades, que transportava as almas dos mortos pelos rios que separavam o mundo dos vivos do mundo dos mortos. (N.T.)

iria saber um lugar, uma hora e um nome; e ele sentiria uma compulsão incontrolável de chegar lá.

Erik achou que estaria preparado, mas ele não tinha compreendido a profundidade da ânsia que se abateria sobre ele – o poder singular do foco que martelava dentro dele ao mesmo tempo que a batida pulsante, quente e urgente na palma de sua mão.

Shaylin Ruede seria a primeira novata que ele Marcaria na vida.

Levou trinta minutos para que ele fosse do centro de Tulsa até o pequeno condomínio espremido dentro do tranquilo distrito de Broken Arrow. Erik parou em uma vaga de visitantes do estacionamento. Suas mãos estavam tremendo quando ele saiu do Mustang. A compulsão o havia levado para a calçada que se estendia na frente do complexo, paralela à rua. O condomínio tinha luminárias com lâmpadas brancas suaves, que pareciam aquários gigantes e opacos sobre postes de ferro forjado, de modo que poças de luz cor de creme estavam espalhadas pela calçada. Cedros maduros e carvalhos se alinhavam no passeio de pedestres, no lado da rua. Erik olhou para o relógio. Eram 3h45. Um horário e um lugar estranhos para Marcar uma garota. Mas Caronte havia dito a ele que a compulsão do Rastreadores nunca estaria errada – que tudo o que ele tinha que fazer era segui-la, deixando seus instintos o guiarem, e então tudo daria certo. Mesmo assim, não havia absolutamente ninguém por perto e Erik estava começando a entrar em pânico quando ele ouviu um leve barulho, *tap-tap-tap-tap*. À frente dele, uma garota dobrou a esquina dentro do condomínio e apareceu no seu campo de visão. Ela se moveu devagar pela calçada, vindo na direção dele. A cada vez que ela passava por uma bolha de luz, Erik a examinava. Ela era pequena – uma garota tipo mignon com bastante cabelo castanho escuro. Tanto cabelo, de fato, que por um momento ele ficou tão distraído em como ele era grosso e brilhante que não reparou mais nada nela – até que o som *tap-tap* atravessou sua consciência. Ela estava segurando uma longa bengala branca que mantinha à sua frente, perscrutando o caminho, fazendo *tap-tap-tap*, portanto era pelo som e pelo toque que ela se orientava. A cada poucos passos, ela parava e tossia, uma tosse horrível e molhada.

Erik percebeu duas coisas ao mesmo tempo. Primeiro, essa era Shaylin Ruede, a adolescente que ele estava destinado a Marcar. Segundo, ela era cega.

Ele teria se contido se pudesse, mas nenhum poder mortal e, segundo Caronte, tampouco nenhum poder mágico poderia desviar Erik dessa garota até que ele a tivesse Marcado. Quando a garota estava apenas alguns passos na frente dele, ele levantou sua mão com a palma para fora e apontou para ela. Ele abriu sua boca para falar, mas ela falou primeiro:

– Oi? Quem é? Quem está aí?

– Erik Night – ele falou sem pensar. Então ele balançou a cabeça e limpou a garganta. – Não, não é bem isso.

– Você não é Erik Night?

– Sim. Quero dizer, não. Espere, não é bem isso também. Não era isso o que eu deveria dizer – suas mãos estavam tremendo e ele se sentia como se fosse vomitar.

– Você está legal? Você não parece muito bem – ela tossiu. – Você está com a mesma gripe que eu? Estou me sentindo muito mal o dia inteiro.

– Não, eu estou bem. É só que eu preciso dizer uma coisa a você, e não é o meu nome nem nada parecido. Ah, cara. Estou realmente todo atrapalhado. Eu nunca erro o texto. Está tudo errado.

– Você está ensaiando para uma peça?

– Não. E você nem imagina como essa pergunta é irônica – ele respondeu, esfregando seu rosto suado e se sentindo confuso.

Ela inclinou sua cabeça para o lado e franziu a testa.

– Você não vai me assaltar, vai? Sei que é tarde e tudo o mais, e que eu sou cega e não deveria estar aqui fora sem companhia. Mas é a melhor hora do dia para eu dar uma volta sozinha. Eu não tenho muito tempo comigo mesma.

– Eu não vou te assaltar – ele disse constrangido. – Eu não faria isso.

– Então o que você está fazendo aqui e no que você se atrapalhou?

– Isso não está sendo do jeito que deveria mesmo!

– E me sequestrar também não seria nenhuma vantagem para você. Estou morando aqui com a minha mãe adotiva. Ela não tem nenhum dinheiro. Na verdade, desde que comecei a trabalhar depois da aula na Biblioteca South BA no final da rua, eu tenho mais dinheiro do que ela. Ahn, não que eu tenha nada comigo aqui neste momento.

– Sequestrar você? Não! – então Erik se curvou, segurando a barriga. – Droga! Caronte não me disse que ia doer se eu não fizesse isso.

– Caronte? Você faz parte de uma gangue? Eu devo ser um sacrifício de iniciação?

– Não!

– Ótimo, porque isso seria realmente péssimo – ela sorriu mais ou menos na direção dele e então começou a se virar para o caminho por onde tinha vindo. – Então, tá. Se é só isso. Foi um prazer conhecê-lo, Erik Night. Ou pelo menos acho que esse é o seu nome.

Fazendo um esforço enorme, Erik se endireitou o bastante para erguer sua mão de novo, com a palma voltada para fora.

– É isto o que eu deveria estar fazendo – com uma voz de repente repleta de magia, mistério e determinação, Erik Night entoou as palavras ancestrais dos Rastreadores: – *Shaylin Ruede! A noite escolheu a ti. Tua morte será teu nascimento. A noite a chama para si; escute sua doce voz. Seu destino te aguarda na Morada da Noite!*

Todo o calor que crescia em seu estômago, deixando-o enjoado, confuso e quente demais saiu em um disparo pela palma da sua mão. Erik conseguiu até vê-lo de fato! Ele atingiu em cheio a testa de Shaylin. Ela exclamou um pequeno "Oh" de surpresa e caiu graciosamente no chão.

Tudo bem, ele sabia que devia agir feito um vampiro e se misturar nas sombras, voltando para a Morada da Noite e deixando a novata achar o seu próprio caminho para lá. Caronte havia dito que era assim que era feito. Ou pelo menos era assim no mundo moderno.

Erik pensou em se misturar nas sombras. Ele até começou a se afastar, mas então Shaylin levantou sua cabeça. Ela havia caído no meio de um facho de luz, portanto o seu rosto estava iluminado. Ela era simplesmente perfeita! Seus lábios rosados e carnudos se levantaram em um sorriso surpreso, e ela estava piscando como se fosse para clarear a visão. Se ela não fosse cega, ele poderia jurar que ela o estava encarando com aqueles olhos negros enormes. Sua pele pálida era imaculada e no meio da testa a sua nova Marca irradiava um bonito brilho escarlate.

Escarlate?

A cor o sacudiu e ele começou a ir em direção a ela, dizendo:

– Espere, não. Isso não está certo.

Ao mesmo tempo, Shaylin falou:

– *Aimeudeus*! Eu estou enxergando!

Erik correu em sua direção e ficou parado ali meio perdido, sem saber o que fazer, enquanto ela se recompunha e ficava em pé. Ela estava um pouco cambaleante, mas estava piscando e olhando para todo lado, com um sorriso enorme estampado no seu belo rosto.

– Eu estou mesmo enxergando! *Aimeudeus*! Isso é incrível!

– Não pode ser. Eu me atrapalhei todo com isso.

– Eu não me importo se você se atrapalhou ou não... Muito obrigada! Eu consigo ver! – ela gritou e atirou seus braços em volta dele, rindo e chorando ao mesmo tempo.

Erik meio que acariciou as suas costas. Ela tinha um cheiro doce, como morangos ou talvez pêssegos – ou algum tipo de fruta. E ela era mesmo macia.

– Ah, meu Deus! Desculpe – ela o soltou de repente e deu um passo para trás. Suas bochechas estavam rosadas e ela enxugou os olhos. Então aqueles olhos úmidos e negros se arregalaram para alguma coisa acima do ombro dele, e ele se virou rapidamente, com as mãos para cima, pronto para acertar alguém. – Ah, não. Desculpe de novo – os dedos dela pousaram no seu braço apenas por um segundo, enquanto ela passava por ele devagar. Ele olhou para Shaylin e percebeu que ela estava embasbacada com um carvalho grande e antigo. – É tão bonito! – com passos que estavam se tornando mais seguros, ela caminhou para a árvore e a alisou com as mãos. Observando atentamente os galhos, ela disse: – Eu tinha imagens na minha mente. Coisas das quais eu me lembrava da época em que eu enxergava, mas isso é tão, tão melhor – ela esfregou os olhos brilhantes de novo e se virou para ele, e então eles se arregalaram ainda mais. – Ah, uau!

Apesar da estranheza de tudo aquilo, Erik não conseguiu deixar de se virar para ela com aquele seu sorriso de estrela de cinema de cem watts.

– É, antes de eu virar um Rastreador de uma hora para a outra, eu estava a caminho de Hollywood.

– Não, eu não falei "uau" por causa da sua beleza, apesar de você ser bonito. Eu acho – ela disse rápido, ainda o encarando.

– Eu sou – ele garantiu a ela, lembrando a si mesmo que ela estava provavelmente em estado de choque.

– É, bem, o que eu quero dizer é que realmente posso ver você.

– Sim, e...? – *Deusa, Shaylin Ruede, Marcada ou Desmarcada, é uma garota estranha,* ele pensou.

– Eu perdi minha visão quando ainda era criança, um pouco antes do meu aniversário de cinco anos, mas eu realmente não me lembro de ser capaz de ver o interior das pessoas. E acho que, se fosse algo comum, pelo menos eu teria ouvido falar sobre isso na internet.

– Como você podia entrar na internet se você era cega?

– Sério? Você está mesmo me perguntando isso? Tipo, você não sabe nada sobre coisas para deficientes?

– Como eu podia saber? Não sou deficiente.

– De novo, sério? Não é o que o seu interior diz.

– Shaylin, de que droga você está falando? – *ela era uma menina louca? Será que o fato de ele ter se atrapalhado todo com a coisa de Rastreador havia feito dela não apenas uma novata vermelha, mas uma novata vermelha louca? Que droga! Ele estava metido em problemas!*

– Como você sabe meu nome?

– Todos os Rastreadores sabem o nome dos garotos que eles devem Marcar.

Shaylin tocou a própria testa.

– Ah, uau! É isso! Eu vou virar uma vampira!

– Bem, se você sobreviver. Na verdade, eu não sei muito bem o que está acontecendo. Você tem uma Marca vermelha.

– Vermelha? Eu achei que novatos tinham Marcas azuis e depois tatuagens azuis. Você tem – ela apontou para a tatuagem dele, que emoldurava seus olhos azuis de Clark Kent[3] como uma máscara.

– É, bem, você deveria ter uma Marca azul. Mas você não tem. É vermelha. E a gente pode voltar para aquilo que você estava dizendo, sobre ver o meu interior?

– Ah, isso. Sim, é incrível. Eu posso ver você e também todos os tipos de cores à sua volta. É como se o que está dentro de você estivesse brilhando ao seu redor – ela balançou a cabeça, como se estivesse pensando, e olhou ainda mais intensamente para ele. Então ela piscou, franziu a testa e piscou novamente. – Hum. Isso é interessante.

– Cores? Isso não faz o menor sentido – ele percebeu que ela estava apertando seus lábios, como se não quisesse dizer mais nada, o que realmente o irritou por alguma razão. Então ele perguntou: – Que cores estão em volta de mim?

– Tem bastante verde cor de ervilha misturado com um tom aquoso. Isso me lembra das ervilhas polpudas que alguns lugares tentam servir quando você pede peixe com batatas, não que isso faça algum sentido mesmo.

Erik balançou a cabeça.

– Nada disso faz sentido. Por que diabos eu tenho cor de ervilhas polpudas em volta de mim?

– Ah, esta é a parte fácil. Quando eu me concentro na cor, posso ver o que ela quer dizer sobre você – ela fechou a boca e então deu de ombros. – Você tem também algumas pequenas partículas brilhantes que

3 Clark Kent é o nome do Superman (N.T.).

aparecem de vez em quando, mas eu não posso dizer de que cor elas são e só sei um pouco o que elas significam. Parece loucura, certo?

– O que o verde cor de ervilha e a coisa aquosa dizem a meu respeito?

– O que você acha que dizem?

– Por que você está respondendo minha pergunta com outra pergunta?

– Ei, você acabou de responder minha pergunta com outra pergunta – Shaylin argumentou.

– Perguntei primeiro.

– Isso realmente importa? – Shaylin perguntou.

– Sim – ele respondeu, tentando manter o seu temperamento sob controle, apesar de ela o estar irritando loucamente. – O que a cor de ervilha significa?

– Está bem. Significa que você nunca teve que batalhar muito para conseguir o que quer.

Ele a fuzilou com os olhos.

Ela deu de ombros.

– Foi você quem perguntou.

– Você não sabe merda nenhuma sobre mim.

Shaylin de repente pareceu irritada.

– Ah, por favor! Eu não sei por que, mas sei que eu sei o que estou vendo.

– Ei, eu não preciso estar ensopado em ervilhas polpudas para você descobrir que este sorriso aqui já me abriu portas – Erik disse sarcasticamente.

– É, então me explique por que eu também sei que a coisa cinza esfumaçada significa algo que deixou você triste – ela colocou as mãos nos quadris, franziu os olhos e o encarou. De verdade. Então ela assentiu, como se estivesse concordando consigo mesma. Parecendo convencida, ela acrescentou: – Acho que alguém próximo a você acabou de morrer.

Erik sentiu como ela tivesse lhe dado um tapa na cara. Ele não conseguiu dizer nada. Apenas desviou os olhos dela e tentou pensar no meio de uma onda de tristeza.

– Ei, desculpe.

Ele olhou para baixo e viu que ela havia corrido em direção a ele e colocado sua mão de volta no seu braço. Ela não parecia mais convencida.

– Isso foi muito errado da minha parte – ela falou.

– Não – ele respondeu. – Você não estava errada. Um amigo meu realmente acabou de morrer.

Ela balançou a cabeça.

– Não foi o que eu quis dizer. Eu estava errada por ter dito aquilo daquela maneira... como uma garota maldosa. Eu não sou essa pessoa. Eu não sou assim. Portanto, desculpe.

Erik suspirou.

– Eu também quero me desculpar. Nada disso aconteceu como deveria.

Shaylin tocou sua própria testa cuidadosamente.

– Você nunca Marcou ninguém de vermelho?

– Eu nunca Marquei ninguém além de você – ele admitiu.

– Ah, uau. Eu sou sua primeira?

– É, e eu me atrapalhei todo.

Ela sorriu.

– Se o fato de eu poder enxergar é uma trapalhada, sou totalmente a favor.

– Bem, estou feliz por você voltar a ver, mas eu ainda preciso descobrir como isso aconteceu – ele fez um gesto em direção à sua Marca vermelha. – E isto – Erik ondulou sua mão em volta dele. – A coisa da ervilha.

– A coisa da ervilha vem de você, mas há outras cores aí também. Quando você se desculpou, eu pude ver...

– Não! – ele levantou uma mão, cortando-a. – Acho que eu não quero saber o que mais você pode ver.

– Desculpe – ela disse em voz baixa, olhando para baixo e arrastando a ponta de um sapato na grama marrom do inverno. – Acho que é mesmo sobrenatural. Então, o que vai acontecer agora?

Erik suspirou de novo.

– Não precisa se desculpar e não tem nada de errado com o sobrenatural. Tenho certeza de que Nyx tem uma razão para dar a você esse dom e essa Marca vermelha.

– Nyx?

– Nyx é nossa Deusa. A Deusa da Noite. Ela é incrível e às vezes ela dá dons legais aos seus novatos – enquanto falava, Erik se sentiu um completo idiota. Ele devia ser o pior Rastreador da história da Morada da Noite. Ele havia transformado uma garota cega em uma novata vermelha que podia ver coisas interiores, e só agora ele estava falando a ela sobre a Deusa deles. – Vamos – ele não se importava se Caronte iria aprovar ou não, ele não estava seguindo o maldito roteiro mesmo. Ele podia muito bem arriscar ferrar com tudo. – Mostre-me onde você mora. Faça uma mala ou algo assim. Você vai vir comigo.

– Ah, sim. Para a Morada da Noite de Tulsa, certo?

– Na verdade, não. Primeiro, vou levar você até uma Grande Sacerdotisa Vermelha. Talvez ela possa descobrir o que eu fiz de errado.

– Ei, ela não vai tentar me consertar tornando-me cega de novo, vai?

– Shaylin, por mais que eu odeie admitir, acho que não é você quem precisa ser consertada. Sou eu.

7

Zoey

– Zoey, você me ouviu?

Percebi que enquanto eu estava escovando Persephone freneticamente, Lenobia tinha entrado na baia e falado comigo. Bem, quero dizer, eu reparei que ela havia dito alguma coisa em voz alta para mim. Mas eu não ouvi o que ela disse de fato. Suspirei e me virei para encarar a Mestra dos Cavalos, encostando-me no dorso quente e robusto da égua, tentando extrair calma e energia da sua presença familiar.

– Não, desculpe. Eu não estava prestando atenção. Estou muito distraída. O que você disse?

– Eu perguntei o que você sabe sobre esse garoto Aurox.

– Nada, exceto que eu posso jurar a você que ele não é só um garoto – respondi.

– Sim, já estão espalhando no campus que ele é um transmorfo.

Senti meus olhos se arregalarem de verdade.

– Sério? *Essas coisas existem?* Como Sam e sua mãe grosseirona e louca e seu irmão?

– Sam?

– *True Blood* – eu expliquei. – Eles são transmorfos. Eles podem se transformar em qualquer coisa que eles veem. Eu acho. Mas imagino que eles não podem se transformar em objetos inanimados. Caramba, eu preciso ler esses livros para entender a coisa direito. Enfim, de novo, essas coisas existem?

– Ah, eu não vejo TV. Nunca adquiri esse hábito. Também vou ter que ler os livros de *True Blood*.

– Na verdade, os livros se chamam *As Crônicas de Sookie Stackhouse* e foram escritos por uma autora humana legal chamada Charlaine Harris – percebi o olhar de Lenobia e acrescentei rapidamente: – Desculpe, desculpe, não é sobre isso que você quer falar. Qual é a questão?

– Minha questão volta para a sua pergunta anterior, existe um monte de coisas por aí, tanto neste mundo como no Mundo do Além.

Eu engoli em seco.

– Sei disso. Principalmente a parte do Mundo do Além.

– Isso posto, muitas culturas têm evidências de transmorfos nas suas lendas e na sua mitologia. Isso é um indício de que pelo menos algumas dessas histórias devem ser baseadas em fatos reais.

– Não consigo imaginar se isso é bom ou mau – eu disse.

– Acho que o melhor que podemos esperar é que eles sejam como nós, bons ou maus dependendo de cada indivíduo. O que me leva à minha próxima pergunta. Junto com os boatos sobre Aurox e sua capacidade de pelo menos parecer ser capaz de mudar de forma, estão dizendo que você teve uma reação muito forte a ele. É verdade?

Senti minhas bochechas esquentando.

– Infelizmente, sim. Fiz papel de idiota na frente da maioria da escola. De novo.

– Por quê? Se você sabe melhor do que ninguém como Neferet pode ser perigosamente manipuladora, por que você iria confrontá-la publicamente dessa forma?

– Porque eu sou uma retardada – respondi desolada.

– Não – ela sorriu gentilmente. – Você definitivamente não é uma retardada, e é por isso que eu quis falar com você sobre isso. Sozinha. Acho que você deve disfarçar sua reação a Aurox, talvez mesmo para os seus amigos mais próximos. Guarde o que você está sentindo para você mesma. Faça cara de pôquer.

– Cara de pôquer? Desculpe, eu só sei jogar Candyland[1].

– Fazer cara de pôquer significa controlar a sua reação sobre o que você está vendo e como você se sente sobre isso, mantendo segredo, de modo que ninguém que a esteja observando perceba nada.

– Por quê? – agora ela realmente tinha conseguido a minha atenção. Não era típico de Lenobia (ou de qualquer vampiro sensato) pedir a um novato para guardar segredos.

Os olhos dela encontraram os meus e eu fiquei novamente espantada com a cor cinza incomum deles. Era como se ela represasse nuvens de tempestade dentro deles.

– Eu aprendi muito jovem que o mal às vezes gosta de se gabar, mesmo quando seria melhor uma atitude mais discreta. Pela minha experiência, a verdadeira batalha das Trevas não é contra a Luz e a força do amor, da verdade e da lealdade. Acho que a maior ameaça ao mal vem do seu próprio orgulho, arrogância e ganância. Nunca vi um brigão que não tripudia ou um ladrão que não se vangloria. É por isso que eles acabam pegos. As Trevas poderiam realizar muito melhor o seu trabalho destrutivo se fossem, digamos, mais circunspectas.

– Mas é da natureza das Trevas se gabar e tripudiar, então as Trevas percebem quando alguém chama atenção para suas ações e tal – eu disse, finalmente entendendo o que ela queria dizer. – O que significa que, quando alguém que está lutando pelo bem fica quieto, observa e espera pelo momento certo para agir, o mal é pego desprevenido.

– E é pego despreparado para a força que vem da honestidade, da serenidade e da determinação serena – Lenobia completou.

Respirei fundo, olhei em volta para ter certeza de que ninguém estava espreitando fora da baia de Persephone e então falei em voz baixa para Lenobia:

– No instante em que eu vi Aurox, minha pedra da vidência esquentou. Nas duas únicas vezes em que isso aconteceu antes, a magia antiga

---

1 Candyland é um jogo de tabuleiro simples, muito popular nos Estados Unidos, que pode ser jogado por crianças pequenas. (N.T.)

estava presente – eu hesitei e então admiti: – Na noite passada, eu olhei através da pedra da vidência e vi uma coisa estranha em volta de Stark. Isso me assustou.

– O que Stark disse sobre isso?

– Eu, ahn, não contei para ele.

– Não? Por quê?

– Bem, primeiro porque na hora ele me distraiu – continuei apressada, sabendo que eu estava ficando vermelha. – E desde então eu não sei por que não disse nada – pensei então na quase briga que havíamos tido a caminho da escola. – Não, espere, eu sei por quê. Desde toda aquela história do Mundo do Além, as coisas entre mim e Stark não são as mesmas. Em parte isso é bom, estamos realmente mais próximos. Mas em parte é estranho também.

Lenobia concordou com a cabeça.

– É compreensível. Uma experiência dessa magnitude pela qual vocês dois passaram deve mesmo mudar a dinâmica de um relacionamento. E ver de relance alguma magia antiga ligada a Stark pode ser simplesmente um resquício do período em que ele ficou no Mundo do Além – ela sorriu. – Imagino que, se você pudesse olhar através da pedra da vidência para si mesma, poderia ver...

– Ah, de jeito nenhum! Não quero ver nada pairando em volta de mim!

O sorriso de Lenobia se esvaeceu.

– Você pareceu amedrontada.

– Estou apavorada, sem dúvida. Acho que já estou farta de magia antiga, do Mundo do Além e de todas essas coisas por um bom tempo.

– Ah, entendo. Se Aurox carrega traços de magia antiga, é por isso que a presença dele te afeta tanto.

– Ele definitivamente me fez sentir esquisita, mesmo antes de eu vê-lo se transformar em um touro.

– Esquisita? Como se você estivesse com medo também?

– É, mas eu também tive uma sensação estranha de surpresa, como se a minha intuição estivesse vendo algo que a minha mente não conseguiu captar. E então eu fiquei super ansiosa. Tem alguma coisa errada com aquele cara, Lenobia, e é uma coisa muito, muito antiga.

– Mas você sabe que ele parece um adolescente bonito para o resto do mundo?

– Sim, eu acho – então eu bufei. – Gostaria de levá-lo até Skye e descobrir o que aquela parte do resto do mundo vê quando olha para ele.

– Sua pedra da vidência veio de Skye?

– Sim, a rainha deu a pedra para mim. Ela disse que, se houver magia antiga por perto quando eu olhar através dela, posso vê-la – pensei em Stark, em vultos e em coisas arrepiantes. – Lidar com o que eu posso ver com meus próprios olhos é mais que o bastante para mim. Não quero mais olhar através da pedra da vidência de novo – balancei a cabeça, envergonhada da minha fraqueza. – Desculpe. Sou tão criançona. Eu não deveria estar com tanto medo. Eu deveria ter olhado para Aurox através dessa pedra idiota.

– E o que teria acontecido se você tivesse visto algo terrível? Todo mundo que olha através da pedra pode ver a magia antiga?

– Não – enxuguei lágrimas nas minhas bochechas. – É um dom que só algumas Grandes Sacerdotisas têm.

– Então, se você visse algo das Trevas através da pedra, contasse para todo mundo e dependesse da pedra para mostrar a todos o que você estava vendo, você não teria nenhuma prova real?

– Sim, é isso aí. Eu estaria e estou ferrada.

– Não, você foi e é sábia de ouvir seus instintos. Algo está muito errado com esse fantoche de Neferet. Você percebeu isso no mesmo instante em que o viu, e por causa disso você não podia ficar lá parada, de boca fechada, fingindo ser uma garota insípida.

Tomei nota mentalmente para me lembrar de procurar "insípida" no dicionário ou pedir para Damien uma definição rápida da palavra.

Lenobia não havia acabado. Ela continuou a falar seriamente:

– Quero que você passe algum tempo pensando em Aurox. Preste atenção em como se sente e exatamente o que você percebe na próxima vez que você o vir; mas repare nessas coisas em silêncio. Mantenha sua cara de pôquer. Não deixe ninguém saber o que está se passando por baixo dessa linda fachada de adolescente.

– Você não acha que eu devo olhar para ele através da minha pedra da vidência?

– Não até que você deixe de ter tanto medo do que pode ver. Quando seus instintos disserem que é a hora certa, então, e só então, você deve olhar.

– E sobre Stark? – segurei o fôlego.

– Stark está comprometido com você e com a nossa Deusa. Acho que é uma coisa boa a magia antiga estar ligada a ele. Pare de se preocupar com o seu guerreiro, ele pode sentir e isso não vai fazer bem para ele.

– Sim, ok, isso faz sentido. Então, o fato de eu estar super aliviada por não precisar olhar através da pedra da vidência não faz de mim uma criançona ou uma covarde?

Ela sorriu.

– Não, nem uma retardada. Você é uma Grande Sacerdotisa Novata, a primeira da história, e você está simplesmente tentando encontrar seu caminho em um mundo muito confuso.

– Você é realmente sábia – eu afirmei.

Lenobia riu.

– Não, eu só sou muito velha.

Então eu ri junto, pois, apesar de eu saber que ela tinha uns cem anos, Lenobia parecia ter uns trinta.

– Bem, você parece ter uns vinte e poucos anos – eu menti –, o que faz que você seja apenas velha, não muito velha.

– Vinte e poucos anos! Com essa sua habilidade de dissimular, você vai se sair bem guardando seus pensamentos sobre Aurox para si mesma – Lenobia disse. Então eu juro que ela deu uma risadinha típica de adolescente, o que realmente a fez parecer super jovem. – Vinte e poucos! Eu não tenho essa idade há mais de dois séculos!

– Qual é o seu segredo? Botox e injeções labiais? – eu perguntei, dando risadinhas com ela.

– Sangue B negativo e protetor solar – ela respondeu.

– Ei, vocês, desculpem interromper – a cabeça loira e cacheada de Stevie Rae apareceu na nossa visão quando ela espiou dentro da baia.

– Você não está interrompendo, Stevie Rae – Lenobia disse ainda sorrindo. – Venha, junte-se a nós. Estamos apenas falando sobre como envelhecer bem.

– Minha mãe sempre disse que oito horas de sono por dia, beber muita água e não ter nenhum filho é uma receita anti-idade melhor do que qualquer uma que um médico ou a L'Oreal possam inventar – ela abriu o sorriso para Lenobia e então deu um olhar preocupado para Persephone. – E obrigada por me convidar para entrar, mas vou ficar aqui fora. Não gosto muito de cavalos. Sem ofensas; eles são muito grandes.

– Sem problemas – Lenobia respondeu. – Os guerreiros precisam de algo?

– Não. A arena é ótima para as aulas. Eles estão tendo um monte de diversão masculina, o que significa que eles estão se batendo com espadas de madeira e disparando flechas nas coisas enquanto gritam bastante – nós três reviramos os olhos. – Mas o seu cowboy está aqui, então eu vim buscar você.

– Meu cowboy? – Lenobia pareceu totalmente confusa. – Eu não tenho um cowboy.

– Bem, ele só pode ser seu, pois ele acabou de aparecer lá na entrada do curral com um trailer de cavalos gigante dizendo que ele estava se apresentando para o trabalho e perguntando onde ele podia descarregar suas coisas – Stevie Rae explicou.

Lenobia soltou um longo suspiro. Obviamente irritada, ela disse:

– Neferet. Isso é obra dela. Ele é o primeiro dos humanos locais que ela contratou.

– Eu não entendi o que Neferet está armando – Stevie Rae falou. – Sei muito bem que ela odeia humanos e não liga a mínima se o povo local gosta ou não do fato de a gente estar aqui.

– Neferet está querendo causar problemas – afirmei.

– E ela começou comigo porque sabe que estou do lado de vocês – Lenobia concluiu.

– Caos – quando eu disse a palavra, senti como era verdadeira. – Neferet quer causar o caos nas nossas vidas.

– Então vamos dar boas-vindas ao cowboy, fazer que ele se sinta em casa e mostrar como trabalhar nos meus estábulos pode ser não-caótico e totalmente maçante. Se nós fizermos isso, talvez, e apenas talvez, ele resolva se mudar para pastagens mais excitantes e Neferet volte a sua atenção para outro lugar.

Como se estivesse em uma missão, Lenobia marchou para fora da baia de Persephone. Stevie Rae e eu trocamos olhares.

– Não vou perder isso de jeito nenhum – fiz uma carícia de despedida no dorso quente de Persephone e atirei a escova de cavalo dentro da cesta cheia de tachas.

Stevie Rae entrelaçou seu braço ao meu enquanto seguíamos Lenobia.

– O que eu não contei a Lenobia é como o cowboy dela é incrivelmente fofo – ela sussurrou para mim.

– Sério?

– Espere e verá.

Agora eu estava super curiosa e apertei o passo, quase correndo pela areia da arena e apenas acenando rapidamente para Stark, que estava entregando um arco para Rephaim. Stevie Rae tentou jogar um beijo para ele, mas eu a mantive em movimento, então basicamente tudo o que ela fez foi dar uma risadinha e acenar. Tentei ignorar o olhar zangado de Stark e me concentrar em não deixar transparecer nenhum dos sentimentos curiosos, excitados e totalmente confusos que eu estava tendo.

Eu não sabia muito bem por que, mas não queria de modo algum que Stark ficasse me perguntando coisas sobre Aurox.

– Ali, lá está ele. O não-vampiro alto, com um chapéu de cowboy, perto da porta – Stevie Rae apontou para as amplas portas laterais da arena. Elas estavam levantadas. Logo do lado de fora, havia um grande trailer de cavalos e uma daquelas caminhonetes enormes que os caras de Oklahoma tanto gostam de comprar, de dirigir e de praticamente morar dentro. Em pé na frente do trailer, havia um homem super alto. E Stevie Rae estava totalmente certa. Ele era mesmo muito bonito, mesmo para um cara mais velho.

– Ele parece alguém que poderia estar no Western Channel[2] – eu afirmei. – Fazendo o papel de um daqueles cowboys heróis dos velhos tempos.

– Sam Elliott, é com ele que o cowboy se parece.

– Quem? – olhei para ela com cara de interrogação.

Ela suspirou.

– Ele está em um monte de filmes de cowboy. Você sabe, como *Tombstone – A Justiça Está Chegando.*

– Você assiste a filmes de cowboy?

– Eu assistia, com minha mãe e meu pai, principalmente aos sábados à noite, antes de ir para a cama. E daí?

– E daí nada.

– Não conte para Aphrodite – ela disse.

– Não conte o que para Aphrodite? – Aphrodite perguntou.

Stevie Rae e eu demos um salto quando ela pareceu se materializar do ar atrás de nós.

– É feio assustar os outros e ficar espreitando por aí – eu a repreendi.

– Eu não faço isso. Sou apenas naturalmente graciosa. É porque eu tenho ossos delicados – ela respondeu. Então ela virou seu olhar azul gelado para Stevie Rae. – De novo, não conte o que para Aphrodite?

– Que o cowboy de Lenobia é super gostoso – Stevie Rae tentou despistar.

---

2 Western Channel é um canal de TV norte-americano especializado em filmes de faroeste. (N.T.)

Aphrodite olhou para Stevie Rae de um jeito que dizia que ela mentia muito mal, o que era verdade, mas o seu olhar foi logo capturado pela silhueta de ombros largos do homem.

– Aaaaaah! Aquele é o...

– Empregado de Lenobia – eu completei para ela, apesar de Aphrodite não estar prestando a menor atenção em mim. – Ele deve trabalhar para Lenobia.

– Ele é gostoso – Aphrodite disse. – Não tanto quanto Darius, mas ainda assim GOSTOSO.

– Eu falei para vocês. E ele é tão alto que faz Lenobia parecer ainda menor do que é.

Enquanto Stevie Rae, Aphrodite e eu andávamos por ali como quem não quer nada até atingir uma distância em que podíamos ouvir, e tentávamos, sem sucesso, não parecer tão obviamente embasbacadas, o cowboy tocou seu chapéu em cumprimento a Lenobia e, com um sotaque anasalado típico de Oklahoma, disse:

– Olá, madame. Sou o novo treinador do estábulo. Agradeço se pudesse me indicar o homem responsável por aqui.

Não pude ver o rosto de Lenobia, mas a observei endireitando as costas.

– Xiiii... – Stevie Rae sussurrou.

– E lá se vai toda aquela coisa de boas-vindas calorosas – eu disse com um tom de voz suficiente apenas para Aphrodite e Stevie Rae ouvirem.

– O John Wayne[3] simplesmente acabou de ferrar com tudo – Aphrodite comentou.

– Sou Lenobia – sua voz chegou facilmente até nós. Não achei que ela soou irritada, mas sim como uma tempestade de gelo. – Eu sou a mulher responsável por estes estábulos e a sua nova chefe – houve uma espécie de silêncio desconfortável quando Lenobia não ofereceu a mão para ele apertar.

---

3 John Wayne foi um famoso ator norte-americano, conhecido por seus papéis de cowboy no Velho Oeste e por seus filmes pró-guerra. Morreu em 1979. (N.T.)

– Brrrr – Aphrodite sussurrou. – Ela acabou de me lembrar minha mãe, e para o John Wayne isso não é nada bom.

– Sam Elliott – Stevie Rae sussurrou de volta.

Aphrodite franziu a testa para a minha melhor amiga. Eu contive um suspiro desanimado.

– Ele não se parece nem um pouco com John Wayne – ela continuou, sussurrando alto. – Mas ele é idêntico a Sam Elliott.

– Você assistiu a muita TV aberta quando era criança, provavelmente depois de jantar com sua família aos sábados à noite. Patético – Aphrodite balançou a cabeça em sinal de repúdio para Stevie Rae. Eu fiquei pensando o quanto era bizarro o fato de que Aphrodite tivesse acertado coisas sobre a família de Stevie Rae, quando nós três voltamos nossa atenção para o Show do Cowboy.

O homem tocou novamente seu chapéu para cumprimentar Lenobia, sorriu e desta vez pude ver, mesmo da distância em que estávamos, que os olhos dele brilharam.

– Bem, madame, parece que me deram informações erradas. Fico feliz que foi tudo esclarecido rapidamente. Meu nome é Travis Foster. Prazer em conhecê-la, senhora chefe.

– E você não se importou de descobrir que sua chefe é uma senhora?

– Não, madame. Minha mãe era uma senhora e eu nunca trabalhei tão duro e tão feliz quanto na época em que trabalhei para ela.

– Senhor Foster, eu faço o senhor se lembrar da sua mãe?

Achei que a voz de Lenobia seria capaz de congelar a água, mas Travis pareceu não perceber. Na verdade, parecia que ele estava se divertindo. Ele levantou seu chapéu um pouco para trás e abaixou seus olhos para Lenobia, como se a pergunta dela tivesse sido séria em vez de sarcástica.

– Não, madame, pelo menos ainda não – Lenobia não disse mais nada, e eu estava sentindo aquela sensação de embaraço que conversas estranhas com adultos podem trazer quando Travis meio que deu de ombros, enganchou um dedo no passador do cinto da sua calça Wrangler e falou: – Então, Lenobia, pode me mostrar onde minha égua e eu vamos nos abancar?

– Égua? Abancar? – Lenobia perguntou.

– Que merda, eu devia ter trazido pipoca – Aphrodite comentou.

– Ela vai fritá-lo com seu olhar de raio laser – acrescentei.

– Lenobia tem olhar de raio laser? – Stevie Rae se voltou para mim.

Aphrodite e eu olhamos para Stevie Rae como se ela tivesse acabado de perguntar se nós achávamos que Lindsay Lohan[4] estava realmente reabilitada.

– Que tal se eu só olhar e não falar nada? – Stevie Rae sugeriu.

– Obrigada – Aphrodite e eu dissemos juntas, o que fez que ela me fuzilasse com os olhos, antes de nós três voltarmos a olhar estupidamente para a cena, tentando escutar.

– Bem, madame – Travis falou de modo arrastado. – Eu disse para a Grande Sacerdotisa de vocês quando ela me contratou que a minha égua e eu éramos um pacote fechado e que eu iria precisar de um lugar para ela no estábulo aqui. Como eu acabei de concluir uma temporada treinando cavalos nos estábulos de Durant Springs, vou precisar de um lugar para me acomodar também – o homem fez uma pausa e, como Lenobia não falou nada, ele acrescentou: – Durant Springs fica no Colorado, madame.

– Eu sei onde fica – Lenobia respondeu ríspida. – O que faz você pensar que pode ficar aqui no campus? Não temos acomodações para humanos.

– Sim, madame, foi o que a Grande Sacerdotisa disse. Como a vaga tinha que ser preenchida logo, eu disse a ela que ficaria bem acomodado junto com Bonnie até eu encontrar um lugar aqui por perto.

– Bonnie?

Travis arrumou seu chapéu, dando o primeiro sinal de que ele poderia estar pouco à vontade.

– Sim, madame, o nome da minha égua é Bonnie – como se fosse a sua deixa, um som surdo e forte veio de dentro do trailer de cavalos. Ele andou em direção à porta enquanto continuava a explicar para

4 Lindsay Lohan é uma jovem atriz norte-americana que já teve muitos problemas com álcool e drogas. (N.T.)

Lenobia: – Ficaria grato se eu tivesse a sua permissão para descarregá-la. Do Colorado até aqui, é um caminho longo para uma garota grande como ela.

– Vocês acham que o cavalo dele é gordo? – Stevie Rae perguntou em voz baixa.

– Caipira, achei que você não ia falar mais nada – Aphrodite disse.

– Acho que ele acabou de arrombar a porteira – eu falei. Lenobia não ia deixar de jeito nenhum um cavalo cansado ser rebocado para a Deusa sabe lá aonde.

– Descarregue sua égua. Você e eu vamos discutir sobre onde você vai ficar depois que ela estiver confortável – Lenobia afirmou.

Percebi que Travis já tinha soltado as alavancas e correntes que mantinham a porta do trailer fechada, então só tivemos que esperar uns segundos até a rampa abrir.

– Venha, garotona. Para tráááás – Travis disse em uma voz que tinha deixado de ser educada e às vezes ligeiramente divertida e se tornado afetuosa, gentil e doce.

Então o cavalo dele saiu de ré do trailer e ofegos de choque e espanto vieram de toda a nossa volta. Desviei os olhos do cavalo a tempo de ver que Stevie Rae e eu não éramos as únicas embasbacadas por ali. Darius, Stark, Rephaim e a maioria dos novatos tinha de algum modo dado um jeito de se aproximar da gente.

– Aquilo não pode ser um cavalo – Stevie Rae disse e deu um passo para trás, apesar de a gente estar a vários metros do animal.

– Caraca. É um dinossauro – Aphrodite falou.

– Tenho certeza de que é um cavalo – eu afirmei, observando a égua. – Mas é realmente um animal muito, muito grande.

– Ah, uma Percherão! Ela é rara! – Lenobia disse.

Todo mundo ficou olhando quando a pequena Lenobia foi em direção à égua enorme sem nenhuma hesitação. Ainda menor em comparação com a equina gigantesca, a Mestra dos Cavalos levantou levemente sua mão. A égua a observou por um instante e então abaixou seu focinho, bufando contra a palma da mão de Lenobia. Rindo como uma garota, ela acariciou o imenso focinho da égua e falou carinhosamente:

– Ah, você é mesmo uma menina muito boazinha e querida... – ela desviou os olhos do cavalo e se virou para o cowboy. O gelo na sua voz tinha derretido completamente e achei que ela estava quase efusiva. – Não vejo um Percherão desde que vim da França quando eu era criança, e isso faz mais tempo do que gosto de admitir. Havia um casal dessas belezonas no navio comigo. Lembro deles com carinho e desde então os cavalos de carga despertam minha curiosidade. Ela tem uma cor cinza mesclada adorável. Imagino que vai clarear conforme envelhecer. Posso dizer que ela acabou de completar cinco anos há um mês... – Lenobia fez uma pausa, inclinou a cabeça e olhou dentro dos olhos do cavalo antes de continuar. – Não, ela fez cinco anos há dois meses. Ela pertence a você desde que nasceu, não é?

Eu vi Travis piscar surpreso. Ele abriu a boca, fechou-a e depois a abriu de novo. Então limpou a garganta.

– Bem, sim, madame – ele fez uma pausa e começou a acariciar o pescoço incrivelmente grosso de Bonnie, como se precisasse se ancorar em algo para recobrar a razão.

Eu sabia por que ele estava tão confuso de repente. Todo mundo que já tivesse observado Lenobia perto de cavalos saberia por quê. Quando Lenobia entra em comunhão com cavalos, ela deixa de ser simplesmente muito bonita e passa a ser deslumbrante. E ela estava em forte comunhão com essa grande égua. A alta voltagem da sua adoração por cavalos deixou o cowboy excitado. Não que ele fosse o objeto pretendido do enorme poder de atração dela, ele estava apenas pegando a rebarba. Mas era uma rebarba e tanto.

Travis limpou a garganta novamente, mexeu seu chapéu e disse:

– A mãe dela morreu assim que Bonnie nasceu, de um jeito bizarro: atingida por um raio no meio de um pasto. Eu a criei dando mamadeira na boca dela.

Lenobia voltou seus olhos cinza para o cowboy. Ela pareceu surpresa, como se tivesse esquecido que ele estava ali. A sua adoração por cavalos desapareceu num lampejo, como se ela houvesse desligado um interruptor.

– Você fez um bom trabalho. Ela é grande, com certeza tem mais de um metro e oitenta. Boa musculatura. Está em excelente condição – apesar de ela ter continuado o que estava dizendo antes, o seu tom soou mais irritado do que agradável. Foi só quando ela olhou e sorriu para a égua que a sua expressão se alterou novamente para a adoração e o prazer verdadeiro. – Você é uma garota esperta, não é? – Lenobia disse para Bonnie, que estava parada em pé, nada irrequieta, apenas com suas orelhas agitadas, olhando admirada para todos nós enquanto olhávamos para ela. – E você é segura o bastante para se comportar bem mesmo em um ambiente novo – Lenobia desviou o olhar da égua para o cowboy e sua expressão se congelou em uma cordialidade fria. Ela então balançou a cabeça em um sinal rápido e decisivo de concordância. – Bem, então é isto. Você e Bonnie podem me seguir. Vou mostrar o estábulo onde vocês dois vão se acomodar.

Lenobia se virou e começou a andar rapidamente de volta pela arena. Quando ela atingiu o meio do caminho, parou e se dirigiu a todos nós:

– Novatos e vampiros, este é Travis Foster. Ele vai trabalhar para mim. O nome da sua égua é Bonnie. Deem a ela o respeito que ela merece como um exemplo perfeito da majestosa raça Percherão. Guerreiros, por favor, prestem atenção no seu tamanho e no seu porte. Os ancestrais dela eram cavalos de guerra no passado.

Eu olhei para o cowboy e o vi sorrir e concordar com o comentário de Lenobia, enquanto acariciava carinhosamente a grande égua, antes de disparar um olhar igualmente carinhoso na direção da Mestra dos Cavalos. Lenobia nem olhou para ele. Em vez disso, franziu a testa e fuzilou todos nós com os olhos.

– E agora vocês podem parar de bisbilhotar. Voltem ao trabalho – Lenobia marchou pela arena até o estábulo sem sequer dar uma olhadinha para Bonnie e Travis, que a seguiram como se eles fossem mariposas e ela, uma luz super brilhante.

– Isso traz possibilidades interessantes – Aphrodite comentou.

– Não brinca, aquela égua parece simplesmente demais. Quero dizer, grande, mas mesmo assim muito legal – eu disse.

Aphrodite revirou os olhos.

– Não estou falando sobre o cavalo, Z.

Eu estava franzindo a testa para Aphrodite quando Damien chegou correndo.

– Zoey, que bom, você está aqui. Você precisa voltar para o prédio principal.

– Você quer dizer depois da sexta aula? Já está quase acabando – respondi.

– Não, meu bem, agora. Sua avó está aqui, e tenho certeza de que ela andou chorando.

8

Zoey

Meu estômago se contraiu e eu me senti como se fosse vomitar.

– Estou indo – eu disse a Damien. – Mas eu adoraria que você fosse comigo – quando ele assentiu sombriamente, olhei para Stevie Rae e Aphrodite. – Vocês duas também, tá?

– É claro que nós vamos com você – Stevie Rae respondeu.

Desta vez Aphrodite não reclamou por Stevie Rae ter respondido por ela. Simplesmente concordou e falou:

– Estou dentro.

Estava me virando para procurar Stark quando de repente ele apareceu do meu lado. Sua mão desceu pelo meu braço até que nossos dedos se encontraram e se entrelassaram.

– É sobre a sua mãe?

Não confiei na minha voz, então apenas concordei com a cabeça.

– Sua mãe? Pensei que Damien tivesse dito que a sua avó estava aqui – Stevie Rae estranhou.

– Sim, ele disse isso – Aphrodite falou antes de Damien. Ela estava me observando com um olhar que a fez parecer mais velha (e mais agradável) do que era. – É sobre a sua mãe?

Stark olhou para mim e eu concordei de novo com a cabeça. Então ele explicou:

– A mãe de Zoey está morta.

– Oh, não! – Damien exclamou, com lágrimas instantaneamente nos seus olhos.

– Não, ok? – eu disse rápido. – Não vamos fazer isso aqui. Não quero todo mundo me observando.

Damien apertou os lábios, piscou forte e assentiu.

– Vamos lá, Z. Vamos todos ver a sua vovó – Stevie Rae veio para o meu outro lado e me deu o seu braço. Aphrodite segurou a mão de Damien e eles nos seguiram pela arena.

Durante todo o caminho, tentei me preparar para o que vovó ia me contar. Acho que eu estava tentando me preparar para isso desde que acordei do meu sonho em que visitei o Mundo do Além e testemunhei Nyx dando as boas-vindas para o espírito de minha mãe. Mas, na verdade, e eu somente percebi isso quando entrei no prédio principal da escola e me aproximei do saguão da frente, é que eu nunca estaria preparada para receber essas notícias.

Um pouco antes de atravessarmos a última porta, Stark apertou minha mão.

– Eu estou aqui. Te amo.

– Eu também te amo, Z. – Stevie Rae afirmou.

– Eu também – Damien falou e deu um pequeno soluço.

– Você pode pegar emprestado o meu brinco de diamantes de dois quilates – Aphrodite disse.

Eu parei e me virei para ela.

– Hã?

Ela deu de ombros.

– Isso é o mais próximo de uma declaração de amor que você vai ouvir de mim.

Ouvi Stevie Rae soltar um suspiro enorme e vi a testa de Damien ficar úmida quando ele se virou para ela sem acreditar.

Mas eu simplesmente respondi:

– Obrigada. Vou aceitar.

Isso fez Aphrodite franzir as sobrancelhas e resmungar:

– Deusa, eu odeio ser gentil.

Eu me soltei de Stark e Stevie Rae e abri a porta dupla. Vovó estava sozinha no salão, sentada em uma espaçosa poltrona de couro. Damien estava certo; vovó andara chorando. Ela parecia velha e muito, muito triste. Assim que ela me viu, ficou em pé. Nós nos encontramos no meio do salão e nos abraçamos. Quando ela finalmente parou de me abraçar, deu um passo para trás apenas o suficiente para olhar no meu rosto. Ela manteve suas mãos nos meus ombros. As mãos dela eram quentes, sólidas e familiares, e de algum modo aquele toque fez que o nó no meu estômago fosse suportável.

– Mamãe está morta – eu tive que dizer isso antes que ela o fizesse.

Vovó não pareceu surpresa por eu já saber. Ela simplesmente concordou e falou:

– Sim, *u-we-tsi-a-ge-ya*. Sua mãe está morta. O espírito dela veio até você?

– De certo modo. Na noite passada, enquanto eu estava dormindo, Nyx me mostrou mamãe entrando no Mundo do Além.

Pelas suas mãos, senti o tremor que atravessou o corpo de vovó. Ela fechou os olhos e cambaleou. Por um segundo, tive medo de que ela fosse desmaiar, então cobri suas mãos com as minhas.

– Espírito, venha para mim! Ajude vovó!

O elemento com o qual eu tinha a conexão mais forte respondeu imediatamente. Eu o senti girar como um redemoinho através de mim e entrar na vovó, que arfou e parou de cambalear, mas não abriu os olhos.

– Ar, venha para mim. Por favor, envolva a vovó Redbird e deixe-a respirar fundo – Damien deu um passo para o meu lado e tocou o braço de vovó suavemente, enquanto uma brisa impossível rodopiou em volta de nós.

– Fogo, venha para mim. Por favor, aqueça a avó de Zoey para que, mesmo que ela esteja triste, não sinta com frio.

Pisquei surpresa quando Shaunee se juntou a Damien.

Ela também tocou o braço de vovó por um segundo, então sorriu com os olhos molhados e falou:

– Kramisha disse que você precisava de nós.

– Água, venha para mim. Banhe a avó de Z. e, por favor, leve embora um pouco da tristeza dela com você – Erin tomou seu lugar ao lado de Shaunee, tocando as costas de vovó. Então, exatamente como sua gêmea, ela sorriu através de lágrimas para mim. – É, e a gente nem teve que ler o poema dela. Ela só disse para a gente vir para cá.

Os olhos de vovó ainda estavam fechados, mas eu vi seus lábios se curvarem levemente para cima.

– Mas o meu poema era bom – a voz de Kramisha veio de algum lugar atrás de mim.

Depois da bufada de Aphrodite, ouvi Stevie Rae dizer:

– Terra, por favor, venha para mim – ela veio para o meu outro lado e colocou o braço em volta de vovó. – Deixe a vovó de Z. pegar um pouco do seu poder emprestado para que ela possa ficar bem de novo logo.

Vovó inspirou profundamente três vezes. Quando ela soltou a respiração pela última vez, abriu os olhos e, apesar de ainda haver tristeza neles, seu rosto não estava mais com a aparência assustadora e desolada de uma pessoa velha que ela tinha na hora em que eu a vira.

– Explique a eles o que eu vou fazer, *u-we-tsi-a-ge-ya*.

Eu não estava certa sobre o que vovó estava aprontando, mas concordei. Eu sabia que ela ia me fazer entender, e eu estava certa. Ela foi até cada um dos meus quatro amigos. Começando por Damien, ela tocou seu rosto e disse:

– *Wa-do, Inole*. Você me fortaleceu.

Enquanto ela ia até Shaunee, eu expliquei para meus amigos:

– Vovó está agradecendo vocês nomeando-os com a palavra Cherokee para cada um dos seus elementos.

– *Wa-do, Egela*. Você me fortaleceu – vovó tocou as bochechas de Shaunee e se voltou para Erin. – *Wa-do, Ama*. Você me fortaleceu – por último, ela tocou o rosto de Stevie Rae, ainda molhado de lágrimas. – *Wa-do, Elohine*. Você me fortaleceu.

– Obrigado, vovó Redbird – cada um dos quatro murmurou.

– *Gv-li-e-li-ga* – vovó disse, repetindo em inglês: – Obrigada – então ela olhou para mim. – Agora eu consigo suportar contar para você – ela parou na minha frente e pegou minhas duas mãos. – Sua mãe foi assassinada na minha plantação de lavanda.

– O quê? – senti um choque me atravessar. – Eu não entendo. Como? Por quê?

– O xerife disse que foi um roubo e que ela estava no caminho dos bandidos. Ele acha que, como levaram meu computador, minha televisão e minhas câmeras, e por causa da violência gratuita do crime, provavelmente foram viciados que roubaram para comprar drogas – vovó apertou minhas mãos. – Ela tinha deixado o marido, Zoey Passarinha, e vindo me procurar. Eu estava no *powwow*[1]. Eu não estava lá para acolhê-la – a voz de vovó ficou estável, mas lágrimas se empoçaram nos seus olhos e então começaram a cair.

– Não, vovó, não se culpe. Não foi culpa sua e, se você estivesse lá, eu teria perdido vocês duas e não conseguiria suportar isso!

– Eu sei, *u-we-tsi-a-ge-ya*, mas a morte de uma filha, mesmo uma que havia se perdido da mãe, é um fardo muito pesado.

– Foi muito... ela... mamãe sofreu? – minha voz era pouco mais que um sussurro.

– Não. Ela morreu rápido – vovó respondeu sem hesitar, mas eu pensei ter visto algo passar pelos seus olhos.

– Você a encontrou?

Vovó concordou, com lágrimas descendo cada vez mais rápido pelo seu rosto.

– Sim. Ela estava no campo bem ao lado de casa. Linda estava deitada ali e parecia tão em paz que no começo achei que ela estava dormindo – a voz de vovó foi interrompida por um soluço. – Mas ela não estava.

Segurei firme nas mãos de vovó e disse as palavras que eu sabia que ela precisava ouvir:

---

1 Powwow é uma cerimônia dos índios norte-americanos conduzida por uma xamã. (N.T.)

– Ela está feliz, vovó. Eu a vi. Nyx tirou a tristeza dela. Ela está esperando por nós no Mundo do Além e ela tem a benção da Deusa.

– *Wa-do, u-we-tsi-a-ge-ya.* Você me fortaleceu – vovó sussurrou para mim enquanto me abraçava de novo.

– Vovó – eu falei contra a sua bochecha. – Por favor, fique comigo, pelo menos por um tempinho.

– Não posso, *u-we-tsi-a-ge-ya* – ela deu um passo para trás, mas continuou segurando minha mão. – Você sabe que vou seguir as tradições de nosso povo e vou prantear por sete dias inteiros, e este não é o lugar certo para fazer isso.

– A gente não está ficando aqui, vovó – Stevie Rae disse, enxugando o rosto com a manga. – Zoey e todo o nosso grupo nos mudamos para os túneis embaixo da estação de Tulsa. Eu sou a Grande Sacerdotisa oficial de lá e adoraria se você viesse ficar com a gente, por sete dias, sete meses ou pelo tempo que quiser.

Vovó sorriu para Stevie Rae.

– É uma oferta generosa, Elohine, mas a sua estação também não é o lugar certo para eu ficar durante o período de luto – os olhos dela encontraram os meus e eu sabia o que ela ia dizer antes que começasse a falar. – Preciso ficar na minha terra, na minha fazenda. Tenho que passar a próxima semana comendo e dormindo bem pouco. Preciso me concentrar em purificar a minha casa e a minha terra desse horrível malfeito.

– Sozinha, vovó? – Stark estava ali ao meu lado, com sua presença forte e afetuosa. – É seguro depois do que aconteceu?

– *Tsi-ta-ga-a-sh-ya*, não se iluda com a minha aparência – ela chamou Stark de galo, o nome de animal que ela o batizou. – Eu posso ser muitas coisas, mas não sou uma mulher velha e indefesa.

– Nunca achei que você fosse indefesa – Stark emendou. – Mas talvez não seja uma boa ideia você ficar sozinha.

– É, vovó. O que Stark diz faz sentido – eu falei.

– *U-we-tsi-a-ge-ya*, eu preciso purificar minha casa, minha terra e a mim mesma durante meu pranto e meu luto. Não posso fazer isso a menos que eu esteja em paz com a terra, e eu não vou ficar dentro de casa até que ela esteja totalmente purificada e os sete dias tenham passado. Vou acampar no jardim de trás, na clareira perto do riacho – vovó sorriu para Stark, Stevie Rae e o resto dos meus amigos. – Acho que você não ia passar muito bem exposto à luz do sol por tanto tempo.

– Bem, vovó, eu... – comecei, mas ela me interrompeu.

– Isso é algo que eu tenho que fazer sozinha, *u-we-tsi-a-ge-ya*. Mas há algo que eu preciso pedir a você.

– Qualquer coisa – eu falei.

– Daqui a sete dias, você pode ir até a minha fazenda com seus amigos? Você pode traçar um círculo e conduzir o seu próprio ritual de limpeza?

– Eu vou – concordei e meu olhar se voltou para os meus amigos que me rodeavam.

– Nós vamos – Stevie Rae acrescentou. Suas palavras foram ecoadas pelos garotos que estavam em pé ao meu lado e à minha volta.

– Então é assim que vai ser – vovó disse com firmeza. – A tradição Cherokee de luto e purificação vai ser acoplada ao ritual vampiro. É bom que seja assim, já que minha família se expandiu para incluir tantos vampiros e novatos – ela olhou ao redor para o meu grupo. – Eu peço mais uma coisa. Que cada um de vocês tenha pensamentos de luz sobre mim e a mãe de Zoey pelos próximos sete dias. Não importa que Linda tenha vacilado durante sua vida. O que importa é que ela seja lembrada com amor e pensamentos bondosos.

As frases "pode deixar" e "ok, vovó" soaram em volta de mim.

– Agora eu vou embora, *u-we-tsi-a-ge-ya*. O sol não vai demorar a nascer, e eu vou saudá-lo na minha terra – ainda de mãos dadas, vovó e eu caminhamos até a porta. Quando passamos pelos meus amigos, cada um deles a tocou e disse "até logo, vovó", o que a fez sorrir entre lágrimas.

Ao atravessarmos a porta, tivemos uma pequena bolha de privacidade, e eu a abracei de novo, dizendo:

– Eu entendo por que você tem que ir, mas eu realmente preferia que você não fosse.

– Eu sei, mas daqui a sete dias...

Então a porta foi aberta e de repente Neferet estava lá, parecendo sombria e ilusoriamente bonita.

– Sylvia, eu soube da sua perda. Por favor, aceite meu sincero pesar por ter sido a sua filha quem morreu.

Vovó ficou tensa ao som da voz de Neferet e se soltou do meu abraço. Ela respirou fundo e encontrou o olhar da vampira.

– Eu aceito os seus pêsames, Neferet. Realmente sinto a sinceridade nas suas palavras.

– Existe algo que a Morada da Noite possa fazer por você? Há alguma coisa de que você precise?

– Os elementos já me fortaleceram e a Deusa já deu as boas-vindas para a minha filha no Mundo do Além.

Neferet assentiu.

– Zoey e seus amigos são gentis e a Deusa é generosa.

– Eu não acredito que seja gentileza ou generosidade o que estava por trás das ações de Zoey, seus amigos e a Deusa. Acho que foi amor. Você não acha, Grande Sacerdotisa?

Neferet fez uma pausa, como se ela realmente estivesse pensando na pergunta de vovó, e então respondeu:

– O que eu acho é que você pode estar certa.

– Sim, eu posso. E há uma coisa que eu preciso da Morada da Noite.

– Nós ficaremos honrados em ajudar uma Sábia Cherokee em um momento de necessidade – Neferet afirmou.

– Obrigada. Gostaria de pedir que Zoey e o seu círculo tenham permissão para ir até a minha fazenda daqui a sete dias para realizar um ritual de purificação. Isso vai complementar o meu luto e limpar minha casa de qualquer mal que ainda possa ter restado.

Eu vi algo passar dentro dos olhos intensos de Neferet – algo que, pelo menos por um momento, pode ter sido medo. Mas, quando ela falou, sua expressão e sua voz refletiam apenas um interesse educado.

– É claro. Eu dou permissão para esse ritual de bom grado.

– Obrigada, Neferet – vovó disse e então ela me abraçou mais uma vez e me beijou suavemente. – Daqui a sete dias, *u-we-tsi-a-ge-ya*, eu vou vê-la de novo.

Pisquei com força para evitar que minhas lágrimas caíssem. Não queria que a última visão que a vovó tivesse de mim fosse relacionada a choro e meleca de nariz.

– Sete dias. Eu a amo muito, vovó. Nunca se esqueça disso.

– Eu não posso esquecer disso assim como não esqueço de respirar. Eu também te amo, filha.

Então vovó se virou e foi embora. Eu fiquei parada na entrada da escola, observando suas costas fortes e eretas até que a noite a encobriu totalmente.

– Vamos, Z. – Stark colocou seu braço em volta do meu ombro. – Acho que já chega de escola por hoje. Vamos para casa.

– É, Z. Vamos para casa – Stevie Rae concordou.

Eu estava assentindo e me preparando para dizer "tudo certo" quando senti um calor súbito queimando o meu peito. No começo fiquei confusa. Ergui minha mão para esfregar o local da ardência e toquei o círculo duro que estava irradiando o calor.

De repente, Aurox deu um passo e entrou no meu campo de visão. Ele estava com Dragon Lankford.

– Zoey, eu ouvi as notícias sobre sua mãe. Sinto muito – Dragon disse.

– O-obrigada – murmurei. Não olhei para Aurox. Lembrei das palavras de Lenobia, de que eu precisava fazer cara de pôquer perto dele, mas eu me sentia tão machucada e ferida que não consegui fazer nada além de falar sem pensar para Stark: – Quero ir para casa, mas primeiro preciso de um momento comigo mesma – antes mesmo que ele pudesse dizer "tudo bem", eu me desvencilhei do seu braço e passei rápido por Dragon e Aurox.

– Zoey? – Stark me chamou. – Aonde você...

– Vou estar no chafariz do jardim perto do estacionamento – eu disse por sobre o ombro para ele. Pude ver que ele estava franzindo a testa preocupado, mas eu não consegui evitar. Eu precisava sair dali naquela hora. – Venha me chamar quando todos já estiverem dentro do ônibus e a gente puder partir.

Não esperei pela sua resposta. Abaixei a cabeça e andei apressada pela calçada que ladeava o prédio principal da escola. Quase correndo, virei à direita e fui direto para o banco de ferro que ficava abaixo de uma das árvores em círculo que emolduravam o chafariz e o pequeno jardim, que os novatos chamavam de jardim dos professores, pois era perto da parte da escola em que eles moravam. Eu sabia que se alguém olhasse pelas janelas amplas e ornamentadas eu seria vista, mas eu também sabia que todos os professores deveriam estar terminando a sexta aula nas suas classes, o que significava que este era o único lugar do campus em que eu podia quase com certeza ficar sozinha a esta hora.

Então eu me sentei ali, na sombra de um grande ulmeiro, tentando controlar meus pensamentos. A presença de Aurox tinha confundido minha mente, e eu não sabia por quê. *Agora, neste segundo, eu não me importo nem um pouco. Mamãe está morta. Seja o que for que Neferet e o Mal estejam preparando para mim, eles podem tirar o cavalo da chuva. Todo mundo pode tirar o cavalo da chuva.* Meus pensamentos pareceram maldosos e duros, mas a lágrima que estava deslizando pelo meu rosto contava uma história diferente.

Mamãe não está mais neste mundo. Ela não está mais em casa esperando pelo padrasto-perdedor e cuidando da cozinha. Eu não posso ligar para ela e deixá-la brava comigo e ouvi-la me dar um sermão por eu ser uma filha horrível. Era uma sensação estranha ser órfã. Quero dizer, eu e ela não fomos próximas por mais de três anos, mas mesmo assim sempre continuava no fundo da minha mente a esperança de que um dia ela ia recobrar a razão, abandonar aquele idiota com quem ela tinha se casado e voltar a ser a Mamãe.

– Ela o tinha abandonado – eu falei. – Tenho que lembrar disso – minha voz deu um nó, mas limpei a garganta e falei em voz alta novamente para a noite. – Mamãe, sinto muito que nós não pudemos nos despedir. Eu amo você. Sempre amei. Sempre vou amar – então coloquei meu rosto entre minhas mãos, cedi à terrível tempestade de tristeza que estava dentro de mim e comecei a chorar convulsivamente.

Aurox

A novata chamada Zoey – aquela com as tatuagens estranhas que cobriam não apenas seu rosto, mas também seus ombros, mãos e, como Neferet havia contado, algumas outras partes do seu corpo – fez que ele se sentisse estranho.

Neferet dissera que Zoey era inimiga dela. Isso fazia de Zoey sua inimiga também. Ela era inimiga de sua mestra e representava perigo – e esse perigo deve ter sido a causa da estranheza que ele sentiu quando ela estava por perto. Aurox prestara atenção na direção que Zoey havia tomado quando ela saiu apressada. Ele deveria estar atento a tudo relacionado a ela. Zoey era perigosa.

– Neferet, preciso falar com você sobre as novas aulas que estão sendo ministradas na arena de Lenobia – Dragon Lankford estava dizendo.

Os olhos frios de Neferet se voltaram para Dragon.

– Foi decidido pelo Conselho Supremo que esses novatos vão ficar na escola, pelo menos por enquanto.

– Eu entendo, mas...

– Mas você prefere ter o Raven Mocker na sua classe? – Neferet foi ríspida.

– Rephaim não é mais um Raven Mocker – a Grande Sacerdotisa Vermelha saiu rapidamente em defesa do seu companheiro.

– E ainda assim ele chama aquelas criaturas, aqueles *Raven Mockers*, de irmãos – Aurox disse.

– De fato, Aurox, essa é uma observação relevante – Neferet falou sem olhar para ele. – Como você é o presente de Nyx para mim, acho que é importante que nós escutemos as suas observações.

– O que isso tem de mais? Eles são seus irmãos. Ele não está tentando esconder isso – balançando a cabeça, a Grande Sacerdotisa Vermelha encontrou seus olhos. Aurox viu tristeza e raiva ali, mas essas emoções não eram fortes o bastante para que ele as sentisse e extraísse poder delas. – Você não deveria ter matado aquele Raven Mocker. Ele tinha parado de atacar.

– Você acha que nós devemos esperar que aquelas criaturas destruam outro de nós antes de agirmos contra elas? – Dragon Lankford perguntou.

A ira do Mestre da Espada era mais tangível e Aurox absorveu algum poder dela. Ele a sentiu ferver seu sangue, pulsando, alimentando--o, transformando-o.

– Aurox, você não é necessário aqui. Pode continuar com as suas funções. Comece aqui no prédio principal da escola e ande em volta de todo o perímetro do campus. Patrulhe os jardins. Certifique-se de que nenhum Raven Mocker volte – sua mestra deu uma olhada para a Grande Sacerdotisa Vermelha e acrescentou: – Minha ordem é atacar apenas aqueles que ameacem você ou a escola.

– Sim, Sacerdotisa – ele se curvou para ela e então voltou para a porta e saiu para a noite, enquanto ouvia a Grande Sacerdotisa Vermelha ainda defendendo seu companheiro. *Ela também é uma inimiga, apesar de minha mestra dizer que é uma espécie diferente de inimiga, uma espécie que pode ser usada.*

Aurox pensou sobre a dificuldade daqueles que se opunham a Neferet. Ela havia explicado a ele que em breve todos esses novatos e vampiros ou iriam se submeter à vontade dela ou seriam destruídos. Sua mestra esperava ansiosa por esse dia. Aurox também.

Ele saiu da calçada, virando à direita em direção à extremidade do prédio principal da escola. Aurox se manteve afastado da luz bruxuleante dos lampiões de gás. Instintivamente, ele preferia as sombras mais profundas e os cantos mais escuros. Seus sentidos estavam sempre em alerta, sempre procurando. Então foi estranho que o lenço de papel o alarmasse. Era um simples retângulo branco. Ele flutuou no vento, esvoaçando na frente dele quase como um pássaro. Ele parou e estendeu o braço, arrancando o lenço da noite.

Que estranho, ele pensou, *um lenço de papel flutuando.* Inconscientemente, ele o enfiou no bolso da sua calça jeans. Dando de ombros para o mau pressentimento, ele continuou andando.

As emoções dela o atingiram depois que ele deu mais dois passos.

Tristeza – um pesar muito sério e profundo. E culpa. Havia culpa entre os sentimentos dela também.

Aurox sabia que era a jovem Grande Sacerdotisa Novata – Zoey Redbird. Ele disse a si mesmo que havia se aproximado dela apenas porque era sábio observar o inimigo. Mas enquanto ele se aproximava, enquanto os sentimentos dela o inundavam, algo inesperado aconteceu dentro dele. Em vez de absorver as suas emoções e se alimentar delas, Aurox as absorveu e as sentiu.

Ele não se transformou. Ele não começou a tomar a forma da criatura de grande poder.

Em vez disso, Aurox sentiu.

A tristeza de Zoey o puxou para a frente e, quando ele parou nas sombras ao redor dela e a observou chorando convulsivamente, a emoção dela fluiu para dentro dele e se acumulou em um lugar pequeno, quieto e escondido bem no fundo do seu espírito. Enquanto Aurox absorvia a tristeza, a culpa, a solidão e o desespero de Zoey, alguma coisa se agitou dentro dele em resposta.

Era totalmente inesperado e completamente inaceitável, mas Aurox sentiu vontade de confortar Zoey Redbird. O impulso era tão estranho a ele que o choque fez que ele se movesse instintivamente, como se o seu subconsciente comandasse o seu corpo.

Ele saiu da escuridão no mesmo momento em que ela pressionou a palma da sua mão em um lugar no meio dos seus seios. Ela piscou, obviamente tentando ver entre as lágrimas, e os olhos dela encontraram os seus. O corpo dela se endireitou e ela pareceu prestes a sair em disparada.

– Não, você não precisa ir embora – ele se ouviu dizer.

– O que você quer? – ela falou e então deu outro pequeno soluço.

– Nada. Eu estava passando. Você estava chorando. Eu ouvi.

– Quero ficar sozinha – ela afirmou, enxugando o rosto com as costas da mão e fungando.

Aurox não percebeu o que ele fez até que ele e a garota ficaram olhando para o lenço de papel que ele havia tirado do bolso para oferecer a ela.

– Então vou deixar você sozinha, mas você precisa disto – ele disse, soando constrangido e estranho aos seus próprios ouvidos. – Seu rosto está muito molhado.

Ela olhou para o lenço de papel por um instante antes de pegá-lo. Então ela levantou os olhos para ele.

– Meu nariz fica cheio de muco quando eu choro.

Ele sentiu sua cabeça assentir.

– Sim, é verdade.

Ela assoou o nariz e enxugou seu rosto.

– Obrigada. Eu nunca tenho um lencinho Kleenex quando preciso.

– Eu sei – então ele sentiu seu rosto ficar vermelho e quente e seu corpo ficar frio, pois não havia motivo nenhum para ele dizer uma coisa dessas. Ele não devia falar com essa novata inimiga de modo algum.

Ela estava olhando para ele de novo, com uma expressão esquisita.

– O que você disse?

– Que eu preciso ir – Aurox se virou e saiu rápido em direção à noite. Ele esperava que as emoções que ela o havia feito sentir desaparecessem, saíssem dele, como tinha acontecido com as emoções dos outros depois que ele as absorveu, usou-as e as deixou de lado. Mas um pouco da tristeza de Zoey ficou dentro dele, assim como a sua culpa e, o mais peculiar de tudo, como a solidão dela, que ficou empoçada em um abismo profundo e escondido na sua alma.

9

Zoey

Eu fiquei olhando Aurox se afastar por um bom tempo.

Que droga é essa?

Assoei meu nariz de novo, balancei a cabeça e olhei para o chumaço molhado e amassado de Kleenex na minha mão. Qual era a jogada da criatura de Neferet? Será que ela o tinha enviado atrás de mim de propósito para me oferecer um lenço e bagunçar a minha cabeça já bagunçada?

Não, não podia ser isso. Neferet não sabia que o fato de Aurox me oferecer um Kleenex me faria lembrar de Heath. Ninguém saberia disso exceto Heath. Bem, e Stark.

Então só podia ter sido uma coincidência esquisita. Claro, Aurox era uma espécie de criatura de Neferet, mas isso não significava que ele era imune aos efeitos de lágrimas de garotas. Ele era um cara – pelo menos eu tinha certeza de que ele era um cara. E, ele poderia ser, de alguma forma, um pouco diferente daqueles subordinados estúpidos de Neferet. Ele poderia ser um cara legal – ou pelo menos ele podia ser legal quando não estava se transformando em uma máquina de matar que parecia um touro. Que inferno, Stevie Rae tinha encontrado um Raven Mocker bom. Quem sabe o...

E então eu percebi o que estava fazendo. Eu estava *Kalonizando* Aurox. Estava vendo bondade onde não existia nenhuma.

– Ah, que droga! Eu não vou fazer isso de jeeeeeito nenhum – eu me recriminei em voz alta.

– Não vai fazer o que, Z.? – Stark entrou no jardim com uma caixa de Kleenex nas mãos. – Ei, parece que você estava preparada para a primeira leva de catarro – ele disse, fazendo um gesto em direção ao meu chumaço amassado de papel.

– Ah, eu vou aceitar outro. Obrigada – respondi, puxando alguns lenços da caixa e enxugando meu rosto de novo.

– Então, o que você não vai fazer? – ele se sentou ao meu lado no banco. O ombro dele roçou o meu e eu me recostei nele.

– Eu só estava lembrando a mim mesma para não deixar que as coisas malucas que acontecem aqui me deixem louca, ou pelo menos mais louca do que já sou.

– Você não é louca, Z. Você está passando por coisas difíceis, mas vai ficar bem – ele falou.

– Espero que você esteja certo – eu murmurei e então outro pensamento ainda mais depressivo me atingiu. – Ei, você falou para o resto do pessoal não ficar me tratando de um jeito todo estranho por causa da minha mãe?

– Não tive que dizer isso. Eles são seus amigos, Z. Eles vão tratar você como quem se importa, não de um jeito estranho – Stark respondeu.

– Eu sei, eu sei, é só que... – minha voz perdeu o trilho. Eu não sabia como organizar e colocar em palavras a dor, a culpa e a terrível sensação de solidão que não ter uma mãe estava me provocando.

– Ei – Stark olhou para mim. – Você não está sozinha.

– Você está escutando meus pensamentos? Você sabe que eu não gosto quando...

Ele segurou meus ombros e me sacudiu levemente.

– Não é preciso usar a conexão do Juramento Solene do Guerreiro para saber que você está se sentindo sozinha. Eu não conheço nenhum outro garoto que tenha perdido a mãe, você conhece?

– Não. Só eu – mordi o lábio para evitar o berreiro. De novo.

– Viu, não é difícil sacar o que se passa com você – então ele me beijou. Não de boca aberta, de um jeito quente, do tipo "quero que você tire a roupa". O beijo de Stark foi suave, doce e tranquilizador. Quando os seus lábios deixaram os meus, ele sorriu dentro dos meus olhos. – Mas, como eu já disse, você vai passar por tudo isso numa boa e sem ficar louca porque você é inteligente, forte, bonita e simplesmente fora de série.

Dei uma risadinha inesperada.

– Fora de série? Você realmente acabou de dizer isso?

– É claro que eu acabei de dizer isso! Você é incrível, Z.

– Mas fora de série? – dei uma risadinha de novo e senti meu estômago começar a descontrair. – Essa foi a expressão mais ridícula que já ouvi você dizer.

Ele colocou a mão no peito como se eu tivesse acabado de apunhalá-lo.

– Z., isso doeu. Eu estava tentando ser romântico.

– Bem, pelo menos você tentou – eu respondi. – Por favor, diga que você não inventou essa expressão sozinho.

– Nããão – ele deu aquele seu sorriso fofo e metidinho. – Eu ouvi um grupo de garotas terceiro-formandas dizer que eu era fora de série quando elas estavam me observando disparar flechas na arena na última aula.

– Sério? – levantei uma sobrancelha e o fuzilei com os olhos. – Terceiro-formandas?

A parte metidinha do seu sorriso desapareceu.

– Eu quis dizer terceiro-formandas sem atrativos.

– Tenho certeza de que foi exatamente isso o que você quis dizer.

Os olhos dele faiscaram.

– Ciúme?

Eu bufei e menti:

– Não!

– Você não precisa ter ciúme. Nunca. Porque você não é simplesmente fora de série. Você é de uma série única e exclusiva, e jogaram fora a forma em que você foi feita.

– Você tem certeza?

– Tenho.

– Jura?

– Sim.

Eu me encostei nele.

– Tá bom, eu acredito em você, seu ridículo – descansei minha cabeça no seu ombro e ele colocou seu braço em volta de mim. – Podemos ir para casa agora?

– Claro. Sua limusine pequena e amarela está carregada e esperando por você – ele se levantou e me puxou para que eu ficasse em pé. De mãos dadas, andamos em direção ao estacionamento. Olhei de lado furtivamente para Stark. Ele parecia satisfeito consigo mesmo (e totalmente gostoso). É óbvio que aquela expressão ridícula que ele usou tinha sido parte da sua estratégia para me tirar do buraco de depressão em que senti que eu estava caindo.

Stark deve ter sentido isso também, não porque ele estava escutando meus pensamentos indevidamente, mas porque ele era meu Guardião, meu guerreiro e muito, muito mais.

Eu apertei a mão dele.

– Obrigada.

Ele deu uma olhadinha para mim, sorriu e então levou minha mão aos seus lábios.

– Sem problemas. Espere até ouvir a expressão que estou criando para descrever os seus peitos. Desta vez, vou inventar sozinho. Não preciso da ajuda de nenhuma terceiro-formanda sem atrativos para isso.

– Não. Simplesmente não.

– Mas você pode precisar de algo mais para levantar seu astral.

– Não. Eu estou bem. Conversar sobre peitos não é nem um pouco necessário.

– Bem, lembre-se de que eu estou aqui se você precisar de mim – ele disse, abrindo o sorriso de novo. – Preparado, disposto e capaz.

– É um conforto. Obrigada.

– Tudo parte da descrição do trabalho de Guardião.

Levantei as duas sobrancelhas nessa hora.

– Você realmente leu a descrição do trabalho de Guardião?

– Mais ou menos. Seoras disse: "Tome conta da sua rainha ou vou terminar os minúsculos arranhões que comecei a fazer em você" – ele falou, soando incrivelmente igual ao antigo Guardião escocês.

– Minúsculos? – eu estremeci, lembrando dos ferimentos sangrentos que haviam retalhado todo o peito dele. Como eu poderia esquecer algum dia? Nem se eles não fossem ainda cicatrizes recentes e rosadas, apesar dos poderes curativos dos meus elementos e do meu sangue. – Minúsculos definitivamente não é a palavra que eu usaria para descrevê-los.

– *Ach*[1], moçoila. Não foi nada além de alguns arranhões de gatinha[2].

Senti meus olhos se arregalarem e então dei um soquinho no braço dele.

– Gatinha!

Ele esfregou o braço e então disse com sua voz normal:

– Z., na Escócia isso quer dizer gato animal mesmo. Sério.

– Você é um cara – olhei zangada para ele.

Por algum motivo bobo, aquilo o fez rir. Então ele colocou seus braços em volta de mim e me deu um abraço gigante.

– É, eu sou um cara. O seu cara. E quero que você se lembre que, mais importante do que tudo isso – ele fez uma pausa e se afastou um pouco para poder fazer um gesto indicando a Morada da Noite e o ônibus que estava esperando um pouco adiante de onde nós estávamos –, mais importante do que a coisa do guerreiro e mais até do que a coisa do Guardião, eu amo você, Zoey Redbird. E eu sempre vou estar por perto quando você precisar de mim.

Voltei para dentro dos seus braços e dei um longo suspiro de alívio.

– Obrigada.

– Ali está ela! – ouvi a voz de Kramisha gritando e suspirei, certa de que eu era a "ela" a quem ela se referia. Levantei os olhos e, de fato, Kramisha estava parada em frente do micro-ônibus lotado com Stevie Rae, Aphrodite, Damien, as gêmeas, Erik e uma novata vermelha que eu não reconheci. De mãos dadas com Stark, andei o resto do caminho até lá.

---

1 Ach é uma expressão escocesa de impaciência, surpresa ou desgosto. (N.T.)

2 Pussy, em inglês, quer dizer gatinha ou gatinho e também é uma gíria para vagina. (N.T.)

– Sinto muito sobre a sua mãe. É muito triste – Kramisha falou quando eu cheguei.

– Hum, o-obrigada – gaguejei e estava começando a pensar que eu precisava descobrir um modo não tão desajeitado de responder às pessoas que viessem me dar os pêsames pela morte da minha mãe quando Kramisha continuou a falar.

– Z., eu sei que não é uma boa hora, mas nós temos um problema.

Reprimi outro suspiro.

– Com esse "nós", você quer dizer "eu" ou "você"?

– Nós achamos que esse problema pode afetar a todos – Stevie Rae afirmou.

– Ótimo – respondi.

– Zoey, esta é Shaylin – Erik me apresentou a garota desconhecida, que estava me examinando como se ela desejasse me ter embaixo da lente de um microscópio. Afe, era um saco conhecer garotos novos.

– Oi, Shaylin – eu disse, tentando ignorar o modo como ela me encarava.

– Roxa – ela falou.

– Pensei que Erik tivesse dito que seu nome era Shaylin – eu disse, apesar de querer gritar *Sim! Sou eu! Aquela com as tatuagens esquisitas!*

– Meu nome é Shaylin – ela me deu um sorriso realmente afetuoso e agradável. – Você é roxa.

– Ela não é Roxa, ela é Zoey – Stark respondeu, soando tão confuso quanto eu estava.

– Você também tem algumas partículas prateadas – Shaylin parou de me encarar e então voltou seu olhar intenso para ele. – Você é vermelho, dourado e um pouco preto. Hum. Isso é estranho.

– Eu não sou...

– Ah, que merda – Aphrodite interrompeu e apontou para Shaylin. – O nome dessa nova garota é Shaylin e ela não está chamando vocês de cores, ela está vendo as suas cores.

– Minhas cores? Não tenho a menor ideia do que isso significa – eu disse, franzindo a testa para Aphrodite e olhando para Shaylin com um ponto de interrogação enorme na cara.

– Eu também não sei muito bem o que isso significa – Shaylin respondeu. – Isso simplesmente aconteceu comigo, logo depois que fui Marcada.

– Acho que Shaylin recebeu um dom chamado Visão Verdadeira – Damien explicou. – É raro. Acho que há algo sobre isso no *Manual Avançado do Novato*, mas eu só dei uma olhada em um deles – ele pareceu constrangido e querendo se desculpar. – Eu não estudei esse livro de fato.

– Damien, você é só um quarto-formando. Isso não faz parte do conteúdo do seu ano.

– *Hello*, conversa de obcecados por lição de casa – Erin resmungou.

– É brincadeira! – Shaunee acrescentou.

– Olha só – levantei minha voz para que todos olhasses para mim em vez de começarem aquelas briguinhas que eu tinha certeza que estavam por vir. – Eu não sei o que é a Visão Verdadeira, mas se é um dom, e eu imagino que vocês querem dizer um dom de Nyx, então qual é o problema? – perguntei.

– Ela é uma novata vermelha – Aphrodite respondeu.

– E daí? Há um ônibus inteiro cheia de novatos vermelhos – afirmei, indicando o micro-ônibus atrás deles.

– Sim, e cada um de nós teve que morrer e então desmorrer antes de ter isto aqui – Kramisha apontou para o contorno vermelho de uma lua crescente na sua testa.

Olhei para ela e depois para a garota nova, até que finalmente minha mente captou o que meus olhos viam. Voltei-me para Erik.

– Você acabou de Marcá-la em vermelho?

– Não. Sim – Erik balançou a cabeça e também pareceu preocupado. – Eu não tinha a intenção. Eu a Marquei. Tudo bem, não foi exatamente como o planejado, mas isso aconteceu porque ela era cega e fiquei surpreso – todos nós o encaramos e ele passou a mão pelo seu cabelo grosso e escuro.

Seus ombros desabaram. Então ele acrescentou: – Eu me atrapalhei, e é por isso que agora ela é uma novata vermelha e consegue ver nossas cores.

– Você não se atrapalhou, Erik – pareceu que Shaylin começou a levantar a mão para acariciar o braço de Erik, mas no meio do caminho mudou de ideia. O olhar dela se voltou para mim e ela continuou: – Antes de ele me Marcar, eu era cega. Eu era cega desde criança. No segundo em que ele me Marcou, consegui enxergar novamente, e isso não foi uma trapalhada. Foi incrível.

– Ah! Eu sabia que havia sentido uma nova novata entre nós! – ao som da voz de Neferet, todos nós demos um pulo como se ela tivesse nos atingido com um Taser[3]. Ela estava vindo rápido em nossa direção, com seu vestido longo de veludo verde arrastando-se no chão, fazendo parecer que ela deslizava em vez de andar (o que era super assustador). – *Merry meet*, eu sou Neferet, sua Grande Sacerdotisa – ela voltou rapidamente sua atenção para Erik e pude ver um lampejo de aborrecimento nos seus olhos. – Professor Night, você não deveria ter trazido a garota aqui – Neferet chegou perto de Shaylin e fez um gesto gracioso de desculpas para ela. – Jovem novata, o Rastreador deveria tê-la instruído para ir até o dormitório feminino, onde você vai encontrar o resto das... – ela perdeu a fala quando finalmente viu a Marca de Shaylin.

– Sim – eu falei, incapaz de manter minha boca fechada por mais tempo. – Ela é vermelha. O que significa que ela está no lugar certo.

– E eu sou a Grande Sacerdotisa dela. Não você – Stevie Rae concluiu por mim.

– Ah! Você é... ah, eu não estou me sentindo bem! – Shaylin estava encarando Neferet quando de repente desmaiou. Erik a segurou antes que ela batesse a cabeça no chão, dando um jeito de parecer assustado e heroico ao mesmo tempo (sério, ele é um ator excelente).

– Ela passou por muita coisa – Aphrodite disse, dando um passo para ficar face a face com Neferet. – Ela precisa ir para casa. Para a estação. Com a gente. Agora.

---

3 Arma de eletrochoque fabricada pela empresa norte-americana Taser International. (N.T.)

Prendi a respiração quando os olhos de Neferet se estreitaram e ela começou a encarar cada um dos garotos do nosso grupo. Todos os vampiros eram intuitivos, mas Neferet era mais do que isso. Ela podia ler mentes. Bem, a maioria das mentes dos novatos – ou pelo menos a superfície dos seus pensamentos. Fiz uma prece rápida e silenciosa para Nyx: *Por favor, faça que cada um deles pense em qualquer coisa, menos no fato de que essa garota nova pode ter a Visão Verdadeira, seja o que for que isso signifique.*

De repente, a expressão desconfiada de Neferet se alterou. Ela riu alto. Na verdade, ela gargalhou. Eu não tinha ideia como isso era possível, mas a risada dela soou maldosa, horrível e sarcástica. Como uma risada podia ser tão péssima?

– Ela era cega. Foi por isso que ela foi Marcada em vermelho. Ela já estava destruída. Simplesmente, ela não precisou morrer para ficar assim. Bem, pelo menos ela não morreu ainda.

Kramisha estava em pé ao meu lado, então eu a vi se contrair de medo. Neferet também viu. A falsa Grande Sacerdotisa sorriu para a nossa Poeta Laureada.

– O que foi? Você acreditava realmente que esse contorno vermelho era a garantia da sua transformação? – ela inclinou a cabeça para o lado, lembrando-me um réptil. – Sim, eu posso sentir o seu choque e o seu medo. Você não tinha pensado nisso. O seu corpo ainda pode rejeitar a transformação.

– Você não tem certeza disso – Stevie Rae se aproximou de Kramisha.

– Não tenho? – de novo, a risada de Neferet foi maldosa e horrível. Ela levantou o queixo na direção de Shaylin, que ainda estava desmaiada nos braços de Erik. – Aquela ali parece bizarra para mim – ela voltou seu olhar para Aphrodite. Eu vi Aphrodite colocar os punhos na cintura, como se estivesse se preparando para explodir. – Um pouco como você é bizarra, e você nem é mais uma novata.

– Não, eu não sou. Mas eu estou feliz do jeito que sou. E você, Neferet?

Em vez de responder, Neferet disse:

– Levem a nova novata com vocês. Você está certa em uma coisa, Aphrodite. O lugar dela é com vocês e com o resto dos desajustados, não aqui. Em nome de todos os deuses, o que mais Nyx vai inventar?

E então, gargalhando, ela deu as costas para nós e foi embora deslizando.

Quando ela estava longe o bastante para não ouvir, soltei um longo suspiro.

– Bom trabalho, vocês todos, por não pensarem na coisa da Visão Verdadeira.

– Ela me dá medo – Kramisha disse com uma voz que soou muito, muito jovem.

Stevie Rae colocou o braço em volta de Kramisha.

– Tudo bem ter medo dela. Isso só vai nos fazer lutar com mais força contra ela.

– Ou correr mais rápido – Erik disse sombriamente.

– Alguns de nós não estão fugindo – Stevie Rae respondeu.

– Você tem certeza? – Shaylin falou.

– Ei, você está de volta? – Erik perguntou.

– Na verdade, eu não fui a lugar nenhum. Hum. Você pode me colocar no chão agora. Por favor.

– Ah, sim claro – Erik gentilmente a colocou no chão. Ele manteve uma mão no seu braço, como que para se certificar de que ela não ia cambalear e cair, mas ela ficou em pé parecendo totalmente equilibrada.

– Então você fingiu um desmaio. Por quê? – Aphrodite fez a pergunta antes de mim.

– Bem, não é difícil imaginar – Shaylin olhou para Kramisha. – Eu concordo com você. Ela me dá medo – então ela continuou: – Eu fingi desmaiar porque ou eu fazia isso ou eu fugia correndo e gritando – ela trocou um olhar com Erik. – É, eu concordo com você também – Shaylin deu de ombros. – Mas ela disse que era uma Grande Sacerdotisa. Eu não sei muito sobre vampiros, mas todo mundo sabe que as Grandes

Sacerdotisas são as que comandam. Fugir gritando de uma no meu primeiro dia como novata não me pareceu uma boa opção.

– Então você pensou em bancar o espantalho – Stevie Rae disse.

– Bancar a quê?

– É um jeito caipira de dizer que você se fingiu de morta para que Neferet deixasse você em paz – Aphrodite explicou.

– Sim, foi exatamente o que eu fiz – Shaylin concordou.

– Não foi má ideia – Stark falou. – Conhecer Neferet e ser Marcada, tudo no mesmo dia, foi demais para você.

– O que você viu? – minha pergunta pareceu pegar todo mundo de surpresa, menos Shaylin. Ela encontrou meu olhar intenso e o sustentou com firmeza enquanto me respondeu.

– Um pouco antes de ficar cega, estive com a minha mãe na Nam Hi, aquela grande mercearia vietnamita na Garnett quase esquina com a Twenty-first. Eles tinham peixes inteiros para vender, que ficavam em uma grande caixa de gelo. Eles me assustaram tanto que eu me lembro de só ter conseguido ficar ali parada, olhando fixamente para os seus olhos mortos e leitosos e para os seus horríveis ventres abertos.

– Neferet tem a cor de ventre de peixe morto? – Stevie Rae perguntou.

– Não. A cor de Neferet é a mesma da dos olhos de um peixe morto. É a única cor dela.

– Isso não pode ser nada bom – Kramisha falou.

– O que não pode ser nada bom? – Darius perguntou enquanto se juntava ao nosso grupo e pegava a mão de Aphrodite.

Ela se encostou nele e disse:

– Darius, guerreiro garanhão, esta é Shaylin, novata vermelha recém-Marcada, que não morreu para ficar vermelha e que tem a Visão Verdadeira. Ela acabou de "ver" – Aphrodite fez aspas com os dedos – Neferet, e aparentemente a cor verdadeira dela é de olhos de peixe morto.

Darius não se abalou nem um pouco. Ele apenas se curvou levemente para a nova garota e a saudou com um "*Merry meet*, Shaylin", o que ou mostrou que o guerreiro tinha um autocontrole impressionante ou era apenas mais uma prova de que as nossas vidas tinham virado uma completa loucura.

– Nós precisamos estudar mais sobre a Visão Verdadeira – Damien sugeriu. – É assunto de sexto-formando para cima. Você sabe alguma coisa sobre isso? – ele perguntou a Darius.

– Não muito. Eu me foquei mais em facas, não em Sociologia Vampírica – Darius respondeu.

– Bem, eu tenho esse manual avançado idiota – Aphrodite falou. Quando todos nós olhamos admirados na sua direção, ela franziu as sobrancelhas. – O que foi? Eu era uma sexta-formanda antes disto acontecer – ela apontou para a sua testa desMarcada. – Infelizmente, hoje eu tive que voltar para o meu antigo horário escolar – quando nós continuamos a encarando sem falar nada, ela revirou os olhos. – Ah, que merda, eu tenho lição de casa, é só isso. O livro está na minha bolsa incrivelmente linda da Anahata Joy Katkin dentro do micro-ônibus dos retardados.

– Aphrodite, pare de dizer retardados! – Stevie Rae gritou para ela. – Juro que você precisa entrar no site www.r-word.org. Talvez você aprenda que algumas pessoas ficam magoadas com essa palavra com "r".

Aphrodite piscou várias vezes e então esfregou a testa.

– Um site? Fala sério.

– Sim, Aphrodite. Como eu tentei dizer a você zilhões de vezes, usar essa palavra com "r" é ofensivo e simplesmente uma maldade pura.

Aphrodite inspirou profundamente e soltou o ar junto com um discurso inflamado:

– E que tal um site para uma palavra com "x", xoxota, que ofende metade do mundo? Ou, espere, melhor ainda. Vamos manter o site www.r-word.org, mas vamos trocar a palavra com "r" para "rapto seguido de estupro", que causa danos piores do que magoar os sentimentos de mamãezinhas de classe média alta. Ou...

– Chega – entrei no meio das duas. – Nós entendemos. Podemos voltar para o assunto de Shaylin e a Visão Verdadeira?

– Sim, que seja – Aphrodite respondeu, jogando o cabelo para trás.

– Aphrodite é maldosa, Z., mas o que ela disse faz sentido – Erin opinou.

Eu fuzilei Shaunee com os olhos, que apenas concordou entusiasticamente, sem entrar na conversa. Minha cabeça parecia que ia explodir.

– Ah, que inferno – eu falei, jogando as mãos para cima de frustração. – Não sei mais o que a gente estava falando antes da parte sobre os retardados.

– A informação sobre a Visão Verdadeira está dentro do ônibus – Rephaim disse, surpreendendo a todos nós. Ele sorriu com timidez. – Eu realmente não compreendi muito do resto da conversa. Também entendi que Aphrodite é maldosa, mas isso eu já sabia.

Ao meu lado, Stark transformou uma explosão de risada em uma tosse.

Eu suspirei.

– Tudo bem, vamos entrar no ônibus e voltar para a estação. Aphrodite e Damien, encontrem-me na cozinha com o manual avançado – fiz uma pausa e dei uma olhada para Stevie Rae, que ainda estava segurando a mão de Rephaim. – Você quer se juntar a nós depois de, hãm, você sabe, depois de o sol nascer e tal?

– Z., você não tem que pisar em ovos para falar disso. Sim, Rephaim vai se transformar em um pássaro quando o sol nascer e eu gostaria de ficar com ele até lá – Stevie Rae levantou os olhos para Rephaim, que estava sorrindo para ela como se fosse aniversário dele e ela fosse um presente incrível que ele tinha acabado de abrir.

– Isso é sério? – escutei Shaylin perguntar para Erik.

– Sim. É uma longa história – Erik respondeu.

– Não é de se estranhar que a cor dele seja tão esquisita – ela falou.

Fiquei curiosa sobre a cor de Rephaim, mas eu sabia que agora não era a hora de fazer um monte de perguntas, então eu simplesmente disse:

– Kramisha, você pode por favor descobrir onde Shaylin vai ficar?

– Não vou dividir meu quarto – Kramisha respondeu. Então ela deu um olhar de pedido de desculpas para Shaylin. – Sinto muito. Não quis ofender.

– Tudo bem. Eu sempre tive gente em volta de mim desde que fiquei cega. Eu também prefiro ter o meu próprio quarto.

Kramisha sorriu.

– Está certo. Gosto de ser uma mulher independente e vou ajudar você a encontrar um quarto só seu.

– Fechado – Shaylin concordou.

– Aham – Erik limpou a garganta para atrair nossa atenção. Achei que ele parecia nervoso e estranhamente inseguro. – Que tal se eu seguir o ônibus com o meu carro e Shaylin vier comigo? Eu posso colocá-la a par de algumas coisas no caminho, como Rephaim e toda a história dos novatos vermelhos em geral.

– Rastreadores só devem rastrear e Marcar – Aphrodite disse.

– É, e novatos só devem ser Marcados com um crescente azul e então se Transformar ou morrer – ele contra-atacou.

– Acho que tudo bem se Erik nos seguir – Stevie Rae falou, o que me surpreendeu, pois eu sabia que ela não era exatamente muito fã de Erik. – O que você acha, Z.?

Dei de ombros.

– Por mim, tudo bem.

Erik assentiu levemente e então ele e Shaylin foram em direção ao seu carro no estacionamento.

– Estamos prontos para partir? – Darius perguntou.

– Acho que sim, ou pelo menos estaremos assim que o nosso motorista sempre tão amigável chegar – respondi.

Darius sorriu.

– Eu serei o motorista. Eu disse a Christophe que de agora em diante vou assumir a direção do ônibus daqui para a estação e de lá para cá.

Não consegui resistir a dar uma olhada em Aphrodite. Seu rosto estava congelado e seus olhos, arregalados.

– Ei, Aphrodikey está saindo com um motorista de ônibus! – Shaunee não perdoou.

Pareceu que Erin ia acrescentar algum comentário espertinho, mas Aphrodite chegou bem perto das gêmeas e disse:

– Darius não é um motorista de ônibus. Ele é um guerreiro Filho de Erebus. Ele pode matar vocês, mas ele é bom e honrado e portanto não vai fazer isso. Eu, por outro lado, não sou honrada nem guerreira. Eu vou matar vocês ou pelo menos machucar tanto que vocês não vão conseguir ir à próxima venda exclusiva da Miss Jackson's.

As gêmeas sugaram o ar e, antes que elas respondessem, eu disse rapidamente:

– Certo, então, vamos voltar para a estação. Parece que a gente vai ter que estudar um pouco – segurei o pulso de Aphrodite e praticamente a arrastei para dentro do micro-ônibus. Ela deu um puxão para se soltar de mim, mas continuava me seguindo quando comecei a subir os degraus. Então uma bola laranja de pelos se atirou nos meus braços. – Nala! – eu gritei, quase a derrubando de susto. – Ah, minha bebê! Eu senti tanto a sua falta – eu a acariciei e a beijei. E depois dei risada quando ela espirrou em mim e começou a resmungar com sua voz de velha senhora, "minha-aaaaauuuu", mesmo enquanto ronronava feito louca.

Enquanto eu estava afagando Nala, houve um barulho de grunhido terrível vindo de dentro do ônibus, e de repente Aphrodite estava forçando a passagem por mim, dizendo:

– Malévola! Mamãe está aqui!

Pareceu chover pelo branco. Os garotos no ônibus tiraram rápido braços e pernas do caminho enquanto o gato mais feio, com a cara mais amassada, maior e mais detestável do universo percorreu o corredor chiando e uivando. Aphrodite parou, pegou sua gata e começou a falar como ela era bonita, maravilhosa e inteligente.

– Aquele gato não é normal – Kramisha afirmou, olhando por sobre o meu ombro. – Mas Aphrodite não é normal também, então acho que funciona bem. – Seu olhar se voltou para Nala, que ainda estava resmungando para mim. – Não é verdade, um monte desses gatos não é normal.

– Um monte desses gatos? – olhei por sobre a cabeça laranja e peluda de Nala e, como eu suspeitava, a minilimusine amarela estava cheia de novatos vermelhos e gatos. – Quando isso aconteceu?

– Eles estavam aqui quando a gente chegou – Kramisha respondeu. – Como eu disse, eles não são normais.

– Hum, bem, então acho que isso significa que a estação é realmente o nosso novo lar – falei, sentindo pela primeira vez que isso podia ser verdade.

– Z., o lar é onde você está – Stark disse, estendendo o braço na minha direção e acariciando a cabeça de Nala.

Eu sorri para ele e me senti aquecida por dentro – quase aquecida o suficiente para esquecer de olhos cor de pedra da lua e do fato de que pessoas em volta de mim continuavam morrendo...

10

Kalona

– O que você acabou de dizer? – Kalona berrou para o Raven Mocker, que se encolheu de medo.

– Rephaim é um garoto humano – Nisroc repetiu. Seu irmão menos desenvolvido, que havia escapado da ira da criatura mutante, remexeu-se todo agitado, escondendo-se atrás dele.

Kalona andou de um lado para o outro na clareira entre os esconderijos de caça. Ainda não havia amanhecido, mas os outros *Raven Mockers*, que haviam voltado depois da busca feita pelos seus irmãos no interior de Oklahoma já estavam amontoados dentro das casas nas árvores, escondendo-se, escapando, encolhendo-se de medo da possibilidade de encarar olhos inquisidores. Ele havia ficado lá, olhando cada um deles retornar, procurando por algo que era difícil admitir a si mesmo. Ele estava procurando por humanidade – por um filho com quem pudesse conversar, compartilhar, fazer planos. Mas tudo o que ele havia encontrado eram bestas choramingantes e medrosas. *Rephaim era o mais humano de todos eles,* Kalona estava pensando pela milésima vez quando Nisroc aterrissou na clareira com um filho a menos ao seu lado e com notícias inacreditáveis de outro.

Kalona rodeou Nisroc.

– Rephaim não pode ter uma forma humana. Isso é impossível! Ele é um Raven Mocker, como você, como seus irmãos.

– A Deusa. Ela o transssformou – Nisroc sibilou.

Uma sensação estranha e agridoce tomou conta de Kalona. Nyx havia transformado seu filho em humano, presenteando-o com a forma de um garoto.

Ela perdoara Rephaim? Como isso era possível?

Quase sem palavras, o imortal perguntou sem pensar:

– Você falou com Rephaim?

Nisroc balançou levemente sua enorme cabeça de corvo para cima e para baixo.

– Sssim.

– Ele realmente disse que estava a serviço de Nyx?

– Sssim – Nisroc curvou sua cabeça, mas continuou olhando furtivamente para ele. – Para você ele ssse recusou a essspionar.

Kalona deu um olhar severo para Nisroc e então voltou sua atenção para o Raven Mocker exaurido que estava se escondendo inutilmente atrás dele. De repente, ele percebeu que havia apenas um irmão de Nisroc ali, onde deveria haver dois.

– Onde está... – Kalona teve que fazer uma pausa para lembrar qual dos seus filhos estava faltando. – Maion? Por que ele não voltou com você?

– Morto – Nisroc pronunciou a palavra sem emoção nenhuma.

– Rephaim o matou? – a voz de Kalona era tão fria quanto o seu coração.

– Não. A criatura. Maion ela matou.

– Que criatura? Fale claramente!

– A criatura da Tsssi Sssgili.

– Um vampiro?

– Não. Primeiro humano, depoisss touro.

Kalona deu um salto de surpresa.

– Você tem certeza? A criatura tomou a forma de um touro?

– Sssim.

– Rephaim se juntou a ela para atacar vocês?

– Não.

– Ele lutou ao lado de vocês contra ela?

– Não. Nada ele fez – Nisroc disse.

Kalona cerrou e depois descerrou o maxilar.

– Então o que parou a besta?

– A Vermelha.

– Então ela e Neferet se enfrentaram? – Kalona disparou rispidamente as perguntas, amaldiçoando-se silenciosamente por ter enviado seres inferiores para testemunhar o que ele deveria ter visto.

– Não. Nenhuma batalha aconteceu. Nós voamos.

– E você afirma que o touro era uma criatura de Neferet.

– Sssim.

– Então é verdade... Neferet se entregou para o touro branco – Kalona começou a andar de um lado para o outro de novo. – Ela não tem ideia das forças que está despertando. O touro branco é a encarnação das Trevas em sua forma mais pura e poderosa.

Em algum lugar lá no fundo de Kalona, algo se agitou dentro dele, algo que não havia voltado à superfície desde que ele caíra. Por um rápido instante, de uma batida do coração, o ancestral guerreiro da Deusa da Noite, o imortal alado que defendera sua Deusa contra o ataque das Trevas por incontáveis séculos teve um desejo automático de ir até Nyx... para avisá-la... para protegê-la.

Kalona afastou esse impulso ridículo quase tão rápido quanto ele o havia sentido. E começou a andar de novo. Pensando em voz alta, ele refletiu:

– Então Neferet tem um aliado que a liga ao touro branco, mas ela deve ter criado um disfarce para ele para apresentá-lo à Morada da Noite, ou vocês teriam visto pelo menos o começo de uma grande luta.

– Sssim, a criatura dela.

Kalona ignorou os comentários repetitivos de Nisroc e continuou raciocinando em voz alta.

– Rephaim começou a servir à Deusa. Ela o presenteou com a forma humana – ele cerrou o maxilar. Kalona se sentia duplamente traído, por seu filho e pela Deusa. Ele havia pedido, praticamente implorado para Nyx perdoá-lo. E qual tinha sido a resposta dela? "Se um dia você se mostrar digno de perdão, peça-o para mim. Mas não antes disso."

A lembrança da sua breve passagem pelo Mundo do Além e do vislumbre que ele teve da Deusa provocaram uma dor horrível em seu coração. Em vez de senti-la, de pensar nela ou de se influenciar por ela, Kalona abriu os portões da ira que sempre entrava em ebulição logo abaixo dos diques da sua alma. Ao inundá-lo, a ira levava embora quaisquer outros sentimentos mais nobres e honestos.

– Meu filho precisa aprender uma lição sobre lealdade – Kalona afirmou.

– Leal eu sou! – Nisroc gritou.

Kalona sorriu desdenhosamente.

– Não falei de você. Falei de Rephaim.

– Essspionar Rephaim não vai – Nisroc repetiu.

Kalona deu uma bofetada nele e o Raven Mocker cambaleou para trás e se chocou contra o seu irmão.

– Rephaim fez muito mais do que espionar para mim no passado. Ele era um segundo par de punhos, um segundo par de olhos, quase uma extensão de mim. É o hábito que me faz olhar o céu procurando por ele. Estou descobrindo que o hábito é algo difícil de quebrar. Talvez Rephaim também esteja achando isso difícil – o imortal alado deu as costas aos seus filhos e encarou o leste, sobre as montanhas cobertas de árvores, na direção da adormecida Tulsa. – Eu devo visitar Rephaim. Nós temos, afinal de contas, um inimigo comum.

– A Tsssi Sssgili?

– Certo. A Tsi Sgili. Rephaim não vai chamar de espionagem se nós estivermos servindo a um objetivo comum: derrubar Neferet.

– Governar no lugar dela você vai?

Kalona voltou seus olhos âmbar para seu filho.

– Sim. Eu sempre vou governar. Vamos descansar agora. Ao pôr do sol, eu parto para Tulsa.

– Conosssco? – o Raven Mocker perguntou.

– Não. Vocês ficam aqui. Continuem a reunir meus filhos. Fiquem escondidos e esperem.

– Esssperar?

– Pelo meu chamado. Quando eu governar, aqueles que permanecerem leais a mim ficarão ao meu lado. E aqueles que não ficarem serão destruídos, não importa quem sejam. Você entendeu, Nisroc?

– Sssim.

Rephaim

– Sua pele é tão macia – Rephaim desceu as pontas dos dedos pelas curvas das costas nuas de Stevie Rae, maravilhado com o prazer que ele sentia por ser capaz de abraçá-la e de pressionar seu corpo totalmente humano contra o dela.

– Eu gosto que você me ache especial – Stevie Rae disse, sorrindo um pouco tímida para ele.

– Você é especial – ele respondeu. Então ele deu um suspiro e começou a gentilmente se soltar dela. – O amanhecer está próximo. Tenho que subir.

Stevie Rae se sentou e cobriu seus seios nus com o edredom grosso que ficava sobre a cama do seu pequeno e surpreendentemente bonito quarto nos túneis. Ela piscou seus grandes olhos azuis para ele. Seu cabelo estava despenteado e cacheado e emoldurava seu rosto, fazendo-a parecer uma jovem virgem inocente. Rephaim colocou sua calça jeans, pensando que ela era a coisa mais linda que ele já tinha visto na vida. E as próximas palavras dela tocaram o seu coração.

– Eu não quero que você vá, Rephaim.

– Você sabe que eu também não quero, mas preciso.

– Vo-você não pode simplesmente ficar aqui? Comigo? – ela perguntou com hesitação.

Ele suspirou e se sentou na beirada da cama que eles haviam acabado de compartilhar. Ele pegou a mão de Stevie Rae e entrelaçou os dedos dela entre os seus.

– Você iria me colocar numa gaiola?

Ele sentiu o corpo dela estremecer de choque – ou de repulsa?

– Não! Eu não quis dizer isso. Eu simplesmente pensei, bem, que talvez você pudesse tentar ficar aqui por um dia. Quero dizer, que tal a gente simplesmente continuar de mãos dadas, assim, até você acabar de se transformar?

Ele sorriu com tristeza para ela.

– Stevie Rae, um corvo não tem mãos. Estas aqui – ele pressionou suas palmas contra as dela – logo, logo irão virar garras. Eu vou, muito em breve, virar uma besta. Não vou reconhecer você.

– Então, que tal se eu mantiver meus braços em volta de você? Talvez daí você não tenha medo. Talvez você apenas deite ao meu lado de conchinha, fique aqui e durma. Quero dizer, você tem que dormir em algum momento, não tem?

Rephaim pensou antes de responder e então começou devagar a tentar explicar o inexplicável.

– Eu devo dormir, Stevie Rae, mas eu não me lembro de nada do período em que eu sou um corvo – *de nada, exceto da agonia da transformação física e do prazer quase insuportável do vento contra as minhas asas,* ele pensou. Mas ele não podia contar nenhuma dessas coisas para Stevie Rae. Uma iria afligi-la; a outra podia assustá-la. Então, em vez da verdade crua, ele contou a ela uma versão que pareceu mais civilizada, mais compreensível. – Um corvo não é um animal de estimação. É um pássaro selvagem. E se eu entrar em pânico e, ao tentar escapar, acabar machucando você?

– Ou a si mesmo – Stevie Rae disse solenemente. – Entendi. Realmente entendi. Eu só não gosto muito disso.

– Eu também não, mas acho que esse é o objetivo de Nyx. Estou pagando as consequências dos meus atos passados – ele envolveu as bochechas macias dela com as mãos e pressionou seus lábios contra os dela, murmurando: – É um preço que eu pago de bom grado porque o outro lado da moeda, a parte boa, são as horas que nós desfrutamos furtivamente enquanto sou humano.

– Não são horas furtivas! – Stevie Rae disse seriamente. – Nyx deu essas horas a você pelas boas escolhas que você fez. As consequências são de mão dupla, Rephaim. Elas podem ser boas e más.

De algum modo, aquilo fez o coração dele se sentir mais leve e então ele sorriu, beijando-a novamente.

– Vou me lembrar disso.

– Quero que você se lembre de outra coisa também. Você fez uma coisa boa hoje quando não deu as costas para os seus irmãos – os dedos dela puxaram um cacho loiro, e ele sabia que, não importava o que ela estivesse dizendo, aquilo era difícil para ela. Então, apesar de precisar sair dos túneis e subir para o céu que estava à sua espera, ele permaneceu sentado ao lado dela, segurando a sua mão, enquanto ela continuava: – Sinto muito que o seu irmão foi morto.

– Obrigado – ele disse em voz baixa, sem confiar muito na sua voz.

– Eles vieram até a Morada da Noite chamar você para ir embora com eles, não foi?

– Não exatamente. Meu Pai de fato os enviou para me encontrar, mas não para me levar embora com eles – Rephaim fez uma pausa, sem saber muito bem como explicar o resto para Stevie Rae. Eles não falaram sobre seus irmãos quando ficaram finalmente sozinhos; estavam ávidos demais para se tocarem, para ficarem próximos, para se amarem.

Stevie Rae apertou a mão dele.

– Você pode me contar. Eu confio em você, Rephaim. Por favor, confie em mim também.

– Eu confio! – ele exclamou, odiando a mágoa que viu nos olhos dela. – Mas você precisa entender que, apesar de meu pai ter me renegado, isso não muda nada aqui – ele tocou seu peito em cima do coração. – Eu sempre vou ser filho dele. Vou trilhar o caminho da Deusa. Vou lutar pela luz e pelo que é certo. Vou amar você. Sempre. Mas você precisa entender que, em algum lugar dentro de mim, eu sempre vou amá-lo também. Virar humano me ensinou isso.

– Rephaim, eu preciso lhe contar uma coisa que pode parecer maldosa, mas acho que você precisa ouvir isto.

Ele assentiu.

– Vá em frente. Conte-me.

– Antes de ser Marcada, eu era colega de escola de uma garota chamada Sallie. A mãe dela tinha sumido e abandonado Sallie e seu pai quando ela tinha dez anos. Isso porque a mãe dela era basicamente uma puta nojenta que não queria ter a responsabilidade de criar uma criança. Sallie ficou arrasada quando sua mãe foi embora, apesar de o pai dela fazer tudo o que podia por ela. Mas a pior parte da coisa toda é que a mãe dela não sumiu para sempre. Ela costumava voltar e, como dizia minha mãe, jogar merda no ventilador.

Ele olhou para ela com cara de interrogação. Stevie Rae explicou:

– Desculpe, isso quer dizer que a mãe dela voltava e ficava por perto só para ferrar a cabeça de Sallie, só para deixar a vida dela cheia desse drama idiota e tal. Sua mãe era egoísta, maldosa e totalmente louca.

– O que aconteceu com essa garota? – Rephaim perguntou.

– Quando eu fui Marcada e saí da escola, ela estava a caminho de ficar tão louca quanto a sua mãe porque ela não tinha força suficiente para dizer para a mãe ficar longe dela. Sallie ainda queria que a sua mãe fosse uma boa pessoa, que a amasse e se preocupasse com ela, apesar de isso simplesmente não ser possível – Stevie Rae inspirou profundamente e soltou o ar em um longo suspiro. – O que eu estou tentado dizer, e provavelmente não estou conseguindo fazer muito bem, é que você vai ter que decidir se você quer ser tão perturbado quanto o seu pai ou se você quer realmente começar uma vida nova.

– Eu já escolhi uma vida nova – ele respondeu.

Stevie Rae encontrou os olhos dele e balançou a cabeça com tristeza.

– Não por inteiro.

– Eu não posso traí-lo, Stevie Rae.

– Não estou pedindo para você fazer isso. Tudo o que estou pedindo é para você não deixar que ele jogue merda no seu ventilador.

– Ele queria que eu espionasse para ele. Foi isso que ele mandou meus irmãos me falaram. Eu disse não a Nisroc – Rephaim falou as palavras rápido, como se assim ele pudesse se livrar do gosto amargo delas.

Stevie Rae assentiu.

– Sim, está vendo só, jogando merda no ventilador.

– Eu realmente vejo isso, apesar de não ser uma coisa fácil de olhar. A gente pode ficar sem falar dele por um tempo? Tudo isso é novo para mim. Eu preciso descobrir como encontrar meu lugar neste mundo – Rephaim olhou dentro dos olhos meigos de Stevie Rae, desejando que ela entendesse. – Eu estive com meu pai por centenas de anos. Vai levar algum tempo até que eu me acostume a não estar ao seu lado.

– Isso faz sentido. Que tal isto: vou dizer para Zoey e o resto da turma que os seus irmãos foram lá para informá-lo de que Kalona o aceitaria de volta se você admitisse que cometeu um erro. Você disse não, então eles estavam indo embora quando Dragon e aquele tal de Aurox viram vocês. Essa é a verdade, certo?

– Sim. E o resto, a parte sobre o meu pai me pedir para espionar para ele?

– Bem, eu aposto que todo mundo imagina que Kalona iria tentar usar você contra nós se você deixasse. Você não vai deixar, então acho que não é preciso explicar tudo nos mínimos detalhes.

– Obrigado, Stevie Rae.

Ela sorriu.

– Sem problemas. Como eu disse, confio em você.

Ele a beijou novamente, mas nesta hora ele começou a sentir um formigamento já bastante familiar, como se as suas penas estivessem se formando, crescendo, pressionando a pele para sair.

– Tenho que ir – então ele começou a sair rapidamente do quarto. Ele pôde ouvi-la se levantar da cama atrás dele e, quando olhou para trás, ela estava colocando uma camiseta e procurando pela sua calça jeans. – Não – ele disse com mais força do que pretendia, mas seu corpo já tinha começado a doer e ele sabia que não tinha muito tempo. – Não venha comigo. Você tem que se encontrar com Zoey.

– Mas depois eu posso...

– Não quero que você veja eu me transformar em uma besta!

– Eu não me importo com isso – ela disse, parecendo prestes a chorar.

– Mas eu me importo. Por favor. Não me siga – sem dizer mais nada, ele passou por baixo do cobertor que servia de porta do quarto de Stevie Rae. Na hora em que ele chegou na escada de metal que levava ao porão, já estava correndo. O suor brotava no seu corpo todo e ele tinha que ranger os dentes para não berrar com a agonia ardente da transformação que estava tomando conta dele. Ele saiu em disparada pelo portão e abriu a grade com ímpeto no momento em que o sol surgiu no horizonte. E, com um grito que se transformou em um grasnido de corvo, seu corpo mudou de forma e o corvo negro que não tinha a memória do garoto se lançou no sedutor céu da manhã à sua espera.

Stevie Rae

Stevie Rae não foi atrás dele, mas terminou de se vestir; enxugou os olhos antes de sair do quarto e tomar a direção oposta à que Rephaim havia tomado. Então rumou para o centro dos túneis da estação – a área tipo um beco sem saída que eles haviam transformado em cozinha e central de computadores. *Montain Dew*[1], ela pensou enquanto sufocava um bocejo. *Eu preciso de um pouco de cafeína e açúcar.*

Ela dobrou uma esquina nos túneis e sorriu sonolenta para Damien, Zoey, Aphrodite e Darius. Os quatro estavam sentados em volta de uma mesa cheia de livros no meio da cozinha.

---

1 Montain Dew (orvalho da montanha, na tradução literal) é um refrigerante verde-limão de sabor cítrico, fabricado pela Pepsi, que contém cafeína entre os seus ingredientes. É bastante popular principalmente no sul dos EUA e no interior do país. (N.T.)

– Tem um monte de refrigerantes naquela geladeira – Zoey disse, indicando com um gesto uma das duas grandes geladeiras de duas portas.

– Só refrigerantes marrons ou tem mais do que isso?

– Tem refrigerantes marrons, verdes e transparentes. Ah, e um pouco de Orange Crush[2], porque Kramisha disse que ela acha que é saudável – Z. respondeu.

– O que é uma bobagem – Aphrodite falou antes de virar uma garrafa de água Fiji[3]. – Prefira água. Qualquer outra coisa vai fazer você engordar. Bem, exceto sangue – ela fez uma pausa e o seu rosto bonito fez cara de nojo. – Não sei quantas calorias o sangue tem e, desde que deixei de ser novata, não quero nem pensar nisso.

Stevie Rae abriu a geladeira e olhou embasbacada para o seu interior carregado.

– De onde veio tudo isso?

Zoey deu um pequeno suspiro.

– Kramisha. Ela disse que, em vez de assistir à terceira aula, resolveu fazer um "estudo do meio" – Z. colocou aspas com os dedos – em Utica Square e, por acaso, ela esbarrou com alguns caras do turno da noite que estavam repondo as prateleiras no empório Petty's.

Stevie Rae deu uma olhada para Z. através do braço da geladeira.

– Oh-oh. Baixou a vampira vermelha nela e ela acabou com eles?

– Ela definitivamente acabou com tudo que eles tinham – Damien disse. – É por isso que toda essa comida foi entregue aqui. Ela inclusive falou para eles trazerem esta mesa, que era de um dos conjuntos para colocar amostras de comida.

– Ela não os comeu, certo? – Stevie Rae perguntou, cruzando os dedos nas costas.

– Não, mas ela também não os pagou – Aphrodite respondeu. – Ela só fez que eles obedecessem às suas ordens e depois fossem embora e

2 Orange Crush é um refrigerante de laranja. (N.T.)

3 Fiji é uma água vulcânica engarrafada nas Ilhas Fiji, no Oceano Pacífico, e comercializada pela companhia norte-americana Fiji Water. (N.T.)

esquecessem tudo. Acho que vou levá-la comigo para Nova York da próxima vez que tiver uma venda exclusiva da Yoana Baraschi.

– Não. De jeito nenhum – Zoey falou e então olhou para Stevie Rae – Você está mesmo acordada? Stark e todos os novatos vermelhos, incluindo a Senhorita Kramisha Faça o que Eu Mando, estão roncando alto.

Stevie Rae pegou um *Montain Dew* e se juntou a eles na mesa, sentando pesadamente e bocejando.

– É, mais ou menos. É mais fácil ficar acordada durante o dia aqui embaixo, mas vou te contar, estou super cansada. Stark já está dormindo?

– Já – Z. pareceu preocupada. – Ele tem tido problemas para dormir desde, bem, você sabe, desde que ele voltou do Mundo do Além. Então, quando ele apagou, eu o deixei sozinho.

– Vai levar um tempo, mas logo ele vai voltar ao normal – Stevie Rae disse.

– Espero que sim – Zoey falou e então mordeu seu lábio.

– Falando em namorados, o seu já virou um pássaro? – Aphrodite perguntou.

– Sim – Stevie Rae franziu os olhos para ela. – E não quero falar sobre isso.

– Mas nós precisamos saber exatamente por que os *Raven Mockers* foram até a escola hoje – Darius disse sem ser indelicado. – E já que Rephaim não pode responder nossas perguntas agora, esperamos que você possa.

– Eu pensei que esta reunião era sobre a coisa da Visão Verdadeira – Stevie Rae respondeu, sentindo-se imediatamente na defensiva por Rephaim.

– Sim, mas também é uma reunião de revisão dos últimos acontecimentos – Damien afirmou. – Acho que nós precisamos fazer isso, você não acha?

Não havia meio de discutir com Damien, principalmente porque ele tinha aquele olhar doce e interessado no rosto. Stevie Rae encontrou seus olhos.

– Sim, acho que precisamos. Então, para começar, como você está lidando com tudo isso?

Damien piscou várias vezes, como se ele tivesse ficado surpreso com a pergunta, o que fez Stevie Rae se sentir péssima. Será possível que todo mundo tinha esquecido que Damien havia perdido seu namorado há apenas alguns dias?

– Eu me senti melhor indo para a escola hoje. Parece que foi um passo em direção à normalidade – Damien falou devagar e cuidadosamente, como se ele tivesse que pensar em cada palavra. – Mas eu tenho muita saudade de Jack. Na verdade, e sei que isso pode parecer loucura, mas eu ainda fico esperando cruzar com ele em cada canto dos corredores.

– Isso não é loucura – Zoey disse. – Eu ainda fico esperando ver Heath também. É difícil e totalmente errado quando alguém morre tão cedo – todo mundo observou várias expressões passarem pelo rosto de Zoey, e então ela acrescentou: – Minha mãe também. Sei que estou na Morada da Noite desde o ano passado, e mesmo antes disso eu e ela não éramos próximas já há algum tempo, mas é difícil realmente entender que ela está morta. Então eu compreendo o que você disse sobre Jack.

– Isso também faz que eu me sinta melhor – Damien afirmou. – O fato de que vocês entendem como é perder alguém próximo – ele sorriu para Stevie Rae. – Então, a minha resposta à sua pergunta é que eu estou lidando com tudo da melhor forma possível.

– Ótimo. Próxima pergunta ou, na verdade, a pergunta original – Aphrodite falou. – O que os meninos-pássaros estavam fazendo na Morada da Noite?

– Kalona os enviou para dizer a Rephaim que o seu papaizinho iria aceitá-lo de volta assim que ele admitisse que cometeu um erro por escolher a mim e a Deusa – Stevie Rae balançou a cabeça. – Às vezes eu acho que Kalona é completamente burro.

– O que você quer dizer? – Z. perguntou.

– Caramba, Rephaim não é o meu namorado oficial nem há um mês. Era de se imaginar que ele pelo menos nos desse a chance de ter a nossa primeira briga antes de falar "aaaah, você cometeu um erro".

– Qual foi exatamente a resposta de Rephaim? – Darius quis saber.

– Bem, o que você acha? Santo Deus, ele ainda está aqui – Stevie Rae sentiu sua raiva crescer. – Ele mandou dizer a Kalona que não havia cometido nenhum erro e que não iria voltar. Ponto. Fim da história.

– Sim, mas é só isso? – Aphrodite insistiu.

– Só isso o quê? – Stevie Rae rebateu.

– Esse é o fim? Kalona não vai continuar rondando, tentando fazer Rephaim ver a luz ou qualquer coisa assim?

– E daí se ele fizer isso? Rephaim não está mais no time dele. Aliás, ele não está mais no time dele há bastante tempo.

– Assim você diz.

– Assim ele diz! – Stevie Rae sentia que ia explodir. – Assim o pai dele diz. Assim os irmãos dele dizem. Assim até Nyx diz! A maldita Deusa apareceu em pessoa e o perdoou. O que mais Rephaim precisa fazer para provar a vocês que ele mudou?

– Ei, ninguém está dizendo que Rephaim tem que provar nada – Zoey afirmou, disparando um olhar de *você não está ajudando* para Aphrodite. – Mas nós realmente precisamos saber se está rolando algo com Kalona e os *Raven Mockers*.

– Z., não está rolando nada com eles. Bem exceto que Rephaim ficou realmente triste por aquele touro maldito ter matado um deles. É sério, pessoal, os irmãos de Rephaim não estavam fazendo nada além de conversar com ele. Dragon apareceu e ficou enfurecido, é claro, mas todos sabemos que por causa de Anastasia. Mesmo assim, os *Raven Mockers* só estavam se defendendo. A gente deveria estar fazendo perguntas sobre Aurox, isso sim.

– É, mas a gente não tem as respostas sobre Aurox aqui, e nós deveríamos ter as respostas sobre Rephaim – Aphrodite disse.

– Eu já dei as respostas sobre ele – mesmo fraca e cansada como ela se sentia porque o sol já havia nascido, Stevie Rae automaticamente começou a extrair poder da terra. Não que ela fosse mesmo machucar Aphrodite, mas bem que a garota merecia uma boa palmada.

– Ei, você está com um brilho verde – Z. observou.

– É claro, estou irritada! – Stevie Rae viu Darius se mover para perto de Aphrodite, o que realmente a incomodou. – E quer saber de uma coisa, Darius, você precisa pensar melhor no que faz. Nós estamos todos do mesmo lado aqui, mas isso não significa que a gente não possa ficar bravo um com o outro de vez em quando.

– Acho que todos nós entendemos isso. Não é mesmo, Darius? – Damien falou com a sua voz mais calma e tranquilizadora.

– Sim, é claro – Darius respondeu.

Aphrodite bufou.

– Então, basicamente, Rephaim disse não a Kalona e os *Raven Mockers* eram só mensageiros – Z. concluiu. – Certo?

– Totalmente certo – Stevie Rae disse.

– Então vamos passar para a Visão Verdadeira – Zoey olhou para Damien. – Você pode resumir o que descobriu?

– Sim, mas não é muito. Há só uma pequena referência a ela no manual avançado. Basicamente, é rara e não tem aparecido há bastante tempo. Tipo, há mais de uns duzentos anos. É frustrante porque não há muita documentação sobre ela, mas, pelo que pude observar, parece que um novato ou vampiro que recebe o dom da Visão Verdadeira tem a capacidade de ver a verdade sobre as pessoas. E, a propósito, normalmente são os vampiros que a recebem.

– É um donzinho bem conveniente – Aphrodite comentou.

– Seria, mas o problema é que a visão é tão precisa quanto a pessoa que tem o dom – Damien acrescentou.

– Ahn? – Zoey não entendeu.

– É assim: Shaylin tem que ser boa usando o seu dom. Ela tem que entender o que está vendo e interpretar corretamente – Damien explicou.

– E se ela não for, só vai ver um monte de cores? – Zoey perguntou.

– Pior – Damien respondeu. – Porque a Visão Verdadeira nunca é só um monte de cores. Todos nós sabemos que ela enxerga o interior da alma das pessoas – ele balançou a cabeça. – No manual, há trechos de histórias sobre como a Visão Verdadeira já foi mal compreendida e usada erroneamente. Pode ser ruim, muito ruim.

– E não há diretrizes, regras ou nada parecido? – Zoey quis saber.

– Nada. É diferente para cada um que tem a Visão – Damien disse.

– Então nós estamos atirando no escuro – Stevie Rae falou, sentindo-se completamente arrasada. – de novo.

– Acho que vai depender totalmente do tipo de pessoa que Shaylin é – Damien afirmou.

– Ela está andando com Erik, o que não é um bom sinal – Aphrodite comentou.

– Ei, algumas de nós que também costumavam andar com Erik acabaram sendo pessoas legais – Zoey respondeu. – Além disso, uma garota que pode ver as verdadeiras cores dele pode ser uma boa para ele.

Aphrodite bufou.

– Se ela realmente conseguir traduzir as cores dele corretamente... ou sei lá como se chama isso.

– Quero acreditar que ela consegue – Damien disse.

– É, eu também – Stevie Rae falou, mas em quem ela realmente estava pensando era em Rephaim e Kalona. *Por favor, Nyx, permita que Rephaim seja capaz de enxergar a verdade.* Depois de fazer essa prece fervorosa em silêncio, ela levantou a cabeça e encontrou o olhar intenso da sua melhor amiga.

– Eu também quero acreditar – Zoey afirmou suavemente, como se pudesse ler a mente de Stevie Rae.

– Bem, eu quero acreditar que, quando eu colocar meu pé para fora desta cozinha e começar a andar pelo corredor, vou ser instantaneamente transportada para uma suíte do Ritz-Carlton nas Ilhas Cayman. Eu entendo que vocês têm problemas com o sol, mas eu poderia tostar um pouco e agitar – Aphrodite fez uma pausa e sorriu de um jeito sexy para Darius. – Deixa a parte de tostar comigo e você aguenta o agito.

Stevie Rae se levantou e bocejou.

– Bem, antes que vocês fiquem totalmente indecentes, vou dar uma apagada. Vejo todo mundo quando anoitecer.

– Eca, escola e não Ritz. Duplo eca, realidade. Deusa, estou feliz que amanhã é sexta-feira – Aphrodite levantou uma sobrancelha loira para Zoey. – Prometo a você que eu vou fazer umas boas compras e visitar lojas de decoração neste fim de semana. A luta contra o mal, as Trevas ou o que quer que seja vai ter que esperar.

– Ei, por falar em quartos, alguém sabe onde Erik acomodou Shaylin? – Stevie Rae perguntou junto com outro bocejo.

– No quarto de Elizabeth Sem Sobrenome – Damien respondeu.

– Meio assustador – Stevie Rae afirmou.

– Elizabeth não está aparecendo mais por lá – Aphrodite comentou.

– Vou para a cama – Zoey disse. – Boa noite, pessoal.

Todos falaram "boa noite" para Zoey, e Stevie Rae a observou enquanto caminhava devagar pelo corredor em direção ao antigo quarto de Dallas, que agora ela e Stark estavam usando. Seus passos eram lentos e seus ombros estavam caídos, como se ela estivesse se esforçando muito para carregar peso demais sobre eles.

Stevie Rae suspirou. Ela sabia exatamente como Z. se sentia.

Capítulo 11
Lenobia

Lenobia farejou o ar. Misturado ao cheiro de serragem, couro, ração doce e cavalo havia algo mais – alguma coisa defumada e vagamente familiar. Ela deu uma última escovada em Mujaji – sua égua favorita, uma Quarto de Milha preta e forte – e, guiada pelo olfato, saiu da baia. Ela seguiu pelo corredor comprido e largo em que havia, de ambos os lados, uma fileira de baias espaçosas. Seu nariz a levou exatamente para onde ela esperava: a grande baia para animais prenhos perto da selaria. Movendo-se sem fazer barulho, Lenobia disse a si mesma que não estava propriamente o espionando. Ela só estava tomando cuidado para não assustar a égua dele.

Travis estava de costas para ela. O cowboy estava em pé no meio da baia. Em uma mão ele segurava um bastão grosso de ervas secas fumegantes; com a outra, ele fazia movimentos para trazer a fumaça clara para cima de si mesmo. Bonnie, sua grande égua Percherão, estava na frente dele, tirando uma soneca com uma pata flexionada. Ela apenas contraiu levemente uma orelha quando ele foi até ela e passou a erva fumegante por todo o contorno do seu enorme corpo. Depois ele foi até a cama portátil que ele tinha armado no outro canto da baia, dando a ela o mesmo tratamento de fumaça que havia dispensado à égua e a si mesmo. Foi só quando ele começou a se virar que Lenobia deu um passo para trás e saiu do seu campo de visão. Refletindo sobre o que tinha visto, Lenobia saiu pela porta lateral do estábulo e andou um pouco até um banco, onde ela se sentou, inspirou o ar calmo e frio da noite e tentou analisar seus pensamentos.

O cowboy havia queimado sálvia. Na verdade, Lenobia tinha certeza pelo aroma de que era sálvia branca. *Excelente para purificar um espaço.* Mas por que um cowboy de Oklahoma estaria fazendo isso?

Comportamento humano? O que ela sabia sobre isso? Ela havia tido apenas um contato superficial com os humanos por... Lenobia pensou enquanto girava a aliança fina de ouro com uma esmeralda em forma de coração que dava voltas no seu dedo anular da mão esquerda. Ela sabia exatamente há quanto tempo ela havia estado próxima de um ser humano, mais especificamente, de um humano masculino: duzentos e vinte e três anos.

Lenobia olhou para seu dedo anular. Não havia muita claridade ainda. O amanhecer estava apenas começando a tingir o céu de um cinza-azulado, e ela quase pôde ver o verde puro da esmeralda. Nesta luz, a sua beleza era ilusória, sombreada – como as memórias de rostos do seu passado.

Lenobia não gostava de se lembrar desses rostos. Ela havia aprendido há muito tempo a viver o aqui e o agora. O dia de hoje já representava uma batalha mais do que suficiente. Ela olhou para o leste e franziu os olhos com a luz que estava surgindo no horizonte.

– O dia de hoje também tem alegria suficiente. Cavalos e alegria. Cavalos e alegria – Lenobia repetiu as palavras que eram o seu mantra há mais de dois séculos. – Cavalos e alegria...

– Para mim, os dois sempre andaram juntos.

Até o cérebro de Lenobia processar que era o cowboy humano quem havia falado e não alguma ameaça horrível, seu corpo já tinha dado um giro rápido e se agachado defensivamente – e então, de dentro do estábulo, veio um relincho que era o grito de guerra de uma égua.

– Oooa, calma lá – Travis disse enquanto levantou as mãos, mostrando que elas estavam vazias, e então deu um passo para trás. – Eu não queria...

Lenobia o ignorou, abaixou a cabeça, inspirou profundamente e falou:

– Não há perigo. Estou bem. Durma, minha linda – então ela levantou a cabeça e seus olhos cinza fuzilaram o homem. – Lembre-se disto: não fique me espreitando. Nunca.

– Sim, madame. Aprendi a lição, apesar de eu não estar espreitando você. Não imaginava que uma vampira estaria aqui fora a esta hora do dia.

– Nós não queimamos com a luz do sol. Isso é um mito – Lenobia estava pensando se ele precisava saber que os novatos e vampiros vermelhos realmente queimavam, mas a resposta dele a fez perder sua linha de pensamento.

– Sim, madame. Eu sei disso. Também sei que a luz do sol é desconfortável para vocês, por isso imaginei que eu estaria sozinho aqui fora, bem, para fumar isto aqui – Travis fez uma pausa e pegou um cigarro fino no bolso da frente do seu casaco de couro com franjas – e ver o sol nascer. Eu não tinha nem visto a senhora sentada aí até ouvir sua voz – o sorriso dele era charmoso e aquecia seus olhos, dando a eles um brilho que transformava a sua cor castanha normal em um tom mais claro de avelã, algo que Lenobia não tinha visto acontecer antes. Reparar nisso agora fez o estômago dela se contrair. Ela desviou os olhos rapidamente e se sacudiu mentalmente para prestar atenção nas palavras dele: – Ouvir você dizer "cavalos e alegria" me fez falar sem pensar. Da próxima vez, vou limpar a garganta, tossir ou fazer outra coisa antes.

Sentindo-se estranhamente desconcertada, Lenobia fez a primeira pergunta que lhe veio à cabeça:

– Por que você sabe coisas sobre vampiros? Você já foi o companheiro de alguma vampira?

O sorriso dele se abriu mais.

– Não, nada parecido. Eu sei um pouco sobre vampiros porque minha mãe gostava de vocês.

– De nós? Sua mãe me conhece?

Ele balançou a cabeça.

– Não, madame. Eu não me referi à senhora ou a vocês especificamente. Quis dizer vampiros em geral. Veja bem, minha mãe tinha uma amiga que havia sido Marcada quando elas eram crianças. Elas permaneceram em contato e costumavam trocar cartas, muitas cartas. E continuaram escrevendo uma à outra até o dia em que minha mãe morreu.

– Sinto muito pela sua mãe – Lenobia disse, sentindo-se sem jeito. Os humanos viviam tão pouco. Eles podiam ser mortos tão facilmente. Era estranho que ela quase tivesse se esquecido disso a respeito deles. Quase.

– Obrigado. Foi câncer. A doença avançou rápido. Faz cinco anos que ela se foi – Travis olhou em direção ao sol nascente. – A sua hora favorita do dia era o amanhecer. Gosto de me lembrar dela nesta hora.

– Esta também é a minha hora favorita do dia – Lenobia se surpreendeu dizendo isso.

– É uma coincidência agradável – Travis falou, voltando seu olhar para ela e sorrindo. – Madame, posso fazer uma pergunta?

– Sim, acho que sim – Lenobia respondeu, pega desprevenida mais pelo sorriso do que pelo pedido de pergunta.

– Sua égua a chamou quando eu assustei a senhora.

– Você não me assustou. Você me deixou alarmada. Há uma grande diferença.

– Você pode ter razão. Mas, como eu estava dizendo, sua égua a chamou. Então você falou e ela se acalmou, apesar de não ser possível que ela tenha escutado você aqui fora.

– Isso não é uma pergunta – Lenobia respondeu secamente.

Ele levantou as sobrancelhas.

– Você é uma senhora inteligente. Você sabe o que eu quero perguntar.

– Você quer saber se Mujaji pode ouvir meus pensamentos.

– Sim – Travis respondeu, observando-a e assentindo devagar.

– Não estou acostumada a conversar com humanos sobre os dons da nossa Deusa.

– Nyx – Travis falou. Quando ela o encarou, ele apenas deu de ombros e continuou: – Esse é o nome da sua Deusa, não é?

– É.

– Nyx vai se importar se você falar com humanos sobre ela?

Lenobia o analisou atentamente. Ele não parecia ser nada além de autenticamente curioso.

– Qual seria a resposta da sua mãe para essa pergunta?

– Ela diria que Willow havia escrito bastante sobre Nyx para ela e que a Deusa não parecia se importar nem um pouco com isso. É claro que Willow e eu não trocamos cartas, e eu não tive mais notícias dela desde que ela veio ao funeral da minha mãe, mas nessa ocasião ela me pareceu bastante saudável e definitivamente não tinha sido golpeada por nenhuma Deusa.

– Willow?

– Elas eram crianças nos anos 1960. O primeiro nome de minha mãe era Rain[1]. Você vai me responder ou não?

– Vou, desde que você me responda uma pergunta também.

– Feito – ele concordou.

– O dom que recebi de Nyx é a minha afinidade com cavalos. Eu não posso literalmente ler as mentes deles, assim como eles também não podem literalmente ler a minha, mas eu realmente capto imagens e emoções deles, especialmente de cavalos com os quais eu tenho uma conexão próxima, como a minha égua Mujaji.

– E você captou essas coisas, imagens e tal de Bonnie sobre mim?

Lenobia teve que se esforçar para não rir da ansiedade dele.

– Sim. Ela o ama muito. Você tem cuidado bem dela. Sua égua Percherão tem uma mente interessante.

– Ela tem, mas às vezes é meio cabeça-dura.

Então Lenobia realmente sorriu.

– Mas nunca é maldosa, nem quando ela se esquece que pesa mais de novecentos quilos e quase passa por cima de meros humanos.

– Bem, madame, eu acho que Bonnie vai passar por cima de meros vampiros também se ela tiver a oportunidade.

---

1 Em inglês, willow quer dizer salgueiro e rain, chuva. Nos anos 1960, época do movimento hippie, era comum dar aos filhos nomes de elementos da natureza. (N.T.)

– Vou me lembrar disso – ela disse. – E agora a minha pergunta. Por que você estava fazendo defumação?

– Ah, a senhora viu? Bem, madame, meu pai é em parte descendente de índios Muscogee, que provavelmente a senhora conhece como o povo Creek. Eu herdei alguns dos seus hábitos; defumar um ambiente novo é um deles – ele fez uma pausa e deu um meio sorriso. – Eu pensei que você ia me perguntar por que aceitei este emprego.

– Bonnie já meu deu essa resposta.

Ela ficou satisfeita por ver os olhos dele se arregalarem de surpresa.

– Você disse que não podia ouvir os pensamentos dos cavalos.

– O que eu captei de Bonnie é que você tem viajado sem parar há algum tempo. Isso me leva a crer que nós somos apenas a próxima parada na sua jornada.

– Ela está bem com essas viagens todas? Quero dizer, isso não está fazendo mal a ela, certo?

Um pouco de simpatia pelo cowboy correu dentro das veias dela e pulsou através do seu corpo.

– Sua égua está bem. Ela está feliz, desde que esteja com você.

Ele colocou o chapéu para trás e coçou a testa.

– Bem, é um alívio. Para mim tem sido difícil me fixar em algum lugar desde a morte da minha mãe. O rancho simplesmente não é o mesmo sem...

Não muito longe deles, a manhã tranquila foi perturbada pelo barulho de motores e gritos.

– Bem, que diabo é isso?

– Não tenho a menor ideia, mas vou descobrir – Lenobia se levantou e começou a andar a passos largos em direção ao som de caos. Ela percebeu que Travis a acompanhou e continuou ao seu lado, então deu uma olhada para ele. – Quando Neferet entrevistou você, ela chegou a mencionar que algumas coisas bem desagradáveis aconteceram recentemente nesta Morada da Noite?

– Não, madame – ele respondeu.

– Bem, você ainda pode querer pensar duas vezes antes de aceitar este emprego. Se você está procurando por paz, este é definitivamente o lugar errado para você.

– Não, madame – ele repetiu. – Eu nunca fujo de uma briga. Também não procuro encrenca, mas quando ela me encontra eu não corro.

– Que pena que os cowboys não andam mais armados – ela murmurou.

Travis deu um tapinha na lateral do seu casaco e sorriu sombriamente.

– Alguns de nós ainda andam, madame. Oklahoma tem o bom senso de ser um Estado em que é permitido portar arma de forma discreta.

Ela arregalou levemente os olhos.

– Fico feliz de ouvir isso. Uma dica rápida: se avistar algo que tem asas como um pássaro e olhos vermelhos que parecem humanos, prepare-se para atirar.

– Você não está brincando, certo?

– Não.

Juntos eles seguiram o barulho pelo campus já iluminado e se aproximaram dos jardins centrais da escola. Quando eles chegaram ao bonito gramado da frente, diminuíram o passo e então pararam. Lenobia balançou a cabeça.

– Eu não acredito.

– Você não quer que eu atire neles, quer?

Ela franziu a testa.

– Não ainda – então ela marchou para o meio da caravana de caminhões, carretas, equipamentos de jardinagem e homens (humanos, sem sombra de dúvida) e se juntou à vampira de olhos embaçados e cara de quem tinha acabado de acordar, mas que estava realmente muito nervosa, enfrentando todos eles com coragem.

– Você é surdo ou burro? Eu disse para você não tocar nos meus jardins, principalmente nesta hora ridícula do dia em que os professores e estudantes estão tentando dormir.

– Gaea, o que está acontecendo aqui? – Lenobia segurou o braço da vampira, pois parecia que ela ia se lançar contra o pobre e confuso homem que estava segurando uma prancheta e havia imprudentemente se identificado como o líder do grupo. Ele estava olhando para Gaea com uma mistura de pavor e admiração, a qual Lenobia compreendeu. Gaea era alta, magra e tinha uma beleza incomum, mesmo para uma vampira. Ela poderia ter sido uma fabulosa modelo de sucesso, se não estivesse completamente feliz cuidando da terra.

– Esses homens – Gaea pronunciou a palavra como se ela tivesse um gosto ruim – simplesmente apareceram do nada e começaram a atacar meus jardins!

– Veja bem, patroa, como eu disse antes, nós fomos contratados ontem como o novo serviço de jardinagem da Morada da Noite. Nós não estamos atacando nada, estamos cortando a grama.

Lenobia conteve um grito de frustração total. Em vez disso, ela perguntou ao homem:

– E quem contratou vocês?

Ele olhou para a sua prancheta.

– O nome que o chefe me passou é Neferet. É você?

Lenobia balançou a cabeça.

– Não, mas é o nome da nossa Grande Sacerdotisa – ela se virou para a responsável pelo jardim. – Gaea, você não foi informada de que Neferet iria contratar humanos para trabalhar na Morada da Noite?

– Fui informada sim. Só não recebi a informação de que os humanos iriam usurpar a minha posição.

É claro que você não recebeu, Lenobia pensou sombriamente, *Neferet não queria que nenhuma de nós estivesse preparada para o que ela está fazendo, e você é tão protetora com os seus gramados, arbustos e flores quanto eu sou com os meus cavalos. E isso é algo que a nossa Grande Sacerdotisa manipuladora sabe muito bem.* Lenobia balançou a cabeça, irritada com o xeque-mate de Neferet.

– Não, Gaea – ela explicou com a sua voz mais moderada. – Você não está sendo usurpada. Você está sendo ajudada.

Lenobia via a batalha interna nos olhos de Gaea. Obviamente, da mesma forma que ela, Gaea não queria ajuda humana, mas ir contra uma norma criada pela Grande Sacerdotisa e sancionada pelo Conselho Supremo dos Vampiros iria trazer um clima de discórdia para a escola.

E a verdade ancestral dos vampiros era que eles não deviam mostrar nenhuma discórdia na frente dos humanos.

– Sim, bem, eu entendo – quando Gaea preferiu seguir a verdade ancestral dos vampiros em vez do orgulho e do poder, Lenobia soltou um pouco da tensão do seu corpo. – Eu fui pega desprevenida. Obrigada, Lenobia, por me ajudar a enxergar esta situação mais claramente – então ela se virou para o homem e para os trabalhadores que estavam cortando a grama nervosos atrás dele. Gaea sorriu e Lenobia viu os homens ficarem de queixo caído e de olhos arregalados quando toda a força da beleza dela os atingiu. – Quero pedir desculpas pela confusão inicial. Parece que houve um problema de comunicação. Nós podemos discutir agora exatamente o que o trabalho de vocês vai exigir e como seria melhor se...

Lenobia se retirou enquanto Gaea se lançava em uma longa explanação sobre a melhor época para cortar a grama e as fases da lua. Travis novamente a acompanhou.

Ele limpou a garganta.

Sem olhar para ele, Lenobia falou:

– Vá em frente. Diga seja lá o que você quer dizer.

– Bem, madame, para mim parece que está havendo muita confusão relacionada a trabalho nesta escola.

– Para mim também parece – Lenobia concordou.

– Sua chefe não deve ser...

– Neferet não é minha chefe – Lenobia o interrompeu.

– Certo, vou reformular o que eu disse. Parece que a minha chefe andou contratando muitos trabalhadores sem avisar nada às pessoas que mais vão ser afetadas por essas contratações. Então, eu estava pensando, será que isso tem algo a ver com as coisas desagradáveis que você mencionou antes?

– Pode ser – Lenobia afirmou. Nessa hora, eles já estavam de volta à porta principal do estábulo. Ela parou e encarou Travis. – Você deve se acostumar a não ficar surpreso com confusão e caos. Pode haver muito dos dois por aqui.

– Mas você não vai me dar os detalhes. Estou certo?

– Está – Lenobia respondeu.

Travis inclinou seu chapéu para trás.

– E que tal uma explicação sobre aqueles pássaros de olhos vermelhos?

– *Raven Mockers* – Lenobia falou. – É assim que eles são chamados. Os cavalos não gostam deles; eles não gostam de cavalos. Eles têm causado problemas aqui ultimamente.

– O que eles são? – Travis perguntou.

Lenobia suspirou.

– Não são humanos. Nem pássaros. Nem vampiros.

– Bem, madame, parece que eles não são coisa boa. Devo atirar se eles se aproximarem dos cavalos?

– Atire se eles atacarem os cavalos – Lenobia sustentou o olhar dele. – Minha regra geral é: proteja os cavalos primeiro, faça perguntas depois.

– Boa regra – Travis aprovou.

– Também acho – Lenobia inclinou a cabeça na direção do estábulo. – Você tem tudo o que precisa lá dentro?

– Sim, madame, Bonnie e eu não precisamos de muita coisa – ele fez uma pausa e então acrescentou: – A senhora quer que eu troque o meu horário de sono para acompanhar o seu?

– Bem, eu quero que você mude o seu padrão de sono, mas para acompanhar a escola inteira, não apenas a mim – Lenobia falou depressa, perguntando-se por que havia ficado constrangida com o que ele havia dito. – E você vai ficar surpreso de ver como Bonnie vai se adaptar rápido à troca do dia pela noite.

– Bonnie e eu já cavalgamos muito à noite por aí.

– Ótimo, então você já está um pouco preparado para a mudança – houve um momento embaraçoso, quando os dois apenas ficaram parados ali, então Lenobia disse: – Ah, meu alojamento é ali em cima – ela apontou para o segundo andar de pé-direito alto acima do estábulo. – O resto dos professores fica lá atrás – Lenobia levantou o queixo na direção do prédio principal do campus. – Eu prefiro ficar mais perto dos cavalos.

– Parece que eu e você concordamos plenamente em pelo menos uma coisa.

Ela levantou as sobrancelhas em uma pergunta silenciosa.

Travis sorriu.

– Preferimos cavalos – ele abriu a porta para ela.

Lenobia entrou no estábulo e eles caminharam juntos até chegarem à escada que levava ao andar de cima.

– Eu suponho que vou vê-lo ao anoitecer – ela disse.

Travis tocou seu chapéu em cumprimento a ela.

– Sim, madame, vai ver. Boa noite.

– Boa noite – Lenobia respondeu e então subiu rápido a escada, sentindo o olhar dele nas suas costas mesmo depois de sair do seu campo de visão.

12

Aurox

Aurox seguiu sua Sacerdotisa do prédio dos professores até a luz pálida do pôr do sol. Apesar de ser inverno e de o sol não aquecer e, verdade seja dita, ter pouca luminosidade, ela se encolheu como se aquela réstia de sol tivesse provocado nela alguma dor. Ele observou enquanto ela puxava mais o capuz do seu manto verde sobre a cabeça, de modo que ele encobrisse completamente seu rosto.

– Luz do sol! – Neferet fez as palavras soarem amargas. – Vou fazê-los pagar por me fazerem sair à luz do sol. Ela olhou para ele antes de colocar seus óculos escuros espelhados. – Na verdade, você deve fazer que eles paguem.

– Sim, Sacerdotisa – ele disse automaticamente.

Regiamente, Neferet foi até o grande carro preto que ela havia ordenado que ele aprendesse a dirigir e parou ao lado da porta, esperando que ele a abrisse, o que ele fez rapidamente. Aurox reparou que, mesmo à luz do sol, Neferet emitia uma sombra que era escura de um modo sobrenatural. *As Trevas sempre a acompanham,* ele pensou.

Depois que ele deu a partida no carro, ela apertou um botão no espelho retrovisor e uma voz perguntou:

– Sim, Neferet, aonde o OnStar[1] vai levá-la hoje?

---

1 OnStar é um serviço de comunicação da General Motors, que oferece sistema de navegação, orientação sobre o tráfego e auxílio em caso de acidente, entre outras funções. (N.T.)

– Will Rogers High School, Tulsa, Oklahoma – ela respondeu à voz e então ordenou para ele: – Siga exatamente as instruções.

– Sim, Sacerdotisa – era tudo o que ele devia dizer.

Desde o momento em que estacionou na frente do prédio, Aurox achou o edifício de tijolos claros e pedra trabalhada agradável aos seus olhos. Ele seguiu Neferet para dentro, entrando no primeiro dos seus corredores amplos e iluminados, e foi surpreendido pela impressão que teve do lugar. Era quase como se o prédio fosse dotado de sensibilidade. Ele tinha uma sábia capacidade de ouvir que Aurox achou incrivelmente tranquilizadora.

Mas como isso era possível? Como um prédio podia fazê-lo sentir alguma coisa?

Havia ali apenas um segurança idoso. Ele havia se aproximado de Neferet, andando devagar e mancando, mais curioso e educado do que precavido.

– Posso ajudá-los?

– Sim, a escola tem algum subsolo? Um grande porão ou um sistema de túneis? – Neferet perguntou, colocando o capuz para trás e tirando os óculos escuros.

Os olhos do guarda primeiro se arregalaram com a sua beleza e depois se fixaram nas suas tatuagens cor de safira.

– Nós temos alguns velhos túneis no porão que, na verdade, não têm sido usados desde a época dos abrigos antibomba. Quer dizer, ou como um refúgio contra tornados de vez em quando. Por que você...

– Como se chega aos túneis? – Neferet o cortou.

– Desculpe, eu precisaria de permissão administrativa para qualquer...

– Isso não será necessário – desta vez ela acrescentou um sorriso sedutor às suas palavras. – Estou simplesmente levantando informação histórica sobre o prédio da escola. Os túneis ainda são acessíveis, não são?

O homem pareceu igualmente confuso com a sua pergunta e deslumbrado com o seu sorriso.

– Ah, sim. É fácil chegar até eles. É só seguir este corredor principal aqui até chegar à biblioteca – ele fez um gesto indicando a direita deles. – Há escadas no canto do corredor de intersecção. Desça um lance de escada. O acesso é através de uma velha sala de música, que fica depois do próximo corredor à direita. Eu tenho a chave-mestra comigo. Acho que não teria nenhum problema se você desse uma olhada rápida. Não está havendo nenhuma aula agora ou...

– Incapacite-o, mas não o mate – Neferet ordenou. – Ah, e me dê a chave.

Aurox o atingiu com força o bastante para deixá-lo inconsciente. Ele achava que o velho homem não tinha morrido, mas não tinha certeza. Não havia tempo para conferir. Ele entregou as chaves tilintantes a Neferet e ela se apressou na direção que o homem havia imprudentemente indicado. Neferet fez uma pausa quando chegou à sala grande à sua esquerda, dando uma olhada pelo vidro das portas fechadas. Aurox olhou junto com ela. Era um lugar elegante. Amplo, com luminárias decorativas que pendiam sobre as mesas e as prateleiras de livros.

Foi estranho que Aurox percebeu uma capacidade de espera vinda lá de dentro.

– Biblioteca – ela disse. – Toda essa arquitetura art déco é completamente desperdiçada com adolescentes humanos – Neferet deixou de lado a beleza e a majestade do prédio e indicou com a cabeça o corredor de intersecção na frente deles. – Este é o caminho certo.

Quase com relutância, Aurox a seguiu.

– Esta é uma escola, assim como a Morada da Noite é uma escola? – Aurox teve que dar voz a algumas das perguntas que estavam passando pela sua mente.

Neferet nem olhou para ele.

– É uma escola humana, uma escola pública. Não é como a Morada da Noite – ela deu de ombros suavemente. – Praticamente posso ver os hormônios e a testosterona. Por que você pergunta?

– Estou apenas curioso.

Ela olhou rapidamente para ele.

– Não seja curioso.

– Sim, Sacerdotisa – ele disse em voz baixa.

Eles seguiram seu caminho dentro do edifício silencioso e o corredor ficou cada vez menos banhado pela luz do sol. As sombras em volta de Neferet se agitaram quando ela parou na frente de uma porta com notas musicais pintadas.

– É aqui – ela disse, enquanto destrancava a porta e entrava em uma área suja que tinha cheiro de pó e desleixo. À sua esquerda, havia uma sala cheia de cadeiras e suportes metálicos. Diante deles, havia um espaço atravancado que levava a mais escuridão. Neferet hesitou e emitiu um som baixo de frustração. – Já me cansei de procurar.

Então Neferet levantou a mão direita e pressionou a unha afiada do seu dedo médio da mão esquerda contra a sua palma, abrindo uma ferida que derramou gotas vermelhas.

"Para os vermelhos, eu ordeno, você me levará;

Meu sangue o seu pagamento será."

Fascinado, Aurox observou as Trevas se soltarem das sombras embaixo e em volta de Neferet, bem como dos cantos da sala. Gavinhas serpentearam na direção dela. Enroscando-se no seu corpo, elas subiram pela sua pele até alcançarem o sangue que estava empoçado na palma de sua mão. Ali as Trevas se alimentaram, fazendo Neferet tremer e gemer como se estivesse com dor, mas a Sacerdotisa não fechou a mão e não a puxou para trás.

Aurox ficou excitado por prever que uma batalha estava a caminho e por acolher com prazer a ira e o poder que aquela batalha iria despertar; ao mesmo tempo sentiu repulsa. As Trevas pulsavam ao redor de Neferet, malévolas, grudentas e perigosas. Aurox estava analisando aquelas sensações diferentes quando Neferet sacudiu as gavinhas, derrubando-as, e fechou seu ferimento com uma lambida.

"Vocês se alimentaram por ora.

Guiada eu serei agora."

As palavras do feitiço rimado de Neferet emitiram um poder que roçou em Aurox, e ele estremeceu quando as Trevas se contorceram e saíram deslizando, deixando uma trilha fina como um laço de fita, que era mais negro que uma noite de lua nova e que indicava o caminho.

– Venha – Neferet disse.

Aurox fez o que ela ordenou.

Eles seguiram a fita até um corredor aparentemente abandonado, que virou uma descida cada vez mais para baixo, como um túnel. Finalmente eles chegaram a um espaço sem saída mais amplo. Ali Neferet fez uma pausa.

Aurox os farejou antes de vê-los. O cheiro deles era horrível, podre, imundo. *Morte*, ele pensou. *Eles têm o cheiro da morte.*

– Inaceitável – Neferet disse nervosamente em voz baixa. – Totalmente inaceitável – ela andou a passos largos dentro da sala subterrânea, foi até a parede e apertou o interruptor. Uma única lâmpada nua acendeu uma luz amarela fraca.

Aurox achou que aquilo parecia um ninho.

Colchões estavam empilhados uns contra os outros. Corpos estavam amontoados embaixo dos cobertores. Alguns estavam nus. Alguns estavam vestidos. Era difícil ver onde um começava e onde outro terminava. Uma cabeça se levantou. As tatuagens do vampiro eram vermelhas e elas se pareciam muito com as gavinhas de Trevas que os haviam guiado até ali. Seu olhar era duro. Sua voz, nervosa.

– Kurtis, cuide de quem está nos incomodando.

Um vulto grande se moveu lentamente embaixo das cobertas e uma testa larga apareceu do outro lado do ninho. Esse tinha o contorno de um crescente vermelho na testa; era um novato.

– Já está quase de noite. Simplesmente acabe com eles usando eletricidade ou outra coisa e...

– E o quê? – a voz de Neferet era gelada. – Kurtis, você era burro e desajeitado antes de morrer. Agora você é burro, desajeitado e fede – Neferet deu uma olhada para Aurox. – Jogue-o contra a parede.

Aurox se moveu para obedecer ao comando dela, mas o fez lentamente, dando tempo para o novato sentir medo. Aurox se alimentou daquele medo e o seu corpo se transformou, virando outra coisa, algo mais poderoso, e o medo do novato se alterou para um terror delicioso. Com um rugido, Aurox levantou o garoto do seu ninho e o atirou contra a parede. Houve um barulho de algo se quebrando e o garoto ficou deitado imóvel.

– Oooa, oooa! Espere um segundo. Neferet! Eu não sabia que era você! – o vampiro vermelho ficou em pé, sem camisa, com as mãos para cima, encarando a Sacerdotisa. Aurox sentiu o medo dele. Foi bom.

Ele deu um passo em direção ao vampiro. Suas patas ecoaram contra o chão de cimento frio.

– Pare por enquanto, Aurox – Neferet ordenou. Então ela deu as costas a ele e se concentrou no vampiro e no seu ninho. – Você realmente achou que podia se esconder de mim, Dallas?

– Eu não estava me escondendo de você! Eu não sabia o que fazer... onde encontrar você.

– Não minta para mim – a voz de Neferet havia ficado suave, e nessa suavidade Aurox escutou um perigo ameaçador e infinito. – Nunca minta para mim.

– Desculpe – o vampiro disse rapidamente. – Acho que eu simplesmente não pensei.

O ninho de novatos começou a se remexer e a despertar enquanto o vampiro e Neferet falavam, e agora Aurox podia ver rostos, com olhos arregalados de medo, voltados para Neferet e para ele.

Ele ansiava por esmagar embaixo das suas patas aqueles rostos que o encaravam.

Uma tosse barulhenta veio do ninho.

Neferet olhou com desprezo.

– Quantos de vocês estão ali?

– Depois da estação, quando Zoey e a sua turma de idiotas lutaram contra nós, sobraram dez além de mim – ele deu uma olhada para Kurtis. – E ele.

– Ele não está morto. Ainda – Neferet falou. – Então há onze novatos e um vampiro. Quantos dos seus novatos começaram a tossir?

Dallas deu de ombros.

– Uns dois ou três.

– Há muitos novatos. Eles precisam ficar perto de vampiros ou vão morrer. De novo – ela acrescentou com um sorriso cruel.

Mais medo, vindo do ninho de novatos, inundou Aurox. Ele cerrou os dentes, lutando contra o desejo de se alimentar desse medo.

– Então você vai vir nos visitar? Como costumava fazer?

– Não. Mudança de planos. Está na hora de vocês se juntarem a mim. Todos vocês.

– Você quer dizer na Morada da Noite? Isso é impossível. A gente não é mais o que era antes e nós não queremos...

– O que vocês querem não quer dizer nada para mim desde que vocês me obedeçam. E se vocês não me obedecerem vão morrer.

O vampiro pareceu ficar mais ereto. A raiva dele ardeu com mais força, assim como a única lâmpada elétrica.

– Eu não vou morrer. Já me Transformei. Pode ser que alguns deles morram – ele indicou com um gesto os novatos que estavam encolhidos aos seus pés –, mas eu diria que isso é seleção natural[2].

– Você não é tão esperto quanto eu pensava, Dallas. Deixe-me falar de um jeito bem claro e simples para que até você consiga entender: se você e os seus novatos não me obedecerem, você vai ser o primeiro a morrer. Minha criatura vai matar você. Agora. Ou a qualquer momento em que eu ordenar. Faça sua escolha.

A luz da lâmpada ficou mais fraca.

– Eu escolho obedecer a você – Dallas respondeu.

---

2 Seleção natural é um conceito criado pelo naturalista britânico Charles Darwin (1809-1882) para explicar a evolução das espécies. Segundo esse modelo, os indivíduos mais adaptados ao ambiente sobrevivem e passam suas características aos seus descendentes, enquanto os menos adaptados morrem e, portanto, geram menos descendentes com características desfavoráveis à sobrevivência. (N.T.)

– Sábia escolha. Quero que vocês se limpem e voltem para a Morada da Noite a tempo de assistir as aulas hoje à noite.

– Mas como...

– Usem os chuveiros da escola para tirar o mau cheiro de vocês. Roubem roupas. Limpas. Ou comprem-nas. Às sete e meia, um pouco antes de as aulas começarem, um ônibus da Morada da Noite vai estar esperando no fim da rua, na entrada leste da Universidade de Tulsa. Vocês vão entrar no ônibus. Vão retomar suas aulas. Vão dormir na Morada da Noite – Neferet fez uma pausa, gesticulando de modo arrogante. – Vou mandar cobrir as janelas, abrir um porão ou algo assim. Mas vocês vão viver na Morada da Noite.

– Como nós vamos satisfazer a nossa fome?

– Cuidadosamente. E o que não conseguirem satisfazer com cuidado vocês terão que controlar, pelo menos até o mundo ter se transformado para atender às suas necessidades.

– Eu não entendo! Por que você nos quer por lá?

– Rephaim, o Raven Mocker que vocês não conseguiram matar mais de uma vez, recebeu o dom de ter a forma humana durante a noite e agora é o companheiro de Stevie Rae. Ele recebeu permissão para frequentar a Morada da Noite, junto com Aphrodite e os outros novatos vermelhos. Os novatos vermelhos de Stevie Rae.

– Eu terei que ir para a escola com ele? E com ela? Juntos?

A lâmpada brilhou intensamente de novo.

– Você os odeia, não é mesmo?

– Sim.

– Ótimo. Essa é a razão pela qual eu quero você lá. Todos vocês.

– Por que a gente os odeia?

– Não, por causa daquilo que o seu ódio, controlado por mim, vai causar – ela disse.

– E o que ele vai causar? – ele perguntou.

Neferet sorriu.

– Caos.

Eles saíram logo depois de Neferet terminar de instruir o vampiro chamado Dallas sobre os meios que ele podia e não podia usar para causar caos. Aparentemente, o propósito dele era muito parecido com o de Aurox: Neferet comandava e controlava a sua violência e o tinha como aliado. Ele não deveria matar – ainda. E como fio condutor oculto havia sempre a ideia de semear a discórdia, a inquietação e o ódio.

Aurox entendia. Aurox obedecia.

Quando Neferet ordenou que ele controlasse a besta dentro de si, ele obedeceu e a seguiu daquele ninho putrefato até os corredores frescos e limpos da escola.

Na porta da frente, o velho guarda ainda jazia onde Aurox o havia deixado.

– Ele está vivo? – Neferet perguntou.

Aurox o tocou.

– Sim.

Neferet suspirou.

– Acho que é melhor assim, apesar de ser ligeiramente inconveniente. Você vai ter que voltar lá embaixo e dizer a Dallas que eu quero que ele apague a memória desse velho. Diga a ele para implantar na cabeça do homem a sugestão de que ele foi ferido quando a escola foi roubada – ela coçou o queixo pensativamente e então olhou para o corredor que ostentava em mostruários de vidro objetos dignos de lembrança e, mais à frente, para a biblioteca, com suas fileiras impecáveis de livros e suas luminárias ornamentadas e cintilantes. – Não, eu tenho uma ideia mais divertida. Diga a Dallas para fazer o humano acreditar que ele foi ferido quando a escola foi atacada por vândalos. Depois, no caminho de saída, quero que você estilhace os mostruários de vidro e destrua a biblioteca. Faça isso rapidamente. Vou esperar do lado de fora. E eu não gosto de esperar muito tempo.

– Sim, Sacerdotisa – ele falou.

– Como eu disse, esta arquitetura é um desperdício com adolescentes humanos... – ela deu uma gargalhada ao sair do edifício.

Apressadamente, ele refez seu trajeto de volta ao covil subterrâneo. Assim que Dallas o viu, ele se levantou e o encarou, colocando-se entre Aurox e o grupo de novatos. O vampiro vermelho levantou seu braço sujo e o encostou em uma caixa de metal aparafusada na parede de cimento. Aurox sentiu o poder que ressoou lá dentro, movendo-se em espiral, querendo obedecer ao comando dele.

– O que você quer? – Dallas perguntou.

– Neferet me enviou com uma nova ordem para você.

Dallas tirou sua mão da caixa de metal.

– O que ela quer que eu faça?

– Há um segurança inconsciente perto da entrada da escola. A Sacerdotisa não quer que ele se lembre da nossa presença. Em vez disso, ele deve acreditar que vândalos o atacaram.

– Tudo bem. Que seja – Dallas disse e então, antes que Aurox se virasse para ir embora, ele perguntou: – Ei, que diabo é você?

A pergunta surpreendeu Aurox. A resposta dele saiu automaticamente:

– Eu obedeço às ordens de Neferet.

– Sim, mas o que você é? – perguntou uma novata de cabelos pretos que o observava atentamente atrás de Dallas. – Eu vi bem. Você estava se transformando em algo com chifres e cascos. Você é algum tipo de demônio?

– Não. Não sou um demônio. Eu obedeço às ordens de Neferet – então Aurox deu as costas para eles, deixando-os para trás, mas ele não pôde deixar as palavras deles para trás. Elas o seguiram pelo corredor. *Ele é uma aberração,* eles sussurraram. *É uma coisa totalmente esquisita.*

Ele usou uma mesa feita de madeira e aço para estilhaçar e destruir as preciosidades no corredor amplo e claro. Ele despedaçou as luminárias ornamentadas que pendiam do teto no salão cheio de livros. Enquanto fazia isso, Aurox se alimentava do medo e da raiva que ainda permanecia em seu corpo. Quando essas emoções foram usadas, ele canalizou o medo que o vampiro vermelho e seus novatos estavam provocando no velho homem enquanto o novato que ele havia machucado bebia o sangue dele e os outros ficavam em volta, olhando e rindo. Quando eles terminaram e limparam a mente do guarda, Aurox usou os vestígios da aversão que os novatos sentiram por ele como um combustível de que precisava, até que essa emoção também se acabou. Então ele desenterrou as únicas emoções que haviam sobrado. Emoções das quais ele não tinha se alimentado, mas, pelo contrário, que ele tinha conservado de algum modo, como se fossem suas. Então foi banhado na solidão, na tristeza e na culpa de Zoey que ele terminou de depredar a escola. E então, depois de se transformar e voltar a ter a aparência de um garoto, Aurox andou pesadamente pela destruição que havia causado, apressando-se para ter certeza de que Neferet não ia esperar por mais tempo.

13

Stark

O sonho de Stark começou bem. Ele estava em uma praia incrível, com areia branca em volta e água azul diante dele. O sol ainda não o havia queimado. Na verdade, era como antes de ele ter sido Marcado, era ótimo sentir o sol no rosto e nos ombros. Ele estava disparando flechas em um grande alvo redondo com forma de olho de touro, que magicamente absorvia as flechas, que por sua vez depois reapareciam na areia ao seu lado, de modo que ele podia ficar disparando flechas sem parar.

Ele só estava pensando em como o sonho ficaria realmente excelente se Zoey aparecesse na praia de biquíni.

Ou talvez fosse uma praia europeia e Zoey aparecesse fazendo *topless*. Isso seria ainda melhor.

E então, como acontece muito em sonhos, a cena se alterou e de repente Zoey estava lá, só que eles não estavam na praia. Ela estava toda envolvida nos braços dele, quente, macia e com um cheiro muito bom.

– Ei, você está acordado e o sol não se pôs ainda – ela disse, sorrindo para ele.

– É. Deixa eu te mostrar o quanto estou acordado – ele abriu o sorriso para ela e a beijou; o gosto dela era doce. O corpo dela encaixava com o dele perfeitamente. Ela deu aquele gemidinho suspirado que ela dava quando estava se sentindo bem de verdade.

Mas bem no momento em que ele estava realmente entrando no sonho, Zoey se afastou dele. Ele olhou para ela com cara de interrogação, pensando que talvez fosse um sonho incrível e que ela iria fazer um *strip-tease* para ele. Então ele viu a expressão do rosto dela. Era de pavor com olhos arregalados.

– Detenha-as! – ela gritou. – Stark! Guardião! Ajude-me!

Ela estava estendendo os braços em direção a ele enquanto gavinhas escuras tipo serpentes a arrastavam para longe.

Stark ficou em pé em um pulo e a espada do Guardião apareceu na sua mão. Ele correu na direção dela, saltou sobre o seu corpo caído e se estatelou no meio daqueles filamentos de Trevas. Atacando com a espada do Guardião, ele cortou as gavinhas seguidamente, mas onde ele cortava uma, duas outras cresciam no seu lugar e grudavam novamente como velcro no corpo de Zoey.

– Stark! Ah, Deusa! Ajude-me!

– Estou tentando! Zoey, estou fazendo o melhor que eu posso! – mas ele não estava fazendo diferença contra as Trevas. Nessa hora, Z. estava completamente tomada pelas gavinhas, como se fosse um casulo de algum bicho que uma aranha gigante iria comer, e ela estava consciente e gritando para que ele a salvasse.

Stark lutava e lutava, mas não havia nada que ele pudesse fazer e, quando as Trevas puxaram Zoey, ele viu Neferet comandando os fios negros e grudentos como se fossem marionetes. Ela estava fora do alcance da sua espada. Ela gargalhou alto enquanto apertava os filamentos em volta de Zoey, até o seu amor, sua rainha, ser estrangulada e morrer, absorvida pela sua inimiga.

No sonho Stark ficou parado ali, chorando e soluçando, completamente perdido sem a sua Zoey. Na sua mente, ele ouviu uma voz forte e clara: *Isso vai acontecer a menos que Zoey Redbird rompa publicamente com Neferet. Ela precisa se levantar contra a Tsi Sgili e parar com essa simulação de trégua entre elas.*

Stark, ainda chocado e arrasado com a perda em sonho da sua rainha, apenas ouviu as palavras e não a voz. Ele não pensou sobre de onde vinha a mensagem, apenas no alerta que ela continha.

Ele deu um suspirou profundo e acordou com Zoey segura, quente e desejosa nos seus braços. Ela sorriu para ele, dizendo:

– Ei, você está acordado e o sol não se pôs ainda.

Um calafrio horrível e agourento fez o corpo dele estremecer. Havia sido mais do que um sonho; ele sabia disso. O que significava que o alerta também era mais do que apenas palavras; era uma profecia. Stark abraçou Zoey, pressionando-a com força contra o seu corpo.

– Diga que está tudo certo. Diga que você está bem.

– Eu digo, se você parar de me sufocar – ela falou meio engasgada.

Ele afrouxou o aperto de seu braço, enquanto apalpava as costas dela de cima a baixo, olhando por sobre o ombro, certificando-se de que não havia nenhuma gavinha ali – nenhuma memória pegajosa do seu sonho.

– Stark, ei, pare – ela segurou a mão dele e olhou dentro dos seus olhos. – O que está rolando?

– Tive um sonho incrivelmente ruim. Tipo de proporções apocalípticas. Então eu acordei e você disse exatamente as mesmas palavras que tinha dito para mim no sonho, antes de as Trevas pegarem você.

– Primeiro, eca, Trevas me pegando é nojento. Como isso aconteceu?

– Você não vai querer saber – ele falou.

– Sim, é claro que eu vou. Pode ter sido um sonho profético, e se for isso, eu preciso saber o que evitar.

– É, eu também estava pensando nisso. Na verdade, eu estava tentando não pensar nisso, mas você está certa – ele se recostou e passou a mão pelos cabelos, procurando espantar o sono e o mau agouro. – Pode ser profético e você precisa saber; as Trevas pegaram você, do mesmo jeito que Laracna[1] pegou Frodo, só que pior – ele contou.

Stark viu o rosto de Zoey ficar pálido.

– Como uma garota que morre de medo de aranhas, não sei como esse sonho pode ser pior.

---

1 Laracna (Shelob, no original em inglês) é uma aranha gigante que, em O Senhor dos Anéis, de J. R. R. Tolkien, aprisiona o personagem Frodo em sua teia, mas depois ele é salvo. (N.T.)

– Coloque Neferet no lugar da aranha e as Trevas no lugar da teia.

– É, nisso você tem razão. Isso é pior – ela deu um sorriso que ele sabia que foi corajoso. – Mas você me salvou, certo?

Ele não disse nada. Não conseguiu.

– *Hello*, Guardião fortão! Você me salvou, certo?

– Não – ele admitiu. – Eu tentei, mas as Trevas que Neferet controlavam eram demais para mim.

– Que droga, eu odeio quando isso acontece – Zoey disse. – então ela balançou a cabeça e acrescentou com firmeza: – Ei, isso não aconteceu de verdade. Pelo menos por enquanto, foi só um sonho.

– Muitas malditas coisas que aparentemente só podem acontecer em sonho acabaram virando realidade – ele disse sombriamente. – E tem mais uma coisa. Alguém ficava me dizendo que o que eu sonhei iria realmente acontecer a menos que você começasse a enfrentar Neferet.

Zoey franziu a testa.

– Ei, eu já enfrento Neferet! Toda hora. E o que você quer dizer com "alguém" ficava dizendo isso? Era Nyx? A Deusa falou com você?

Stark ficou pensativo, tentando se lembrar da voz do sonho, mas, apesar de o pavor ser recente, os detalhes já estavam desaparecendo de volta para o seu subconsciente.

– Eu não consigo me lembrar muito bem, mas acho que não era a voz de Nyx, ou pelo menos não era uma voz dela que eu reconhecesse.

– Acho que você teria certeza se tivesse sido a Deusa. Além disso, como eu falei, eu já enfrento Neferet, então não sei do que a voz do seu sonho estava falando.

– Na verdade, neste momento você está em um tipo de trégua com ela – Stark afirmou devagar.

– Acho que isso depende da sua definição de trégua. Se significa "eu não posso chutar Neferet para fora da Morada da Noite porque o Conselho Supremo a perdoou", então sim, nós estamos em uma trégua.

– Ei – ele tocou o queixo dela. – Não quis irritar você. Esse sonho me assustou, só isso.

Ela se aconchegou nos braços dele, e ele sentiu a tensão no corpo dela começar a relaxar.

– Você não me irritou. Você só me surpreendeu. Achei que estávamos em sintonia com o que diz respeito a Neferet.

– Nós estamos – ele a abraçou forte. – A gente sabe que Neferet é louca e do mal, e todos nós que estamos do lado de Nyx sabemos que precisamos ficar atentos e tomar cuidado com seja o que for que ela vai aprontar agora.

Zoey estremeceu e escondeu o rosto no ombro dele.

– Isso me dá vontade de voltar correndo para Skye.

– Me dá vontade de levar você de volta para Skye – ele hesitou e quase não disse mais nada, mas algo no fundo da sua mente não permitiu que ele deixasse para lá. – No sonho, Z., as Trevas pegaram você e eu não consegui salvá-la. Eu acho que foi um aviso, realmente acho. E a conclusão que eu consigo tirar disso é que você precisa continuar enfrentando Neferet.

– Eu vou continuar – ela respondeu e então levantou a cabeça para olhar para ele. – Você parece cansado e acordou cedo.

Ele deu seu sorriso metidinho.

– Acordei cedo para que a gente possa passar um tempo de qualidade juntos antes de pegar o ônibus da escola. E eu posso parecer cansado, mas não estou tão cansado – ele deslizou sua mão por baixo do camisetão que ela estava usando e fez cócegas leves nas costelas dela. Zoey deu uma risadinha. Ele capturou a risada doce e alegre com seus lábios e a transformou em um beijo quente e longo. E então ele parou de fazer cócegas e quase toda a preocupação que o seu sonho havia causado desapareceu enquanto ele a amava... quase...

Zoey

– Ah, que inferno – resmunguei quando Darius entrou com o ônibus no caminho longo que contornava a parte de trás da Morada da Noite e levava ao estacionamento. A gente tinha acabado de entrar no campus quando eu vi Neferet, Dragon e cinco guerreiros Filhos de Erebus parados ali como se eles fossem uma estranha comitiva de boas-vindas de vampiros. – Vá devagar – eu disse a Darius. – A gente precisa se preparar para isso.

– É, não parece coisa boa – Kramisha falou.

– Uau, vocês não acreditariam em todas as cores que estou vendo – Shaylin estava olhando embasbacada de boca aberta para o grupo de professores e guerreiros. – Eca, e ali está aquela Mulher Olho de Peixe Morto, tão nojenta!

– Mulher Olho de Peixe Morto, eu gostei disso – Aphrodite aprovou. – Combina bem com ela.

– A Mulher Olho de Peixe Morto é super intuitiva – eu lembrei a todos, apesar de estar falando diretamente com Shaylin.

– E todos nós decidimos que é melhor ela não saber sobre o dom de Shaylin – Stevie Rae afirmou, levantando do seu assento com Rephaim na traseira do ônibus. – Z., você não quer chamar o espírito e pedir que ele ajude a encobrir os pensamentos de Shaylin, pelo menos até nós passarmos por Neferet agora?

– Sim, parece uma boa ideia – inspirei profundamente e sussurrei: – Espírito, venha para mim. – senti o ar sobre a minha pele se agitar com o poder do elemento. – Proteja Shaylin. Mantenha os pensamentos dela privados.

– Aaaaah! – Shaylin deu uma risadinha quando foi banhada pelo elemento. – Isso é tão bacana, e você fica roxa quando faz isso.

– Obrigada, eu acho – respondi. A garota nova era definitivamente esquisita, mas ela parecia bem legal. Dei uma olhada para o resto do ônibus, focando nas gêmeas e em Damien. – Mantenham seus elementos próximos também.

– Acho que sempre que Neferet estiver por perto é uma excelente oportunidade para todos nós concentrarmos nossos pensamentos em assuntos acadêmicos – Damien afirmou.

Todos nós olhamos para ele.

– Assuntos acadêmicos – Shaunee perguntou?

– Tipo lição de casa e coisas assim? – Erin acrescentou.

– Ou você está falando sobre os desfiles que são uma verdadeira academia de moda para nós? – Shaunee disse.

– Estamos confusas – Erin concluiu.

Damien suspirou dramaticamente.

– Com assuntos acadêmicos eu me refiro a trabalho escolar. Por exemplo, quando Neferet estiver perto, vocês devem praticar memorização de definições de vocabulário – ele abaixou seu longo nariz e olhou para as gêmeas. – Vocês duas podem começar com a palavra infames.

– Eu não tenho a menor ideia do que isso significa, gêmea. E você? – Erin perguntou.

– Nem uma pista, gêmea – Shaunee respondeu.

– Fiquem quietas, compartilhadoras de cérebro. A Rainha Damien tem razão. A gente não tem ficado tão perto de Neferet assim há algum tempo. Todo mundo precisa se concentrar e manter o cérebro ocupado, não com os nossos assuntos, mas com assuntos idiotas da escola – Aphrodite deu uma olhada para Rephaim. – Neferet consegue ler a sua mente?

Rephaim pareceu surpreso com a pergunta, mas quase não hesitou antes de responder:

– Ela não consegue.

– Você tem certeza? – eu perguntei.

– Sim – ele respondeu.

– Como? – Aphrodite quis saber.

– Ele não tem que explicar isso para você – Stevie Rae disse.

– Sim, ele tem – Stark falou antes que eu pudesse dizer qualquer coisa. – Stevie Rae, você precisa parar de ficar tão na defensiva em relação a Rephaim. Ele já esteve do lado de Neferet. Ele pode ter informações que nós podemos usar.

– Nunca estive ao lado de Neferet – a voz de Rephaim foi tão dura quando o olhar que ele dirigiu a Stark. – Eu estive ao lado de Kalona. Assim como você.

Aquilo calou totalmente Stark, e eu aproveitei a oportunidade para me colocar entre eles e dizer:

– Seja quais forem os detalhes, o que nós queremos dizer é que você já esteve em um lado oposto ao nosso, e isso pode nos ajudar agora – ele olhou para mim e seu olhar se suavizou, apesar de a sua expressão ainda estar cautelosa.

– Sei que Neferet não consegue ler a minha mente porque ela não sabia sobre mim e Stevie Rae – ele pegou a mão de Stevie Rae. – Eu tentava não pensar em você quando ela estava por perto, mas não conseguia evitar. Eu pensava em você o tempo todo.

Stevie Rae abriu o sorriso e ficou na ponta dos pés para beijá-lo.

– Eca – Aphrodite disse. – Então, continuando rapidamente antes que eu vomite, é certo que Neferet não consegue ler a minha mente, a mente de Zoey e a do menino-pássaro. O resto de vocês precisa tomar cuidado.

– Há outro ônibus escolar que acabou de entrar na pista atrás de nós – Darius falou, olhando pelo espelho retrovisor. – Está escrito Morada da Noite na sua lateral também.

De um dos assentos traseiros, Johnny B. anunciou:

– E não é um micro-ônibus. Por que nós não podemos pegar o ônibus de tamanho normal?

– Você não é normal – Kramisha respondeu.

– Sua mãe não é...

– Tudo bem, vamos nos preparar para a escola – eu o cortei.

– O que significa nos preparar para a batalha – Stark afirmou.

– Estacione – eu falei para Darius.

Darius parou e então ele, Stark e Rephaim saíram do micro-ônibus primeiro, seguidos pelo resto de nós. Pensei que eu poderia muito bem enfrentar seja o que fosse que estivesse acontecendo. Com Stevie Rae e Stark nos meus flancos, marchei direto para Neferet, curvando-me semirrespeitosamente para ela e então mais respeitosamente para Dragon e os guerreiros. Então eu disse formalmente:

– *Merry meet.*

– Ah, Zoey, Stevie Rae, fico feliz que vocês e seus estudantes tenham chegado junto com o outro ônibus. Vou poupar tempo para explicações – Neferet falou enigmaticamente.

Antes que eu pudesse dizer brilhantemente "Ahn?" ou qualquer coisa assim, o outro ônibus parou ao lado do nosso e, com aquele barulho estranho tipo *Star Trek* que todos eles tinham, sua porta se abriu.

E minha pedra da vidência começou a esquentar.

Aurox desceu primeiro.

Atrás dele, Dallas saiu do ônibus. Eu ouvi o suspiro chocado de Stevie Rae. Foi então que fiquei de queixo caído porque, depois de Dallas, um grupo inteiro de novatos vermelhos desceu do ônibus. *Os novatos vermelhos do mal,* incluindo a totalmente péssima Nicole e Kurtis, que estava cheio de hematomas, mas continuava gordo.

Os novatos vermelhos e Aurox fizeram uma fila oposta à nossa. Tive um flashback bizarro de uma cena de dança de *West Side Story*[2]. Tudo estava estranhamente quieto, até que Stevie Rae, com um tom de voz alto e não usual, perguntou:

– Dallas, que diabos você está fazendo aqui?

Dallas deu um meio sorriso.

– Eu não respondo a você – ele olhou para Neferet e devagar, distintamente, colocou seu punho direito sobre o coração, curvou-se profundamente e disse: – *Merry meet*, minha Grande Sacerdotisa – todos os novatos vermelhos atrás dele imitaram a sua saudação.

Neferet sorriu graciosamente. Sua voz era afetuosa e ilusoriamente gentil.

– Que saudação adorável. Obrigada, Dallas – quando seu olhar esmeralda se desviou dos novos garotos e mirou Stevie Rae, sua voz e sua expressão se endureceram. – Vou responder à sua pergunta, Stevie Rae. O que eles vão fazer aqui é o mesmo que vocês: assistir aulas. Ah, espere. Há

---

2 *West Side Story* é um filme norte-americano de 1961, cujo título no Brasil é *Amor, Sublime Amor*. O enredo tem como pano de fundo a briga entre gangues de rua da zona oeste de Manhattan, em Nova York. (N.T.)

uma pequena diferença entre eles e o seu grupinho. Dallas e seus novatos vermelhos vão morar aqui na escola e eu serei a sua Grande Sacerdotisa.

– É ele? – Dallas estava encarando Rephaim, que estava ao lado de Stevie Rae. Eu praticamente pude ver a raiva dele transbordando.

– Deixem-me apresentar vocês. Dallas, este é Rephaim. Ah, mas vocês já se conheciam, não é mesmo? – Neferet soou como se estivesse fazendo apresentações em um baile de formatura. Juro que foi tão bizarro que tive que conter meu impulso de pedir a Stark que me desse um tapa para eu ver que não estava sonhando.

Então meu olhar se voltou para Dallas, e o medo que ele me fez sentir me mostrou que eu não estava dormindo de jeito nenhum. Os olhos dele brilharam levemente em vermelho. Ele parecia selvagem e muito, muito perigoso. Eu me lembrei que já tinha achado ele tão fofo e legal. Bem, aquele garoto fofo e legal devia ter morrido quando esse novo vampiro vermelho se Transformou e recebeu tatuagens parecidas com chicotes.

Ao meu lado, Stark impacientemente se aproximou de mim.

Ao lado de Dallas, Aurox, para quem eu estava tentando não olhar, também se moveu para mais perto de mim de modo inquieto.

– É, exatamente, já nos conhecemos – Dallas disse.

– Sim, é verdade – a voz de Rephaim era tão dura e fria quanto a de Dallas, e isso me fez lembrar que eu não deveria subestimá-lo só porque ele sorria de um jeito tão doce para Stevie Rae.

– Aproveitando que estão todos juntos, gostaria de deixar algumas coisas bem claras – Neferet afirmou e nossos olhos se viraram na sua direção. Ela parecia tão normal! Bonita e régia, ela soava tão razoável que por um momento senti uma grande tristeza pela perda de quem ela poderia ter sido. – Aconteceram desentendimentos entre nós no passado recente. Agora isso está superado. Não vou admitir brigas aqui, sejam vocês novatos ou vampiros, vermelhos ou azuis.

– Desentendimentos? – a voz de Stevie Rae era incrédula. – Eles tentaram matar Zoey e eu!

– Zoey realmente matou alguns de nós! – Dallas gritou e juro que ouvi o zumbido da eletricidade nos fios que alimentavam a escola e estavam acima de nossas cabeças.

– Espere, eu não queria fazer isso. Nicole, Kurtis e esses caras me atacaram e...

– Chega! – a ordem de Neferet emitiu um poder ameaçador que pulsou em volta de nós, parecendo sugar até a luz prateada da lua que subia ao céu. – Já disse que o passado está superado. Stevie Rae e Zoey, se vocês não conseguirem se controlar, serão expulsas desta escola. Dallas, o mesmo serve para você. Aurox e os guerreiros Filhos de Erebus vão patrulhar os corredores e as salas de aula. Se qualquer violência começar, eles vão acabar com ela. Imediatamente. Fui clara? – ninguém disse uma palavra. O sorriso de Neferet era frio. – Ótimo. Agora, vão para suas classes – ela deu uma volta e, com aquele andar estranho e deslizante, foi em direção ao prédio principal do campus e à sala de aula à sua espera.

– Há Trevas em toda a volta dela – Stark disse em voz baixa, mas não baixa o suficiente.

– Neferet está totalmente engolfada por elas – Rephaim concordou.

– Com certeza – Stevie Rae falou. Então ela olhou para Dragon e os outros guerreiros. – Vocês não veem? São como teias de aranha pegajosas – ela indicou com o polegar Dallas e os outros novatos vermelhos. – Aposto que eles conseguem ver.

– Não sei de que diabo você está falando – Dallas respondeu.

– Você ainda faz chás de bonecas imaginárias no porão? – Nicole perguntou sarcasticamente.

Dallas e seus novatos vermelhos gargalharam.

– Dallas, Neferet quer que você se reporte ao centro de mídia. Eles estão tendo problemas com os computadores e ela precisa da sua ajuda para endireitar as coisas – Dragon disse, colocando-se entre os dois grupos. Os guerreiros Filhos de Erebus se juntaram a eles, assim como Aurox. – Shaylin, este é o seu horário escolar. Stevie Rae pode guiá-la por aí hoje – ele entregou um pedaço de papel para a nova novata. – Stark,

Darius, vão para o estábulo e comecem a se preparar para as suas aulas. O resto de vocês deve fazer o que a Grande Sacerdotisa determinou. As primeiras aulas começam logo.

– Qualquer coisa que a Grande Sacerdotisa quiser está bom para mim – Dallas falou e passou roçando por Rephaim, com um olhar de desprezo.

Eu observei Rephaim aguentar firme. Ele não pareceu irritado, no estilo *Pitboy*, como se quisesse socar um armário ou qualquer coisa assim, mas ele realmente pareceu seguro e forte e permaneceu de modo protetor perto de Stevie Rae.

– Vamos para a aula e tentem ignorar esses idiotas – eu afirmei, segurando a mão de Stark.

– Eles não querem ser ignorados – Rephaim disse enquanto andávamos devagar em direção ao campus. – Eles estão aqui para causar problemas.

– Para jogar merda no ventilador – Stevie Rae falou e, por alguma razão, aquilo fez ela e Rephaim sorrirem.

Rephaim parecia tanto um garoto humano sorrindo para a sua namorada que eu tive que lembrar a mim mesma que ele não era exatamente o que aparentava. Precisei me lembrar de que eu já tinha visto *Raven Mockers* lutarem, e que eu sabia que eles eram malvados e perigosos. Então eu estava pensando sobre ele, tentando imaginar se, caso ele realmente viesse a lutar com Dallas, isso iria despertar algum canto de Trevas dentro dele. Foi quando eu vi a mudança que tomou conta da sua expressão. Em um segundo, ele estava sorrindo para Stevie Rae, e no instante seguinte seu rosto tinha ficado imóvel, como se ele pudesse ouvir um som que ninguém mais podia. Então eu pisquei e ele pareceu normal de novo.

– Ei, eu realmente vou ter que cavalgar na sexta aula? – Shaylin perguntou, lendo seu horário enquanto tentava nos acompanhar.

– Se aí diz Estudos Equestres, vai sim – Stevie Rae respondeu. – Vejo vocês no almoço – ela sorriu para Rephaim mais uma vez, acenou para nós e então se debruçou sobre Shaylin. – Deixe-me ver – ela leu o horário da novata. – Ah, ótimo, você tem Feitiços e Rituais na primeira aula. Você vai gostar. Ouvi dizer que a nova professora é legal.

– Ei, o que você tem? – Stark me perguntou.

– Não sei bem – eu disse em voz baixa. – Na verdade, provavelmente nada além do fato de que estou indo para a aula de sociologia, que é dada por Neferet. Vamos falar sobre estresse.

– Você vai ficar bem. Neste momento ela está fingindo ser uma professora e Grande Sacerdotisa – ele falou.

– É, o que significa que ela só vai me humilhar um pouquinho, em vez de arrancar minha cabeça com suas garras – eu resmunguei.

– Se ela tentar, corra bastante e fique com medo para que eu sinta e consiga chegar a você a tempo de salvá-la – ele deu aquele sorriso metidinho para mim, e eu sabia que ele estava tentando (sem sucesso) fazer que eu me sentisse melhor.

– Vou me lembrar disso. Vejo você no almoço.

Ele me beijou e então, depois de mais um olhar preocupado, foi em direção ao estábulo com Darius. Todo mundo se dispersou, sobrando apenas Damien, Rephaim e eu a caminho das nossas aulas.

– Você está bem? – perguntei para Rephaim.

– Sim, tudo bem – ele falou.

Eu realmente não acreditei e acho que minhas olhadas furtivas para ele foram muito óbvias, porque ele finalmente parou, suspirou e então me surpreendeu de verdade ao dizer:

– Ei, Damien, eu preciso falar com Zoey. Posso encontrar com você na aula?

Damien pareceu mais do que apenas um pouco curioso, mas ele era educado demais para protestar.

– Claro, sem problemas. Mas não demore. Os professores aqui realmente ficam incomodados com atrasos.

– Não vou deixar ele se atrasar – garanti a Damien, e então diminuí o passo para que Rephaim e eu ficássemos fora do prédio quando todo mundo entrou. – O que foi?

– Meu pai está aqui. Posso sentir a sua presença.

– Kalona? Onde? – eu sabia que meus olhos estavam enormes enquanto olhava em volta de nós, como se esperasse que o imortal fosse surgir das sombras a qualquer momento.

– Eu não sei onde, mas quero que você saiba que eu não o contatei, que eu não o tenho visto e que eu não tenho falado com ele desde que ele me libertou – Rephaim balançou a cabeça. – E-eu não quero que você e os seus amigos pensem que estou escondendo coisas de vocês.

– Isso é uma coisa boa. Você tem alguma ideia sobre o que ele quer?

– Não!

– Fique tranquilo, não estou acusando você de nada. Foi você que veio me contar isso, lembra?

– Sim, mas eu... – seu rosto ficou imóvel de novo. Então os olhos dele encontraram os meus, e a tristeza dentro deles era tão intensa que fez meu estômago doer. – Ele está me chamando.

14

Zoey

– Chamando você? Que diabo você quer dizer? Não estou ouvindo nada – continuei olhando assustada em volta, esperando o bicho-papão pular em cima de mim.

– Não – ele balançou a cabeça. – Você não pode ouvir. Nem eu mesmo realmente ouço. Meu pai consegue me chamar por meio do sangue imortal que nós compartilhamos. Eu achava que ele não seria mais capaz de fazer isso depois que Nyx me transformou – ele olhou ao longe, parecendo totalmente infeliz. – Mas eu não sou totalmente humano. Ainda sou uma mistura de besta, humano e imortal. Eu ainda compartilho o sangue com ele.

– Ei, tudo bem. Você está fazendo o melhor que pode. Eu vejo o modo como você olha para Stevie Rae. Sei que você a ama. E Nyx em pessoa o perdoou.

Ele assentiu e passou a mão pelo rosto, o que me fez perceber que ele tinha começado a suar. Muito.

Obviamente, ele percebeu que eu percebi e disse:

– É difícil não responder ao seu chamado. Eu nunca resisti a ele antes.

– Olha só, fique aqui. Vou chamar Stark, Darius e Stevie Rae. Daí você pode seguir o chamado de Kalona. Nós vamos todos com você para mostrar para ele que você realmente é um de nós e que ele tem que deixar você em paz.

– Não! Eu não quero que todos saibam que ele está aqui. Principalmente Stevie Rae. Ela acha que eu tenho que dar as costas completamente a ele, mas é tão difícil! – ele juntou as mãos, como se estivesse implorando que eu entendesse. – Ele ainda é meu Pai.

Apesar de não querer, eu estava começando a entender o que ele estava dizendo.

– Minha mãe errou. Ela preferiu um cara em vez de mim, mas lá no fundo eu ainda a amava e queria que ela me amasse. Queria que ela me amasse de verdade. Acho que a parte mais difícil de ela estar morta é que não há mais nenhuma chance de ela ser minha mãe de novo.

– Então você entende – ele falou.

– É, de certo modo acho que sim, mas eu também concordo com Stevie Rae. Veja bem, Rephaim, você pode se sentir como qualquer outro garoto que tem um pai completamente louco, mas o problema no seu caso é que o seu pai não é apenas um Zé Mané qualquer. Ele é um imortal perigoso que está no lado errado de uma batalha muito real do bem contra o mal.

Rephaim fechou os olhos, como se minhas palavras o tivessem ferido fisicamente. Mas ele assentiu e, quando abriu os olhos novamente e me encarou, pude ver a força da sua decisão.

– Você está certa. Tenho que enfrentá-lo e fazê-lo entender que nós realmente temos caminhos separados. Venha comigo para que eu faça isso. Por favor, Zoey.

– Tudo bem. Deixa só eu chamar Stark e...

– Só você. Sei que isso é idiota, mas não quero humilhar meu pai, e se eu fizer isso na frente de Stark vai ser um grande insulto.

– Rephaim, eu não posso ir sozinha. Você está se esquecendo de que seu pai tentou me matar?

– Neferet aprisionou o corpo dele e o obrigou a seguir você no Mundo do Além. Ele não queria. Ele nunca quis machucar você. Zoey, meu Pai me disse que ele não ia matar você nem nenhuma Grande Sacerdotisa da Deusa.

– É sério, se liga – balancei minha cabeça incrédula. – Kalona não hesitaria em matar qualquer um que se colocasse no caminho do que ele quer.

– Você já foi próxima a ele quando ele escapou da terra. Você pode realmente dizer que nunca notou um vislumbre do guerreiro de Nyx ainda dentro dele?

Eu hesitei, sem querer me lembrar do quanto fui tola antes de Heath ser morto.

– Kalona matou Heath porque eu fui idiota o bastante em baixar a guarda perto dele.

– Heath não era uma Grande Sacerdotisa a serviço de Nyx. E você não me respondeu. Diga sinceramente. Você percebeu de relance o que ele já foi um dia, não percebeu?

Pela milionésima vez, eu desejei saber mentir. Suspirei.

– Está bem, sim. Achei ter visto o que ele já foi um dia. Pensei que enxerguei nele o guerreiro de Nyx – respondi honestamente e então acrescentei: – Mas eu estava errada.

– Acho que você não estava, pelo menos não completamente. Acho que esse guerreiro ainda está dentro dele. Afinal, depois de tudo, ele realmente permitiu que eu fosse livre para escolher meu próprio caminho.

– Mas ele não está deixando que você se liberte dele. Ele está aqui, chamando por você.

– E se ele estiver me chamando porque sente a minha falta?! – Rephaim gritou e passou a mão no seu rosto tenso e suado. Com uma voz mais controlada, ele continuou: – Por favor, Zoey. Eu prometo a você que não vou permitir que meu pai a machuque, do mesmo modo que nunca vou deixar que ele machuque Stevie Rae. Por favor, venha comigo e seja testemunha de que eu rompi com ele, para que ninguém na Morada da Noite possa questionar a minha lealdade – então ele disse uma coisa que fez que eu me transformasse na Rainha da Idiotalândia. – Ele não me viu desde que virei um garoto. Talvez, quando ele vir a prova do perdão de Nyx, o guerreiro dentro dele desperte. Nyx não gostaria que você desse mais uma chance ao seu guerreiro?

Olhei para ele e vi o que Stevie Rae deve ter visto quando se apaixonou por ele. Basicamente, ele era um garoto fofo que queria que seu pai o amasse.

– Ah, que inferno – eu disse. – Tudo bem. Eu vou com você desde que a gente não saia do campus. E saiba que, se eu ficar assustada, perturbada ou qualquer coisa assim, Stark vai sentir e vir correndo com seu arco que não pode errar, qualquer que seja o alvo para onde ele atire. E juro que ele vai atirar. Não posso fazer nada quanto a isso.

Rephaim pegou meu braço e começou a praticamente me arrastar em direção ao muro leste.

– Não vou colocá-la em perigo. Você não vai sentir nenhuma dessas coisas.

Eu ia falar algo sobre galinhas nascerem com dentes, mas em vez disso poupei meu fôlego e corri para acompanhá-lo.

É claro que eu sabia para onde estávamos indo. Fazia todo o sentido.

– A árvore idiota perto do muro idiota – falei de modo ofegante. – Não estou gostando nada disso.

– É fácil chegar lá e não costuma ter ninguém por perto – Rephaim explicou. – É por isso que ele está lá.

– Isso não deixa as coisas nem um pouco melhores – respondi.

Nós corremos pelo gramado. Olhei por sobre o meu ombro. Pude ver a iluminação a gás do estábulo que alcançava aquela área do campus, e eu estava pensando que provavelmente eu deveria abdicar do meu reinado na "Idiotalândia" e enviar um pedido de ajuda mental assustado para Stark quando de repente Rephaim diminuiu o passo e então parou.

Voltei minha atenção e meu olhar para o que estava acontecendo na minha frente e vi Kalona parado em pé ao lado da árvore rachada. Ele estava de costas para nós. Mais tarde eu tive tempo para pensar no fato de que ele deveria pelo menos estar olhando para a direção de onde ele sabia que Rephaim viria, mas na hora a sua presença ofuscou tudo, e ele sabia disso. Ele era alto, forte e, como sempre, estava nu da cintura para cima. Suas incríveis asas negras estavam dobradas em repouso, e parecia que um deus as havia feito com pedaços do céu da noite.

Eu tinha me esquecido de como ele era bonito, poderoso e majestoso. Cerrei os dentes e me sacudi mentalmente. Eu não havia me esquecido de como ele era perigoso.

– Pai, eu estou aqui – Rephaim disse com uma voz que soou tão pequena e infantil que eu coloquei minha mão na dele, que ainda segurava meu braço.

Kalona se virou. Seus olhos âmbar se arregalaram. Por um momento, seu rosto perdeu toda a expressão e ele pareceu completamente atordoado.

– Rephaim? É você mesmo, meu filho?

Senti o tremor que atravessou o corpo de Rephaim e apertei mais sua mão.

– Sim, pai – sua voz ficou mais forte enquanto ele falava. – Sou eu, Rephaim, seu filho.

Eu sabia que o imortal já tinha fingido um monte de coisas. Sabia que ele estava do lado das Trevas e era um assassino, um mentiroso e um traidor. Mas acho que vou me lembrar pelo resto da vida do rosto de Kalona ao ver Rephaim naquele dia. Por um instante, Kalona sorriu, e tanta alegria encobriu o seu ser que acabei soltando Rephaim. Fiquei parada ali, boquiaberta, pasma com a felicidade de Kalona. E percebi que vi na expressão dele o mesmo amor que eu vira no seu olhar para Nyx no Mundo do Além.

– Nyx me perdoou – Rephaim disse.

Aquelas três palavras apagaram a alegria de Kalona.

– E então ela o presenteou com a forma de um garoto humano? – o imortal falou com uma voz sem emoção.

Pude sentir a hesitação de Rephaim e eu sabia que ele ia fazer o que eu costumava fazer muito frequentemente (contar toda a verdade quando o melhor era ficar de boca fechada), então falei rapidamente por ele a versão mais curta e semicorreta da história.

– Sim, ele é um garoto agora e está com a gente.

O olhar âmbar de Kalona se voltou para mim.

– Zoey, você parece muito bem. Pensei que meu filho era o companheiro da Vermelha. Ela o está compartilhando com você?

– Eca, não. Aqui não é esse tipo de escola. Ela é minha amiga, só isso – eu disse, afastando totalmente a lembrança de como Kalona havia ficado mexido quando viu Rephaim. *Este é o verdadeiro Kalona,* lembrei a mim mesma. – E você não precisa ser tão ridículo. Você chamou Rephaim, não o contrário.

– Sim, eu chamei meu filho. Não uma Grande Sacerdotisa Novata.

– Eu pedi que ela viesse comigo falar com você – Rephaim explicou.

– Você pediu para Zoey vir e não a Vermelha. Isso é porque ela já está se cansando de você?

– Não, e o nome dela é Stevie Rae e não Vermelha. Eu sou o companheiro dela e vou continuar sendo – toda aquela adoração pelo papai-herói tinha sumido da voz de Rephaim e eu gostei disso. – Foi por isso que eu respondi ao seu chamado, porque eu precisava dizer a você, assim como eu disse a Nisroc, que vou trilhar o caminho da Deusa com Stevie Rae. É isso o que eu quero. É isso o que vou querer para sempre.

– Sempre é um tempo muito longo – Kalona falou.

– Sim, eu sei. Passei uma boa parte dele fazendo tudo que você mandava.

– Você passou esse tempo sendo meu filho!

– Não, pai. Na verdade, não. Estou começando a entender que só há uma diferença real entre Trevas e Luz, que é a capacidade de amar. Quando eu estava seguindo suas ordens, havia obrigação, medo e intimidação entre nós, mas muito pouco amor.

Eu esperei Kalona explodir, mas em vez disso os seus ombros desabaram e ele desviou os olhos, como se não conseguisse continuar a sustentar o olhar firme de Rephaim.

– Talvez as circunstâncias tenham me deixado mal preparado para ser pai – ele disse devagar. – Você é produto do ódio, do desespero e da luxúria. Acho que deixei que isso moldasse o nosso relacionamento.

Eu senti a esperança de Rephaim. Era como se ele a exalasse através da sua pele e da sua voz.

– Isso não tem que continuar a moldar o nosso relacionamento – ele disse também devagar.

Surpresa, reparei que os dois soavam incrivelmente parecidos. Dei uma olhada em Rephaim e reconheci a forma dos seus olhos, da sua boca, do seu queixo e, depois de ver a semelhança familiar, pensei em como não havia percebido antes. Não era de se espantar que Rephaim fosse tão bonito; ele se parecia com seu pai!

– Você deseja um novo começo entre nós, assim como a sua nova vida – Kalona concluiu.

Ele não havia formulado a frase como uma pergunta, mas Rephaim a respondeu assim mesmo.

– Sim, Pai.

Kalona olhou para mim.

– E os seus novos amigos? Acho que eles não vão aceitar nunca o fato de que eu e você não somos inimigos.

– Bem, eu não posso falar por todos os novos amigos dele, mas pessoalmente eu não me importo com o tipo de relacionamento que ele tenha com você, desde que você nos deixe em paz – eu afirmei. – É com Neferet que você tem que se preocupar. Se você realmente não está mais com ela, então posso jurar que ela não vai aceitar o fato de que você e Rephaim não são inimigos.

– Neferet não tem controle sobre mim! – a voz poderosa de Kalona roçou minha pele e eu estremeci com a familiaridade do seu toque gelado.

– Sim, tanto faz – eu disse com uma indiferença forçada. – Não estou falando sobre controle. Estou falando do fato de que você e ela estão do mesmo lado, e ela está afundada nas Trevas. Ela não vai deixar alguém com o seu poder do lado de fora do jogo.

– Neferet perdeu a possibilidade de ter qualquer aliança comigo quando aprisionou meu corpo e usou meu espírito. Você deveria saber, Zoey Redbird, que Neferet tem um novo Consorte.

Revirei os olhos.

– Aurox não é Consorte dela. Ele é só mais um dos seus subordinados.

– Eu não estava falando da nova criatura dela. Eu estava falando do touro branco.

Encarei Kalona.

– Você está falando sério.

– Ele está – Rephaim disse.

– E por que você iria me contar isso? Nós não somos amigos. Não somos aliados – eu falei com firmeza.

– Nós poderíamos ser. Temos um inimigo comum – Kalona sugeriu.

– Acho que não podemos. Você está irritado com Neferet, pelo menos nesta fração de segundo. Eu estou lutando contra as Trevas em geral. E esse é o lado em que você normalmente está.

– Ele pediu um novo começo – Rephaim interveio.

Levantei os olhos para o garoto realmente fofo, esperançoso e ingênuo que estava ao meu lado.

– Rephaim, Kalona não virou do bem de repente – tudo o que eu podia pensar era: *Stevie Rae vai me matar se eu levá-lo de volta para ela com uma atitude sobre o pai dele do tipo "tudo está maravilhoso, bonito e perfeito"*. – A gente não consegue fazer que as outras pessoas sejam como a gente quer, só porque a gente quer muito.

– Eu não tenho intenção de ser do bem – Kalona disse. – Assim como também não tenho nenhum interesse específico em ser do mal. Simplesmente desejo a queda da Tsi Sgili. Ela me feriu, e eu quero cobrar minha vingança.

– Então, o que isso significa exatamente? – perguntei.

– Significa que nós temos um inimigo comum. Vou ajudar você a livrar a Morada da Noite da Tsi Sgili, que se disfarça de Grande Sacerdotisa de Nyx, e da criatura dela, Aurox.

– Pai, você se apresentaria ao Conselho Supremo, para contar o que você sabe sobre Neferet?

– Que benefício isso iria trazer? – Kalona perguntou rapidamente. – Eu não tenho provas para sustentar minhas acusações. Eu iria acusá-la de tomar o touro branco como Consorte. Ela negaria. Eu presumo que ela tenha apresentado a sua criatura como um presente divino, certo?

– Sim, certo – eu respondi. – Aurox é supostamente um presente de Nyx.

– Deixe-me adivinhar... a Deusa não apareceu e denunciou a criatura de Neferet.

– Você sabe que isso não aconteceu – eu afirmei.

– É claro que não – Kalona balançou a cabeça em óbvia contrariedade. – E porque a sua Deusa permanece em silêncio, não há nenhuma prova de Nyx. Seria a minha palavra contra a de Neferet, e o Conselho já acredita que ela me baniu do seu lado. Elas iriam pensar que eu estou mentindo para me vingar.

– E você não está? – perguntei. – Quero dizer, você não disse que é isso o que quer, vingança?

– Não quero que ela seja repreendida por um despacho do Conselho, que tenha uma punição leve e seja enviada para um lugar ermo para supostamente servir à Deusa. Quero que ela seja destruída.

O ódio frio na voz dele me fez estremecer de novo, mas eu não podia argumentar com a sua lógica. Eu não queria matar Neferet. Que inferno, eu não queria matar ninguém. Mas eu sabia no fundo do coração que, se ela não fosse destruída, iria acabar causando dor e sofrimento inimagináveis para todos nós.

– Você vai ter que explicar nos mínimos detalhes. Você está falando em matar Neferet?

– Eu não posso matá-la, ela virou imortal – o olhar intenso dele sustentou o meu. – Só Neferet pode causar a sua própria destruição.

Meu cérebro parecia que ia explodir.

– Não tenho a menor ideia de como levá-la a fazer isso.

– Eu posso ter alguma ideia – Kalona afirmou. – Ela se uniu ao touro branco. Neferet acredita que pode controlar o poder dele. Ela está muito errada.

– Ele é a chave para a destruição dela? – Rephaim perguntou.

– Talvez. Nós devemos observar e esperar por um tempo. Ver o que ela está fazendo, qual vai ser o seu próximo passo – Kalona disse. – Isso vai ser fácil com vocês vivendo aqui na Morada da Noite com ela. Observe-a bem, meu filho.

– Nós não estamos vivendo aqui – ele falou antes que eu pudesse impedi-lo. – Estou morando com Stevie Rae, Zoey e o resto deles na estação.

– Vocês estão lá? Que interessante. Todos os novatos vermelhos estão na estação com vocês?

– Não, Neferet trouxe os outros novatos vermelhos, os que não fazem parte do grupo de Stevie Rae, para a Morada da Noite. Agora eles estão aqui – Rephaim contou.

Franzi a testa para Rephaim e olhei para ele com cara de *por favor, fique quieto.*

– Isso pode ser importante. Eles interferem no equilíbrio entre Luz e Trevas nesta escola.

– Sim – Rephaim disse. – Há também uma novata que consegue...

– Que consegue ficar de boca fechada e não contar os nossos assuntos para todo mundo – terminei por Rephaim, fuzilando-o com os olhos.

Kalona sorriu deliberadamente.

– Você não confia em mim, pequena A-ya?

Senti meu coração congelar por inteiro.

– Não. Eu não confio em você. E não me chame mais por esse nome. Eu não sou A-ya.

– Ela está dentro de você – ele respondeu. – Posso senti-la.

– Ela é só uma parte do que eu sou hoje, então pode parar. O seu tempo com ela acabou.

– Pode ser que um dia você aprenda que vidas passadas retornam ao presente – ele disse.

– Por que você não prende a respiração até isso acontecer? – falei com falsa delicadeza.

Kalona riu alto.

– Você ainda me diverte.

– E você ainda me enoja – afirmei.

– Será que não podemos ter uma espécie de paz entre nós? – Rephaim perguntou.

– Nós podemos ter uma trégua – eu respondi, voltando-me para Rephaim e o forçando a sustentar meu olhar. – Mas isso não é paz. Também não quer dizer que vamos confiar nele e contar nossos assuntos para ele. Você precisa ter isso claro na sua cabeça, Rephaim, ou você tem que ir embora com ele agora mesmo.

– Eu vou ficar com Stevie Rae – ele disse.

– Então lembre-se de que lado você está – eu o adverti.

– Você pode ficar tranquila que eu não vou deixar que ele se esqueça disso – Kalona falou.

– Bem, e você deve saber que Rephaim tem um monte de amigos que se importam com ele, e nós não vamos deixar que ele seja usado por você.

Kalona me ignorou e se dirigiu ao seu filho.

– Se você precisar de mim, olhe para o oeste e siga o nosso sangue – ele começou a abrir as asas. – Lembre-se de que você é meu filho, porque eu garanto que aqueles que estão em volta de você nunca vão se esquecer disso – ele subiu ao céu e, com poucas e poderosas batidas das suas asas, Kalona desapareceu na noite.

15

Zoey

Então eu acabei matando a primeira aula. Quero dizer, sério mesmo. De jeito nenhum eu ia aguentar ficar sentada lá, deixando Neferet disparar ataques velados contra mim depois de toda aquela coisa com Kalona e Rephaim. Em vez disso, mandei Rephaim para a sua classe (e disse para ele falar para o professor que estava no banheiro) e então encontrei um assento sombreado não muito longe do estábulo. Eu precisava de tempo para pensar. Sozinha.

Kalona tinha dito que queria uma trégua com a gente, o que eu imaginava que era pura cascata. A verdade provavelmente era que ele queria usar Rephaim para se infiltrar entre as nossas fileiras para nos confundir – e isso soou como se eu pensasse que a horda nerd e eu estávamos nos transformando em um grupo paramilitar caipira de Oklahoma. Suspirei. Por que esses grupos não conseguiam ser mais atrativos? Isso me fez pensar no povo pantera de *True Blood* e em como Jason era burro. Afe, eu precisava rever a terceira temporada. Eu estava totalmente perdida na quarta temporada...

– *Hello, Zoey. Concentre-se* – eu disse a mim mesma.

Então, Kalona estava fingindo que queria uma trégua. Rephaim acreditava nele porque esse garoto tinha um sério problema de "eu quero que papai me ame". Stevie Rae ia ficar uma fera quando descobrisse que ele havia falado com Rephaim, o que eu entendia totalmente. Ela queria proteger os sentimentos de Rephaim, e Kalona + um novo e melhorado Rephaim = tragédia anunciada.

E então havia toda a coisa daquele retorno péssimo dos novatos vermelhos para a escola, fingindo que eles não eram loucos violentos e assassinos. Eca, simplesmente eca. Só de pensar nas brigas nos corredores eu ia acabar ficando com dor de cabeça.

Acrescente a essa mistura o fato de que Stark ainda não estava dormindo bem, que o novo Consorte de Neferet era um touro (eca, isso não podia significar o que parecia, podia?), e que o garoto Aurox, ou seja lá o que ele fosse, fazia eu me sentir super estranha, assustada, ansiosa e completamente pirada, e o resultado era que a escola inteira parecia uma bomba prestes a explodir.

Levantei os olhos para a lua.

– Além disso – falei em voz baixa, como se estivesse conversando com o crescente brilhante –, em seis dias eu tenho que conduzir um ritual de purificação nas terras da minha avó porque minha mãe foi assassinada lá.

Pisquei com força. Eu não ia chorar. De novo. Eu simplesmente ia ficar sentada ali fora à luz da lua até a hora de ir para a minha segunda aula, de teatro.

Como se eu já não tivesse drama o bastante na minha vida.

– Bem – eu disse para a lua –, pelo menos minha alma não está mais despedaçada e eu não sou um quase-fantasma insone vagando pelo Mundo do Além – logo em seguida daquele pensamento animador, falei em voz alta a primeira coisa que surgiu na minha mente. – Sinto tanta saudade de Heath.

As palavras ainda estavam no ar em volta de mim quando um ponto no meio do meu peito começou a esquentar. Com uma terrível sensação de quem estica o pescoço para olhar para acidentes na estrada, minha atenção se desviou da lua serena para o muro que cercava a Morada da Noite. Aurox estava correndo do lado de dentro do muro da escola. Mesmo àquela distância, pude ver que ele estava alerta, procurando possíveis problemas, olhando de cima a baixo. Parecia inclusive que ele farejava o ar. Ele estava vindo na minha direção, mas não diretamente. Meu banco estava vários metros mais perto da escola do que do muro, e estava escondido nas sombras embaixo das grandes árvores, então ele não tinha me visto. Mas ele não estava atento às sombras. Ele corria ao ar livre e, apesar de a lua não estar cheia, a noite estava clara e o grande crescente fornecia tanta luz prata-azulada que, no momento em que ele se aproximou, pude ver o seu rosto.

Aurox era definitivamente o que qualquer garota chamaria de um cara gostoso. Bem, qualquer uma que não soubesse que ele era algum tipo de criatura assassina disfarçada na pele de um garoto. Então eu me lembrei de como um monte de novatas o tinha cercado depois que ele matou o Raven Mocker. Imagino que elas não se importavam se a pele dele era real ou um disfarce. Senti um frio na espinha e estremeci. Eu me importava. Eu me importava muito com o que estava por baixo da pele dele.

Os olhos dele eram super estranhos. Eu já havia reparado antes. Ironicamente, naquela luz eles me lembravam a lua, ou pelo menos aquelas rochas chamadas de pedras da lua – só que os olhos dele brilhavam, quase incandescentes.

Coloquei minha mão devagar na minha pedra da vidência. Senti meu coração se acelerar. *O que Aurox tem que me assusta tanto?* Eu não sabia, mas realmente acreditava que precisava derrotar esse medo. Eu precisava olhar através da pedra da vidência e ver o que quer que fosse que a pedra revelasse para mim – Trevas ou Luz, Bem ou Mal. Comecei a erguer a pedra e foi então que eu percebi.

A sombra dele, projetada contra o muro de pedra da escola, não espelhava o corpo alto e musculoso de um garoto humano. A sombra de Aurox era a de um touro.

Eu devo ter engasgado, devo ter feito algum barulhinho, porque os seus olhos incandescentes me encontraram imediatamente. Ele mudou a direção para onde estava indo e veio diretamente para mim.

Deslizei a pedra da vidência para dentro da minha blusa e tentei manter a respiração normal e fazer meu coração parar de querer pular para fora do meu peito.

Quando ele estava a apenas poucos metros de mim, não consegui evitar. Levantei e fui para trás do banco de ferro forjado. Sei que parece idiota, mas de algum modo me senti melhor por ter alguma coisa, qualquer coisa entre nós.

Ele parou e olhou para mim por alguns segundos sem falar nada. Ele tinha uma expressão de curiosidade bizarra, como se nunca tivesse visto uma garota antes e estivesse tentando imaginar que diabo eu era – apesar de essa analogia ser ridícula.

– Hoje você não está chorando – finalmente ele disse.

– Não.

– Você deveria estar na aula – ele falou. – Neferet ordenou que todos os novatos fossem para a aula.

– Por que você projeta a sombra de um touro? – perguntei sem pensar, como uma débil mental, e então tive vontade de dar um tapa na minha boca. *Caramba, o que há de errado comigo?*

Ele enrugou a testa e olhou para o local ao seu lado no chão onde a sua sombra –completamente humana e normal – virou a cabeça ao mesmo tempo.

– Minha sombra não é a de um touro – ele afirmou.

– Era a sombra de um touro antes, quando você estava correndo ao lado do muro. Eu vi – argumentei, perguntando a mim mesma como eu podia soar tão calma e certa quando aos meus próprios ouvidos eu parecia totalmente louca.

– O touro é parte de mim – ele respondeu, e pareceu tão surpreso com a sua resposta quanto eu tinha ficado com a minha pergunta.

– O touro branco ou o touro preto? – eu quis saber.

– De que cor era a minha sombra? – ele contra-atacou.

Eu franzi a testa e olhei para a sua sombra escura e humana.

– Preta, é claro.

– Então meu touro é preto – ele falou. – Você precisa voltar para a aula. Neferet ordenou.

– Zoey, está tudo bem aqui?

A voz de Stark me fez dar um salto. Virei a cabeça e o vi andando rapidamente na minha direção, segurando com disfarçada indiferença o arco com uma flecha engatilhada.

– Sim, tudo bem – respondi. – Aurox estava me dizendo que eu tenho que ir para a aula.

Stark deu um olhar duro para Aurox.

– Eu não sabia que você era professor nesta escola.

– Estou seguindo a ordem de Neferet – Aurox disse. Ele falou no mesmo tom de antes de Stark aparecer, mas a sua linguagem corporal tinha mudado totalmente. Ele parecia maior, mais agressivo, mais perigoso.

Felizmente, o sino que sinalizava o fim da primeira aula soou.

– Ah, ops, parece que não vou conseguir assistir à primeira aula. Mas é melhor eu chegar na hora para a segunda aula – dei as costas para Aurox e fui em direção a Stark, entrelaçando meu braço no dele. – Você me acompanha até a aula de teatro?

– Com certeza – ele falou.

Nenhum de nós disse nada para Aurox.

– Ele assusta você – Stark disse quando já estávamos longe o bastante para que Aurox não pudesse ouvir.

– Sim.

Stark abriu a porta do prédio principal da escola, que dava para o corredor comprido em que ficava a maioria das salas de aula. O lugar estava lotado, repleto de novatos trocando de salas, mas ele manteve sua voz baixa e ficou bem perto de mim, de modo que só eu ouvisse.

– Por quê? Ele fez alguma coisa?

– Ele projeta a...

Perdi as palavras quando uma vampira alta de cabelos escuros saiu da classe de Neferet para o corredor e ficou diante de nós. Stark e eu paramos. No começo, era difícil acreditar no que eu estava vendo, e tive vontade de esfregar os olhos para ver melhor. Então Stark cruzou seu punho sobre o coração e se curvou profundamente, arrancando-me do meu sonho de olhos abertos. Segui seu exemplo, enquanto ele dizia:

– *Merry meet*, Thanatos.

– Ah, Stark, Zoey, *merry meet*. Fico feliz de ver que vocês dois estão tão bem.

– O que você está fazendo aqui? – perguntei de um jeito muito mais direto do que deveria.

Ela ergueu suas sobrancelhas negras, mas pareceu mais divertida do que ofendida.

– Estou aqui porque o Conselho Supremo decidiu que os novatos muito especiais – ela fez uma pausa e olhou para Stark – e os vampiros daqui merecem uma atenção especial.

– O que isso significa? – perguntei.

Os garotos que passavam por nós no corredor estavam olhando embasbacados e sussurrando. Vi Damien esticar o pescoço para fora da porta da classe da sua segunda aula, e sua boca fez um redondo e surpreso "Oooooh!" quando ele viu Thanatos.

– Isso significa que, se você faltar na sua primeira aula na segunda-feira, vai perder o ensinamento de Thanatos – Neferet veio da porta aberta da sua classe. Ela falou com a mesma severidade que qualquer professor normal teria usado com um aluno que faltou na sua aula, mas os olhos dela diziam outra coisa. Senti a tensão no corpo de Stark e imaginei que as Trevas estavam totalmente em volta dela.

– Quero acreditar que Zoey é madura o bastante e tem uma excelente razão para não ter vindo à aula hoje – Thanatos sorriu para Neferet, e seu tom era obviamente protetor.

O rosto de Neferet pareceu congelar. Sua resposta sorridente pareceu irritadiça.

– Eu também gostaria de acreditar. Seja como for, na segunda-feira você vai cuidar de Zoey e todos os outros estudantes especiais que você gostaria de incluir. Há uma sala de aula livre no final deste corredor à direita. Agora, se você me dá licença, preciso me certificar de que um quarto esteja sendo preparado para a sua estadia indefinida.

– É claro que eu dou licença, e gostaria de me desculpar de novo por chegar sem avisar e por realmente não saber quanto tempo vou ficar com vocês aqui nesta adorável Morada da Noite de Tulsa. Simplesmente, estamos vivendo tempos incomuns. *Merry meet, merry part e merry meeet again*[1], Neferet – Thanatos disse.

Neferet cruzou o punho sobre o coração e abaixou levemente a cabeça, murmurando as palavras de despedida enquanto se afastava apressadamente.

– Ela não ficou feliz com a minha presença – Thanatos afirmou.

– Você sabia que ela não ficaria – eu disse em voz baixa. Durante o tempo que passamos em Skye, Stark tinha me contado que ele encontrara em Thanatos uma aliada, tanto que ele e o resto dos meus amigos haviam feito confidências para a vampira que tinha afinidade com a morte e contado a ela tudo que sabiam sobre Neferet.

Thanatos assentiu.

– Eu sabia, apesar de ficar feliz em ser voluntária para esta missão. O equilíbrio entre o Bem e o Mal neste mundo está em questão, e eu acredito que as respostas podem ser encontradas aqui, nesta Morada da Noite.

O sino começou a soar.

– Ah, que inferno! – falei e então acrescentei rapidamente: – Desculpe. Ahn, vou me atrasar para a aula.

– Termine suas aulas hoje, Zoey. Estou ansiosa para vê-la na primeira aula de segunda-feira – Thanatos sorriu para Stark. – Jovem guerreiro, eu só tenho poucas malas no meu carro. Você poderia me ajudar, por favor?

– Sim, é claro – ele sorriu e acenou para mim, enquanto eu cruzava meu punho sobre o coração e me curvava para Thanatos.

---

1 Merry meet, merry part e merry meet again é uma saudação pagã que significa "feliz encontro, feliz partida e feliz reencontro". (N.T.)

Então eu corri pelo corredor e entrei rapidamente na sala de teatro, olhando para Erik com cara de *sinto muito mesmo.*

Ele franziu os olhos para mim, mas felizmente não disse nada. Na verdade, ele praticamente me ignorou e me deixou ficar sentada ali, olhando para o nada e pensando se eu preferia que as horas passassem rápido até o fim das aulas ou se eu deveria ter medo do que viria em seguida.

Eu estava mais inclinada para o lado do medo...

Olhei para a comida no meu prato do almoço e, apesar do estresse que eu estava sentindo, sorri.

– Espaguete – suspirei de alegria verdadeira. – E refrigerante marrom e pão de alho com queijo. Sério, hummm.

– Eu sei. Senti muita falta da comida daqui – Stevie Rae sorriu e deslizou para o lado para que eu e Stark pudéssemos sentar perto dela e de Rephaim.

Percebi que Rephaim estava com a boca cheia, mastigando rapidamente. Ele encontrou meus olhos, sorriu e, mostrando espaguete demais, murmurou:

– Está bom.

– Então pássaros comem espaguete? – Aphrodite perguntou enquanto se acomodava no banco à frente de nós quatro.

– Ele não é um pássaro – Stevie Rae disse com firmeza.

– Não neste momento – Aphrodite respondeu.

Damien chegou apressado e cutucou Aphrodite, que franziu os olhos para ele, mas abriu espaço.

– Tá bom, *aimeudeus.* Eu estava quase morrendo de vontade de falar com vocês. O que Thanatos está fazendo aqui?

– *Hello*, vocês têm olhado suas correspondências ultimamente? – Aphrodite falou, agitando no ar um papel que parecia muito oficial e tipo um informativo da escola. – Minha intuição me diz que vocês receberam a mesma alteração no horário que eu. As compartilhadoras de cérebro receberam.

As gêmeas de juntaram a nós.

– Pare de nos chamar disso – Shaunee afirmou.

– É, a gente não compartilha o cérebro. Nós compartilhamos a alma. As duas coisas são muito diferentes – Erin explicou.

– Por favor, como se compartilhadoras de alma fosse bom! – Aphrodite balançou a cabeça e revirou os olhos.

– Começando na próxima segunda, Thanatos vai dar uma aula especial no primeiro horário – eu me intrometi antes que começasse uma guerra mundial. – Todos nós provavelmente vamos receber mudanças de horário.

– Eu recebi – Rephaim disse ainda de boca cheia. – Eu vi antes de entrar na primeira aula.

– Ah, foi por isso que você chegou tão atrasado – Damien falou. – Eu não queria perguntar.

– Atrasado? – Stevie Rae perguntou. – Você sabe que os professores ficam irritados se a gente se atrasa.

Rephaim olhou para mim.

Eu olhei para ele.

Ele engoliu o espaguete que enchia sua boca.

– Meu pai esteve aqui.

– O quê? Kalona? Aqui? – Stevie Rae quase gritou. Os garotos nas mesas próximas nos olharam curiosos.

– É isso mesmo – Aphrodite levantou a voz, parecendo tipicamente irritada. – É em Barcelona que estão todas as melhores lojas de sapatos, não aqui. Se liga, caipira – então ela abaixou a cabeça e sussurrou: – Não é uma boa ideia falar sobre isso em público, o que significa em lugar nenhum exceto nos túneis.

– Rephaim, você está bem? – Stevie Rae perguntou em um tom de voz muito mais baixo.

– Sim. Eu não estava sozinho. Zoey estava comigo – ele respondeu carinhosamente.

Stevie Rae piscou os olhos, surpresa.

– Z.?

– É isso mesmo. Eu estava com ele o tempo todo. Foi tudo bem. Quer dizer, tão bem quanto possível quando Aquele que Não Deve Ser Nomeado está envolvido – sussurrei.

– Ah, que merda. Isto aqui não é Hogwarts[2] – Aphrodite disse.

– Eu queria que fosse – Erin falou.

Então Shaunee fez uma coisa que me chocou mais do que a visita de Kalona. Ela não ecoou a sua gêmea. Em vez disso, com uma voz nada típica de gêmea, falando baixo, ela perguntou:

– Você ainda se importa com ele, não é?

Rephaim assentiu levemente.

– Gêmea? Hogwarts? – Erin falou, parecendo um pouco perdida.

– Gêmea, isto aqui é mais importante – os olhos de Shaunee encontraram Rephaim de novo. – Pais são importantes.

– Eu não sabia que você era tão próxima do seu pai – Stevie Rae comentou.

– E não sou – Shaunee revelou. – É por isso que eu entendo como eles são importantes. O fato de não ter um pai que presta atenção em você não significa que você não gostaria que eles fossem diferentes.

– Hum – Erin disse, ainda parecendo confusa. – Eu não sabia que você se incomodava com isso, gêmea.

Shaunee encolheu os ombros e pareceu desconfortável.

– Não gosto de falar muito sobre isso.

– Ele foi maldoso? – Erin perguntou para Rephaim.

Rephaim deu uma olhada para mim.

– Não muito.

– Acho que Aphrodite está certa. A gente tem que falar sobre isso sem se preocupar se estamos sendo ouvidos. Agora vamos terminar o almoço e depois todo mundo tem que ir até a sua caixa de correspondências conferir as mudanças de horário, e isso inclui os novatos vermelhos – eu afirmei.

---

2 Hogwarts é a escola de bruxos da série Harry Potter, e Aquele que Não Deve Ser Nomeado é como os personagens se referem ao vilão Lord Voldemort. (N.T.)

– O grupo de Dallas já recebeu as suas mudanças de horário – Aphrodite falou. – Eu ouvi quando eles falaram sobre isso na aula de artes.

Olhei para Stevie Rae. O rosto dela tinha ficado realmente pálido.

– Todos nós vamos estar com você – eu disse. – E Thanatos é uma vampira poderosa, membro do Conselho Supremo. Ela não vai deixar que nada aconteça.

– Shekinah era líder do Conselho Supremo e ela foi assassinada no seu primeiro dia aqui, lembra? – Stevie Rae perguntou.

– Ela foi morta por Neferet e não por algum novato vermelho irritante e imbecil – respondi.

– As novatas vermelhas me dão nos nervos também – Aphrodite acrescentou. – Aquela vaca da Nicole precisa levar um puxão de cabelo desde a raiz, que provavelmente tem uma cor diferente do resto daquela bagunça na cabeça dela.

– Odeio quando eu concordo com você – Stevie Rae comentou.

– Bem, caipira, até você pode estar certa de vez em quando.

– Será que a gente pode parar com isso agora e comer o resto do nosso espaguete? – perguntei. – Só faltam duas horas para acabarem as aulas, e então nós podemos voltar para a estação e vamos ter todo o final de semana para pensar nessas coisas.

– É uma boa ideia – Damien me apoiou. – Durante a próxima aula, vou pesquisar em livros e arquivos sobre algumas das questões que estamos tentando responder. A professora Garmy me deu permissão para ir até o centro de mídia durante a aula de espanhol. Já sou realmente bom na conjugação dos verbos, e é isso que ela vai ensinar hoje.

– Eca – eu falei. Todo mundo na mesa (menos Damien) assentiu, concordando com a minha conjugação de "eca", apesar de as gêmeas parecerem fora de sincronia e de Erin continuar olhando para Shaunee com uma expressão que se alternava entre confusa e contrariada.

E isso resumia muito bem o resto do dia: confusão, contrariedade e totalmente eca.

16

Zoey

– Gosto do cavalo dele – eu disse para Lenobia.

– Eu também gosto do cavalo dele – Lenobia falou, apesar de parecer que ela odiava admitir isso.

Nós estávamos em pé no curral, um pouco afastadas do grupo que se aglomerava em volta de Travis e da sua Percherão gigante, Bonnie. O cowboy estava demonstrando para um público muito atento de novatos (além de Darius, Rephaim e Stark) como usar uma lança e uma espada montado em um cavalo.

– Então isso é tudo o que ela pode fazer? – Johnny B. perguntou. – Tipo, trotar, ou seja lá o que for, de um lado para o outro em linha reta?

Montado em Bonnie, o cowboy parecia milhões de vezes mais alto. Nessa hora, ele tinha uma lança comprida na mão e eu pensei por um instante se ele ia usá-la para atravessar o espertinho Johnny B., que devia ter músculos no lugar do cérebro. Mas Travis apenas colocou o chapéu para trás, descansou a lança no colo e respondeu:

– Minha garota pode fazer tudo que um cavalo menor faz. Ela tem todos os andamentos: passo, trote, marcha e galope – ele olhou de relance para Lenobia e deu um sorriso oblíquo. – Bem, Bonnie não pode se virar de um jeito tão ágil quanto um Quarto de Milha. Ela não pode correr tanto e tão rápido quanto um Puro Sangue. Mas ela pode abrir uma trilha com os melhores deles. Não se esqueça de que ela pode me carregar junto com um monte de armaduras e armamentos e colocar uma casa abaixo.

Tudo ao mesmo tempo. Subestimá-la seria um erro – ele disparou outro olhar para Lenobia e acrescentou: – Mas subestimar fêmeas em geral não é uma boa ideia, garoto.

Disfarcei minha risada com uma tosse.

Lenobia olhou para mim.

– Não o encoraje. Ele já está sendo cortejado pelos novatos o dia inteiro. As garotas querem namorá-lo. Os garotos querem ser ele. Ele está me dando dor de cabeça.

– Então você gosta um pouco dele?

Eu estava estremecendo com o olhar gelado de Lenobia quando Travis levantou a voz:

– Bem, você teria que perguntar para a professora ali sobre isso, mas eu toparia sim um estudo do meio.

Ahn? Estudo do meio? Agucei meus ouvidos.

– Nós fazemos estudos do meio? – voltei-me para Lenobia.

– Não, desde que nós começamos a lutar contra o mal, não temos feito – Lenobia disse em voz baixa. Então ela levantou a voz e começou a andar em direção a Bonnie e seu cowboy. – Desculpe, Travis, eu não estava ouvindo. O que você perguntou?

– Um dos garotos queria ver Bonnie em ação fazendo uma trilha. Eu gostaria de levar alguns deles comigo e uns cavalos em uma noite clara. Eu cresci nos arredores de Sapulpa e conheço as velhas trilhas do petróleo nas montanhas de lá como a palma da minha mão.

Eu vi Lenobia tomar fôlego e tinha certeza de que ela ia explodir com tanta força com o cowboy que ia mandá-lo para a estratosfera, quando Ant, o mais baixinho dos novatos vermelhos, ergueu muito o braço e, parecendo totalmente fascinado, acariciou o nariz de Bonnie, dizendo:

– Uau! Uma trilha? Como cowboys costumam fazer? Isso seria incrível – com uma adoração óbvia nos seus olhos, ele se virou para Lenobia. – Professora, nós podemos fazer isso mesmo?

Acho que aquilo me tocou quase ao mesmo tempo em que tocou Lenobia – Ant só estava pedindo para fazer coisas normais de escola: um estudo do meio e ser um garoto, e não morrer, desmorrer, lutar contra imortais e seus monstros tipo bicho-papão e se preocupar em salvar o mundo.

– Talvez. Vou ver se consigo incluir isso no meu planejamento de aulas. Já tivemos muitas mudanças ultimamente – Lenobia falou com sua voz de professora.

Johnny B. suspirou.

– Mudanças. Isso significa que a gente desmorreu, voltou para a escola e atrapalhou os horários de aulas.

– Na verdade, provavelmente a professora se refere mais a mim do que a vocês – Rephaim disse. – Eu sou a razão pela qual Stark e Darius tiveram que começar uma nova turma aqui no estábulo.

– Ambos estão certos e errados – Lenobia afirmou incisivamente. – Vocês mudaram as coisas nesta Morada da Noite, mas isso não é necessariamente negativo. Gosto de ver a mudança como algo positivo. Ela evita a estagnação. E eu estou gostando de ter as aulas dos guerreiros no meu estábulo. Como Travis demonstrou com tanta competência hoje, guerreiros e cavalos têm uma história longa e rica juntos.

Vi o olhar surpreso de Rephaim e sua tentativa de sorriso. Então o sino soou e, antes que todo mundo saísse correndo pela porta, Travis gritou:

– Oooa, calmá lá, pessoal! Ninguém sai do estábulo até tudo estar no lugar certo. Vocês aí ajudem Stark e Darius a guardar as armas e os alvos – então ele apontou para Rephaim e Ant. – Você e você... ajudem-me a tirar os arreios de Bonnie e a limpá-la. Ela já trabalhou muito por hoje.

Todo mundo se mexeu rapidamente. Lenobia hesitou um pouco e então assentiu para si mesma, virou-se e desapareceu dentro do seu escritório.

Hum. Então agora, com a aprovação de uma professora vampira mais do que durona, um cowboy humano estava dizendo a um ex-Raven Mocker, a alguns caras ressuscitados e a um monte de novatos o que fazer. Hum.

Depois que reunimos todos os garotos, pegamos o micro-ônibus e voltamos para a estação, já eram quase seis da manhã. Até eu estava cansada e inacreditavelmente feliz que era final de semana. Juro que eu não queria fazer nada além de dormir, assistir a coisas *trash* na TV e talvez dar uma leve decorada nos túneis. Eu só estava pensando no meu cobertor azul grosso (que eu tinha pegado junto com as minhas roupas e coisas do meu quarto no dormitório, socadas em uma caixa de papelão), e em como seria gostoso ficar embaixo dele agarradinha com Stark e Nala, quando Stevie Rae cortou o meu barato.

– A gente tem que se apressar – ela gesticulou para mim, Rephaim, Stark, Darius, Aphrodite, as gêmeas e Damien. – Vai amanhecer daqui a mais ou menos uma hora e meia. Rephaim e Zoey precisam nos contar as coisas sobre Kalona.

Suspirei.

– Tudo bem. Na cozinha.

Demorou ainda um tempo até conseguirmos liberar a cozinha de novatos famintos e enviá-los para seus quartos.

– Isso não vai funcionar por muito tempo. A gente precisa de um lugar para nossas Reuniões do Conselho sem idiotas se metendo nos nossos assuntos – Kramisha disse, franzindo a testa para Johnny B., que estava tentando ver quantos Cheetos ele podia enfiar na boca de uma vez.

– Muh uh mu – Johnny B. resmungou por entre os Cheetos.

– Tire sua bunda daqui! A gente tem coisas pra discutir – ela balançou a cabeça e acabou tocando Johnny B. da cozinha junto com os últimos novatos vermelhos. Então Kramisha nos encarou. – Não. Eu não vou embora.

– Ah, que merda, você tem outro poema? – Aphrodite perguntou.

– Eu li na revista *People* que negatividade dá rugas – Kramisha respondeu para Aphrodite. – Você deveria rever sua atitude quando se olhar no espelho. Porque eu sei que você adora passar um tempo na frente do espelho – ela fez um pequeno "eca" e então seu olhar se voltou para Stevie Rae e para mim. – O poema veio para mim na aula de latim.

– Latim? Fala sério – Aphrodite falou. – O seu inglês já não é grande coisa.

– *Non scholae sed vitae discimus*[1] – Kramisha afirmou tranquilamente.

Houve um silêncio enorme, então Stevie Rae disse:

– Caramba, latim sempre soa tão inteligente. Bom trabalho, Kramisha.

– Obrigada. É legal ser valorizada pela minha Grande Sacerdotisa. Enfim... – ela vasculhou sua bolsa gigantesca até encontrar seu bloquinho roxo. Então ela pegou o papel, aproximou-se da mesa e o colocou ali em cima com força bem na minha frente. – Este é para você.

– Por quê? – perguntei antes que eu conseguisse calar a boca.

Kramisha deu de ombros.

– Não sei, mas você deve ler.

– Seria bem mais útil se você pudesse pegar um pouco mais de informações quando esses poemas "vêm para você" – Aphrodite fez aspas com a mão sarcasticamente.

– Rugas – Kramisha replicou sem nem olhar para ela.

– Está bem, eu vou ler – peguei o papel e então dei uma olhadinha para o meu grupo que me encarava. – Sim, em voz alta – e então eu li:

As formas das linhas divisórias – feitas de:
Lágrimas de Dragon
Anos perdidos
Medos superados
O paradoxo do fogo e do gelo
Vistas com a Visão Verdadeira,
As Trevas nem sempre equivalem ao Mal
A Luz nem sempre traz o Bem.

Enquanto eu lia as duas últimas linhas, meu estômago se contraiu. Levantei os olhos para Kramisha.

1 A frase em latim significa "não aprendemos para a escola, mas para a vida". (N.T.)

– Você estava certa. Eu devia ler isto.

– Como você sabe? – Stark perguntou.

– As últimas linhas... a parte que começa com as Trevas... foi o que Nyx me disse um pouco antes de beijar minha testa e completar o meu crescente no dia em que fui Marcada.

– E o resto do poema significa alguma coisa para você? – Damien quis saber.

– Bem, não sei. Todos nós sabemos por que Dragon estaria chorando – quando eu disse isso, Rephaim encolheu os ombros e eu dei um olhar rápido de desculpas para ele. – O trecho dos anos e medos pode ter a ver com Dragon também. Claramente, nós vamos ter que envolver Shaylin nisso, por causa da parte da Visão Verdadeira, e eu nem sei muito bem o que é um paradoxo – suspirei. – Então, em outras palavras, não, eu não tenho a menor ideia do que significa o resto do poema.

– Um paradoxo é uma afirmação ou situação que é contraditória, mas verdadeira – Damien explicou.

– Ahn? – perguntei.

– Vamos lá, um exemplo: o paradoxo da guerra é que você tem que matar pessoas para que pessoas parem de ser mortas.

– Deus, eu odeio linguagem figurada – Aphrodite protestou.

– Mas você é inteligente, minha bela. Quando você concentra sua mente em algo, você entende – Darius disse.

– O paradoxo pode ter algo a ver com Kalona e Rephaim – Shaunee de repente se manifestou.

– O que você quer dizer? – Stevie Rae perguntou.

– Gêmea? Você está bem? – Erin falou.

– Estou – Shaunee respondeu e então continuou: – O que eu quero dizer é que esta é uma situação paradoxal, não é? Para que Rephaim prove que ele mudou de lado e que agora é do Bem, ele precisa dar as costas para o seu pai, e isso é uma coisa que normalmente seria considerada má.

– Você pode ter razão – Damien sugeriu.

– Ela é fogo – Aphrodite lembrou.

Eu pisquei surpresa.

– E Kalona é gelo – afirmei.

– Mas a minha gêmea não tem nada a ver com Kalona – Erin disse.

– Sim, ela tem – Rephaim argumentou. – Ela entende como eu me sinto em relação a ele, especialmente depois de hoje.

– Rephaim, eu sei que você quer que o seu pai seja um cara legal e ame você, mas você precisa desistir disso – Stevie Rae falou. Pude ouvir a frustração na voz dela.

– Por favor, conte para ela sobre hoje – Rephaim me pediu.

Eu contive um suspiro.

– Kalona quer uma trégua com a gente – depois da reação indignada de todos, dizendo "de jeito nenhum" e "ah, por favor" (bem, todos exceto Rephaim e Shaunee), eu continuei a explicar exatamente o que tinha acontecido entre mim, Kalona e Rephaim. E concluí, dizendo: – Então, não, eu não acho que a gente pode confiar nele, mas uma trégua com ele não é necessariamente uma coisa má.

– Rephaim não pode contar nossos assuntos para ele – Kramisha acrescentou, dando um olhar duro para Rephaim.

– Sim, a gente já conversou sobre isso. Certo, Rephaim? – eu perguntei.

– Não vou contar nossos segredos para o meu pai – Rephaim respondeu.

– Mas é mais do que isso – Stark disse. – Não é um segredo que a gente está vivendo aqui, mas isso é uma coisa que Kalona não precisava saber.

– Se não é um segredo, meu Pai poderia ter descoberto em qualquer lugar – Rephaim replicou.

– É, pode ser. Mas você já pensou que talvez, se ele realmente tivesse saído de Tulsa e ido para algum lugar no oeste, pensando que você estava na Morada da Noite rodeado de Filhos de Erebus, ele continuasse voando para o oeste e a gente ficaria livre dele? – Stark perguntou.

– Isso não ia acontecer. Meu pai não ia me deixar.

– Ele já deixou! – Stevie Rae explodiu de repente. Ela se levantou e abraçou a si mesma, como se estivesse tentando manter suas emoções sob controle. – Ele o deixou quando você escolheu o Bem. Ele só voltou agora porque os seus irmãos não conseguiram fazer você espionar para ele. Então agora ele resolveu tentar sozinho.

– Espionar? – Darius quis saber.

Rephaim estava olhando para Stevie Rae como se ela tivesse dado um tapa na cara dele, mas ele respondeu a Darius.

– Sim. Foi isso o que meus irmãos vieram me pedir. Eu recusei um pouco antes de Dragon e a criatura Aurox me encontrarem.

– Olha só, como eu já disse, está claro que a gente não deve confiar em Kalona, mas eu realmente acho que o que ele disse hoje faz sentido. Se Neferet é imortal e só pode ser destruída por ela mesma, então nós definitivamente precisamos de ajuda para descobrir como colocá-la nessa direção – fiz uma pausa e então acrescentei: – Eu também acho que nós podemos confiar em Rephaim, apesar de ele amar seu pai.

– Kalona é uma bomba-relógio – Stark opinou.

– Assim como você já foi uma. Assim como eu já fui – Rephaim afirmou.

Stevie Rae soltou seus braços que a envolviam e pegou a mão de Rephaim.

– Eu já fui uma bomba-relógio também, Rephaim, assim como vocês. Mas nós três escolhemos a Luz. O seu pai não. Por favor, você precisa se lembrar disso.

– De novo, eu concordo com a caipira – Aphrodite disse.

– Eu também – Erin falou.

Houve uma óbvia pausa quando Erin olhou para Shaunee, que não ecoou a sua gêmea nem encontrou o olhar dela.

– Bem, é um milagre. Alguém ligue para o Vaticano – Aphrodite ironizou.

Com a mão que Stevie Rae não estava segurando, Rephaim estendeu o braço e pegou o poema de Kramisha do outro lado da mesa. Ele olhou para baixo e então leu:

– "As Trevas nem sempre equivalem ao mal. A Luz nem sempre traz o bem." Talvez as coisas não sejam exatamente o que aparentam.

– Eu sei de uma coisa que com certeza é exatamente o que aparenta – afirmei. – Eu estava lá no Mundo do Além quando Kalona perguntou a Nyx se ela iria perdoá-lo. A Deusa disse que só depois que ele fosse digno de perdão. Ele não é, Rephaim.

– Ainda – Shaunee disse suavemente.

– Ainda – Rephaim ecoou.

– Ainda? – Erin perguntou, balançando a cabeça.

– Certo, então o negócio é este: até Kalona ser digno de pedir o perdão de Nyx, nós não podemos confiar nele. Podemos ter uma trégua com ele, mas de acordo com o lema "o inimigo do meu inimigo é meu amigo" – falei, esperando que eu tivesse citado o provérbio corretamente. – Ponto final.

– Mas não confiar nele não significa não ter esperanças – Shaunee acrescentou.

– Não, não significa isso – concordei devagar, odiando o olhar triste e resignado que a minha melhor amiga deu para Rephaim.

– Eu não vou decepcioná-la – Rephaim disse primeiro para Stevie Rae e depois voltando-se para o resto de nós. – É como Shaunee falou: eu posso ter esperanças, mas não vou confiar nele.

– Ele vai partir seu coração – Stevie Rae o advertiu.

– Tarde demais para se preocupar. Meu pai já fez isso – ele respondeu. E então um tremor atravessou o corpo de Rephaim. Juro que vi a pele dele se ondular. – O amanhecer – ele se levantou e beijou Stevie Rae suavemente. – Tenho que ir. Eu te amo.

– Eu vou com... – Stevie Rae começou a falar, mas parou no meio. – Não, você não quer que eu vá. Tudo bem. Eu sei que isso é algo que você tem que fazer sozinho – ela ficou na ponta dos pés e deu um beijo rápido nele. – Vá logo antes que você fique preso aqui embaixo.

Rephaim assentiu e então saiu correndo da cozinha.

– Hum. Então ele vai e se transforma em um pássaro? Simples assim? – Aphrodite perguntou.

– Tirando o fato de que isso o machuca e o humilha, sim, simples assim – Stevie Rae respondeu e, com um pequeno soluço, ela também se retirou da cozinha.

– Ah, que merda, eu só estava perguntando. Ela não precisa ficar tão sensível por causa disso.

– Como você se sentiria se Darius virasse um pássaro todo dia? – eu a questionei, tentando (inutilmente) fazer que ela se colocasse no lugar de Stevie Rae.

– Irritada. Eu gosto de ficar de conchinha – Aphrodite disse. Ela pareceu estar pensando em algo, então acrescentou: – Sabe, ela podia tentar colocá-lo em uma gaiola grande, bem grande mesmo, um pouco antes de amanhecer. Talvez ela conseguisse domesticá-lo.

Todos nós olhamos embasbacados para ela.

– O que foi? É uma ideia.

– Uma ideia que seria melhor você guardar para si mesma – Damien respondeu.

– Então isso significa que eu devo ou não acrescentar a gaiola à longa lista de compras que vou fazer para dar uma melhorada no lar neste final de semana?

– Eu digo "acrescente" se você me deixar ajudar a terminar a lista – Kramisha falou.

– Vou conversar com a minha melhor amiga – eu afirmei. – Vocês duas comprem à vontade, mas não sejam maldosas.

– Ei, se está tudo bem, vou para a cama – Stark disse. – Posso sentir o sol sugando minhas energias.

Forcei um sorriso e o beijei.

– Claro, daqui a pouco eu vou para lá.

– Não precisa ter pressa. Certifique-se de que Stevie Rae está bem – ele mal olhou para mim e acenou para o resto dos garotos, enquanto saía pesadamente da cozinha.

Ele já estaria dormindo quando eu fosse para a nossa cama. Isso fez que eu me sentisse estranha, como se de repente eu estivesse tendo um relacionamento com um homem velho que não conseguia ficar acordado. Mas eu me sacudi mentalmente para afastar essa sensação e me despedi do pessoal, apressando-me em direção ao pequeno quarto arrumado de Stevie Rae.

Ela estava sentada na cama, chorando e abraçando Nala.

– Ei, minha menina – eu falei, sentando-me ao lado delas e acariciando Nala. – Você está cuidando de Stevie Rae?

Isso fez minha melhor amiga sorrir entre lágrimas.

– É, ela já estava aqui. Ela finge que é toda ranzinza, mas pulou no meu colo e, depois de se esfregar em mim, colocou as patas no meu peito e o seu rosto junto ao meu e começou a ronronar.

– Nal é boa no trabalho dela – eu afirmei.

– Trabalho? – Stevie Rae fungou e pegou um lenço de papel na caixa ao lado da cama.

– Gata Terapeuta. Quando ela está no modo profissional, gosto de pensar nela como a Doutora Nal.

– Ela cobra por hora? – Stevie Rae perguntou enquanto acariciava Nala, que tinha definitivamente colocado o volume da sua máquina de ronronar no máximo.

– Sim. Ela trabalha em troca de gatária[2]. Muita gatária.

Stevie Rae sorriu e enxugou os olhos.

– Vou me lembrar de arranjar bastante gatária.

– Você não quer ligar para a sua mãe? Isso não vai fazer você se sentir melhor?

– Nããão, ela está ocupada dando café da manhã para os meus irmãos. Eu estou bem.

Dei para ela O Olhar.

– Eu vou ficar bem. Só que estou tão preocupada com Rephaim. Sei que vocês não conseguem esquecer que ele é um Raven Mocker, mas eu queria que vocês entendessem que ele realmente não é mais do Mal. Desde que

2 Gatária ou erva-dos-gatos é uma planta que exerce forte poder de atração sobre os felinos. (N.T.)

Nyx o transformou, ele é só um garoto normal durante o período da noite. E ele não sabe muita coisa sobre ser um garoto. Z., eu tenho medo de Kalona fazer alguma coisa que o faça se atrapalhar, e então a humanidade dele vai ser retirada – ela explodiu em lágrimas barulhentas.

Eu a puxei em um grande abraço, que incluía a reclamona Nala.

– Não, meu bem! Isso não vai acontecer. Quando a Deusa concede um dom, ela não o retira, mesmo que o livre-arbítrio faça que a pessoa se atrapalhe toda. Quero dizer, Neferet é o exemplo perfeito. Ela está totalmente no caminho errado e ainda tem um monte de poderes dados pela Deusa. Rephaim vai continuar sendo um garoto à noite. O que você tem que fazer é decidir se você consegue viver com a fraqueza que o lado humano dele tem.

– Mas amar não é uma fraqueza – ela disse.

– Amar a pessoa errada é – eu respondi.

Ela arregalou os olhos e mais lágrimas jorraram deles.

– Você acha que é errado eu amá-lo?

– Não, meu bem. Acho que é errado ele amar Kalona, e isso o torna fraco – fiz uma pausa e admiti em voz baixa: – Eu entendo disso. Já me senti assim. Você sabe que eu já achei que amava Kalona, e isso me fez acreditar que ele estava mudando.

– É, eu percebi isso.

– Foi preciso que ele matasse Heath para que eu acordasse – afirmei.

– E se for preciso algo terrível assim para que Rephaim deixe de acreditar que ele vai mudar?

Eu suspirei.

– Talvez Rephaim não ache que Kalona vai mudar, mas sim tenha esperança de que ele mude.

– Há alguma diferença?

– Sim, eu acho que tem uma grande diferença entre acreditar que algo vai acontecer ou apenas ter esperança de que aconteça – respondi. – Dê a Rephaim uma chance para lidar com isso. É difícil e, como você disse, tudo é novo para ele. Simplesmente o ame por um tempo e veja o que acontece. Eu acho mesmo que ele nunca magoaria você de propósito.

– Vou amá-lo e ver o que acontece – ela concordou. Então ela respirou fundo e me abraçou forte, fazendo Nala resmungar e se contorcer.

Stevie Rae e eu rimos para ela e ficamos um tempo acalmando a gata. Então eu disse:

– Bom, vou desmaiar aqui mesmo se eu não for para a minha cama – beijei Nala no topo da cabeça e a entreguei para Stevie Rae. – Fique com a Doutora Nal. Ela é boa de abraçar.

– Obrigada, Z. Você é a melhor.

Eu me inclinei para sair do quarto de Stevie Rae por baixo do cobertor que servia de porta e fui devagar pelo túnel até chegar ao cobertor rosa do Meu Querido Pônei, que eu tinha feito Stark pendurar como a nossa porta. Passei minha mão pela frente macia dele e sorri enquanto me lembrava de como eu gostava de brincar com os Meus Queridos Pôneis e de como mamãe tinha cortado as crinas de alguns deles mais curtas, para que eu soubesse quais eram os meninos e quais eram as meninas.

Mamãe...

Fechei meus olhos e procurei me reequilibrar.

– Espírito, eu preciso de você – chamei em voz baixa. Senti o elemento me preencher quase imediatamente. – Agora você pode ficar comigo um pouquinho, só até eu pegar no sono? – o espírito respondeu minha pergunta com uma sensação repentina de conforto e muito cansaço.

Passei por baixo do cobertor rosa e andei em silêncio até a cama. Eu sabia que ele estaria dormindo. Deitei ao lado dele, puxei meu cobertor azul sobre nós dois e observei Stark por alguns minutos, enquanto eu deixava o espírito me acalmar. Ele estava franzindo a testa em seu sono. Debaixo das suas pálpebras, eu podia ver seus olhos se movendo como se ele estivesse assistindo a uma partida de pingue-pongue. Toquei sua testa suavemente, apenas com a ponta dos dedos, tentando afastar o seu estresse.

– Está tudo bem – sussurrei. – Não tenha sonhos ruins – isso pareceu funcionar um pouco, pois ele soltou um longo suspiro, o rosto dele relaxou e ele me envolveu com um braço, de modo que eu pude me aconchegar mais perto, enquanto eu finalmente caía em um sono profundo e sem sonhos.

Kalona

No começo foi um simples acidente o fato de Kalona ter seguido a trilha do espírito imortal que ele compartilhava com Stark. Ele havia entrado na mente do jovem vampiro facilmente. Mas no decorrer dos dias, enquanto as experiências deles no Mundo do Além desapareciam mais e mais para dentro do passado, Kalona achava o trabalho de invadir o subconsciente de Stark cada vez mais difícil.

A mente do garoto era rebelde.

O espírito invasor de Kalona tinha que ficar quieto e simplesmente observar ou apenas fazer pequenas sugestões para o guerreiro Guardião de Zoey Redbird, senão o subconsciente de Stark resistia e quase sempre cortava o fio que os ligava, ejetando o espírito de Kalona de um jeito bem desconfortável.

É claro que a tendência era tudo ser mais fácil se o garoto estava distraído fazendo amor com Zoey ou quando ele estava dormindo e sonhando.

No começo, Kalona preferia entrar em Stark enquanto ele penetrava Zoey. Isso era, de fato, prazeroso. Mas o sexo era também uma distração de que o imortal alado não precisava. Então, enquanto os dias e noites transcorriam, Kalona retomava uma habilidade na qual ele havia se aperfeiçoado éons[3] atrás: ele entrava nos sonhos de Stark.

No entanto, o imortal não manipulava os sonhos do guerreiro, como ele fizera com Zoey e muitos outros.

Isso seria muito óbvio. Stark perceberia o que estava acontecendo. Se ele ficasse ciente da presença de Kalona, o garoto poderia emprestar o poder dos elementos de Zoey e bloquear Kalona. Ou, no mínimo, Stark estaria prevenido contra ele, e então observar o subconsciente de Stark

3 Éon é um período de tempo que corresponde a um bilhão de anos. (N.T.)

seria quase nada além de uma entediante perda do seu tempo imortal. Permanecer em segredo... agir sutilmente... era isso o que ele precisava fazer. Sim, era muito melhor espreitar em silêncio nos recantos da mente de Stark, sussurrar pensamentos sombrios e escutar às escondidas.

Era uma feliz coincidência que a mente sonhadora do jovem vampiro gostasse de falar sozinha. E era mesmo estranho como o subconsciente de Stark tendia a voltar sempre ao mesmo sonho, em que ele se encontrava em um pequeno pedaço de terra cercado pelo nada e conversava com um reflexo espelhado de si mesmo, que era mais duro e maldoso do que o verdadeiro Stark e a quem ele chamava de o Outro. Stark não encontrava o Outro toda noite, mas, quando isso acontecia, Kalona frequentemente ouvia pedaços interessantes sobre o dia do garoto.

Nesta noite, Kalona estava quase cortando a corda que os ligava, entediado com um sonho banal de Stark relembrando cenas felizes da infância, quando o sonho se alterou e a criança Stark cresceu, mudou e se duplicou. Kalona ficou imóvel e observou as imagens espelhadas começando a conversar.

– Teve um dia de merda, otário?

– Sim, e você é a cereja de bosta no topo deste banana split de merda de dia.

– Ei, Stark, sem problemas. Você pode contar sempre comigo para fazer você cair na real. Então por que a gente não conversa sobre como hoje teria sido muito mais fácil se você tivesse sido macho e não tão legal feito um idiota?

– É, Outro. Eu posso contar sempre com você pra uma coisa: uma péssima atitude.

– É, otário, minha atitude é péssima, mas eu não fico chorando por ter dias ruins. Pode contar com isso.

– Eu também posso contar com o fato de Zoey estar em perigo por causa de pessoas que infelizmente estão perto demais dela.

– Desembucha aí. Você sabe que eu sempre vou bancar o advogado do diabo.

– Esse maldito Rephaim vai acabar me ferrando.

– Diga que você não é retardado o suficiente para confiar nele.

– Eu sou legal, não sou burro.

– Ei, sua bichona, você já pensou no fato de que, se não pode confiar em Rephaim, também não pode confiar em ninguém próximo a ele?

– Como Stevie Rae. Eu sei. Eu esperava ter que observá-la de perto para ter certeza de que ela não ia colocar Zoey em perigo, mas parece que está acontecendo o oposto. Stevie Rae continua pressionando Rephaim para que ele fique longe de Kalona, seja inteligente, fique seguro e nem olhe na cara do louco do pai dele.

– Qual é o problema então?

– Shaunee.

O Outro gargalhou.

– Você quer dizer a metade da dupla de gêmeas? Então as duas estão estressando você. Ei, que tal se, em vez de ficar chorando por causa disso, você der um pé na bunda de Zoey e virar o recheio de um sanduíche de gêmeas? Aquelas duas vacas são gostosas.

– Você é um bosta mesmo. Não vou dar um pé na bunda de Zoey. Eu a amo. E as gêmeas não são o problema. É só Shaunee. Parece que ela tem algum tipo de complexo com o pai e está ajudando Rephaim a colocar lenha na fogueira dele de "Kalona pode mudar".

– A coisa parece feia. É melhor você ficar ligado, otário, ou vai ter merda no ventilador quando...

A cena começou a desaparecer no momento em que uma bonita pluma branca apareceu em cima da cabeça de Stark.

– Está tudo bem... Não tenha sonhos ruins.

Ao mesmo tempo em que as palavras foram sussurradas, a pluma acariciou gentilmente o rosto de Stark, relaxando a sua testa franzida e varrendo para longe a imagem esvanecente do Outro.

Nas sombras mais escuras da mente de Stark, Kalona sorriu e, por ora, cortou a conexão noturna entre eles.

17

Shaunee

– É sério, gêmea. Vá com Kramisha e Aphrodikey. Meu estômago ainda está embrulhado por causa dos Lunchables[1] que comi no café da manhã. Eu preciso ficar aqui, perto do banheiro – Shaunee argumentou.

– Eca, gêmea, bem que eu avisei que esses Lunchables não eram comida de café da manhã – Erin falou.

– Vem cá, você vai ficar aí dando comidinha na boca de Shauneedy ou vai vir com a gente? A caipira e o pássaro já estão lá em cima esquentando o carro e esperando por nós. A gente tem tipo dois vírgula cinco minutos para chegar à porta de trás da Miss Jackson's, para que Kramisha e Stevie Rae convençam o cara da segurança a nos deixar entrar antes que ele vá embora e tranque a maldita loja – Aphrodite disse. – Eu tenho paciência zero para essa lengalenga de gêmeas. O passeio todo já vai ser um "pé no saco" porque eu sei que Stevie Rae vai me fazer dar o número do meu cartão de crédito.

– Essa é a coisa certa a fazer – Shaunee comentou.

– Que seja. Vamos embora – Aphrodite afirmou.

– Gêmea, você... – Erin começou, mas Kramisha a interrompeu.

– Você sabe que eu odeio concordar com a detestável ali, mas, como diz o ditado, ou dá ou desce.

1 Lunchables é um kit de comida industrializada, produzido pela Kraft Foods. O mais tradicional é composto por bolachas, queijo e frios. (N.T.)

– Que grosseria – Shaunee respondeu. – Principalmente porque estou me sentindo mal mesmo.

– Totalmente – Erin concordou.

– Você vem ou não? – Kramisha perguntou.

– Vá – Shaunee insistiu. – Traga alguma coisa para mim que tenha cashmere e pele. Algo vermelho, já que eu sou tão quente e gostosa. E faça Aphrodite pagar.

Erin abriu o sorriso.

– Feito, gêmea.

– Vocês duas vão dar um beijo de adeus agora ou o que mais? – Aphrodite falou.

Erin revirou os olhos.

– Vamos embora, detestável. Vamos às compras.

– Já tava na hora... – Kramisha resmungou enquanto as três se apressavam para fora da cozinha.

Shaunee se sentiu um pouco culpada quando Erin olhou para ela pela última vez com um ar de preocupação e acenou. Ela estava franzindo a testa e olhando para a mesa quando Zoey chegou com Stark, que estava com uma aparência toda amarrotada.

– E aí, Shaunee – Zoey a cumprimentou. – Está se sentindo melhor?

– Onde está Erin? – Stark quis saber.

– Não, e fazendo compras – Shaunee respondeu aos dois. Ela não gostou do jeito que Stark estava olhando para ela, tipo um adulto com cara de desaprovação. – Qual é o seu problema? – ela perguntou a ele.

– Nenhum – ele deu de ombros com indiferença e enfiou a cabeça dentro de uma das geladeiras. – Só preciso de um pouco de cafeína para acordar.

Mas apesar de Stark soar todo no estilo tanto faz, ele ainda continuava com aquele olhar, e Shaunee não estava disposta a lidar com isso.

– Vou tomar um pouco de ar fresco e depois descansar. E, como diria Damien, tenho lição de casa para fazer – ela começou a andar em direção à saída no canto da cozinha, que levava à estação abandonada e era o caminho mais rápido para fora do prédio.

– Ei, tem certeza de que você está bem? Você não...

– Não! – Shaunee respondeu rápido, pois a voz preocupada de Zoey fez que ela se sentisse ainda mais culpada. – Não estou tossindo nem um pouco. Mesmo. Meu estômago só está embrulhado. Foi aquele pacote velho de Lunchables. Eu sabia que o presunto estava horrível, mas eu adoro fazer sanduíches de bolachinhas.

– Mais tarde eu vou passar no seu quarto para ver se você está bem – Z. afirmou.

– Que bom, obrigada – Shaunee disse e escapou escada acima, chegando à antiga bilheteria.

Ali ela respirou melhor. A estação era uma bagunça, mas ela tinha gostado do lugar desde o começo – apesar de ser descuidado, velho e definitivamente precisar de uma reforma. Mesmo assim, algo ali fazia ela se lembrar de viagens em família, antes da época em que os seus pais resolveram que ela não era interessante o bastante, ou o que quer que fosse, e pararam de levá-la junto com eles nas férias.

Não que ela tivesse uma vida horrível antes de ser Marcada. Eles tinham dinheiro. Ela frequentava uma escola particular bacana em Connecticut. Ela era popular, ocupada e... e...

E sozinha.

Ela havia sido Marcada durante uma viagem escolar para um curso de verão de artes em uma escala no Aeroporto Internacional de Tulsa. O professor dela a deixara para trás quando o avião deles partiu.

Chorando e totalmente apavorada, ela havia ligado para o seu pai. Foi por isso que a sua secretária passou a ligação para ele. Nos cinco anos em que a mulher trabalhava para o seu pai, ela nunca tinha ouvido a filha do Senhor Cole chorar.

Shaunee pedira por favor para o seu pai enviar a ela uma passagem de volta para casa, para que ela pudesse vê-los antes de ir para uma Morada da Noite na Costa Leste, de preferência a dos Hamptons[2].

---

2 Balneário sofisticado perto de Nova York. (N.T.)

O pai dela havia dito para ela ficar em Tulsa. Havia uma Morada da Noite ali. Boa sorte e adeus.

Ela não tinha visto seus pais desde então.

Eles haviam aberto uma conta para ela, no entanto, e depositado dinheiro.

Os seus pais eram bons em acreditar que dinheiro podia resolver qualquer problema.

Na verdade, Shaunee era boa em fingir que acreditava na mesma coisa.

Ela andou devagar pela estação. Estava frio e escuro lá dentro e, distraidamente, ela parou diante de uma pilha de azulejos quebrados que estavam amontoados no meio do saguão.

– Fogo, venha para mim – Shaunee disse. Ela inspirou e expirou, absorvendo o calor que fluía pelo seu corpo sem machucá-la, direcionando-o para as suas mãos estendidas. Seus dedos ficaram incandescentes com a chama tremeluzente. Ela tocou a pilha de azulejos. – Aqueça-os – instantaneamente, eles foram consumidos pelo fogo e começaram a arder em vermelho.

– Essa é realmente uma afinidade útil para se ter.

Shaunee se virou rapidamente, com as mãos levantadas, pronta para disparar chamas.

– Eu não represento perigo para você – Kalona levantou as mãos, mantendo os braços abertos. – Vim para falar com meu filho, mas eu não posso entrar nos túneis sem sentir muita dor.

Shaunee tomou cuidado para não olhar direto nos olhos do imortal – ela lembrou que ele tinha um olhar poderoso e sedutor. Em vez disso, ela se concentrou em um ponto sobre o ombro dele, em um azulejo de cerâmica que havia sobrado na parede em ruínas da estação. Então Shaunee trouxe seu elemento para mais perto de si e disse, com uma voz que ela esperava muito que soasse forte e no estilo tanto faz:

– Então você estava simplesmente se escondendo aqui?

– Não estava me escondendo, mas sim esperando. Estou aqui desde que escureceu, esperando que Rephaim venha para cima.

– Bem, você não iria encontrá-lo aqui, a não ser que ele subisse para tomar uma ducha nos antigos vestiários. Esta não é a entrada e a saída que usamos normalmente – Shaunee falou automaticamente e então fechou a boca. *Fui burra. Eu não devia ter passado informações para ele.*

– Eu não sabia. Imaginei que vocês entravam e saíam por ali – ele fez um gesto em direção às amplas portas frontais, que pareciam empoeiradas e meio despencadas para um lado, apenas metade delas fixada nas dobradiças.

– Rephaim não está aqui – Shaunee afirmou. – Ele foi fazer compras com Stevie Rae e o pessoal.

– Oh. Está bem, então. Eu... – Kalona fez uma pausa sem jeito e Shaunee deu uma rápida olhada nele. Ele não estava virado para ela. Seus ombros estavam caídos e ele olhava para o chão. Ele parecia evidentemente deslocado e desconfortável.

De repente, ela percebeu que ele se parecia muito com Rephaim. Claro, em vez de ser moreno e com aparência Cherokee, Kalona era mais dourado. Ele também era maior. E, claro, ele tinha aquelas asas negras gigantes. Mas a boca era a mesma. E o rosto era o mesmo. Kalona levantou os olhos para ela.

Exceto pela cor âmbar, os olhos eram os mesmos também.

Shaunee rapidamente desviou o olhar.

– Você pode olhar nos meus olhos sem medo – ele disse. – Há uma trégua entre nós. Eu não represento perigo.

– Ninguém confia em você – ela respondeu um pouco esbaforida.

– Ninguém? Nem mesmo o meu filho? – ele soou totalmente derrotado.

– Rephaim quer confiar em você.

– O que significa que ele não confia – Kalona interpretou.

Então Shaunee encontrou o olhar do imortal. Ela esperou, mas não sentiu que ele disparou nenhum raio nela ou coisa parecida. Na verdade, ele apenas parecia um cara bonitão mais velho com asas que estava triste. Muito triste.

– Tenho que ir embora – ele falou e começou a se virar.

– Quer que eu dê algum recado para Rephaim?

Ele hesitou e então continuou:

– Eu vim aqui porque andei pensando no nosso inimigo comum, a criatura de Neferet.

– Aurox – ela acrescentou.

– Sim, Aurox. Pelo que meu outro filho me contou, a criatura tem a capacidade de se transformar em um ser parecido com um touro.

– Eu pessoalmente não vi ele se transformar, mas Zoey viu – Shaunee contou. – E Rephaim também.

Kalona assentiu.

– Então deve ser verdade. Isso significa que Aurox recebeu poder de um imortal e, para manifestá-lo assim, com uma transformação tão complexa e completa, o poder usado para criá-lo realmente tem que ter sido imenso.

– É isso o que você quer que eu diga a Rephaim?

– Em parte. Diga também ao meu filho que um poder dessa magnitude necessariamente foi tirado de um grande sacrifício. Talvez a morte de alguém próximo ao seu grupo.

– Jack?

– Não. Aquele garoto foi sacrificado por Neferet para pagar a dívida que ela tinha com as Trevas por me aprisionar e obrigar meu espírito a ir para o Mundo do Além – a voz de Kalona era amarga; ele mal podia controlar sua raiva. – É por isso que eu sei que a concepção de Aurox é o resultado de uma morte, como foi o meu tormento. Procurem pelo sacrifício com atenção e vocês podem encontrar provas contra Neferet. Provocar a destruição dela será mais fácil se ela estiver em desavença com o Conselho Supremo.

– Vou dizer a Rephaim.

– Obrigado, Shaunee – Kalona falou as palavras devagar, com hesitação, como se ele não estivesse acostumado ao sabor delas. – E diga que eu desejo o bem dele.

– Tudo bem, vou dizer. Ei, ahn, eu acho que você deveria ter um celular.

O imortal alado levantou as sobrancelhas.

– Um celular?

– Sim, como Rephaim vai ligar para você se ele precisar falar com o pai dele?

Shaunee achou que Kalona quase sorriu.

– Eu não tenho um celular.

– Acho que ir até a loja da AT&T[3] não é uma opção para você.

– Não – os lábios dele se curvaram enquanto ele balançava a cabeça. – Eu não saberia o que fazer com as minhas asas.

– Verdade – ela concordou. – Hum, e que tal um laptop? Você poderia entrar no Skype.

– Eu também não tenho um laptop. Jovem novata, eu estou morando na floresta, em umas montanhas a sudoeste de Tulsa, com um bando de criaturas que não deveriam existir no mundo moderno. Eu não tenho, como você diria, acesso a computadores.

Shaunee não se desconcertou.

– Eu posso conseguir um laptop para você. Tudo que você vai precisar é de uma daquelas coisas para fazer conexão remota por satélite e de uma fonte de energia, e então você vai ter internet em qualquer lugar, até na floresta a sudoeste de Tulsa. Você pode encontrar eletricidade, não pode?

– Sim.

– Então, se eu conseguir o computador, você vai ligar para o seu filho?

Shaunee não viu nenhuma hesitação na resposta dele.

– Sim – ele afirmou.

– Certo. Pegue isto – ela enfiou a mão na sua bolsinha de cota de malha metálica da Rebecca Minkoff que atualmente era a sua preferida, pegou seu iPhone e o atirou para Kalona. O imortal o pegou sem piscar. – Eu ligo para você quando já tiver o laptop e os apetrechos.

– Isso é muito generoso da sua parte.

– Não seja sentimental – ela disse suavemente. – Meus pais têm dinheiro. Eu só vou gastar um pouco desse dinheiro. Não é grande coisa.

3 AT&T é a maior operadora de telefonia nos Estados Unidos. (N.T.)

– Eu não estava falando sobre o dinheiro. Estava falando da generosidade da amizade que você está demonstrando ter com meu filho.

Shaunee deu de ombros.

– Ele é amigo de uma amiga, só isso. E não me entenda mal. Quero meu telefone de volta.

– Sim, é claro – Kalona falou. Então ele realmente sorriu e Shaunee pensou que nunca tinha visto nada tão incrível, alegre e totalmente bonito. – Obrigado, Shaunee. Digo isso do fundo do meu ser, e isso é, de fato, raro de minha parte.

– De nada. Apenas seja legal com Rephaim. Ele merece um bom pai.

Ela encontrou o olhar de Kalona e sentiu que ele atravessou sua alma e seu coração.

– Como você também merece, minha amiga novata. Adeus – então Kalona se virou e a deixou para trás, saindo pelas portas quebradas.

Shaunee pôde ouvir o bater das suas asas enormes enquanto ele levantava voo para o céu escuro da noite.

Depois de tudo, ela ficou parada ali por um longo tempo, aquecendo a pilha de azulejos quebrados com sua chama e pensando...

– Gêmea, fala sério. Você não está tossindo sangue? Você não está morrendo mesmo? – a pele de porcelana de Erin havia ficado ainda mais pálida como neve cristalizada.

– Gêmea, é sério. Estou bem.

– Não. Se você não está morrendo, qual é o seu problema? Você deu o seu iPhone para Kalona!

Houve um silêncio de choque quando o grupo todo que Shaunee tinha finalmente conseguido reunir – Erin, Zoey, Stevie Rae, Rephaim, Damien, Aphrodite, Darius e Kramisha – fez uma pausa para deixar que os ecos dos quase gritos de Erin se chocassem contra as paredes de túnel da cozinha.

– Bem, gêmea – a voz de Shaunee saiu baixa e completamente calma perto do acesso de raiva de Erin. – Como eu acabei de explicar para todo mundo, eu estava lá em cima e o pai de Rephaim estava lá também, porque ele esperava encontrar seu filho. Ele me pediu para contar para Rephaim as coisas que eu já contei. Eu dei meu telefone a Kalona para que eu possa ligar para ele para trocar o telefone pelo laptop que eu vou comprar, pois ele não pode ir até a Apple Store com aquelas asas. Então ele saiu voando, como sempre. Foi isso. Estou totalmente bem. Fim.

– Ele não pode esconder as asas dentro de um daqueles casacos pretos compridos de góticos ou cowboys? – Kramisha perguntou.

– Acho que não. Provavelmente elas iriam aparecer por baixo do casaco. Além disso, ele ia parecer meio deformado e corcunda e atrairia todo tipo de atenção indesejada sobre si mesmo – Damien opinou.

– Fala sério. O cara da atração indesejada teria que usar uma coisa horrível e totalmente 1999 – Aphrodite comentou distraidamente enquanto mexia na sacola da Miss Jackson's aos seus pés.

– Bem, seja por medo ou por questões de moda, logicamente falando, eu suponho que ele realmente precise de Shaunee para conseguir um laptop – Damien concluiu.

– Ele disse que me desejava o Bem? – foi a primeira coisa que Rephaim perguntou desde que Shaunee fez o seu grande comunicado sobre Kalona para todos eles.

– Sim – Shaunee sorriu para Rephaim.

– Kalona também tinha informações sobre Aurox, ou pelo menos ele tinha uma ideia sobre onde nós devemos começar a descobrir a origem dele – Darius afirmou. – Zoey, eu acho...

– Minha mãe pode ter sido o sacrifício. Eu sei.

Shaunee piscou surpresa e então sentiu vontade de vomitar. Ela não tinha nem pensado na mãe de Z. quando Kalona falou sobre o sacrifício de alguém próximo a eles! Jack foi a primeira pessoa que passou pela sua cabeça, e então ela teve que pensar em todas aquelas outras coisas. Ela balançou a cabeça e interrompeu Darius, que estava falando sobre rituais ou algo assim:

– Z., eu sinto muito mesmo.

O rosto de Zoey era como um ponto de interrogação.

– Você não precisa se desculpar. Você só nos contou o que aconteceu. Você não fez nada errado.

– Sim, eu fiz. Eu nem pensei que a sua mãe foi assassinada alguns dias atrás. Eu estava pensando nas minhas próprias questões com meu pai e tudo mais. Eu sinto muito mesmo – ela repetiu.

O sorriso de Zoey foi amigável e generoso como sempre.

– Está tudo bem, Shaunee. Não é culpa sua que você fique perturbada com o que está acontecendo com Rephaim e Kalona.

– É, Shaunee. Todos nós estamos tentando fazer o melhor que podemos. Às vezes não é tão fácil – Stevie Rae disse, pegando a mão de Rephaim. – Obrigada por apoiar Rephaim e se importar. Fico feliz por isso.

– Eu também – Rephaim concordou.

– Ah. Ei. Não foi nada demais. Eu só... – Shaunee começou, mas Erin a interrompeu de um jeito que pareceu quase sarcástico com o hábito que elas tinham de uma terminar a frase uma da outra.

– Eu só vou guardar o produto da pilhagem que eu trouxe da Miss Jackson's e pendurar a nova cortina de contas que eu trouxe da Pier 1. Até mais, pessoal – Erin pegou um monte de sacolas do chão e saiu apressada da cozinha.

Totalmente confusa, Shaunee a observou indo embora, sem saber se queria chorar ou gritar.

– Vá atrás dela – Zoey havia chegado perto dela e estava falando baixo, enquanto Damien e Darius discutiam sobre a diferença entre rituais funerários e de purificação, e se havia um meio de algum deles ser adaptado para virar um ritual que revelasse quem matou a mãe de Zoey.

– O quê?

– Vá atrás de Erin e converse com ela. Se alguém tiver mais perguntas sobre o que aconteceu, eu chamo você. Não quero que isso atrapalhe a amizade de vocês – Z. falou, dando uma olhada para Stevie Rae. – Melhores amigas são muito importantes. Todos nós precisamos nos lembrar disso.

– Obrigada – Shaunee escapou da cozinha e foi rápido pelo túnel em direção ao quarto muito bacana que ela dividia com sua gêmea.

Mas ela não precisava ter se apressado. Erin estava a apenas alguns metros da cozinha, recolhendo as coisas que ela tinha derrubado de uma sacola gigante da Pier 1.

– E aí, gêmea – Shaunee disse quando se abaixou para pegar um travesseiro brilhante. – Parece que aconteceu uma explosão de *glitter* por aqui.

Erin não sorriu. Ela pegou o travesseiro de lantejoulas das mãos de Shaunee e o enfiou dentro de uma sacola já abarrotada, dizendo:

– Já está tudo sob controle.

Shaunee pegou o ombro de Erin, que pareceu duro, frio e sem vida.

– Espere aí, gêmea, o que foi? Por que você está tão irritada?

– Você não me contou que se importava tanto com o seu pai. Você simplesmente escondeu isso de mim – Erin respondeu, afastando o ombro da mão de Shaunee.

– Não, eu não escondi – Shaunee balançou a cabeça, sentindo como se Erin tivesse acabado de lhe dar um tapa na cara. – Eu tentei contar essas coisas para você, mas você foi toda "ei, isso é passado, gêmea, vamos fazer compras", então eu desisti. Você não se lembra?

– Tudo bem, que seja. Qual é o problema? Eu simplesmente não entendi! Nós temos sido melhores amigas desde que nós duas fomos Marcadas. No mesmo dia. Estava tudo bem até aparecer essa porcaria de história de pai com Rephaim, e aí de repente não somos mais melhores amigas.

– Espere aí, eu entendo como Rephaim está se sentindo e você não, só isso. Eu nunca disse que não éramos mais melhores amigas.

– É, tudo bem, você está certa. Eu não entendo isso – Erin cruzou os braços. – Qual é exatamente a questão?

Shaunee se sentiu como se o mundo estivesse fazendo uma pressão enorme sobre os seus ombros e a sua melhor amiga tivesse de repente virado uma estranha.

– Erin, às vezes eu sinto falta do meu pai. É só isso.

– O seu pai? Ele já não dava a mínima para você anos antes de você ser Marcada. Como você pode sentir falta dele?

Shaunee hesitou. Ela olhou fundo para Erin e realmente a viu.

– Uau. Você realmente não se importa, não é?

– Com o quê? Com todas as besteiras incríveis da Pier 1 que não estavam em liquidação e que eu comprei para o nosso quarto no cartão de crédito de Aphrodikey? Claro que eu me importo. Com as coisas novas que eu acabei de pegar no expediente noturno da Miss Jackson's? Claro que eu me importo duplamente! As roupas da Alice + Olivia são o hit da primavera. Eu inclusive comprei para você um manto de cashmere vermelho com pele de raposa na beirada que é de enlouquecer. Ah, e comprei um para mim também para combinar com o seu, só que o meu é azul. Nós vamos ficar demais com eles. Perfeitas. Nós somos perfeitas. É com isso que eu me importo. E com você também, gêmea. Eu me importo com você e você se importa com as nossas coisas. Você sempre se importou – o longo discurso de Erin se esgotou, deixando-a meio triste e confusa. Ela enxugou os olhos e borrou o seu rímel azul da coleção Wonder Woman da M.A.C.

– Não – Shaunee disse devagar. – Nada disso é real. E ninguém é perfeito, gêmea. Principalmente nem eu nem você.

– Que diabo é isso? Como o pai de Rephaim pode mudar tudo? – Erin gritou.

– Isso já estava me incomodando há um tempo, mas eu não disse nada.

– O pai de Rephaim ou o seu pai? – Erin perguntou.

– Nenhum dos dois, Erin. Não estou falando deles. Estou falando sobre as coisas em geral. Como a morte de Jack – Shaunee se sentiu muito, muito cansada.

– Eu me importei com a morte de Jack! Nós choramos e coisa e tal.

– Não, nós choramos e então você recebeu um e-mail da Danielle com um link para a Rue La La[4] e nós compramos – Shaunee falou.

– E daí? Eu comprei sapatos pretos. Ou melhor, nós compramos sapatos pretos. Plataformas. Com laços cor-de-rosa e cristais Swarovski nos saltos. Nós dissemos que eram adequadas para o luto e que Jack aprovaria. Então choramos um pouco mais. Nós fizemos isso. Nós duas. Como você é tão melhor do que eu se você fez a mesma coisa?

4 Rue La La é um clube norte-americano de compras virtuais exclusivo para sócios. (N.T.)

Shaunee se perguntou como Erin conseguia parecer suplicante e irritada ao mesmo tempo.

– Não sou melhor do que você. Eu não disse isso. Na verdade, você é melhor do que eu porque você está bem e eu não estou. Essa é a conclusão disso tudo. Eu não estou mais me sentindo bem. Não comigo mesma e acho que isso significa que também não estou bem com a gente, mas eu realmente não sei...

– Vou dizer uma coisa, *gêmea* – Erin a cortou, enxugando nervosamente as lágrimas que estavam deixando uma mancha azul nas suas bochechas. – Quando você estiver bem de novo, venha falar comigo. Até lá, encontre o seu próprio quarto e suas próprias coisas. Eu não quero uma companheira de quarto, ou uma gêmea, que não está bem comigo – chorando em silêncio e ignorando as coisas que continuavam caindo das suas sacolas de compras, Erin saiu batendo o pé pelo túnel, deixando Shaunee em frente a uma pilha de travesseiros brilhantes e leggings de veludo.

Alguém limpou a garganta e Shaunee deu um salto. Foi só quando Zoey estendeu a mão segurando um chumaço de lenços Kleenex semiusados que ela percebeu que estava chorando.

– Quer conversar sobre isso?

– Na verdade, não – Shaunee respondeu.

– Tudo bem, você quer ficar sozinha? – Zoey perguntou.

– Não tenho certeza. Mas eu realmente sei de uma coisa e isto vai soar realmente péssimo – Shaunee disse com um pequeno soluço.

– Bem, então diga rápido porque assim termina logo e não parece tão ruim.

– Quero voltar a viver na Morada da Noite.

Houve um silêncio pesado e então Zoey quis saber:

– Erin quer ir com você?

– Não – Shaunee respondeu, enxugando a última de suas lágrimas. – Eu vou sozinha.

18

Zoey

O domingo foi tão péssimo quanto o sábado tinha sido. Tempos depois, olhando para trás, eu percebi que foi quando Erin e Shaunee se separaram que a coisa toda começou a desandar. Foi estranho o que o fato de as duas não se falarem provocou no resto do pessoal. Era como se a irritação de uma com a outra desequilibrasse todo mundo.

– Eu não sei você, mas as compartilhadoras de cérebro estão me deixando louca – Aphrodite se estatelou ao meu lado no meio-fio em que eu estava sentada, no antigo caminho de entrada da estação. Suspirei e pensei *lá se vai minha tentativa de ficar sozinha por um segundo.* Eu me afastei para abrir mais espaço para ela.

– É, eu sei. É estranho elas não estarem mais sempre juntas, e agora Shaunee parece prestes a explodir em lágrimas a qualquer momento e Erin está toda quieta e amuada. Isso tudo é muito louco.

– Fogo e gelo – Aphrodite murmurou.

Minhas sobrancelhas se levantaram.

– Sabe, você pode estar certa.

– Não sei quando você vai se ligar e perceber que *eu estou certa na maior parte do tempo* – Aphrodite pegou uma lixa enfeitada com brilhos na sua bolsa da Coach e começou a lixar as unhas. – Eu não sei o que mais aquele poema idiota significa, mas parte dele definitivamente é sobre as compartilhadoras de cérebro.

– Por que você está lixando as unhas?

Ela me olhou como se eu fosse uma otária.

– Porque esta cidade ridícula não tem spas que ficam abertos à noite inteira. Bem, sem contar aqueles assustadores, mas eu só quero fazer as unhas, não minha vagina. Por falar nisso, também não quero pegar o HIV[1].

– Aphrodite, às vezes o que você diz não faz o menor sentido.

– De nada por alargar os seus horizontes. Enfim, como eu estava dizendo, o que você vai fazer em relação a Tweedledee e Tweedledumber[2]?

– Ahn, nada. Elas são melhores amigas. Às vezes, duas melhores amigas ficam bravas uma com a outra. Elas vão ter que descobrir sozinhas um jeito de se perdoarem.

– É sério? Isso é tudo?

– Bem, Aphrodite, o que diabo você espera que eu faça?

– Você acabou de praguejar? "Diabo" – ela colocou aspas com os dedos – não é uma palavra maldita?

– Que tal você encontrar com ele em pessoa e descobrir? – franzi meus olhos para ela. – E, pela milésima vez, não há nada de errado em não ser boca-suja!

– Gritando e praguejando. Agora só falta você me dizer que bolas de neve estão voando perto do coisa ruim lá no inferno.

– Você é detestável – eu falei.

– Obrigada. Mas, falando sério, o que você vai fazer em relação às gêmeas?

– Deixe elas respirarem! – eu não tive a intenção de gritar, mas o eco do edifício de pedra me mostrou outra coisa. Respirei fundo e tentei parar de querer estrangular Aphrodite. – Eu não posso ser a responsável por resolver tudo cada vez que um dos meus amigos tem problemas com outro amigo. Isso não faz sentido.

---

1 HIV é o vírus da Aids. (N.T.)

2 Tweedledee e Tweedledum são personagens que aparecem no livro Through the Looking Glass (traduzido para o português como Alice Através do Espelho, Alice no País do Espelho, Alice do Outro Lado do Espelho e outros títulos), de Lewis Carroll. Eles são irmãos, ilustrados como gêmeos; um costuma complementar o que o outro diz. Aphrodite faz aqui um trocadilho com a palavra "dumber", que significa "mais burro". (N.T.)

– Isso está em um poema idiota mas profético – ela respondeu, lixando as unhas.

– Eu ainda não vejo como isso faz que eu...

Fechei a boca quando o grande Lincoln Town Car preto surgiu na entrada circular da estação e parou na nossa frente. Enquanto a gente observava com as bocas ridiculamente abertas, um guerreiro Filho de Erebus saiu do assento do motorista, ignorando-nos completamente, e abriu a porta detrás do carro.

Longa, esbelta e vestida de veludo azul escuro, Thanatos pegou a mão do guerreiro e graciosamente saiu do veículo. Ela sorriu para nós e assentiu quando ele se curvou para ela, mas a sua atenção estava claramente voltada para o prédio da estação.

– Que exemplo adorável de arquitetura *art déco* dos anos 1930 – ela disse, reparando na fachada da estação. – Eu lamento que as estradas de ferro tenham perdido importância. Quando elas finalmente foram desenvolvidas, eram um modo maravilhoso e relaxante de se deslocar por este grande país. Na verdade, ainda são hoje em dia. É pena que haja tão poucas rotas de trem modernas disponíveis. Vocês deveriam ter visitado uma estação nos anos 1940: tragédia, esperança, desespero e coragem, tudo concentrado em um espaço vibrante e vivo – ela continuou a fitar intensamente o velho edifício. – Não eram como os aeroportos horrendos de hoje. Eles não têm nenhum romance, alma e vida, principalmente desde a tragédia do 11 de Setembro. Tão triste... tão triste...

– Ahn, Thanatos, será que eu posso ajudá-la em algo? – eu finalmente perguntei depois de ficar óbvio que ela iria ficar ali olhando a estação, tipo, para sempre.

Ela fez um gesto para que o guerreiro voltasse para o carro.

– Espere por mim do outro lado da rua no estacionamento. Eu não vou demorar – ela afirmou, e então, ele se curvou para ela e partiu com o carro. Ela encarou Aphrodite e a mim. – Senhoritas, acho que chegou a hora de uma mudança.

– Uma mudança de quê? – eu quis saber.

– Aparentemente, uma mudança na nossa entrada – Aphrodite falou ironicamente. – Kalona veio por aqui. Thanatos está aqui. Nós precisamos colocar algum tipo de tapete de boas-vindas aqui, pois toda aquela coisa de entrar pelo porão nojento não está dando certo.

– Isso foi colocado de modo estranho, mas verdadeiro – Thanatos disse. – E é uma das razões pelas quais, em nome do Conselho Supremo dos Vampiros, eu comprei este edifício para vocês.

Eu pisquei surpresa e tentei formular uma resposta adequada, até que Aphrodite se manifestou:

– Espero que isso signifique uma reforma.

– Significa sim – Thanatos concordou.

– Espere um pouco – eu me pronunciei. – Nós não somos uma Morada da Noite. Por que o Conselho Supremo iria se envolver com o lugar em que estamos morando?

– Porque nós somos especiais, incríveis e eles não querem que a gente viva em um cortiço imundo – Aphrodite opinou.

– Ou porque eles querem controlar o lugar onde a gente vive e o que nós fazemos – eu afirmei.

Thanatos levantou suas sobrancelhas.

– Você fala com a autoridade de uma Grande Sacerdotisa.

– Eu não sou realmente uma – assegurei a ela. – Ainda sou uma novata. Stevie Rae é a Grande Sacerdotisa aqui.

– E onde ela está?

– Ela está com Rephaim. Logo o dia vai clarear e eles gostam de ficar juntos antes de ele se transformar em um pássaro – respondi de forma direta.

– E o que você é?

Franzi a testa.

– Você sabe tanto o que eu faço quanto o que eu sou. Você sabe que Stark recebeu a espada do Guardião no Mundo do Além, o que significa, consequentemente, que eu sou uma rainha, pois ele é meu guerreiro e Guardião.

– Por que todas essas perguntas? Eu pensei que você estava do nosso lado – Aphrodite interveio.

– Eu estou do lado da verdade – Thanatos afirmou.

– Você sabe que Neferet é uma vaca mentirosa – Aphrodite a lembrou. – Nós contamos tudo para você na Ilha de São Clemente, quando Zoey estava em *La La Land*[3].

– Ela quis dizer no Mundo do Além – revirei os olhos para Aphrodite.

– Sim, certo, no Mundo do Além. Que seja – ela continuou. – Mas lá, nós contamos a você a verdade sobre Neferet e você agiu como se acreditasse na gente. Você até nos ajudou a desvendar a coisa de Skye com Stark. Então, o que há com você agora?

Houve uma pausa enorme, o que me deu tempo suficiente para pensar se Aphrodite e eu tínhamos ido longe demais. Quero dizer, Thanatos era uma vampira antiga e poderosa, membro do Conselho Supremo e cuja afinidade concedida pela Deusa era com a morte. Provavelmente não era uma boa ideia questioná-la, quanto mais irritá-la.

– Eu acredito que o que vocês me contaram quando a alma de Zoey estava despedaçada era o que todos vocês achavam que era a verdade – Thanatos finalmente falou.

– Eu estou de volta e nós não estamos na Itália, mas a verdade não mudou. Neferet não mudou – eu afirmei.

– E ainda assim ela insiste que foi perdoada pela Deusa e que ela a presenteou com Aurox como sinal de favor divino – Thanatos disse.

– Isso é cascata – eu repliquei. – Neferet não mudou e Aurox não é um presente de Nyx.

– Eu realmente acredito que Neferet está escondendo a verdade – Thanatos comentou.

– Esse é um modo de colocar as coisas – eu falei.

– Mas não é o modo como nós colocamos – Aphrodite completou.

---

3 La La Land é uma música da cantora norte-americana Demi Lovato que fala sobre a dificuldade de manter a própria personalidade devido às pressões da fama. (N.T.)

– Nós não queremos ser desrespeitosas – eu acrescentei. – Só que já estamos enfrentando Neferet há um bom tempo e temos visto coisas que ela cuidadosamente esconde do Conselho Supremo e, na verdade, da maioria dos vampiros em geral.

– Mas, quando tentamos desmascará-la, ninguém acredita na gente porque somos crianças – Aphrodite se queixou. – E um grupo de crianças ferradas e rejeitadas.

Levantei minhas sobrancelhas para Aphrodite e ela consertou:

– Bem, eu não. Estou falando de vocês.

– Isso é parte da razão pela qual estou aqui – Thanatos disse. – Para ser os olhos e os ouvidos do Conselho Supremo.

– Então o que significa exatamente o fato de o Conselho Supremo ter comprado este prédio? – eu perguntei.

– Espero que signifique que eu posso dar um descanso para o cartão de crédito ouro da minha mãe e que alguns de nós, tipo aqueles que não precisam se enfiar em um caixão quando o sol nasce, vão poder ter quartos descentes aqui em cima quando este prédio for reformado – Aphrodite sugeriu.

– Significa isso sim. E também que isto aqui pode se transformar em uma legítima Morada da Noite, sem nenhum vínculo com a Morada da Noite de Tulsa – Thanatos explicou. – O Conselho Supremo acredita que é sábio ter uma Morada da Noite dos novatos vermelhos que permaneça, na maior parte do tempo, separada da original.

– Tudo bem, mas espere aí. Foi exatamente por isso que não construíram duas escolas de ensino médio em Broken Arrow. Seria muita rivalidade em um só distrito – eu falei. – O ódio entre Union e Jenks já está de bom tamanho, e Broken Arrow precisa resolver isso com uma frente unida.

– De que diabo você está falando? – Aphrodite perguntou.

– Broken Arrow... Union... Jenks – eu respondi. – Escolas de ensino médio demais em uma só cidade é péssimo.

– Você era presidente do grêmio estudantil ou já teve outra posição socialmente inaceitável assim? Tulsa tem tipo um milhão de escolas de ensino médio e o inferno ainda não congelou – Aphrodite disse. – Ter um monte de garotos indo de ônibus para uma escola é simplesmente uma coisa de retardado e permite que os pobretões se espalhem. Eca.

Felizmente, Thanatos se colocou entre nós duas.

– Os padrões de adolescentes humanos nunca influenciaram a lei dos vampiros. Tulsa está em um ponto central do país. Definitivamente, pode suportar uma segunda Morada da Noite. Nossos números estão crescendo, principalmente com o afluxo de novatos vermelhos, que têm sido descobertos em outras áreas além daqui.

– Há outros novatos vermelhos? Quero dizer, além dos nossos? – perguntei.

– Sim.

– Mas algum foi Marcado em vermelho ou eles morreram e desmorreram e então se tornaram vermelhos? – Aphrodite quis saber antes que eu pudesse olhar para ela com cara de cala a boca.

– A sua é a única novata vermelha nos registros a ser Marcada em vermelho – Thanatos afirmou.

– Então você sabe sobre Shaylin? – perguntei, prendendo a respiração.

– Sim. Neferet me informou que ela era cega antes de ser Marcada e que agora ela recuperou a visão. Ela deduziu que a pobre garota já estava destruída, portanto não precisou morrer para receber a Marca vermelha.

Eu quis defender Shaylin e dizer que ela não estava destruída, que ela era especial, mas meus instintos me disseram para continuar de boca fechada sobre a sua Visão Verdadeira.

– Zoey, não há motivo para esconder nada de alguém que está procurando a verdade, a menos que você prefira mentiras e falsidades – Thanatos me surpreendeu ao dizer isso.

Eu encontrei o seu olhar intenso.

– Eu não prefiro mentiras e falsidades, mas uma coisa importante que Neferet me ensinou é tomar cuidado e pensar bem em quem confiar – e, como os meus instintos continuavam a falar comigo, eu disse o resto do que estava na minha cabeça. – Ouvi dizer que Neferet tem um novo Consorte. Você ouviu algo sobre isso?

– Não. Zoey, você não está confundindo Aurox com um Consorte dela? Seja ele ou não um presente de Nyx, Neferet não deu nenhum indicação de que está romanticamente envolvida com ele. Parece que ele é simplesmente um servo dela.

– Não estou falando sobre Aurox – continuei, apesar de o meu estômago ficar embrulhado apenas por eu falar o nome dele. – Estou falando sobre o touro branco.

Thanatos pareceu completamente chocada.

– Zoey, a adoração do touro branco e do touro negro é antiga e sua popularidade morreu há séculos. Eu só tenho uma compreensão rudimentar dessa religião e do seu passado, mas posso dizer que nenhuma Sacerdotisa de Nyx jamais se entregou ao touro branco. O que você está dizendo seria uma abominação e é uma grave acusação – enquanto falava, Thanatos ficava cava vez mais pálida, até que finalmente ela ficou tão perturbada que o ar em volta dela levantou o seu cabelo e começou a soprar com pequenas e agitadas rajadas de vento.

Uma afinidade com o ar além da afinidade com a morte; que interessante, pensei.

– Não estou acusando ninguém – eu disse em voz alta. – Só perguntei se você ouviu alguma coisa a respeito disso.

– Não! O Conselho Supremo, assim como a comunidade dos vampiros, acredita que Kalona, a criatura que Neferet diz ser Erebus encarnado, era e continua a ser o seu Consorte, apesar de ele ter sido banido do lado dela por cem anos.

Aphrodite bufou.

– Isso é mentira. Kalona estava aqui com Neferet, porque ele pensava que ela tinha controle sobre a sua alma. Mas algo deu errado no Planeta dos Loucos e Neferet perdeu o controle sobre ele – Aphrodite falou. Eu pensei que ela ia deixar escapar o resto das novidades sobre Kalona ter aparecido querendo uma trégua com a gente para destruir

Neferet, mas em vez disso ela disse algo mais inteligente: – Ahn, você responderia uma perguntinha rápida?

Parecendo totalmente abalada, Thanatos assentiu.

– Certo, digamos que Aurox não seja um presente de Nyx e em vez disso, não sei, digamos que ele seja alguma coisa super do mal que o touro branco e Neferet fizeram juntos porque eles estavam sendo totalmente inapropriados. O que seria preciso para criar algo como ele?

– Um grande sacrifício – Thanatos respondeu.

– Você quer dizer que Neferet teria que ter matado alguém especificamente para a criação de Aurox? – Aphrodite perguntou.

– Sim, mas eu estremeço só de pensar em um comportamento tão psicopata.

– É, nós também – Aphrodite concordou e se virou para mim com um olhar triste mas de entendimento. – Muitas pessoas em volta de nós morreram recentemente.

– É – eu ecoei, sentindo-me muito enjoada. – Pessoas demais.

Aurox

A garota apareceu de surpresa. Ele estava fazendo sua ronda noturna, conforme as ordens de Neferet, principalmente para garantir que nenhum Raven Mocker entrasse nos limites da Morada da Noite, quando chegou perto do prédio do dormitório feminino. Ela estava embaixo de uma das grandes árvores e, quando ele se aproximou, ela se colocou bem no seu caminho.

– Olá – o sorriso dela era cativante. – Meu nome é Becca. Nós ainda não fomos apresentados, mas eu tenho andado de olho em você.

– Oi, Becca – curioso, ele permitiu que ela o parasse. Ela não era bonita ou incomum como algumas outras novatas. Como Zoey, sua mente sussurrou, mas ele se envergonhou desse pensamento. Essa novata Becca tinha um encanto próprio, e sua linguagem corporal, o modo como ela empinava o quadril e jogava para trás seu longo cabelo loiro, mostrava que ele a agradava. – Meu nome é Aurox.

Ela riu e lambeu seus lábios cor-de-rosa brilhantes.

– Sim, eu sei quem você é. Como eu disse, estou de olho em você.

– E o que você percebeu depois de estar de olho em mim? – ele repetiu as palavras dela.

Ela deu um passo para mais perto dele e jogou seu cabelo para trás de novo.

– Que você se garante em uma briga, o que é uma boa coisa hoje em dia.

Então ela o tocou, deslizando uma unha pintada de rosa pelo seu peito, e foi nessa hora que as emoções dela o atingiram. Ele podia sentir o desejo da garota, misturado com atrevimento e um pouco de malícia também. Aurox inspirou profundamente, inalando o perfume intoxicante da luxúria salpicada de maldade. Um tremor de ansiedade o atravessou enquanto o poder dentro dele começava a crescer.

– Aaah, você é duro – Becca sorriu suavemente, chegando ainda mais perto. – Quero dizer, os seus músculos – o desejo dela aumentou enquanto seus seios roçavam o peito dele. Ela se inclinou em direção a ele, lambeu o seu pescoço e o mordeu, não forte o bastante para sair sangue, mas também não tão suave para significar apenas uma brincadeira.

Aquilo deu prazer ao touro dentro dele, e a criatura se excitou.

– Você gosta de dor? – Aurox perguntou enquanto descia suas mãos bruscamente pelas costas dela. Então ele abaixou a cabeça de modo que os seus dentes encontraram a curva macia do pescoço dela. Ele mordeu, intencionalmente fazendo-a sangrar, apesar de ele não gostar nem um pouco do gosto dela. – Você gosta de dor? – ele repetiu a pergunta com o sangue dela na boca, apesar de poder sentir a resposta na onda de luxúria que a fez estremecer.

– Eu adoro – Becca gemeu. – Venha cá. Deixe-me experimentar um pouco do seu gosto. Seja o meu Consorte, o meu homem.

Aurox não pensou em impedi-la. Ele não pensou em nada. Ele apenas sentiu a luxúria intensificada por um espírito maldoso e afoito. Aurox se deixou levar. Ele se deitou sobre a garota, fechou os olhos e se entregou a ela dizendo palavras que vieram do fundo do seu subconsciente, que eram tão instintivas e automáticas que pensar e entender não tinha nada a ver com elas:

– Sim, Zo. Morda-me.

– Seu idiota! Zoey? Eu vou dar a você algo que vai fazer Zoey Redbird parecer mansinha – Becca o mordeu. Com força. Ele sentiu a dor aguda e o calor do seu sangue empoçando. Então ela pressionou a boca contra a ferida fresca no seu pescoço, mas só por um instante. Ele sentiu a mudança nela assim que ela provou o seu sangue. A raiva e o desejo dela se dissiparam e foram substituídos por puro medo. – Ah, Deusa! Não, tem algo errado! – Becca tentou se afastar dele, mas Aurox a levantou, deu dois passos decididos e a encostou contra a árvore. – Espere, não! – Becca insistiu, tentando manter a voz calma, apesar de o seu medo invadir Aurox, alimentando-o e transformando-o. – Pare! Tem alguma coisa errada com o seu gosto!

A criatura dentro dele pulsava e arqueava, procurando se libertar para pilhar e dilacerar. Ele bufou e o touro dentro dele se refletiu no som.

– É sério, pare! Não quero ficar com alguém que está a fim de Zoey!

Zoey...

O nome ecoou dentro dele, extinguindo o touro como água no fogo.

– O que está acontecendo aqui?

Ao som da voz de Dragon Lankford, Aurox deu um passo para trás, soltando Becca. A garota desabou contra a árvore e olhou cheia de medo para Aurox.

– Aurox? Becca? Há algum problema entre vocês? – Dragon perguntou.

– Não, só um pequeno mal-entendido. Eu pensei que a novata sabia o que queria – Aurox respondeu, encarando o Mestre da Espada e ignorando Becca. – Eu estava errado.

Ela se afastou da árvore e apressadamente se colocou atrás de Dragon. O medo dela rapidamente foi substituído por autoconfiança e raiva.

– Eu sei o que eu não quero, ou seja, outro cara que está com Zoey Redbird na cabeça. E eu espero que você goste de ficar na fila, pois tem uma longa lista de outros caras que chegaram lá antes de você.

– Becca, não há motivo para ser rude. Você sabe que vampiros acreditam em liberdade de escolha e desejo mútuo. Se o desejo não é correspondido, então prefira ir embora com elegância – Dragon disse com firmeza.

– Parece ótimo para mim – Becca falou para Dragon e então olhou com desprezo na direção de Aurox. – Boa noite, idiota – ela saiu batendo os pés.

– Aurox – Dragon começou devagar. – A sociedade dos vampiros está aberta para os diferentes caminhos que levam ao desejo e à satisfação da paixão, mas você precisa saber que alguns desses caminhos não devem ser trilhados, a menos que haja um claro consentimento entre todos os envolvidos e um nível de experiência profundo e evidente – o suspiro de Dragon o fez parecer velho e cansado. – Você entende o que eu estou tentando explicar?

– Sim – Aurox respondeu. – A novata Becca tem um espírito maldoso.

– Ela tem? Eu não havia percebido.

– Eu acredito que Zoey Redbird não tem um espírito maldoso – ele afirmou.

A sobrancelha de Dragon se levantou.

– Sim, eu também acho que ela não tem. Você sabe que Neferet e Zoey não se dão bem, certo?

Aurox encontrou o olhar dele.

– Elas são inimigas.

O olhar intenso de Dragon não vacilou.

– Sim, você pode descrevê-las dessa forma, apesar de eu preferir que as circunstâncias fossem diferentes.

– Você não é um seguidor de Neferet – Aurox disse.

A expressão do Mestre da Espada se congelou e o seu semblante cansado, mas aberto, se fechou.

– Eu sigo a mim mesmo e a ninguém mais.

– Nem Nyx?

– Eu não vou me levantar contra a Deusa, mas também não vou me levantar por ninguém exceto por mim mesmo. O caminho do dragão é o único que me sobrou.

Aurox o observou. As emoções dele estavam encobertas. O vampiro não deixava transparecer nada – nem raiva, nem desespero, nem medo. Nada. Era intrigante. Talvez tenha sido esse enigma que o fez falar sobre o mistério dentro de si mesmo.

– Eu disse o nome de Zoey em vez do de Becca.

Dragon levantou as sobrancelhas de novo e a sua expressão mostrou que ele achou um pouco de graça.

– Bem, Aurox, as mulheres, de espírito maldoso ou não, não gostam quando você está com uma delas e fala o nome de outra.

– Mas eu não sei por que fiz isso.

Dragon deu de ombros.

– Zoey devia estar na sua cabeça.

– Eu não percebi.

– Às vezes, não percebemos.

– Então, isso é normal? – Aurox relaxou.

– Em mais de cem anos, a única coisa que eu descobri que não muda nunca é que realmente não existe nada normal quando se trata de mulheres – Dragon afirmou.

– Mestre da Espada, posso pedir um favor a você?

– Pode – ele falou.

– Não conte nada do que aconteceu aqui hoje à noite para Neferet.

– Eu guardo meus pensamentos para mim mesmo, garoto. Você deveria se lembrar de guardar os seus também – o Mestre da Espada deu um tapinha no ombro dele e foi embora, deixando Aurox confuso, preocupado e, como sempre, sozinho.

19

Zoey

– Isso vai ser um caos de proporções gigantescas – Aphrodite sussurrou para mim quando estávamos do lado de fora da sala designada para a aula de Thanatos no primeiro horário de segunda-feira.

A sala era uma das maiores da escola. Na verdade, tirando a sala de Teatro, que era mais parecida com um miniauditório, e o auditório propriamente dito, aquela era a maior sala de aula "normal" da escola. *Ótimo*, eu pensei, *vai ter mais espaço para a explosão que está prestes a acontecer.*

– A gente não pode matar essa aula – murmurei de volta para Aphrodite. E então disse para o resto do meu grupo: – Vamos entrar. Não se preocupem. Nós estamos juntos, então não pode ser tão ruim assim – minha horda nerd, assim como Stevie Rae, Rephaim e todos os seus novatos vermelhos se posicionaram nos meus flancos. Todo mundo assentiu e pareceu resignado e preparado para o que quer que fosse acontecer. Eu abri a porta e entrei.

Minha pedra da vidência imediatamente começou a irradiar calor.

Dallas e o seu grupo já estavam na classe, previsivelmente ocupando as fileiras do fundo.

Aurox estava sentado em uma carteira escolar na frente, no canto mais distante da sala, obviamente se isolando do grupo de Dallas. Eu me perguntei por que ele não estava entrosado com os caras do mal, já que ele estava do lado de Neferet, assim como eles claramente estavam, mas cuidadosamente evitei olhar para ele.

– Vou tentar manter uma atitude positiva – Stevie Rae afirmou, ignorando o sorriso sarcástico que Dallas estava dando para ela e a risada maldosa que emanou de Nicole como um perfume barato. Ela pegou a mão de Rephaim e sorriu, beijando a bochecha dele. – Não se incomode com eles.

– Boa sorte com isso – Erin falou.

Shaunee, que estava afastada de Erin, com muitos garotos entre as duas, não disse nada.

– Ele é vermelho, e não um vermelho bom como o de Shaunee – Shaylin comentou, olhando por sobre o meu ombro na direção de Dallas.

Eu me virei para ela.

– O que você quer dizer?

– Eu sou vermelha? – Shaunee perguntou.

– Sim – Shaylin contou a ela. – A sua cor é clara e fácil de entender. Você é como uma fogueira de acampamento, calorosa e boa.

– Isso é muito legal – Stevie Rae disse.

– Obrigada – Shaunee falou. – É legal mesmo.

– Mas e Dallas? – Rephaim perguntou.

– Ele é vermelho como uma bomba. Como a raiva. Como o ódio – ela revelou.

– Então nós vamos sentar na frente e ficar o mais longe possível dele – Stevie Rae afirmou.

– É mais difícil ficar longe de algumas coisas do que de outras – Erin disse, mas ela não estava olhando para Dallas. Ela estava voltada para a fogueira vermelha Shaunee, que por sua vez estava observando suas unhas.

– Não seja tão negativa – Stevie Rae repreendeu Erin, habilmente quebrando aquele silêncio desconfortável. Então ela abriu seu sorriso doce para mim. – Vamos sentar ali na frente!

– Certo, eu sigo você – concordei, apesar de querer sair correndo e gritando da sala.

– Eu quero sair correndo e gritando da sala – Aphrodite ecoou meus pensamentos em voz alta, enquanto seguia atrás de mim, Stevie Rae e Rephaim.

Contive o "idem" que eu queria dizer e, como de costume, sentei ao lado de Stevie Rae, bem na frente e no meio da sala. O sino soou e Thanatos entrou pela porta de um pequeno escritório que dava diretamente na parte da frente da sala, que era alta como um palco e tinha um púlpito bem no meio e uma lousa digital atrás.

– Oooh! Que cores bonitas! – Shaylin disse da sua carteira atrás de mim.

– *Merry meet* – Thanatos começou. Todos nós ecoamos a sua saudação. Eu achei que ela parecia régia e poderosa. Ela estava usando um vestido com as cores da noite, decorado apenas com o bordado em fios de prata do contorno de Nyx com os braços levantados envolvendo a lua crescente. – Bem-vindos à primeira aula de todas. Na nossa história, nunca houve uma classe como esta, com diferentes tipos de novatos, mutantes, humanos e até vampiros. Eu me coloco diante de vocês representando o Conselho Supremo que, enquanto vocês fizerem parte da nossa sociedade, é o órgão que os governa – Thanatos me olhou longamente durante a última parte da frase. Eu sustentei o olhar dela sem hesitar. Que inferno, eu concordava com ela.

Eu só não estava cem por cento certa se eu e o meu grupo queríamos fazer parte da sociedade dos vampiros.

– Sei que vocês estão se perguntando sobre o que exatamente esta aula vai tratar, mas eu tenho apenas uma resposta parcial às suas indagações. Eu estou aqui para polir e guiar vocês em uma jornada que é rara e única assim como vocês. Esta aula vai tomar o horário da aula de sociologia vampírica; portanto, vou abordar assuntos que todos os novatos e vampiros precisam se esforçar para entender, como morte e Trevas, Guardiões e Carimbagem, Luz e Amor. Mas, por causa da composição única desta turma, haverá também assuntos que vocês vão trazer para mim e, portanto, para todos nós. Eu prometo que vou procurar apenas a verdade com vocês e, se eu não tiver uma resposta para os seus questionamentos, vou fazer o máximo para descobrir junto com vocês.

Eu pensei que até aquele momento a aula não parecia tão ruim assim e estava começando a me sentir à vontade e curiosa quando o cocô atingiu o ventilador.

– Então, vamos começar a procurar a verdade. Quero que cada um de vocês reflita por um momento. Então, em um pedaço de papel, escreva pelo menos uma pergunta que você gostaria que fosse respondida nesta aula. Dobre o papel e, depois que vocês saírem, vou ler as perguntas. Seja honesto na sua indagação, sem medo de censura ou julgamento. Não é preciso colocar seu nome na pergunta se você preferir permanecer anônimo.

Houve uma pausa e então Stevie Rae levantou a mão.

– Pois não, Stevie Rae – Thanatos a chamou.

– Quero ter certeza de que entendemos bem. A gente pode perguntar sobre qualquer coisa? Qualquer coisa mesmo, sem se preocupar em acabar tendo problemas?

Thanatos estava sorrindo gentilmente para Stevie Rae e começou a responder:

– Essa é uma excelente...

Mas, do fundo da sala, o sussurro exagerado de Dallas pôde ser ouvido claramente:

– Eu queria perguntar o que um pássaro tem que um garoto não tem e por que ela gosta tanto dele!

Stevie Rae pegou a mão de Rephaim e eu sabia que era para evitar que ele se levantasse para confrontar Dallas. Eu estava prestando atenção na minha melhor amiga e no seu namorado quando Thanatos reagiu. A mudança que se abateu sobre ela foi rápida e completamente assustadora. Ela pareceu ficar maior. O vento chicoteava ao redor dela, levantando o seu cabelo. Quando ela falou, eu me lembrei da cena de *O Senhor dos Anéis* em que Galadriel oferece a Frodo uma visão do tipo de rainha terrível e sombria que ela se tornaria se pegasse o anel dele.

– Você me confundiu com um ser inferior, Dallas? – o poder da presença dela reverberou contra nós. Thanatos estava tão gloriosamente nervosa que era difícil olhar para ela, então dei uma espiada sobre o ombro para Dallas. Ele estava pressionando as costas contra a sua cadeira o máximo que podia. O seu rosto estava branco como a neve do inverno.

– Nã-não, professora – ele gaguejou.

– Chame-me de Sacerdotisa! – Thanatos exclamou, parecendo que ela podia disparar raios e invocar trovões.

– Não, Sacerdotisa – ele se corrigiu rapidamente. – E-eu não quis desrespeitá-la.

– Mas você quis desrespeitar pelo menos um de seus colegas de classe e aqui, na minha aula, isso é inaceitável. Você entendeu, jovem vampiro vermelho?

– Sim, Sacerdotisa.

O vento se extinguiu ao redor dela e Thanatos voltou à sua aparência régia em lugar daquele semblante letal.

– Excelente – ela disse e então voltou sua atenção para Stevie Rae. – A resposta à sua pergunta é: desde que você se comporte de modo respeitoso, pode me perguntar qualquer coisa sem ter medo de repreensão.

– Obrigada – Stevie Rae disse um pouco sem fôlego.

– Certo, então podem começar a escrever suas perguntas – Thanatos fez uma pausa e olhou para Rephaim e Aurox, dirigindo a eles a mesma indagação: – Não pensei em perguntar antes, mas, como vocês são novos no, bem, vamos dizer, mundo acadêmico, algum de vocês precisa de ajuda para ler ou escrever?

Rephaim balançou a cabeça e respondeu primeiro:

– Eu não preciso de ajuda. Posso ler e escrever em muitas línguas dos homens.

– Uau, sério? Eu não sabia – Stevie Rae se surpreendeu.

Ele sorriu timidamente e deu de ombros.

– Meu pai achava isso útil.

– E você, Aurox? – Thanatos o incitou.

Eu o vi engolir em seco e percebi que ele parecia nervoso.

– Eu sei ler e escrever. Ma-mas não sei como eu tenho essa capacidade.

– Hum, bem, isso é interessante – Thanatos falou. E então, como se o fato de as pessoas terem habilidade mágica para ler e escrever fosse totalmente normal, ela continuou sem se abalar: – Zoey e Stevie Rae, como vocês estão sentadas perto, por favor, dividam a sala ao meio e recolham as perguntas dos dois lados para mim.

Stevie Rae e eu murmuramos "tá bom" e então fiquei sentada ali, olhando para o meu pedaço de papel em branco. Será que eu devia perguntar algo inofensivo, como alguma questão sobre afinidades e quando é "normal" que elas se manifestem? Ou eu devia perguntar algo que eu realmente queria saber?

Olhei ao meu redor. Stevie Rae estava escrevendo com uma expressão muito séria. Rephaim tinha acabado de soltar o lápis e estava dobrando seu papel ao meio. Olhei rapidamente para ele, mas tudo o que puder ver era que ele havia colocado seu nome junto da pergunta.

Vou perguntar para valer, eu decidi e então escrevi: Como se supera a perda dos seus pais? Eu hesitei e então assinei meu nome embaixo da questão. Tentei conferir o que Stevie Rae estava escrevendo, mas ela já tinha terminado e estava segurando o seu papel. Ela levantou da sua carteira e começou a andar pelos corredores do seu lado da sala, recolhendo os papéis como uma professora.

Suspirei e comecei a esquadrinhar o meu lado. É claro que Aurox estava ali. Ele era o próximo garoto na fileira depois de Damien e Shaunee. Eu não queria encontrar o seu olhar, então fitei o papel que ele me entregou. Nele, escrita com letra bastão grande, estava a pergunta: O QUE EU SOU? E ele tinha assinado embaixo.

Totalmente surpresa, olhei nos olhos dele. Ele sustentou meu olhar sem hesitação. Então ele falou tão baixo que só eu pude ouvir:

– Eu gostaria de saber.

Não consegui deixar de encarar seus olhos cor de pedra da lua. Por alguma razão idiota, ouvi minha voz sussurrar de volta:

– Eu também – arranquei o papel da mão dele e me afastei rapidamente, tentando não pensar, tentando fazer apenas o que eu devia.

Dallas e o seu grupo estavam super quietos. Eles mal olharam para mim ou para Stevie Rae, mas percebi que eles não tinham escrito nenhuma palavra nos papéis que eu peguei deles, o que era um sinal claro de agressão velada. Coloquei os papéis deles embaixo da pilha enquanto eu voltava para a frente da classe.

Thanatos pegou os papéis, agradeceu e disse:

– Eu devo estudar as perguntas de vocês hoje à noite e começar as discussões sobre algumas delas amanhã. No resto da aula, vamos nos voltar para um assunto que eu acredito que a maioria de vocês vai achar relevante: a Carimbagem com um companheiro ou Consorte.

Eu pensei que Thanatos fosse fazer aquele discurso padrão do tipo "apenas diga não" que nós tivemos sobre a coisa da Carimbagem desde o primeiro dia de aula, mas eu estava errada. Ela falou francamente sobre o prazer e a beleza da Carimbagem feita adequadamente, além do drama que era quando algo errado acontecia com um dos dois. Ela era interessante e divertida (com um jeito irônico de humor britânico). Pareceu que o sino soou anunciando o fim da aula depois de um piscar de olhos.

Fiquei esperando Aphrodite, que estava em uma discussão profunda mas surpreendentemente respeitosa com Thanatos sobre Carimbagem. Aphrodite argumentava que a Carimbagem não era baseada na sexualidade. Thanatos estava insistindo, para a tristeza de Aphrodite (porque ela já tinha sido Carimbada com Stevie Rae, apesar de não por muito tempo), que a atração sexual andava de mãos dadas com a Carimbagem.

Thanatos finalmente terminou a discussão, dizendo:

– Aphrodite, o fato de você admitir ou não uma coisa não faz que ela seja mais ou menos verdadeira.

– Vou indo para que Zoey não se atrase para a segunda aula – Aphrodite respondeu, soando incomodada.

– Faça isso, jovem Profetisa – Thanatos tinha um sorriso na voz, não no rosto. – E obrigada por essa discussão tão ardente hoje. Vou esperar ansiosamente por outra discussão como essa amanhã.

Aphrodite assentiu e fechou o cenho. Depois que estávamos a uma distância suficiente para que Thanatos não ouvisse, ela falou:

– Discussão ardente o cacete. Não vou discutir merda nenhuma sobre Carimbagem lésbica nunca mais.

– Acho que não foi isso o que ela quis dizer, Aphrodite – eu afirmei, tomando cuidado para esconder o sorriso do meu rosto também. – Mas ela estava certa, a discussão foi boa para a aula, deixou-a muito mais interessante do que a Sociologia Vampírica normal com todos os assuntos de Neferet.

Aphrodite abriu a porta.

– Estou tão feliz que eu pude divertir as massas e... – e nós entramos no meio do caos.

– Vem pro pau, menino-pássaro! – Dallas estava gritando. – Você não pode se esconder atrás de Stevie Rae para sempre!

O musculoso Johnny B. estava prendendo os braços de Dallas, mas ele estava se debatendo feito louco.

– Eu não estou me escondendo, seu idiota arrogante! – Rephaim berrou. Stevie Rae tinha segurado o braço dele com força e estava tentando arrastá-lo para a calçada, afastando-o de Dallas.

– Vou chamar Darius e Stark – Aphrodite falou e saiu correndo.

– Meninos, parem com isso! – eu me coloquei entre os dois e os seus grupos, que estavam crescendo.

– Sai fora, Zoey! Esta briga não é sua – Dallas disparou seu veneno contra mim. – Você acha que é tão melhor do que todo mundo, mas você não significa merda nenhuma para a gente – ele indicou com a cabeça o seu grupo de novatos vermelhos que estava bem perto, apenas observando e sorrindo.

Fiquei surpresa com o fato de o que ele disse ter ferido meus sentimentos.

– Não acho que eu sou melhor do que ninguém!

– Não deixe que ele te atinja, Z. Ele não é nada além de um garotinho maldoso e infeliz disfarçado de vampiro – Stevie Rae afirmou.

– E você não é nada além de uma puta! – Dallas gritou para Stevie Rae.

– Eu avisei você para parar de chamá-la assim! – Rephaim tentou se soltar de Stevie Rae.

– Todo mundo sabe que você só está bravo porque ela não está mais com você – eu disse a Dallas, pensando em como ele tinha se revelado um total e completo idiota.

– Não, eu estou bravo porque ela está com uma aberração da natureza! – ele disparou as palavras para mim. Apesar de ele estar se debatendo e gritando, reparei que ele mantinha o olhar fixo em um ponto na parte de baixo da parede, à qual ele estava chegando cada vez mais perto. Segui o seu olhar e vi uma tomada na parede, uma daquelas de três pinos.

Ah, que inferno!

– Eu não sou uma aberração! – Rephaim parecia que ia explodir. – Eu sou humano!

– Sério? Que tal a gente esperar o sol nascer para ver como você é humano? – Dallas sorriu sarcasticamente, aproximando-se mais da parede.

Fingindo o máximo de indiferença que eu conseguia, dei alguns passos em direção à tomada e pensei freneticamente em qual elemento seria melhor invocar se eu precisasse combater a eletricidade.

– Acho ótimo – Rephaim respondeu. – Seja com olhos humanos ou de um pássaro, vou adorar assistir você pegando fogo.

– Vai sonhando, seu cuzão! – Dallas conseguiu avançar mais para a frente, em direção à tomada, quase se soltando de Johnny B. e fazendo que eu tropeçasse e caísse para trás.

E então mãos fortes me pegaram e braços fortes me impediram de cair de bunda no chão. Com um só movimento, Stark me colocou em pé, atrás dele e contra a parede. Então ele encarou Dallas.

– Vá embora – Stark não levantou a voz. Ele soou calmo, frio e totalmente perigoso.

– Esta briga não é sua – Dallas respondeu, mas ele já tinha parado de se debater para se soltar de Johnny B.

– Se Zoey está nela, então a briga é minha. E você precisa entender que eu vou vencer sempre. Então, desista.

– Acabem com isso agora! – soando como um general comandando tropas em retirada, Dragon Lankford e vários guerreiros Filhos de Erebus, incluindo Darius, irromperam na cena, colocando-se entre Dallas e Rephaim. O rosto do Mestre da Espada era como uma nuvem de tempestade. – Dallas, você fica aí – ele apontou um local na frente dele e então, mal olhando para Rephaim, acrescentou: – E você aí – Dragon apontou para um espaço vazio ao lado de Dallas. Os dois garotos fizeram o que ele ordenou, apesar de Dallas ainda continuar olhando com ódio para Rephaim. Já o olhar de Rephaim estava totalmente concentrado no Mestre da Espada, que começou a falar severamente com os dois. – Eu não vou tolerar brigas nesta escola. Esta não é uma escola humana de ensino médio. Eu espero que vocês cresçam e parem com esse comportamento infantil e desprezível – Dragon olhou para Dallas e Rephaim. – Vocês entenderam?

– Eu entendi – Rephaim falou rápido e claramente. – Não quero causar problemas.

– Então vá embora, porque enquanto você estiver aqui vai haver problemas! – Dallas disse.

– Não! – Dragon proferiu a palavra como um chicote. – Não vai mais haver problemas nesta escola ou você vai responder a mim.

– Ele não pertence a este lugar – Dallas falou, mas a sua voz estava mais baixa e ele parecia mais rabugento do que perigoso.

– Eu concordo com você, Dallas – Dragon afirmou. – Mas Nyx não concorda. Enquanto a Morada da Noite servir a Nyx, nós vamos obedecer as escolhas dela, mesmo que ela escolha o perdão que nós não podemos dar.

– Não pode ou não quer? – Stevie Rae atraiu a atenção de todos. Ela marchou para o lado de Rephaim, pegou a mão dele e encarou Dragon. Eu achei que ela parecia totalmente uma Grande Sacerdotisa poderosa que estava irritada o bastante a ponto de cuspir fogo, e fiquei feliz que o elemento dela fosse a terra e não as chamas. – Rephaim não começou essa encrenca com Dallas. Tudo o que ele fez foi me defender quando Dallas me chamou de puta, cadela e outras coisas feias demais para que eu repita. Se fosse qualquer outro no lugar de Rephaim, você não estaria do lado de Dallas.

– Eu posso entender que Dallas e muitos estudantes tenham dificuldade em aceitar Rephaim – Dragon disse sem rodeios.

– Isso é algo que vocês terão que resolver com a Deusa – a voz de Neferet passou por entre a multidão de modo sedutor. Todo mundo se virou para vê-la na frente da porta com Thanatos ao seu lado.

– De acordo com todas as informações, a Deusa se pronunciou pela aceitação de Rephaim – Thanatos afirmou. – Dallas, você simplesmente vai ter que seguir a decisão de Nyx, assim como você, Mestre da Espada.

– Ele está sendo bem aceito – Stevie Rae soou muito perturbada. – Como eu estava tentando explicar, era Dallas quem estava criando problemas, não Rephaim.

– E esses problemas agora vão acabar – Dragon falou. – Eu deixei isso bem claro.

– Você também deixou bem claro que não quer Rephaim aqui – Stevie Rae rebateu.

– O nosso Mestre da Espada não tem a obrigação de gostar de nenhum de nossos estudantes – Neferet interveio com um ar complacente, balançando a cabeça. – O seu dever é nos proteger e não nos paparicar.

– O seu dever também é ser justo e honrado – Thanatos emendou. – Dragon Lankford, você acredita que pode ser justo e honrado ao lidar com Rephaim, apesar dos seus sentimentos pessoais por ele?

Dragon estava com a expressão fechada e a voz tensa, mas a sua resposta saiu sem hesitação.

– Acredito.

– Então eu aceito a sua palavra como verdadeira e legítima – Thanatos disse. – Como todos devem fazer.

– Todos também devem ir para a segunda aula – Neferet falou rispidamente. – Isso já tomou nosso tempo demais – ela olhou desdenhosamente para Rephaim e Stevie Rae, antes de se virar regiamente, tocando para dentro os garotos que estavam perto dela. Dragon se juntou a ela, levando os estudantes embasbacados de volta para os corredores, como se ele estivesse arrebanhando gado.

– Você consegue ver as Trevas que rodeiam Neferet e os outros novatos vermelhos? – Stark me surpreendeu ao dirigir a pergunta direto para Thanatos.

A vampira membro do Conselho Supremo hesitou e então balançou a cabeça devagar.

– Eu nunca negociei com as Trevas. Elas não são visíveis para mim.

– Eu consigo vê-las – Rephaim afirmou. – Stark está certo.

– Eu também consigo vê-las. Elas deslizam em volta deles como insetos, tocando-os e constantemente se juntando – Stevie Rae acrescentou em voz baixa e estremeceu. – É nojento.

– E Dragon? – eu perguntei. – Elas estão em volta dele também?

Foi Rephaim quem me respondeu.

– Sim e não. Elas o estão seguindo, mas não se ligam a ele como fazem com os outros – ele suspirou pesadamente. – Pelo menos, não até agora.

– Não é culpa sua – Stevie Rae disse a ele com determinação. – As escolhas que Dragon está fazendo agora não são culpa sua.

– Vou acreditar nisso no dia em que ele me perdoar – Rephaim falou. – Vamos, eu vou acompanhá-la até a segunda aula.

Nós nos despedimos e combinamos de nos encontrar no almoço, mas Stark e eu não fomos a lugar nenhum. Apenas ficamos ali com Thanatos, observando Rephaim e Stevie Rae se afastarem.

– O garoto tem consciência – Thanatos comentou.

– Sim, ele tem – eu concordei.

– Então ainda há esperança para ele – ela afirmou.

– Você pode contar isso para Dragon? – Stark sugeriu.

– Infelizmente, isso é algo que Dragon Lankford vai ter que descobrir sozinho, se a morte da sua companheira não fez que ele se perdesse totalmente de quem ele é.

– Você acha que aconteceu isso? Você acredita que Dragon se perdeu totalmente? – eu quis saber.

– Acredito – Thanatos respondeu.

– Isso significa que as Trevas podem ser capazes de pegá-lo – Stark concluiu. – E, se o nosso Mestre da Espada passar para o lado das Trevas, vamos ter problemas.

– Realmente – Thanatos concordou.

Ah, que inferno, eu pensei.

Capítulo 20
Lenobia

Havia alguns dias em que Lenobia não precisava do horário chamado de planejamento didático, em que nenhum estudante tinha aula marcada com ela por uma hora inteira.

Hoje não era um desses dias.

Hoje o seu período de planejamento durante a quinta aula não poderia ser mais bem-vindo. Assim que o sino tocou anunciando o início da quinta aula, ela saiu apressada da arena. Uma arena que ainda estava cheia de novatos brandindo suas espadas uns contra os outros e disparando flechas em alvos.

– Deixe Bonnie descansar durante esse horário – ela disse para Travis ao passar por ele. – Mas fique de olho nesses novatos. Não quero ninguém perturbando os cavalos.

– Sim, madame. Alguns acham que cavalos são como cachorros grandes – o cowboy falou, olhando com expressão dura para o grupo de novatos. – Eles não são.

– Preciso dar um tempo de ficar vigiando os novatos constantemente. Eu não tinha ideia de que tantos novatos que não sabem cavalgar eram fascinados por cavalos – ela balançou a cabeça, parecendo exausta.

– Vá respirar um pouco. Eu vou conversar com Darius e Stark. Eles precisam manter a rédea mais curta com esses garotos.

– Concordo totalmente – Lenobia murmurou e, sentindo-se contente por ser Travis quem iria dar o sermão nos guerreiros, ela escapou para o silêncio frio da noite.

O seu banco estava tão vazio quanto o prédio da escola estava cheio. A brisa tinha aumentado e estava surpreendentemente cálida para o pleno inverno. Lenobia ficou feliz com isso e com a solidão. Ela se sentou, relaxando os ombros e inspirando e expirando profundamente.

Ela não estava exatamente arrependida por ter recebido as aulas dos guerreiros dentro dos seus domínios, mas levaria algum tempo até ela se acostumar com o afluxo de novatos, principalmente de não-cavaleiros. Parecia que toda vez que ela piscava um novato errante saía da arena e entrava no seu estábulo. Tanto que apenas hoje ela tinha encontrado três deles olhando embasbacados para uma égua prenhe perigosamente perto de parir e que, portanto, estava agitada e sensível e não de bom humor. De fato, a égua havia tentado morder um dos meninos, que disse que *só queria acariciá-la.*

– Como se ela fosse mesmo um cachorro grande – Lenobia resmungou entre os dentes.

Mas aquilo até que não tinha sido tão ruim quanto o terceiro-formando sem-noção que achou que seria uma boa ideia tentar levantar uma das patas de Bonnie, depois de apostar com o amigo *se ela era mesmo pesada.* Bonnie se assustara quando um dos garotos gritou que era *uma pata grande mesmo.* Então a égua, completamente desequilibrada e perturbada, tinha caído de joelhos.

Felizmente, ela estava na serragem da arena e não em um chão de cimento, que poderia machucá-la e quebrá-la.

Travis, que nessa hora supervisionava um pequeno grupo de estudantes regulares que estava aprendendo o trabalho de chão, tinha lidado com os dois prontamente. Lenobia sorriu, lembrando-se de como ele tinha agarrado cada um deles pelo cangote e os atirado direto em uma pilha de esterco de Bonnie que era, como ele dissera, quase tão grande e pesada quanto uma de suas patas. Ele acalmou sua égua com alguns toques tranquilizadores enquanto observava seus joelhos. Então ele a alimentara com um daqueles *waffers* de maçã que ele parecia ter sempre nos bolsos e, totalmente imperturbável, tinha voltado para o grupo de novatos que faziam o trabalho de chão com os cavalos.

Ele é bom com os estudantes, ela pensou. *Quase tão bom quanto ele é com os cavalos.*

Verdade seja dita, parecia que Travis Foster ia se tornar um trunfo no seu estábulo. Lenobia riu baixo. Neferet iria ficar muito desapontada com isso.

Sua risada se esvaiu rapidamente, no entanto, foi substituída pela tensão que revirava seu estômago e que a assombrava desde que ela conhecera Travis e o seu cavalo. *É porque ele é humano,* Lenobia confessou silenciosamente para si mesma. *Eu simplesmente não estou acostumada a ter um homem humano perto de mim.*

Ela havia esquecido coisas sobre os humanos. Como a risada deles podia ser espontânea. Como eles podiam ter um prazer que parecia tão novo em coisas que eram tão antigas para ela, como um simples nascer do sol. Como eles viviam pouco e intensamente.

Vinte e sete, madame. Esse era o número de anos que ele tinha vivido nesta terra. Ele tinha vinte e sete anos de experiência em ver o sol nascer e ela tinha mais de duzentos e quarenta. Ele provavelmente só ia ver o sol nascer por mais trinta ou quarenta anos, e então ele ia morrer.

A vida deles era tão curta.

Algumas mais curtas do que as outras. Alguns não viviam nem para ver vinte e um verões, muito menos para ver o sol nascendo o bastante para preencher uma vida.

Não! A mente de Lenobia fugiu daquela lembrança. O cowboy não ia despertar aquelas memórias. Ela havia fechado a porta para elas no dia em que foi Marcada – aquele dia terrível e maravilhoso. Essa porta não ia, não podia ser aberta agora nem nunca mais.

Neferet conhecia um pouco do passado de Lenobia. Elas já haviam sido amigas, ela e a Grande Sacerdotisa. Elas conversavam e Lenobia acreditava que elas trocavam confidências. Tinha sido, é claro, uma falsa amizade. Mesmo antes de Kalona emergir da terra para ficar ao lado de Neferet, Lenobia já tinha começado a perceber que havia alguma coisa muito errada com a Grande Sacerdotisa – algo sombrio e perturbador.

– Ela está estragada – Lenobia sussurrou para a noite. – Mas eu não vou deixar que ela me estrague.

A porta iria permanecer fechada. Para sempre.

Ela escutou as batidas das patas de Bonnie retumbando com força contra o gramado do inverno antes de perceber a mente da grande égua. Lenobia limpou seus pensamentos e emitiu afeto e boas-vindas. Bonnie relinchou uma saudação tão grave que quase pareceu ter saído de algo de que muitos estudantes a estavam chamando: dinossauro, o que fez Lenobia rir. Ela ainda estava rindo quando Travis guiou Bonnie para o banco dela.

– Não, eu não tenho nenhum *waffer* para você – Lenobia sorriu, acariciando o focinho largo e macio da égua.

– Aí vai, chefa – Travis arremessou um *waffer* para Lenobia enquanto se sentava no canto do banco de ferro forjado.

Lenobia pegou a guloseima e estendeu a mão para entregá-la a Bonnie, que a pegou com uma delicadeza surpreendente para um animal tão grande.

– Você sabe que, com a quantidade dessas coisas que você dá a ela, um cavalo normal acabaria engordando.

– Ela é uma garota grande e adora uns biscoitos – Travis falou lentamente.

Quando ele falou a palavra "biscoitos", a égua eriçou as orelhas. Ele riu e cruzou o braço por cima de Lenobia para dar outro *waffer* para ela. Lenobia balançou a cabeça.

– Mas que mimada! – ela disse, mas o sorriso na sua voz era óbvio.

Travis encolheu seus ombros largos.

– Eu gosto de mimar minha garota. Sempre gostei. Sempre vou gostar.

– Eu também me sinto assim em relação a Mujaji – Lenobia acariciou a testa ampla de Bonnie. – Algumas éguas pedem um tratamento especial.

– Ah, então a sua égua tem tratamento especial e a minha é mimada?

Ela encontrou o olhar dele e viu um sorriso brilhando lá dentro.

– Sim. É claro.

– É claro – ele disse. – E agora você está me lembrando a minha mãe.

Lenobia levantou suas sobrancelhas.

– Eu já disse a você, Senhor Foster, isso é a mesma coisa do que dizer que eu sou muito velha.

Então ele riu alto, emitindo um som jovial e alegre que fez Lenobia se lembrar do sol nascendo.

– É um elogio, madame. Minha mãe insistia que as coisas tinham que ser sempre do jeito dela. Sempre. Ela era cabeça-dura, mas isso acabava contrabalançando porque ela também estava quase sempre certa.

– Quase sempre? – ela observou.

Ele riu de novo.

– Está vendo só, se ela estivesse aqui, iria dizer exatamente isso.

– Você sente muita saudade dela, não é? – Lenobia perguntou, analisando seu rosto bronzeado e bem desenhado. Ele parece ter uns trinta e dois anos ou mais, mas no bom sentido, ela pensou.

– Sinto – ele respondeu em voz baixa.

– Isso diz muito sobre ela – Lenobia afirmou. – Muitas coisas boas.

– Rain Foster era um monte de coisas boas.

Lenobia sorriu e balançou a cabeça.

– Rain Foster. É um nome incomum.

– Não se você for uma criança nascida na época paz e amor dos anos 1960 – Travis replicou. – Lenobia, esse sim é um nome incomum.

Sem pensar, a resposta saiu pela sua boca.

– Não se você for a filha de uma moça inglesa do século XVIII com grandes sonhos – as palavras mal haviam sido ditas e Lenobia apertou os lábios, fechando sua boca mole.

– Você não se cansa de viver por tanto tempo?

Lenobia foi pega desprevenida. Ela esperava que ele se surpreendesse e ficasse assustado ao ouvir que ela estava viva há mais de duzentos anos.

Em vez disso, ele simplesmente pareceu curioso. E por alguma razão a curiosidade sincera dele a fez relaxar, e por isso ela respondeu com autenticidade e não com evasivas.

– Se eu não tivesse meus cavalos, acho que ficaria muito cansada de viver.

Ele assentiu, como se o que ela havia acabado de dizer fizesse sentido para ele. Mas, quando falou, tudo o que ele disse foi:

– Século XVIII... Isso é realmente impressionante. Muita coisa mudou desde então.

– Os cavalos não – ela observou.

– Alegria e cavalos – ele lembrou.

Ele sorriu com os olhos para ela, que novamente ficou intrigada com a mudança de cor deles, que pareciam estar mais claros.

– Os seus olhos – ela disse. – Eles mudam de cor.

Ele curvou os lábios em um sorriso.

– É verdade. Minha mãe costumava dizer que ela podia me decifrar pela cor deles.

Lenobia não conseguia desviar os olhos dele, apesar da ansiedade que percorria o seu corpo.

Felizmente, Bonnie começou a roçá-la com o focinho. Lenobia acariciou a testa da égua enquanto tentava aquietar a cacofonia de sentimentos que a presença deste humano havia provocado. *Não. Eu não vou permitir esse absurdo.*

Com uma frieza reinstalada, Lenobia desviou os olhos da égua e se voltou para o cowboy.

– Senhor Foster, por que você está aqui fora e não lá dentro, certificando-se de que o meu estábulo esteja a salvo de novatos curiosos?

Os olhos dele instantaneamente escureceram, voltando ao castanho normal e cauteloso. O seu tom passou de afetuoso para profissional.

– Bem, madame, eu tive uma conversa com Darius e Stark. Eu realmente acredito que os seus cavalos estão seguros até o final deste horário de aula, pois tem dois vampiros bem irritados lá dentro, fazendo exercícios de combate corpo a corpo com eles, focando principalmente em mostrar a cada um como derrubar o outro – ele inclinou o chapéu para trás. – Parece que esses vampiros, tanto quanto você não gostam do fato de os novatos estarem causando incômodo, portanto eles vão mantê-los bem ocupados de agora em diante.

– Ah, bem, são boas notícias – ela respondeu.

– Sim, eu também vejo as coisas desse jeito. Então eu pensei em vir aqui fora e oferecer a você algo realmente prazeroso.

O homem estava realmente flertando com ela? Lenobia dissimulou o arrepio nervoso que sentiu e, em vez disso, dirigiu a ele um olhar frio e imperturbável.

– Não consigo pensar em um nenhum modo possível de você me oferecer prazer.

Ela teve certeza de que os olhos dele começaram a clarear, mas o olhar dele permaneceu tão imperturbável como o dela.

– Bem, madame, eu presumi que isso seria óbvio. Estou oferecendo uma cavalgada – ele fez uma pausa. – Em Bonnie.

– Bonnie?

– Sim, Bonnie. Minha égua. A garotona cinza parada bem aí, acariciando-a com o seu focinho. Aquela que gosta de biscoitos.

– Eu sei quem ela é – Lenobia falou rispidamente.

– Achei que você poderia gostar de cavalgá-la. Foi por isso que vim aqui com ela já selada para você – quando Lenobia não respondeu, ele inclinou o seu chapéu e pareceu vagamente desconfortável. – Quando eu preciso relaxar... e me lembrar de sorrir e respirar... eu monto em Bonnie e saio galopando. Rápido. Ela anda bem para uma garota grande, mas é um pouco como cavalgar uma montanha, e isso me faz sorrir. Pensei que poderia ser igual para você – ele hesitou e então acrescentou: – Mas, se você não quiser, eu a levo de volta para dentro.

Bonnie cutucou o ombro dela, como que oferecendo ela mesma a cavalgada.

E isso fez Lenobia decidir. Ela nunca havia rejeitado um cavalo antes e nenhum humano iria fazer com que ela rejeitasse, não importava o quanto ele a deixasse desconfortável.

– Acho que você pode estar certo, Senhor Foster – ela se levantou, pegou as rédeas da mão dele e as passou por cima do pescoço bem arqueado de Bonnie.

Ela percebeu que surpreendeu o cowboy pelo jeito com que ele se mexeu. Em um instante, ele estava em pé.

– Venha cá, pode se apoiar no meu joelho para montar nela.

– Não é preciso – ela disse. Lenobia deu as costas para ele e fez alguns sons com a língua para a égua, encorajando-a a andar até ficar próxima ao encosto do banco. Movendo-se com uma agilidade graciosa que vinha de séculos de prática, Lenobia pisou no assento do banco e depois no encosto de ferro, facilmente encontrando o estribo e então subindo e subindo até se sentar na sela de Bonnie. Ela percebeu na hora que ele havia encurtado os estribos da sua sela estilo faroeste para acomodar as pernas muito menores dela, portanto, apesar de a sela ser muito grande, ela se sentiu confortável e não desajeitada. Ela olhou para Travis e teve que sorrir, pois ele parecia muito, muito abaixo dela.

O sorriso dele foi uma resposta ao dela.

– Eu sei.

– É diferente aqui em cima – ela afirmou.

– Sim, com certeza. Leve minha garota para passear. Ela vai fazer você se lembrar de respirar e de sorrir. Ah, Lenobia, e eu gostaria que você pudesse parar de me chamar de Senhor Foster – ele tocou seu chapéu em uma saudação para ela, acrescentou um sorriso e disse devagar: – Se fizer o favor, madame.

Lenobia apenas levantou uma sobrancelha para ele. Ela apertou Bonnie com os joelhos e fez o mesmo barulho de beijo que tinha ouvido Travis fazer. A égua respondeu sem hesitar. Elas partiram tranquilamente. O vento quente continuava a aumentar e Lenobia se lembrou da primavera. Ela sorriu.

– Talvez este inverno frio e longo tenha acabado, Bonnie. Talvez a primavera esteja chegando mesmo.

Bonnie levantou as orelhas para trás, ouvindo, e Lenobia afagou seu pescoço grosso. Ela indicou o norte para a égua e cavalgou junto ao muro de pedra, passando pela árvore rachada, que tinha sido palco de tanta dor, passando pelo estábulo e pela arena. Elas foram alternando marcha e trote por todo o caminho até o lugar onde o leste se juntava ao norte, na esquina do retângulo que cercava os jardins da escola. Na hora em que elas atingiram esse ponto, Lenobia sentiu que já tinha a confiança de Bonnie e conhecia seu ritmo. Ela fez a volta com a égua, de modo que ela ficou virada para o caminho por onde elas tinham vindo.

– Certo, minha Bonnie querida, vamos ver do que você é capaz – Lenobia se inclinou para a frente, apertou os joelhos, cutucou-a com os calcanhares e fez um som alto de beijo enquanto batia com a ponta das rédeas no traseiro da grande égua.

Bonnie arrancou como se pensasse que era um cavalo Quarto de Milha na prova do laço.

– Eia! – Lenobia gritou. – Isso aí! Vamos lá!

As patas gigantescas de Bonnie desabavam no chão. Lenobia podia sentir a poderosa batida do coração da égua. O ar cálido da noite chicoteava o seu cabelo para trás e a Mestra dos Cavalos se inclinou ainda mais para a frente, encorajando Bonnie a se soltar, a dar tudo de si.

A égua respondeu com uma explosão de velocidade que não deveria ser possível para uma criatura que pesava mais de novecentos quilos.

Enquanto o vento zunia ao redor delas, levantando os longos cabelos cinza de Lenobia ao mesmo tempo que a crina da Percherão, naquela dança mágica que fundia cavalo e amazona, Lenobia se lembrou do antigo provérbio persa: *O vento do paraíso é aquele que sopra por entre as orelhas de um cavalo.*

– É isso aí! É isso aí mesmo! – Lenobia gritou, agarrada ao dorso veloz do cavalo.

Alegremente, livremente e maravilhosamente, Lenobia e Bonnie cavalgaram como se fossem uma só. Ela não tinha percebido que estava rindo alto até puxar as rédeas da égua, dar uma volta com ela e parar, ofegante e suada, ao lado de Travis no banco.

– Ela é magnífica! – Lenobia riu alto de novo e se inclinou para a frente para abraçar o pescoço úmido de Bonnie.

– Pois é, eu disse que tudo ia ser melhor depois disso – Travis respondeu, pegando as rédeas de Bonnie e ecoando a risada de Lenobia.

– Como não podia ser? Foi tão divertido!

– Como cavalgar uma montanha?

– Exatamente como cavalgar uma montanha linda, esperta e maravilhosa! – Lenobia abraçou Bonnie de novo. – Sabe de uma coisa? Você realmente merece todos aqueles biscoitos – ela falou para a égua.

Travis simplesmente riu.

Lenobia levantou sua perna sobre a sela para deslizar para fora de Bonnie, mas o chão estava muito mais longe do que ela havia previsto. Ela cambaleou e teria caído se Travis não segurasse com força o seu cotovelo.

– Calma aí... calma, garota – ele murmurou, soando como se estivesse falando com uma potranca assustada. – O chão é um longo caminho para baixo. Vá com calma ou você vai ter uma queda horrível.

Ainda sentindo a doce adrenalina correndo depois do passeio com a égua, Lenobia riu.

– Eu não me importo! A cavalgada valeria a queda. A cavalgada valeria tudo!

– Algumas garotas valem – Travis afirmou.

Lenobia levantou os olhos para o cowboy alto. Os olhos dele tinham clareado de modo que não eram mais apenas cor de avelã. Eles estavam salpicados de um verde oliva bem característico, claro e inegavelmente familiar.

Lenobia não pensou. O instinto a guiou. Ela entrou no abraço dele. Parecia que Travis tinha parado de pensar também, pois ele largou as rédeas de Bonnie e puxou Lenobia para dentro dos seus braços. Os lábios deles se encontraram com um tipo de desespero que era em parte paixão, em parte interrogação.

Ela podia ter se contido, mas não o fez. Ela permitiu. Não, mais do que isso. Lenobia encontrou a paixão de Travis com a sua própria, e respondeu à interrogação dele com desejo e carência.

O beijo durou o bastante para Lenobia reconhecer o gosto e o toque dele e para admitir para si mesma que sentia falta dele... que sentia falta dele desesperadamente.

E então ela começou a pensar de novo.

Ela só teve que se afastar um pouco, e ele a deixou deslizar para fora do calor do seu abraço.

Lenobia podia sentir sua cabeça balançando de um lado para o outro e o seu coração batendo forte.

– Não – ela disse, tentando manter a respiração sob controle. – Isso não pode acontecer. Não posso fazer isso.

Os bonitos olhos salpicados de verde oliva do cowboy pareceram confusos.

– Lenobia, garota. Vamos conversar sobre isso. Aconteceu coisa aqui que a gente não pode ignorar. É como se nós...

– Não! – Lenobia retomou o autocontrole de aço que ela tinha há séculos, disfarçando o seu desejo, a sua carência e o seu medo em raiva e frieza. – Não faça deduções. Os humanos têm atração pela nossa espécie. O que você sentiu é o que qualquer humano sentiria se eu me permitisse beijá-lo – ela se forçou a rir, e a sua risada desta vez soou totalmente desprovida de alegria. – É por isso que eu não crio o hábito de beijar homens humanos. Isso não vai acontecer de novo.

Sem olhar para Travis ou Bonnie, Lenobia foi embora a passos rápidos. Ela estava de costas para eles, portanto eles não puderam ver que ela pressionou a mão contra a boca para evitar que seu choro soluçante escapasse. Ela abriu a porta lateral do estábulo com tanto ímpeto que ela se chocou com força contra a parede de pedra do edifício. Lenobia não parou. Ela foi direto para o seu quarto, que ficava acima dos seus cavalos, e fechou e trancou bem a porta.

E então, só então, Lenobia se permitiu chorar.

21

Neferet

As coisas estavam indo muito bem.

Os novatos vermelhos estavam causando problemas.

Dallas odiava Rephaim com uma intensidade que era simplesmente adorável.

Gaea estava toda estressada por causa dos humanos jardineiros. Tanto que havia se esquecido de trancar o portão lateral de manutenção, e uma das pessoas que normalmente passavam pela Cherry Street havia sido de algum modo compelida a vagar pela Utica Street e a entrar no campus pelo portão destrancado.

– E ele quase tinha sido dividido ao meio rapidamente por Dragon, que vê um Raven Mocker em cada sombra – Neferet praticamente ronronou.

Ela deu alguns tapinhas no seu queixo enquanto pensava. Neferet odiava que Thanatos tivesse invadido a sua Morada da Noite. Mas o lado positivo do método intrometido do Conselho Supremo era que o fato de forçar todos aqueles novatos especiais a ficarem na mesma sala de aula ia funcionar como colocar gravetos secos em um braseiro.

– Caos! – Neferet gargalhou. – Ele vai dar um jeito de causar um incêndio.

As Trevas, que eram a sua companhia constante, deslizaram para mais perto, envolvendo-se carinhosamente ao redor das pernas dela.

Durante o horário de aula anterior, ela ouvira duas das amigas ridículas de Zoey conversando. Parecia que as gêmeas, Shaunee e Erin, haviam tido uma desavença que estava afetando todo o grupo.

Neferet bufou sarcasticamente.

– É claro que isso ia acontecer. Nenhum deles é forte o bastante para ficar sozinho. Eles se amontoam como ovelhinhas que tentam se proteger do lobo – ela ia se divertir vendo como aquele pequeno drama ia acabar. – Talvez eu possa ficar amiga de Erin nesse período de carência dela... – ela refletiu em voz alta.

Neferet sorriu e abriu as pesadas cortinas de veludo, que normalmente cobriam as amplas janelas com pinázios e protegiam os seus aposentos privados dos olhos bisbilhoteiros da escola. Ela abriu a janela, inalando profundamente a brisa fresca e cálida. Neferet fechou os olhos e abriu os seus sentidos. Ela farejou no vento o perfume mais do que familiar do incenso do templo e o cheiro do gramado de inverno recém--cortado. Neferet abriu a sua mente para saborear os aromas de emoção que turvavam e se levantavam da Morada da Noite e de seus habitantes.

Ela era intuitiva de um jeito literal e não tão literal. Às vezes, ela conseguia, de fato, ler pensamentos momentâneos. Outras vezes, ela podia apenas experimentar emoções. Se essas emoções eram fortes o bastante, ou se a mente da pessoa era fraca o suficiente, ela conseguia até vislumbrar imagens mentais – retratos dos pensamentos que habitavam dentro da mente.

Era mais fácil quando ela estava próxima da pessoa, fisicamente e emocionalmente. Mas não era impossível peneirar noite adentro e captar coisas, principalmente em uma noite tão cheia de emoções quanto esta.

Neferet se concentrou.

Sim, ela sentiu tristeza. Ela a examinou atentamente e reconheceu a emoção banal de Shaunee, Damien e até de Dragon, apesar de vampiros serem sempre mais difíceis de decifrar do que novatos ou humanos.

Os pensamentos de Neferet se voltaram para os humanos. Ela tentou captar algo de Aphrodite, tentou atingir nem que fosse um minúsculo pedaço de emoção da garota, mas ela falhou. Aphrodite sempre foi tão indecifrável para ela quanto Zoey.

– Não importa – ela sufocou sua irritação. – Há outros humanos em jogo na minha Morada da Noite hoje.

Neferet pensou em Rephaim, nas feições fortes do seu rosto que claramente remetiam às de seu pai... Pensou na paixão obsessiva que o tinha levado à sua forma humana...

Novamente, nada.

Ela não conseguiu encontrar Rephaim, apesar de saber que ele devia estar repleto de emoções decifráveis. Muito estranho. Humanos normalmente eram presas tão fáceis. Humanos...

Neferet sorriu quando concentrou sua atenção em um humano mais interessante. O cowboy, aquele que ela havia escolhido tão cuidadosamente para a pobre, querida e frustrada Lenobia.

O que era mesmo que a Mestra dos Cavalos havia dito quando elas se conheceram e Lenobia acreditou que elas eram amigas? Ah, Neferet se lembrou. Elas conversaram sobre companheiros humanos e como nenhuma das duas desejava ter um. Neferet não tinha admitido que eles embrulhavam o seu estômago e que ela nunca, nunca permitiria que um humano a tocasse sem que ela fosse violenta com ele. Em vez disso, ela simplesmente ouvira Lenobia confessar: *Uma vez eu amei um garoto humano. Quando eu o perdi, quase perdi a mim mesma. Eu não posso deixar isso acontecer nunca mais, portanto prefiro ficar longe de humanos.*

Neferet fechou os olhos, inspirou profundamente e afundou suas unhas compridas e afiadas na palma da sua mão esquerda. Quando o sangue empoçou e começou a gotejar, ela o ofereceu às sombras perscrutadoras, pensando no cowboy que ela havia plantado no solo fértil da arena de Lenobia.

Empreste o poder das Trevas para mim
Para que as emoções dele eu possa ver!

A dor na palma da sua mão não era nada em comparação ao afluxo de poder gelado que ela recebeu. Neferet controlou esse poder e se concentrou no estábulo. Ela foi bem recompensada. Ela podia sentir o fervor e a paixão do cowboy, o seu arrebatamento e o seu desejo. E então ela riu alto, pois também sentiu a sua dor e a sua confusão, junto com uma onda colateral que só podia ser o coração partido de Lenobia.

– Isso é tão saboroso! Tudo está acontecendo de acordo com meus planos.

Distraidamente, Neferet afastou o filamento de Trevas mais agressivo e lambeu as feridas na palma da sua mão, fechando-as.

– Por enquanto, é só. Esperem até mais tarde para receberem mais – ela riu da relutância dos filamentos em parar de se alimentar dela. Ela os comandava facilmente. *Eles sabem que a minha verdadeira fidelidade, a minha verdadeira oferenda, é só para ele: o touro branco.* Só de pensar nele e no seu poder magnífico, Neferet estremeceu de desejo. *Ele é tudo o que um deus ou uma deusa deve ser; posso aprender muito com ele.*

Então Neferet se decidiu. Ela iria dar uma desculpa para Thanatos, sempre curiosa demais, e sair da escola antes do amanhecer. Ela precisava estar com o touro branco... precisava absorver mais do seu poder.

Ela fechou os olhos e respirou o ar da noite, deixando que a lembrança do seu Consorte – as Trevas em pessoa – a cortejasse. E por um momento Neferet acreditou que estava quase feliz.

E então ela se intrometeu. Ela sempre se intrometia.

– É sério, Shaunee, você não pode ficar aqui.

Neferet curvou os lábios em um sorriso sarcástico quando ela abriu os olhos e olhou através da sua janela para a calçada abaixo. Zoey havia pegado a garota negra pelo braço e estava obviamente tentando impedi-la de sair para o estacionamento.

– Olha só, eu tentei, mas hoje foi um inferno. Realmente um inferno. Então eu vou buscar a mala que fiz para levar para a estação e deixei no ônibus, e vou voltar para o meu antigo quarto no dormitório.

– Por favor, não faça isso – Zoey pediu.

– Eu preciso. Erin continua me magoando sem parar – ela disse, e Neferet achou que a garota estava quase chorando. A fraqueza dela causou repulsa à Tsi Sgili. – E de qualquer forma, o que importa?

– Importa porque você é uma de nós! – o afeto sincero na voz de Zoey despertou o ódio de Neferet. – Você pode ficar irritada com Erin. Vocês podem até parar de ser melhores amigas, mas você não pode deixar a sua vida inteira explodir por causa disso.

– Não sou eu que estou explodindo nada. É ela – Shaunee afirmou.

– Então seja uma pessoa melhor. Seja você mesma, e talvez fazendo isso você possa mostrar a Erin como ser sua amiga de novo.

– Mas não minha gêmea – Shaunee falou tão baixo que Neferet quase não conseguiu ouvi-la. – Não quero ser gêmea de ninguém de novo. Eu só quero ser eu mesma.

Zoey sorriu.

– É só o que você precisa ser. Vá para a sexta aula e eu prometo que vou conversar com Erin. Vocês ainda fazem parte do nosso círculo, e isso tem que contar para alguma coisa.

Shaunee concordou devagar.

– Tudo bem, mas só se você falar com ela.

– Eu vou falar.

Neferet sorriu desdenhosamente de novo quando Zoey abraçou a garota negra, que começou a voltar para o prédio principal da escola. Ela imaginou que Zoey fosse voltar com Shaunee, mas ela não foi. Em vez disso, os ombros dela desabaram e ela esfregou a testa, como se estivesse com dor de cabeça. *Se a vaquinha ficasse de fora dos assuntos dos outros, não teria nenhuma preocupação,* Neferet pensou enquanto observava Zoey sair da calçada e chutar de um jeito meio barulhento uma lata que os humanos da manutenção do jardim tinham, sem dúvida, deixado para trás. Neferet sorriu por saber o que esses restos de lixo provocariam na exigente Gaea.

A lata que Zoey chutou rolou até parar na raiz exposta de um dos antigos carvalhos que pontuavam os jardins da escola. Os galhos desfolhados pelo inverno se balançaram com outra rajada de vento quente, quase ocultando Zoey da sua visão – quase como se eles estivessem se esticando para protegê-la, quando a garota se inclinou para pegar a lata.

Protegê-la...

Neferet arregalou os olhos. E se Zoey realmente precisasse de proteção? As árvores certamente não fariam isso, não sem que a garota irritante invocasse a terra. E Zoey não saberia que ela precisava chamar a terra se uma súbita rajada de vento – um acidente repentino – fizesse com que um galho quebrasse e caísse em cima dela.

Zoey não saberia o que estava acontecendo...

Sem vacilar, Neferet enfiou sua unha nas feridas rosa que ainda não estavam cicatrizadas. Ela levantou a mão, empoçada de sangue e disse:

"Bebam e obedeçam
O galho tem que fazer mais do que ser envergado
Arranquem-no... quebrem-no... para a terra ele dever ser atirado
Esmaguem-na... Machuquem-na... Matem a garota Zoey.

Neferet se preparou para a dor que o ato de alimentar as Trevas costumava provocar, mas ela se surpreendeu ao não sentir nada. Ela desviou os olhos da árvore e se voltou para a palma da sua mão. Os filamentos de Trevas pegajosos estremeciam e se contorciam ao redor dela, mas não estavam se alimentando.

O que você pede desafia o Destino
Para isso tem que ser grande o sacrifício.

As palavras flutuaram pela mente de Neferet, e ela reconheceu o eco do poder de seu Consorte nelas.

"O que você precisa de mim?
Que sacrifício tem que ser?"

A resposta retumbou na mente de Neferet.

A força vital dela realmente exige
Que o sacrifício seja equivalente à sua ordem.

Neferet se encheu de irritação. Zoey sempre causava problemas para ela! Com um esforço considerável, Neferet controlou seu tom de voz para que suas palavras não ofendessem seu Consorte.

Eu altero o meu pedido
Não matá-la seria melhor.
Assustem-na... machuquem-na

Mas deixem a sua linha da vida intata e imaculada.

Com uma entrega dolorosa, Neferet sentiu os filamentos das Trevas avançarem com ímpeto no sangue empoçado na sua mão. Ela não se retraiu. Ela não gemeu. Neferet sorriu e apontou para a árvore.

Meu sangue de mim para ti

Pela minha ordem... reduzam-na a pó!

As Trevas jorraram da janela de Neferet. Imitando o vento, elas giraram em volta dos poderosos galhos do carvalho. Totalmente fascinada, Neferet observou. Zoey havia pegado a lata e estava se afastando devagar da árvore em direção à calçada.

Mas o velho carvalho era enorme e a garota ainda estava embaixo da sua cobertura.

Como um chicote, as gavinhas das Trevas se enrolaram em volta do galho mais baixo. Houve um som terrível e maravilhoso de *crack*! O galho se quebrou e foi arremessado violentamente para baixo, enquanto Zoey olhava para cima com os olhos arregalados e a boca aberta de choque.

Apesar do que o seu Consorte havia dito, por um momento extraordinário Neferet acreditou que Zoey poderia, de fato, ser morta.

E então, de um modo totalmente inesperado, um borrão prateado invadiu a cena. Zoey foi empurrada para fora do caminho e o galho gigantesco se estatelou sem causar danos no jardim. Enquanto Neferet observava incrédula, Aurox e Zoey começaram a se desvencilhar da bola emaranhada que eles haviam se tornado quando ele a salvou do acidente.

Fazendo um som de absoluto desgosto, Neferet se afastou da janela e fechou as pesadas cortinas.

– Digam ao meu Consorte que eu acho que ele poderia ter permitido que ela ficasse mais machucada do que isso – ela falou para os filamentos negros que se contorciam, e eram sua constante companhia, sabendo que eles iriam transmitir ao touro branco, se não exatamente as suas palavras, pelo menos o seu sentido. – Acho que o meu sangue vale mais do que um tombo, apesar de eu reconhecer que foi sábio da parte dele deixar que Aurox a salvasse. Isso vai fazer a criatura parecer ainda mais heroica aos olhos dos tolos jovens novatos – os olhos esmeralda de Neferet se arregalaram quando a sua compreensão se ampliou. – Que complicação mais saborosa se um dos jovens novatos tolos a ver o Receptáculo como herói for Zoey Redbird em pessoa! – as Trevas se enrolaram nas suas pernas quando ela saiu dos seus aposentos e, sorrindo furtivamente, foi procurar Thanatos.

Zoey

Então, eu tinha acabado de fazer uma coisa boa. Duas coisas boas, na verdade. Eu havia convencido Shaunee a não sair da estação e tinha recolhido lixo. Eu estava segurando a lata de refrigerante pensando em como eu gostaria de beber um bem geladinho e marrom quando o vento, que estava soprando feito louco a noite toda, deu uma rajada gigante e *crack*! O galho gigante bem acima de mim se quebrou. Eu não tive tempo para fazer nada além de olhar embasbacada com um pavor silencioso e paralisante – e então ele me atingiu pelo lado, embaixo e com força, como eu já tinha visto jogadores fazendo milhões de vezes no campo de futebol americano. Todo o ar foi empurrado para fora de mim e eu senti que estava sufocando embaixo de um cara de mais ou menos uma tonelada.

– Saia de cima de mim! – falei de modo ofegante, tentando empurrar a perna dele que estava em volta do meu corpo. Eu me agitei tanto que, com um grunhido, ele se desvencilhou de mim. Quando ele ergueu o seu peso, consegui de fato sugar o ar com força. Eu meio que dei umas cotoveladas para conseguir me sentar. Minha mente estava funcionando devagar. Com o canto do olho, vi o galho enorme, ainda balançando por causa do seu impacto contra o chão. *Isso podia ter me matado,* eu percebi e levantei os olhos para a pessoa a quem eu devia um muito obrigado bem verdadeiro.

Um par de olhos de pedra da lua estavam me encarando. Ele levantou as mãos no instante em que nossos olhos se encontraram e se afastou um pouco para trás, como se esperasse que eu fosse atacá-lo.

Uma sensação quente se irradiou da pedra da vidência que pendia entre os meus seios. Ela encheu meu corpo de calor, como se esse calor fosse intensificado pelo contato com a pele de Aurox. Só podia ser minha imaginação, mas parecia que o calor da pedra permanecia no meu corpo mesmo depois que ele não estava mais me tocando.

– Eu estava patrulhando.

– É – eu falei e desviei os olhos dele, ocupando-me em tirar as folhas e o gramado da minha blusa enquanto tentava colocar em ordem meus pensamentos embaralhados. – Você faz bastante isso.

– Eu vi você embaixo da árvore.

– Ahan – continuei me limpando enquanto minha mente berrava: *Aurox salvou a sua vida!*

– Eu não ia me aproximar de você, mas ouvi o galho quebrando. Eu achei que não ia conseguir chegar a tempo – a voz dele parecia trêmula. Então olhei para Aurox. Ele parecia super sem jeito. Enquanto eu olhava para ele, parado ali, parecendo deslocado e abobado, eu de repente percebi que, não importava o que ele era, naquele momento Aurox era simplesmente um garoto inseguro como qualquer outro adolescente.

Um pouco da ansiedade e do desconforto terrível que eu senti desde o primeiro momento em que o vi começou a desaparecer.

– Bem, estou feliz que você conseguiu chegar a tempo – mantive minha voz calma e minhas emoções sob controle. A última coisa de que eu precisava era que Stark aparecesse atacando. – E você pode abaixar as mãos. Eu não vou mordê-lo nem nada parecido.

Ele abaixou as mãos e as enfiou no bolso da sua calça jeans.

– Eu não queria derrubá-la. Eu não queria machucá-la – ele afirmou.

– Aquele galho teria feito bem pior. Além disso, foi uma boa jogada. Heath teria aprovado – eu disse e então fechei a boca. Por que diabos eu estava falando sobre Heath com ele?

Aurox simplesmente pareceu totalmente confuso.

Suspirei.

– O que eu quero dizer é: obrigada por me salvar.

Ele piscou surpreso.

– De nada.

Comecei a me levantar e ele estendeu a mão para me ajudar. Olhei para ela. Era uma mão perfeitamente normal. Não era nada parecida com um casco de animal. Coloquei a minha mão na dele. Nossas palmas se juntaram e eu percebi que não estava imaginando coisas. O toque dele realmente irradiava o mesmo calor que a pedra da vidência.

Assim que fiquei em pé, soltei minha mão da dele.

– Obrigada. De novo – eu disse.

– De nada – ele fez uma pausa e quase sorriu. – De novo.

– É melhor eu ir para a sexta aula – quebrei o silêncio que havia começado a se instalar entre nós dois. – Preciso terminar de tratar uma égua.

– Eu tenho que continuar a patrulha – ele falou.

– Então, a única aula que você tem que assistir é a primeira?

– Sim, como Neferet ordenou – ele respondeu.

Eu achei que ele soou estranho. Não exatamente triste, mas meio resignado e ainda um pouco sem jeito.

– Tá certo. A gente se vê na primeira aula amanhã – eu não sabia mais o que dizer. Ele assentiu. Nós nos viramos e começamos a cada um seguir o seu caminho, mas uma coisa sobre a primeira aula surgiu na minha mente e eu sabia que não ia me deixar em paz. Então parei. – Aurox, espere! – eu o chamei e ele, parecendo curioso, voltou para me encontrar perto do galho quebrado. – Ahn, aquela pergunta que você escreveu hoje era para valer?

– Para valer?

– É, tipo, você realmente não sabe o que você é? – perguntei.

Ele hesitou pelo que pareceu um longo tempo antes de me responder. Eu pude ver que ele estava pensando e talvez analisando o que ele devia e o que não devia me contar. Eu estava me preparando para dizer algum clichê (falso) do tipo "não se preocupe, não vou contar a ninguém", quando ele finalmente falou:

– Sei o que eu devo ser. Não sei se isso é tudo o que eu verdadeiramente sou.

Nossos olhos se encontraram e desta vez eu claramente vi tristeza ali.

– Espero que Thanatos o ajude a encontrar suas respostas.

– Eu também – ele disse. Então ele me surpreendeu ao acrescentar: – Você não tem um espírito maldoso, Zoey.

– Bem, eu não sou a garota mais legal do mundo, mas tento não ser maldosa – eu respondi.

Ele assentiu, como se o que eu falei tivesse feito sentido para ele.

– Bom, agora vou nessa mesmo. Boa sorte no resto da sua patrulha.

– Tome cuidado quando andar embaixo de árvores – ele afirmou e então saiu correndo.

Levantei os olhos para a árvore. Aquele vento selvagem e louco agora estava suave e quase imperceptível. O velho carvalho parecia forte, firme e totalmente inquebrável. Enquanto eu andava para a sexta aula, pensei em como as aparências enganam.

22

Zoey

Eu tinha a intenção de voltar para a aula. Direto para a sexta aula. De verdade. Apesar dos meus atos recentes, eu não costumo matar aula. Quero dizer, isso nunca fez muito sentido. Como se a lição de casa não fosse estar lá quando eu voltasse para a aula no dia seguinte. Ah, é claro que ela estaria, além do adorável bônus de eu estar encrencada.

Deixe-me apenas dizer eca para a detenção e para todos os outros sistemas de punição estranhos e ineficazes do ensino médio, que colocam bons garotos em uma sala de estudos junto com membros de gangues e transgressores frequentes. Como se isso não fosse causar mais problemas.

Enfim, eu já estava na metade do caminho para o estábulo quando Thanatos pareceu se materializar das sombras ao lado da calçada, fazendo-me dar um pulo e colocar a mão sobre o coração para ter certeza de que ele não tinha saltado para fora do meu peito.

– Eu não quis alarmá-la – ela disse.

– É, bem, hoje tem sido um dia cheio de sustos – eu falei e então, lembrando de como o vento havia girado ao seu redor quando ela ficou irritada com Dallas, acrescentei: – Ei, você tem uma afinidade com o ar? – depois da minha pergunta ela levantou a sobrancelha para mim, e eu também me lembrei de como ela era super assustadora e poderosa. – A menos que isso não seja da minha conta. Eu não quis ser rude nem nada parecido.

– Não é rude perguntar, e minha proximidade com o ar não é segredo. Não é uma verdadeira afinidade. Eu não posso invocar o elemento, apesar de ele se manifestar frequentemente quando preciso dele. Há muito tempo eu acho que o ar fica perto de mim por causa da minha verdadeira afinidade.

– A morte? – agora eu estava realmente curiosa. – Eu imaginei que o espírito ficaria perto de você por causa da sua afinidade.

– Isso parece lógico, mas a minha afinidade só tem a ver com ajudar os mortos a seguir em frente e às vezes confortar os vivos que ficaram para trás – ela explicou e nós andamos devagar, encontrando um ritmo confortável, uma ao lado da outra, enquanto conversávamos. – Os mortos se movem como o vento, pelo menos quando eles se manifestam para mim. Eles são etéreos, diáfanos. Parece que eles não são formados por nenhuma matéria real, apesar de eles serem, de fato, muito reais.

– Como o vento – eu disse, compreendendo. – É verdade. O vento pode mover coisas, mas você não pode vê-lo.

– Exatamente. Por que você perguntou sobre o ar?

– Bem, porque o vento estava soprando feito louco hoje. Eu fiquei imaginando se você poderia ter sentido alguma coisa estranha com ele.

– Como se ele estivesse sendo manipulado?

– Sim, é isso – respondi.

– Não, eu não posso dizer que senti o ar ser manipulado – ela levantou os olhos para os galhos da árvore mais próxima, que estavam balançando devagar e preguiçosamente, ao mesmo tempo que a melodia calma e silenciosa do vento. – Parece que tudo está tranquilo agora.

– É, parece – respondi e então imaginei que talvez o elemento ar não fosse o responsável por aquele galho quase ter me esmagado. *Não seja tão paranoica,* lembrei a mim mesma com firmeza. Então as próximas palavras de Thanatos varreram da minha mente todos os pensamentos sobre vento estranho e paranoia.

– Zoey, eu preciso pedir a você duas coisas: primeiro, que me responda algo, e depois, que me desculpe.

– Você pode me perguntar tudo o que quiser – *mas vou tomar cuidado com o que eu vou responder,* acrescentei para mim mesma silenciosamente. – E não sei por que você precisaria me pedir desculpas.

– A pergunta primeiro, e então eu vou explicar. Eu gostaria de pedir que você participasse de uma discussão na aula de amanhã – ela levantou a mão para me impedir de falar quando abri a boca para responder "Sim, claro". – Você precisa saber que a discussão será sobre a superação da perda de um pai ou de uma mãe.

De repente, minha garganta ficou realmente seca. Eu engoli e então respondi:

– Para mim vai ser difícil falar sobre isso, pois eu ainda não superei a perda da minha mãe.

Thanatos assentiu e então, sem ser indelicada, disse:

– Sim, eu compreendo. Mas há vários outros estudantes que também não se recuperaram depois de perder um dos pais, apesar de a sua perda ser a única ligada à morte até agora.

– Ahn?

– Três outros estudantes fizeram a mesma pergunta que você.

– Sério?

– Sim. Você precisa saber que essa é uma experiência universal para aqueles que completam a Transformação. Nós não somos imortais, mas vamos viver mais do que os nossos pais humanos. Muitos preferem cortar os laços com os mortais da nossa infância logo que começam suas vidas de vampiro. Isso parece tornar a perda menos dolorosa. Já outros mantêm relacionamentos com as pessoas do nosso passado; para alguns, isso deixa a perda menos dolorosa.

– Mas não é de nenhum desses dois jeitos para mim. Eu não sou uma vampira e minha mãe foi assassinada, ela não morreu simplesmente de velhice.

– Você era muito próxima da sua mãe?

Pisquei com força, não querendo chorar.

– Não. Não pelos últimos três anos.

– Então o mais difícil para você é a maneira pela qual ela foi morta?

Pensei cuidadosamente na pergunta de Thanatos antes de responder.

– Em parte sim. Acho que descobrir exatamente o que aconteceu com ela me ajudaria a superar isso. Mas há também o fato de que, agora que ela se foi, e não há mais nenhuma chance de eu e ela nos aproximarmos de novo.

– Mas essa chance só acabou para vocês nesta vida. Se ela está esperando no Mundo do Além, vocês podem se reconciliar lá – Thanatos afirmou. – Ela conhecia a Deusa?

Eu sorri, desta vez entre lágrimas.

– Mamãe não conhecia Nyx, mas Nyx conhecia minha mãe. A Deusa me enviou um sonho na noite em que ela morreu. Eu vi mamãe recebendo as boas-vindas no Mundo do Além.

– Bem, então o seu espírito deve ter sido aliviado dessa tristeza. Tudo o que restou foi a incerteza que cerca a sua morte.

– O seu assassinato – eu a corrigi. – Mamãe foi assassinada.

Houve um longo silêncio e então ela perguntou:

– Como exatamente sua mãe foi assassinada?

– A polícia disse que foram drogados que estavam saqueando a casa da minha avó. Mamãe estava lá e ficou no caminho deles – minha voz soou tão vazia quanto eu me sentia.

– Não, eu quero dizer como ela foi morta? Quais eram os seus ferimentos?

Eu me lembrei de vovó dizendo que o assassinato dela havia sido cruel, mas que mamãe não tinha sofrido. Eu também me lembrei da sombra que passou pela expressão de vovó quando ela me contou sobre isso. Engoli em seco de novo.

– Foi violento. Isso foi tudo o que vovó me contou.

– Sua avó viu o corpo dela?

– Vovó a encontrou.

– Zoey, será que a sua avó conversaria comigo sobre o assassinato de sua mãe?

– Tenho certeza de que ela conversaria com você. Mas por quê? Que benefício isso traria?

– Não quero que você fique muito esperançosa, mas, se uma morte é muito violenta, às vezes ficam marcas na própria estrutura da terra e eu consigo ter acesso a imagens da morte.

– Você poderia ver como mamãe foi assassinada?

– Talvez. Apenas talvez. Mas eu preciso conversar com a sua avó primeiro para saber se isso seria mesmo possível.

– Não posso garantir que vovó vai contar muita coisa. Neste momento ela está cumprindo os sete dias de purificação ritual após uma morte – expliquei e, em resposta ao olhar de interrogação de Thanatos, acrescentei: – vovó é uma Sábia Cherokee. Ela preserva a religião ancestral e os seus costumes.

– Então é importante que eu converse com ela imediatamente para ter alguma esperança de recuperar as imagens da morte de sua mãe. Quantos dias se passaram desde o assassinato dela?

– Ela foi morta na última quinta à noite.

Thanatos assentiu.

– Amanhã vai ser a quinta noite depois da morte dela. Eu tenho que falar com a sua avó hoje.

– Eu poderia levar você até a fazenda de lavandas dela, mas sei que ela não quer ninguém por lá até que o local esteja purificado.

– Zoey, a sua avó não tem um celular?

– Ahn, sim. Quer ligar para ela?

Thanatos curvou os lábios em um sorriso.

– O século XXI já chegou, até para mim.

Sentindo-me uma débil mental, ditei o celular de vovó para Thanatos, que digitou o número no seu iPhone.

– Vou ligar para ela, mas prefiro fazer isso sozinha.

A expressão de Thanatos me disse que ela realmente não queria que eu ouvisse o tipo de perguntas que ela iria fazer para vovó, e eu rapidamente concordei.

– Sim, eu entendo. Tudo bem por mim. Preciso ir para a sexta aula de qualquer jeito.

– Antes, posso pedir desculpas?

– Sim, claro. Mas por quê?

– Eu disse uma inverdade mais cedo. Eu gostaria de me desculpar por isso e também pedir que você guarde o que eu vou contar só para você. Não conte nem para o seu guerreiro nem para a sua melhor amiga.

– Ok. Vou guardar segredo.

– Quando Stark me perguntou se eu conseguia ver as Trevas que cercam Neferet e os novatos vermelhos de Dallas, minha resposta foi uma mentira.

Pisquei surpresa.

– Quer dizer que você consegue ver as Trevas?

– Consigo.

Balancei a cabeça.

– Então você precisa pedir desculpas para Stark, Rephaim e Stevie Rae também. São eles que conseguem ver as Trevas, são eles a quem a sua mentira mais afeta.

– Eles não podem saber. Eu tenho a sua palavra de que você vai manter isso em segredo.

– Por quê? Por que eu devo saber e não eles?

Em vez de responder claramente, ela apenas começou a falar:

– Eu já vivi quase cinco séculos. Na maior parte desse tempo, tenho lidado com a morte diariamente. Eu tenho visto as Trevas. Já vi os seus massacres, suas devastações, suas cobranças. Reconheço seus filamentos e sombras muito bem. Talvez seja porque eu observo isso há tanto tempo que eu consiga também ver o seu oposto: aquilo que faz o poder das Trevas ficar mais fraco e hesitante.

– Do que você está falando?! – eu queria gritar.

– De você, Zoey Redbird. Há alguma coisa em você que não pode ser tocada pelas Trevas; portanto, é o seu destino permanecer ao lado da Luz e liderar a batalha conta o Mal.

– Não. Eu não quero liderar nenhuma batalha. Faça isso você. Ou peça a Darius. Ou mesmo para Stark. Que inferno, chame Sgiach e os Guardiões! Todos eles são líderes. Todos são guerreiros que sabem como lutar. Eu não sei nada. Eu não sei nem o que fazer sem a minha mãe – parei para tomar fôlego, pressionando minha mão contra o peito. Como Thanatos não falou nada e simplesmente continuou a me fitar com seus olhos escuros, eu finalmente disse, com uma voz menos louca: – Eu não quero nada disso. Só quero ser uma garota normal.

– Isso deve ser parte da razão pela qual tudo isso caiu sobre os seus ombros, jovem Grande Sacerdotisa: porque você não quer isso. Talvez o poder que vai junto com esse chamado não seja capaz de corrompê-la.

– Como Frodo – sussurrei, mais para mim mesma do que para Thanatos. – Ele nunca quis aquele maldito anel.

– J. R. R. Tolkien. Bons livros, filmes excelentes.

Dei aquela olhada para ela e disse:

– Sim, eu sei. Estamos no século XXI. Provavelmente você tem TV a cabo.

– Claro que eu tenho TV a cabo.

– Que bom para você, mas vamos voltar para a coisa do Portador do Anel. Ahn, se eu me lembro bem, e sei que lembro pois já vi a versão estendida do filme tipo um milhão de vezes, Frodo é corrompido por esse anel que ele não queria carregar.

– E dessa forma ele salvou o seu mundo das Trevas – Thanatos afirmou.

Senti um arrepio congelante descendo pela minha espinha.

– Eu não quero morrer. Nem quero salvar o mundo.

– A morte chega para todos nós – Thanatos disse.

Balancei a cabeça de novo.

– Eu não sou a Portadora do Anel. Sou só uma criança.

– Uma criança que já venceu as Trevas e ganhou a sua vida de volta, não apenas uma vez, mas várias.

– Ok, se você sabe disso... e se você sabe que Neferet está do lado das Trevas, já que *você pode vê-las,* por que você está fingindo que não sabe?

– Eu estou aqui para resolver a questão de Neferet e a quem ela realmente é fiel de uma vez por todas.

– Então conte ao Conselho Supremo sobre as Trevas que a cercam!

– E dessa forma fazer com que ela seja repreendida levemente e depois volte, talvez mais forte, para fazer o mal ainda mais? E se ela for realmente a Consorte das Trevas? Se isso for verdade, então o poder completo do Conselho Supremo precisa se voltar contra ela, e para que isso aconteça nós precisamos de provas inequívocas de que ela se perdeu da Deusa para sempre.

– É por isso que você está aqui. Para conseguir essas provas.

– Sim.

– Eu não vou contar nada a ninguém sobre o fato de você conseguir ver as Trevas. E eu digo sinceramente: prepare-se para ver um monte de Trevas. Prepare-se para encontrar a sua prova, pois eu sei com a mais profunda certeza que Neferet já se perdeu nelas – eu quase acrescentei que ela nem era mais mortal. Mas não. Isso era algo que Thanatos precisava descobrir sozinha. – Ah, e eu desculpo você. Apenas me prometa que você vai manter os seus olhos abertos e, quando a hora chegar, você vai garantir que o Conselho Supremo faça a coisa certa.

– Eu te dou a minha palavra.

– Ótimo – eu disse e, enquanto Thanatos estava ligando para vovó, finalmente fui para a sexta aula.

Shaunee

Ela não tinha a menor ideia de como ia ser péssimo não ser mais gêmea de Erin. Era como se apenas uma coisa – não ser mais a melhor amiga de Erin – mudasse todo o seu plano de vida.

Caramba, era tudo tão confuso.

Quando ela tinha deixado de ser Shaunee e virado gêmea? Ela realmente não sabia. Elas haviam sido Marcadas no mesmo dia e tinham chegado na Morada da Noite de Tulsa exatamente na mesma hora. E ficaram amigas instantaneamente. Shaunee pensava que, como elas eram irmãs de alma, não importava o fato de ela ser negra e Erin ser branca.

De ela ser de Connecticut e Erin ser de Tulsa. Elas haviam ficado amigas e de repente Shaunee nunca mais se sentiu sozinha. Principalmente porque ela nunca teve que ficar sozinha. Literalmente. Ela e Erin eram companheiras de quarto, tinham o mesmo horário escolar, frequentavam as mesmas festas e até namoraram garotos que eram amigos.

Sozinha no seu assento no micro-ônibus da escola, Shaunee balançou a cabeça. Ela ouviu Erin rindo com Kramisha em algum lugar no fundo do ônibus. Por um segundo, um pensamento maldoso serpenteou pela sua mente: *aposto que ela está me trocando por outra garota negra como melhor amiga.* Mas Shaunee parou de pensar naquela besteira na mesma hora. Não tinha nada a ver com a cor da pele. Nunca teve. Tinha a ver com não ser capaz de ficar sozinha. O que era super irônico, porque o fato de descobrir isso havia de algum modo a colocado em uma posição em que ela estava sozinha.

– Ei, eu posso sentar aqui?

Shaunee desviou os olhos da janela, por onde estava vendo o céu mais claro do pré-amanhecer, e se voltou para Damien, em pé no corredor do ônibus.

– Sim, é claro.

– Obrigado – ele sentou ao lado dela e colocou sua pesada mochila de livros entre seus pés. – Eu tenho taaaanta lição de casa. E você?

– É, eu também. Eu acho – ela respondeu. – Ei, você viu Zoey na sexta aula?

– Não na sexta aula. Ela tinha Estudos Equestres e eu, aula de negócios. Mas eu a vi logo depois da escola. Por quê? O que está rolando?

– Você achou que ela estava bem?

– Bem? Você quer dizer fisicamente bem ou não-estressada?

– Ela está sempre estressada. Eu quis dizer fisicamente.

– Sim, bem. O que está acontecendo?

– Nada – Shaunee disse. – É só que, ahn, eu a vi no começo da sexta aula. A gente conversou aqui perto do estacionamento. Depois fomos para a aula – ela analisou Damien, imaginando se devia contar a verdade a ele. – Você sentiu alguma coisa estranha no ar hoje?

Damien inclinou a cabeça para o lado.

– Nada incomum. Bem, estava ventando, mas isso não é exatamente raro em Oklahoma. Você sabe que nós somos o Estado em que *o vento chega varrendo a planície*[1] – ele cantarolou.

– Eu sei disso, senhor Musical da Broadway. Só estou dizendo que o vento estava soprando forte mesmo quando Z. e eu nos separamos, e acho que eu escutei alguma coisa sobre galhos de árvore quebrados e...

– Um galho realmente caiu – Stark entrou na conversa quando ele e Zoey se sentaram na frente de Damien e Shaunee.

– Pois é, estava um vento muito louco – Stevie Rae comentou, acomodando-se com Rephaim no assento do outro lado do corredor. – Mas falar isso para Damien é a mesma coisa do que tentar falar sobre branco com o arroz.

– O que essa merda quer dizer? – Aphrodite forçou Zoey a abrir espaço e se espremeu ao lado dela, enquanto Darius fez uma contagem rápida de cabeças e depois se sentou no banco do motorista, dando a partida.

– Isso quer dizer, Detestável, que Damien já sabia que estava ventando muito hoje porque a afinidade dele é com o ar. Assim como o arroz é branco. Não sei o que você achou tão difícil nessa analogia – Stevie Rae explicou.

– Cala a boca – Aphrodite falou para Stevie Rae.

– O arroz pode ser marrom também – Shaunee afirmou.

Aphrodite levantou uma sobrancelha.

– Você acabou de fazer um comentário irritante sem a sua gêmea?

– Sim – Shaunee respondeu, sustentando o olhar dela sem se abalar.

Aphrodite bufou e desviou os olhos, depois de dizer:

– Já estava na hora.

---

1 Trecho da canção Oklahoma!, do musical homônimo de Richard Rodgers e Oscar Hammerstein II, que estreou na Broadway em 1943. Mais tarde, em 1953, a música virou hino oficial do Estado. (N.T.)

– Falando em vento, sim, ele estava soprando feito louco hoje – Zoey disse. – Até quebrou um galho de um daqueles carvalhos antigos – ela encolheu os ombros. – Como Damien disse, venta bastante em Oklahoma. Por falar nisso, Damien, você sabia que Thanatos tem uma pequena afinidade com o ar?

– *Aimeudeus*! Isso não me surpreende! Vocês viram como ela ficou assustadora hoje quando Dallas disse aquela coisa idiota na aula? Eu não acreditei...

Shaunee deixou as palavras de todo mundo fluírem ao seu redor, mas ela continuou a observar Zoey, esperando que ela dissesse alguma coisa – qualquer coisa – sobre o que realmente tinha acontecido quando o galho da árvore quebrou. Ela sabia. Ela tinha visto a coisa toda.

Enquanto eles foram sacolejando de volta para a estação, Shaunee percebeu que Zoey não ia dizer nada. *Ok, bem, talvez ela só tenha contado a Stark o que aconteceu, sobre como ela teria sido esmagada por aquele galho se Aurox não a tivesse salvado.* Durante a próxima pausa na conversa, que aconteceu quando eles pararam em um cruzamento com a linha de trem feito um Micro-Ônibus Gigante de Idiotas, Shaunee soltou:

– Alguém mais acha que é estranho Aurox assistir só a uma aula e depois não fazer mais nada além de patrulhar a escola tipo um androide pelo resto do tempo?

– Tem um monte de coisas super estranhas com aquele cara – Aphrodite respondeu. – Mas isso não é nenhuma surpresa. Ele é o homem-objeto de Neferet.

– Eu acho que eles não fazem sexo – Zoey afirmou.

Shaunee estudou a expressão de Z.

– Por que não?

– Não sei – Z. respondeu de um jeito indiferente demais. – Acho que Neferet não demonstra isso. Ela age mais como se ele fosse o seu escravo.

Stark riu alto.

– Neferet age como se todo mundo fosse seu escravo.

– Eu aposto que a Mulher Olho de Peixe Morto realmente odiou o fato de a gente ter sido tirado da aula dela – Aphrodite disse.

– É claro que ela odiou, principalmente porque Thanatos é uma ótima professora – Stevie Rae falou. – E por falar nisso, eu realmente não gostei de você ter sido tão detestável sobre a nossa Carimbagem super curta e totalmente não-sexual na aula hoje. Isso também aconteceu comigo, e eu digo que para mim também não foi divertido como um Pit Bull numa festa de gatos.

– Por favor, diga que você não acabou de usar outra analogia de pobretões – Aphrodite protestou.

Shaunee ficou de fora da discussão, que continuou o caminho inteiro até o momento em que eles pararam na frente da estação. Em vez de se envolver, ela ficou observando Zoey. Ela também observou Stark. Na hora em que desceu do ônibus, ela acreditava em duas coisas. Uma era que Stark não tinha a menor ideia de que Aurox salvara a vida de Zoey naquela noite. A outra era que ela não saberia nada sobre Aurox, Zoey e Stark se ainda fosse gêmea. Uma gêmea estaria concentrada demais em ser a outra parte de outra pessoa para realmente poder prestar atenção em qualquer outra coisa ou em mais alguém.

Ela não sabia o que estava acontecendo com Zoey e Aurox, mas sabia que deveria continuar a manter os olhos e a mente abertos e, se ela pudesse, descobriria tudo. Por conta própria. Sozinha. O que de repente não era uma coisa tão terrível. E pela primeira vez desde que ela havia parado de completar os pensamentos de Erin, Shaunee sorriu.

23

Zoey

Então, eu não tinha contado a Stark sobre a coisa do galho caído. Sério, para quê? Como se Stark precisasse de mais estresse na vida dele. Ele ainda não estava dormindo bem porque ainda estava tendo pesadelos, o que ele se recusava a me contar, mas eu sabia porque eu dormia ao lado dele e *eu não sou burra.* Além disso, a coisa toda do galho aconteceu rápido. Ninguém se feriu. Acabou. Ponto final.

Bem, exceto por uma coisinha. A parte sobre eu ter decidido que ia olhar para Aurox através da pedra da vidência. Tudo bem, eu não ia fazer isso neste segundo. Quero dizer, Aurox nem estava ali. Mas eu tinha tomado a decisão. No momento em que ele havia me tocado, eu decidi.

Mas eu ainda estava com medo.

Quando o ônibus parou na estação e Darius abriu a porta, eu estava silenciosamente discutindo comigo mesma se eu devia ou não deixar Stark saber que eu havia decidido espiar Aurox através da pedra da vidência e estava meio que ouvindo Aphrodite e Stevie Rae debatendo sobre os detalhes da reforma dos túneis (Aphrodite queria um monte de trabalhadores e muito espalhafato; Stevie Rae não queria que ninguém sequer entrasse nos túneis, exceto gente nossa. Suspiro).

– Vou ligar para o Andolini's e fazer um pedido – Stevie Rae disse quando ela e Rephaim desceram do micro-ônibus.

– Pelo menos em alguma coisa a gente concorda – Aphrodite falou, levantando-se para logo depois se sentar no colo de Darius, enquanto a gente começava a sair do ônibus. – Peça para mim uma pizza Santino[1]. Ela é tão boa que compensa totalmente as calorias que tem. Além disso, combina perfeitamente com aquela garrafa de Chianti que peguei do refeitório quando eu estava matando a quinta...

E simplesmente aconteceu. Aphrodite estava falando sobre uma coisa totalmente normal como matar aula e o seu corpo entrou em colapso. Ela ficou rígida. Seus olhos se reviraram e ela começou a chorar lágrimas de sangue. Foi como se ela deixasse de ser uma garota perfeita e maravilhosa e passasse a ser uma pessoa que mal parecia humana. Mal parecia viva.

Darius não hesitou. Ele pegou seu corpo duro, com olhos ensanguentados e ausentes e a carregou para fora do ônibus. Deixei de lado minha reação interna de *aimeudeus* e me levantei, voltando-me para o resto dos garotos que ou estavam olhando embasbacados de queixo caído ou cobrindo seus olhos, parecendo que queriam chorar.

– Aphrodite está tendo uma visão – minha voz parecia vir de outra pessoa, de alguém que estava calma. Stark pegou minha mão, passando-me força. – Ela vai ficar bem – continuei, apertando a mão de Stark.

– Na verdade, ela vai ficar super louca da vida quando voltar a si, pois ela odeia quando isso acontece em público – Stevie Rae falou. Ela havia subido metade dos degraus do ônibus. Reparei que ela estava com os olhos super arregalados, mas a voz dela também soou totalmente calma e tranquila.

– Sim, Stevie Rae está certa – eu afirmei. – Portanto, não há necessidade de tornar isso um assunto sério, nem agora nem depois que ela acordar – fiz uma pausa e, sentindo-me uma débil mental, acrescentei: – Eu não quis dizer que as visões dela não são um assunto sério, mas sim que ela não vai querer ouvir todo mundo perguntando "ei, você está bem?".

– Eu vou na frente para pedir as pizzas. Você acha que Aphrodite vai ter fome mais tarde? – Stevie Rae perguntou.

1 A pizza Santino Colazione, do Andolini's de Tulsa, contém: pancetta (espécie de bacon italiano), parmesão, cebolinha, linguiça com sálvia, lombinho canadense, cebola roxa, mozarela e ovo. (N.T.)

Eu lembrei da última vez em que ela havia tido uma visão e de como ela se sentira péssima depois de tudo. Pensei em responder que o que Aphrodite realmente iria querer era um Xanax[2] e uma garrafa de vinho, mas achei que isso seria dar um mau exemplo. Então eu preferi dizer:

– Ahn, por que você não pede uma para ela e coloca na geladeira? A gente pode esquentar no microondas mais tarde se ela tiver fome. Agora eu só vou conferir como ela está. Ela vai querer água e sossego por um tempo.

– Beleza – Stevie Rae sorriu e, parecendo totalmente normal, falou para o resto do ônibus: – Vou anotar os pedidos de pizza aqui. O sinal do celular é um lixo nos túneis. Então, antes que vocês se dispersem escada abaixo, digam o que vão querer, e é melhor que vocês fiquem por perto para ter certeza de que eu entendi direito. Por falar nisso, Kramisha, você pode escrever o que todo mundo quer para mim, por favor? Isso iria ajudar bastante – ela deu uma olhada para Shaunee, que estava parecendo bem perdida, e acrescentou: – Ei, será que a gente pode usar o seu cartão para fazer o pedido desta vez? Z. e eu vamos fazer com que você seja ressarcida depois.

Shaunee franziu a testa.

– Jura? Da última vez eu acabei pagando a conta do Queenies. Aqueles sanduíches enormes de cheese salada com ovos e bacon são incríveis, mas não valem duzentos dólares.

– Eu juro – Stevie Rae franziu a sobrancelha, fuzilando o resto do ônibus com o olhar. – Vocês aí façam o favor de pagar para ela.

– Sim, beleza, tudo bem – foi o coro que veio do fundo do ônibus.

Tive vontade de beijar a minha melhor amiga. Ela tinha desviado a atenção de todo mundo da visão horrenda de Aphrodite e havia dado um jeito de todos ficarem ali em cima, decidindo sobre a pizza e o pagamento, em vez de descerem nos túneis com cara de bobos, conversando sobre Aphrodite.

Enquanto isso, eu desci do ônibus com Stark.

---

2 Xanax é o nome comercial do Alprazolam, um medicamento de uso controlado, normalmente ministrado para tratar crises de ansiedade e síndrome do pânico. (N.T.)

– A gente quer um combo grande – ele falou quando passamos por Stevie Rae.

– Pizza? Sério? – eu sussurrei para Stark, como se ele tivesse dito "comam brioches!" ou qualquer outra coisa super sem consideração que aquela mulher tinha dito para as massas quando assuntos realmente importantes estavam acontecendo naquela época[3].

– Pensei que você queria agir normalmente – ele sussurrou de volta.

Suspirei. Bem, ele estava certo. Então eu falei para Stevie Rae:

– Com queijo extra e azeitonas – então, em voz baixa, acrescentei: – E obrigada.

– Eu vou estar na cozinha quando você estiver pronta para conversar – ela disse com uma voz quase tão baixa quanto a minha e então, bem alto e super normal, começou a perguntar: – E então, quantas pizzas de pepperoni vão ser?

– Vamos entrar pela estação, assim a gente pode pegar algumas garrafas de água na cozinha no caminho para o quarto de Aphrodite – eu falei para Stark quando ele automaticamente estava se encaminhando para a entrada do porão. Então ele mudou de direção, mas mesmo assim eu expliquei (provavelmente mais para ouvir a minha voz calma do que por qualquer outra coisa): – Ela vai estar com sede. A gente também precisa pegar algumas toalhas de mão. Eu vou deixá-las bem encharcadas para fazer compressas sobre os olhos de Aphrodite.

– Os olhos dela sempre sangram assim?

– Sim, desde que ela perdeu a sua Marca. Da última vez que Aphrodite teve uma visão, ela me contou que a dor e o sangramento estavam ficando cada vez piores – dei uma olhada para Stark. – Parece que foi feio, não é?

– Ela vai ficar bem. Darius está com Aphrodite. Ele não vai deixar que nada aconteça com ela – ele apertou minha mão antes de me deixar descer na frente dele para os túneis, pela velha entrada da bilheteria.

3 Zoey se refere à frase "se não têm pão, que comam brioches", que teria sido dita por Maria Antonieta ao comentar a situação dos pobres da época. Ela foi decapitada na guilhotina em 1793, durante a Revolução Francesa (1789-1799). (N.T.)

– Acho que nem o guerreiro dela pode protegê-la contra esse tipo de coisa.

Ele sorriu para mim.

– Eu descobri um jeito de protegê-la no Mundo do Além. Acho que Darius pode lidar com algumas visões e um pouco de sangue.

Eu não disse mais nada enquanto passávamos apressados pela cozinha, pegando água e toalhas de mão.

Eu queria que Stark estivesse certo. Eu queria *muito, muito mesmo* que Stark estivesse certo, mas eu estava com um mau pressentimento, e eu odiava quando isso acontecia. Sempre significava que alguma coisa ia dar terrivelmente errado.

– Ei – Stark pegou meu braço e gentilmente me puxou para que eu parasse do lado de fora da cortina dourada e brilhante que era a porta do quarto de Aphrodite. – Ela precisa que você esteja bem.

– Eu sei, você está certo. É que essas visões realmente a machucam, então eu fico preocupada.

– Mas elas também são um dom de Nyx, e são informações de que nós precisamos, certo?

– Certo de novo – falei.

Seu sorriso ficou metidinho.

– Gosto quando você diz que eu estou certo.

– Não fique mal acostumado. Você é um cara. Portanto, você tem um número limitado de "eu estou certo" – coloquei aspas com os dedos – para usar.

– Ei, vou usar tudo o que eu puder – ele falou. Então o seu rosto voltou a ficar sério. – Apenas se lembre de que você precisa ser a Grande Sacerdotisa dela agora, não a sua amiga.

Eu assenti, respirei fundo e me abaixei para passar pela cortina dourada.

Ok, o quarto de Aphrodite continuava mudando e, cada vez que eu entrava nele, parecia mais o encontro de Kim Kardashian[4] com *Conan*[5], *o Bárbaro* . Desta vez, ela havia acrescentado uma *chaise longue*[6] dourada. Não, eu não tinha ideia de onde ela tinha conseguido isso nem de como havia feito a poltrona ir parar ali embaixo. Na parede áspera de cimento atrás da *chaise*, ela havia pendurado parte da coleção de facas de Darius como decoração. Ela também havia colocado pingentes de contas douradas em todos os cabos das facas. Sem brincadeira. A cama dela era grande. Realmente grande. Naquela noite, o edredom era de veludo roxo com flores douradas bordadas. Ela tinha milhões de travesseiros fofos. E a sua horrível gata Persa, Malévola, tinha uma cama de gato combinando ao lado da dela. Só que neste momento Malévola não estava na sua cama. Ela estava aconchegada de modo protetor no colo da sua dona. Aphrodite estava recostada no meio dos seus milhões de travesseiros, parecendo assustadoramente pálida. Darius havia colocado sobre os seus olhos uma toalha de papel molhada, que já estava rosa. Eu me senti um pouco melhor quando vi que Aphrodite estava acariciando Malévola, o que significava que ela estava consciente. Mas essa sensação boa foi embora quando me aproximei da cama e a gata horrenda começou a uivar para mim.

– Quem está aí? – a voz de Aphrodite soou fraca e assustada, de um jeito nada típico dela.

Darius tocou o seu rosto.

– Zoey e Stark, minha bela. Você sabe que eu não deixaria ninguém mais entrar.

Stark apertou minha mão e depois a soltou. Eu enviei uma prece rápida e silenciosa para Nyx: *Por favor, ajude-me a ser a Grande Sacerdotisa*

4 Kim Kardashian é uma socialite, modelo, atriz e empresária norte-americana, que participou de vários programas de TV, incluindo um reality show que mostrava o dia a dia de sua família. (N.T.)

5 Conan, o Bárbaro, é um filme norte-americano de 1982, estrelado por Arnold Schwarzenegger. Em 1984, foi lançada a sequência Conan, o Destruidor. Em 2011, estreou uma nova versão de Conan, o Bárbaro. (N.T.)

6 Chaise longue é uma cadeira ou poltrona comprida, tipo divã, com espaço para os pés. (N.T.)

de que Aphrodite precisa. E então entrei no papel que eu ainda sentia que era um trabalho grande demais para mim.

– Eu trouxe algumas toalhas de rosto e água gelada – eu disse com um tom animador, enquanto ia para a lateral da cama e umedecia uma das toalhas. – Mantenha seus olhos fechados. Vou trocar esta toalha de papel.

– Ok – ela disse.

Os olhos dela ficaram fechados. Mas ainda estavam gotejando sangue. O seu cheiro me atingiu e por um momento achei que eu fosse ter aquela reação do tipo "*aimeudeus, nham-nham,* quero sangue". Mas não tive.

Aphrodite não tinha o cheiro de um humano. Tentei me lembrar do aroma do sangue dela da última vez em que ela havia tido uma visão, mas não consegui – o que provavelmente significava que não tinha sido normal também.

Deixei essa informação de lado e me sentei na cama perto dela.

– Trouxe uma garrafa de água também. Você já quer beber?

– Sim. Vinho. Tinto. Darius tem.

– Minha bela, por favor, beba água primeiro.

– Darius, o vinho é bom para a dor. E aproveite e pegue um Xanax na minha bolsa. Isso também ajuda.

Darius não se mexeu. Ele olhou para mim.

– Ahn, Aphrodite, que tal você escolher entre o Xanax e o vinho? Misturar os dois não parece saudável – eu afirmei.

– Minha mãe toma os dois juntos toda hora – ela falou rispidamente. Então Aphrodite apertou os lábios, respirou fundo e disse: – Você venceu. Fico com o vinho. Eu não sou a minha mãe.

– Você definitivamente não é a sua mãe – concordei. Darius pareceu aliviado e começou a abrir o vinho. – Tudo bem, então enquanto o seu homem está deixando o vinho respirar, quero que você beba um pouco desta água.

Os lábios dela se curvaram em um quase familiar sorriso sarcástico.

– O que você sabe sobre deixar o vinho respirar? Você nem bebe.

– Eu assisto TV. Afe, todo mundo com meio cérebro sabe que o vinho precisa respirar – eu repliquei, enquanto guiava as mãos dela para a garrafa aberta e a ajudava a beber. – Como foi desta vez? Tão ruim como da última?

Quando ficou óbvio que ela não ia responder, Darius fez isso por ela:

– Foi pior – ele afirmou. – Talvez seja melhor vocês voltarem depois que ela descansar.

A Zoey amiga de Aphrodite concordava totalmente com ele. Mas a Zoey que era Grande Sacerdotisa em Treinamento sabia o que era melhor.

– Ela vai ficar bêbada e exausta pelo resto da noite e provavelmente até amanhã. Eu preciso saber sobre essa visão antes que ela fique muito fora de si para poder conversar.

– Z. está certa. De qualquer forma, esta visão foi curta – Aphrodite falou antes que Darius pudesse protestar. Fiquei feliz de ver que ela havia tomado toda a garrafa de água, mas ela estendeu uma mão cega e disse: – A água acabou. Cadê o meu vinho?

Darius trouxe para ela uma taça de vinho que parecia super simples, apenas de cristal com uma forma bonita, mas ela tinha uma pequena marca Riedel escrita na parte de baixo, então eu sabia que era uma taça boa comprada na Williams-Sonoma. Eu sabia disso porque Aphrodite havia me dado um sermão quando eu quase quebrei uma delas alguns dias atrás (como se eu me importasse). Enfim, Darius ajudou Aphrodite a dar um bom gole na taça de cristal. Então ela soltou o ar devagar.

– Prepare outra garrafa. Vou precisar de mais – ela ordenou. Ele nem olhou para mim para confirmar; simplesmente pareceu vencido. – E diga para Stark parar de ficar cobiçando as suas facas. Ele é o Homem do Arco, não o Homem das Facas.

– Agora eles são super-heróis? – perguntei, tentando (provavelmente sem sucesso) ser engraçada.

Ela sorriu de satisfação, e por um segundo ficou parecida demais com a sua gata para merecer algum consolo.

– Bem, o meu homem é um super-herói em vários sentidos. Você vai ter que decidir sozinha sobre o seu.

– A visão – Stark falou para mim só mexendo os lábios, do outro lado do quarto, onde ele estava, de fato, conferindo as facas ornamentais.

– Tudo bem, então me conte sobre o que foi a visão desta vez – eu pedi.

– Foi uma dessas malditas visões de morte de novo. E eu estava dentro do cara assassinado.

– Cara? – senti uma pequena bolha de pânico surgindo. Seria Stark?

– Relaxe, não era o seu nem o meu. Era Rephaim. Eu estava dentro dele quando ele foi morto. Aliás – ela hesitou, dando outro grande gole de vinho –, o menino-pássaro tem umas merdas estranhas na cabeça.

– Conte-me o básico agora. A gente fala sobre a parte da fofoca mais tarde – eu falei.

– Bem, a visão foi confusa, como sempre acontece quando eu estou dentro da pessoa que está sendo massacrada – ela começou, enquanto pressionava a mão contra a toalha nos seus olhos e fazia uma careta de dor.

– Apenas me conte o que você se lembra – eu sugeri. – Como ele morreu?

– Uma espada quase dividiu Rephaim ao meio. Totalmente nojento, apesar de a cabeça dele não ter sido cortada fora como a sua foi naquela outra visão.

– Bem, que bom para ele – eu disse, sem saber se eu estava sendo séria ou sarcástica. – Quem quase o cortou ao meio?

– É aí que começa a confusão. Eu não sei ao certo quem realmente o matou. Tenho certeza de que Dragon estava lá.

– Dragon mata Rephaim? Afe, isso é terrível.

– Bem, como eu falei, não tenho certeza. Posso dizer que eu me lembro da expressão de Dragon logo antes de a espada me atingir. Ele estava totalmente acabado. A aparência dele estava ainda pior do que tem estado recentemente. Era como se não houvesse esperança, Luz ou felicidade em nenhuma parte da sua vida, e ele estava chorando muito, para valer, tipo com catarro e tudo mais.

– Então Rephaim foi morto por uma espada – eu concluí.

– Sim – ela concordou. – Eu sei. Deveria ser óbvio. Parece que Dragon fez isso, mas simplesmente não tenho cem por cento de certeza, especialmente quando você acrescenta a parte do choro e toda a outra confusão.

– Outra confusão?

– Sim, merdas bizarras continuavam acontecendo em relances ao meu redor. Havia alguma coisa branca que parecia morta. Havia gelo em um círculo de fogo. Havia sangue e peitos por toda parte, e então eu, quero dizer, Rephaim estava morto. Fim.

Esfreguei minha testa onde senti uma dor de cabeça se formando.

– Peitos? – Stark se empertigou com a palavra.

– Sim, Homem do Arco. Peitos. Como se tivesse uma mulher pelada por ali. Literalmente. Eu não vi o rosto dela, pois Rephaim ficou previsivelmente hipnotizado pelos seus peitos, mas eu sei que ela tinha alguma coisa a ver com o sangue e com a coisa branca morta.

– Ei, espere aí – eu intervim. – O último poema de Kramisha não dizia algo sobre fogo e gelo?

– Hum, eu tinha me esquecido disso. Para mim é fácil esquecer porque, bem, foda-se a poesia.

– Não seja tão negativa – eu disse. – E não é só poesia. É um poema profético.

– O que só faz com que ele seja pior – ela comentou.

– Eu me lembro. O poema também dizia algo sobre as lágrimas de Dragon – Stark afirmou.

– Talvez ele chore porque mata Rephaim, apesar de ter o dever de ser o seu protetor, já que ele é o Mestre da Espada da nossa Morada da Noite – Darius sugeriu.

– Mas ele não é – eu repliquei. – Nós temos a nossa própria Morada da Noite aqui, então tecnicamente ele não é o nosso Mestre da Espada. Talvez ele tenha raciocinado assim para ser capaz de matar Rephaim.

– Tudo isso parece lógico, mas ainda está faltando uma peça. É isso que meus instintos dizem. Eu só não consigo ver que peça é. Tudo, a não ser Dragon, fica entrando e saindo da minha visão, principalmente porque Rephaim estava super focado em Stevie Rae, que por sua vez estava super focada no ritual que ela estava conduzindo.

– Ritual? Eu estava lá?

– Sim, toda a horda nerd estava lá. Um círculo tinha sido traçado. Você estava liderando algumas coisas, mas o ritual propriamente dito era centrado na terra, então Stevie Rae estava fazendo a parte principal – ela tomou fôlego. – Que merda, acabei de descobrir onde a gente estava: na fazenda de lavandas da sua avó.

– Ah, que inferno! O ritual de purificação que eu devo fazer daqui a alguns dias. Ou talvez não. Thanatos ia falar com vovó sobre a gente fazer algo mais cedo, algo que pode revelar o que realmente aconteceu com mamãe – fiz uma pausa, sentindo-me oprimida ao pensar na coisa branca morta, no sangue e nos peitos, tudo no contexto do assassinato da minha mãe. – Será que isso significa que não é para eu descobrir nada e que eu não devo fazer nada a respeito?

Aphrodite deu de ombros.

– Z., eu sei que vai ser difícil de acreditar, já que você foi a estrela em um monte das minhas visões, mas nesta você mal aparece. Eu acho que esta visão não é sobre você mesmo.

– Mas é na fazenda da vovó.

– Sim, mas é com Rephaim sendo cortado ao meio e não com você – ela lembrou.

– Espere aí, isso não é uma notícia boa? – Stark perguntou, aproximando-se de mim e pegando minha mão.

Aphrodite bufou.

– Claro, a menos que você seja Rephaim.

Stark ignorou o comentário dela e continuou:

– Você viu Rephaim ser assassinado. Você sabe onde e você sabe quem tem que estar lá. E se nós cuidarmos para que esses elementos não se juntem? Isso vai impedir a morte, não vai?

– Talvez – Aphrodite disse.

– Esperamos que sim – eu falei.

– Nós precisamos nos certificar de que Dragon fique longe de Rephaim – Darius afirmou. – Mesmo que ele não o mate, você sabe com certeza que ele estava presente quando Rephaim foi assassinado.

– Isso eu realmente sei – Aphrodite confirmou.

– Então é isso. A gente tem que manter Dragon e Rephaim separados, mesmo que isso signifique que Rephaim não vai com a gente quando nós formos até a fazenda de vovó – eu concluí.

– Se eu for, Rephaim vai.

Stark, Darius e eu nos viramos para ver Stevie Rae e Rephaim passando por baixo da cortina e entrando no quarto. Aphrodite franziu a testa, mas manteve a toalha nos olhos.

– A visão dela foi com Rephaim – Stevie Rae afirmou.

Ela não formulou a frase como uma pergunta, mas eu respondi assim mesmo:

– Sim. Ele morre.

– Como? Quem faz isso? – a voz de Stevie Rae foi dura e inflexível. Ela parecia pronta para dominar o mundo.

– Não tenho certeza – Aphrodite falou. – A maldita visão foi do ponto de vista do menino-pássaro, o que significa que a coisa toda foi muito confusa.

– Mas nós sabemos que tudo se passa na fazenda da vovó e que Dragon está lá – eu disse. – É por isso que eu estava dizendo que Rephaim deveria ficar aqui quando a gente for para lá, se a gente for para lá mesmo.

– Nós vamos – Stark afirmou. – Você não pode deixar que isso impeça o ritual que você ia fazer para a sua mãe.

– Não é para ela – eu discordei com tristeza. – Ela está morta. Isso não vai mudar.

– Está certo – ele reconheceu. – Mas é por você e por sua avó, o que é mais importante do que fazer alguma coisa por uma mulher morta – ele olhou para Rephaim e Stevie Rae. – O ritual precisa acontecer, mas

Rephaim não precisa estar lá e correr perigo. Seria mais inteligente se ele, como Z. estava dizendo, ficasse aqui.

– Para alguém como Dragon surpreendê-lo sorrateiramente quando ele estiver sozinho? Acho que não – Stevie Rae rebateu.

– Eu não entendo – Rephaim se manifestou.

Eu suspirei.

– Aphrodite tem visões de mortes. Algumas vezes, elas são bem claras e fáceis de evitar. Outras vezes são confusas.

– Porque eu estou dentro da pessoa que está sendo assassinada. Foi assim com você. E por falar nisso, voar é assustador. Não importa o que o seu cérebro de pássaro ache.

– Não é assustador quando você tem asas – Rephaim respondeu de modo prático.

– Hum – eu disse.

– Não – Stevie Rae protestou. – Seja o que for que você tenha encontrado dentro da cabeça dele, guarde para você mesma. Não é da conta de ninguém.

– Ela estava dentro da minha cabeça? – Rephaim estava obviamente muito confuso.

– Na visão eu estava. Não vai acontecer de novo. Eu espero. E tinha outra coisa por perto na visão além de Dragon. Era um touro, ou pelo menos a sombra de um touro.

– A sombra de um touro? – meu estômago se contraiu. – Era a coisa branca morta que você viu?

– Não. Isso definitivamente era outra coisa.

– Você viu de que cor ele era?

– Zoey, sombras só têm uma cor – ela respondeu.

– Aurox – Stark afirmou.

– Você viu Aurox? – eu perguntei rápido.

– Não. Só a sombra do touro. E só para registrar, eu concordo com você, Stark e Darius: o menino-pássaro deve ficar longe de Dragon. Se isso significa que é melhor ele ficar aqui, então é isso que deve acontecer. Agora, será que eu posso tomar mais vinho e descansar um pouco?

– Acho que não é bom você beber enquanto está sangrando assim – Stevie Rae recomendou.

– Não me questione. Eu sou uma profissional – Aphrodite replicou.

– O que isso significa? – eu quis saber.

– Significa que a minha bela já terminou de falar e precisa dormir – Darius disse.

– A pizza deve chegar logo – Stevie Rae falou. – Eu pedi uma para você.

– Se eu ainda estiver acordada quando a pizza chegar, vou comer – Aphrodite afirmou. Então ela tirou a toalha dos olhos e piscou devagar para abri-los. Eu estava preparada, já tinha visto isso antes. Mas Rephaim não estava.

– Por todos os deuses! Você chora lágrimas de sangue mesmo – ele se espantou.

Ela voltou o seu olhar tingido de vermelho para ele.

– Sim. Apesar de eu saber que isso é um simbolismo horrível. Menino-pássaro, você precisa se lembrar disto: eu tive essa maldita visão porque havia uma mensagem nela para você. Mantenha o seu corpinho seguro. Fique longe de objetos pontudos e, se isso significa que você precisa ficar longe de Dragon Lankford, então faça isso.

– Por quanto tempo? – ele perguntou. – Por quanto tempo eu preciso me esconder desse vampiro?

Ela balançou a cabeça.

– Eu recebi um aviso, não uma linha do tempo.

– Eu preferia não me esconder.

– Eu preferia que você não morresse – Stevie Rae rebateu.

– Eu preferia dormir – Aphrodite aproveitou a deixa.

– Tudo bem, vamos embora – eu disse. Entreguei a última garrafa de água para Darius. – Tente fazer com que ela beba isso entre as taças de vinho.

– Eu estou bem aqui. Você não precisa falar sobre mim como se eu não pudesse ouvir – ela levantou a taça como um brinde e depois bebeu tudo.

– Você está sob influência de bebida, então eu estou ignorando você – eu respondi. – Descanse um pouco. Falo com você mais tarde.

Saímos do quarto de Aphrodite. Rephaim e Stevie Rae foram embora de mãos dadas, conversando em voz baixa, enquanto nós passamos pelos túneis e fomos até lá fora, onde a gente ia esperar por um garoto de entrega muito confuso, a quem eu ia dar uma excelente gorjeta.

– O que você achou da visão? – Stark perguntou, colocando seu braço em volta de mim e me puxando para mais perto dele.

– Acho que Stevie Rae vai ser um problema. Ela vai tentar proteger tanto Rephaim que vai acabar fazendo com que ele seja assassinado.

Stark concordou e pareceu sombrio.

– É assim que as Trevas funcionam. Elas transformam o amor em algo ruim.

As palavras dele me surpreenderam. Ele pareceu tão cético, tão velho.

– Stark, as Trevas não podem transformar o amor em coisa alguma. O amor é a única coisa que perdura entre Trevas, morte e destruição. Você sabe disso, ou pelo menos sabia.

Então ele parou e de repente eu estava nos seus braços, e ele estava me apertando tão forte que quase não conseguia respirar.

– O que foi? – sussurrei para ele. – O que há de errado?

– Às vezes eu acho que quem deveria ter morrido era eu e que Heath é quem deveria ter ficado com você. Ele acreditava em amor muito mais do que eu.

– Eu acho que o quanto você acredita não é importante, mas sim no que você acredita.

– Então a gente vai ficar bem, pois eu acredito em você – ele afirmou.

Coloquei meus braços em volta de Stark e me agarrei a ele, tentando tranquilizar nós dois com o toque, já que as palavras simplesmente não pareciam suficientes.

24

Neferet

Como vai a busca do caos, minha impiedosa? A voz profunda do touro branco ecoou através da mente dela.

Neferet quase deu uma volta completa antes de ver seu dorso luminoso e mágico, seus chifres enormes e seus cascos satânicos. Ele estava saindo detrás de uma sepultura, em cima da qual a estátua de uma jovem angelical olhava para baixo, com a cabeça curvada. Uma das suas mãos de pedra havia se desintegrado com o tempo, e Neferet achou que parecia, pela expressão do rosto da estátua, que ela havia dado parte de si mesma como uma oferenda, talvez para o touro branco.

Esse pensamento fez Neferet arder de ciúmes.

Ela caminhou para encontrar seu touro, devagar e lânguida. Neferet sabia que era bonita, mas ainda assim ela se sentiu compelida a extrair poder das sombras ao seu redor para realçar a si mesma. Seu cabelo longo e grosso brilhou, assim como a seda fluida do seu vestido negro. Ela havia escolhido esse vestido porque ele a lembrava das Trevas – e do seu touro.

Neferet parou diante dele e se ajoelhou graciosamente.

– A busca do caos vai bem, meu senhor.

– *Então eu sou o seu senhor? Que interessante.*

Neferet levantou a cabeça e sorriu sedutoramente para o deus gigantesco.

– Você prefere que eu o chame de meu Consorte?

– *Ah, a nomenclatura das coisas. Há poder nos nomes.*

– De fato, há – Neferet levantou a mão e tocou em um dos seus chifres grossos. Eles reluziam como opalas.

– *Eu aprovei o nome que você deu para o Receptáculo. Aurox, como os grandes e poderosos touros Aurochs*[1] *de tempos antigos. Esse nome é algo que combina e parece certo.*

– Fico feliz que tenha aprovado, meu senhor – ela disse, pensando que o touro ainda não havia falado se ela poderia ou não chamá-lo de Consorte.

– *E como ele serve a você, essa criatura feita por meio de um sacrifício imperfeito?*

– Ele me serve bem. Eu não vejo nenhuma imperfeição quando olho para ele, apenas um gentil presente seu.

– *Mas você vai se lembrar de que eu a avisei, não vai? O Receptáculo pode estar danificado.*

– O Receptáculo propriamente dito não é importante – Neferet descartou o problema. – Ele é simplesmente um meio de atingir um objetivo – ela se levantou e se aproximou mais dele. – Nós não precisamos perder minutos preciosos falando sobre Aurox. Ele vai me servir, e me servir bem, ou vai deixar de existir.

– *Você se desfaz dos meus presentes assim tão facilmente?*

– Oh, não, meu senhor! – ela garantiu. – Eu apenas escutei o seu aviso. Será que agora nós podemos falar sobre algo mais prazeroso do que um Receptáculo vazio?

– *Você falou em Consorte. Isso me trouxe à mente algo que eu gostaria de mostrar a você, algo que talvez você ache interessante.*

– Eu estou às suas ordens, meu senhor – Neferet fez uma reverência.

A enorme encarnação das Trevas se ajoelhou, oferecendo seu dorso a ela.

– *Venha, minha impiedosa.*

---

1 Aurochs são os ancestrais das raças bovinas atuais. Eram encontrados na Europa, Ásia e norte da África. Com tamanho bem maior que os touros normais, foram extintos no século XVII. (N.T.)

Neferet montou nele. Seu pelo era gelado, lustroso e impenetrável. Ele a carregou para dentro da noite, deslizando rapidamente de modo inumano através das sombras, usando as correntes de vento e as coisas horríveis e escondidas que sempre, sempre o obedeciam. Até que ele finalmente parou nas sombras mais espessas embaixo de árvores antigas e desfolhadas pelo inverno em uma cordilheira de montanhas a sudoeste de Tulsa.

– Onde nós estamos? – Neferet teve calafrios por se agarrar nele.

– Silêncio, minha impiedosa. Observe silenciosamente. Veja. Escute.

Neferet observou, escutou e logo alguém que ela acreditava ser um homem alto e musculoso desceu de uma das três cabanas de madeira que ficavam no alto da montanha diante dela. Ele andou até a beirada do precipício e se sentou em uma pedra grande e chata de arenito.

Foi só depois que ele se sentou que ela viu suas asas. *Kalona!*, ela pensou o nome dele, não o pronunciou, mas o touro respondeu a ela dentro da sua mente.

Sim, é o seu antigo Consorte, Kalona. Vamos chegar mais perto. Vamos observar.

A noite ao redor deles se ondulou e se transformou, encobrindo o touro e Neferet sinistramente, de modo que parecia que eles eram apenas parte do tecido de sombras e da neblina preguiçosa que de repente começou a se formar sobre a montanha.

Neferet prendeu a respiração quando o touro, invisível e em silêncio, chegou mais perto de Kalona, tão perto que ela conseguiu olhar sobre o seu ombro largo e perceber que ele estava segurando um telefone celular. Ele começou a tocar a tela e ela se acendeu. O imortal alado hesitou, com seus dedos pairando indecisamente sobre o celular.

Você sabe o que está vendo?

Neferet encarou Kalona. Os ombros dele desabaram. Ele esfregou a testa, abaixou a cabeça como se estivesse derrotado e relutantemente, colocou o telefone devagar na pedra ao lado dele.

Não, Neferet pensou. *Eu não sei o que estou vendo.*

Kalona, guerreiro caído de Nyx, sente a falta de alguém que está longe dele. Alguém que ele não tem coragem de procurar.

Ele sente falta de mim? Ela não pôde evitar esse pensamento.

A risada sem humor do touro ressoou pela sua mente.

Não, minha impiedosa. O seu antigo Consorte sente a falta da companhia do seu filho.

Rephaim! A raiva de Neferet começou a crescer. *Ele sente a falta daquele garoto?*

Sim, apesar de ele ainda não ter colocado esse sentimento em palavras. Você sabe o que isso significa?

Neferet refletiu antes de responder em pensamento. Ela descartou o ciúme, a inveja e todas as armadilhas do amor mortal. *Sim, significa que Kalona tem uma enorme fraqueza.*

Ele tem, de fato.

Eles começaram a desaparecer da montanha, deslizando de sombra em sombra, montados na noite. Neferet acariciou o pescoço do touro, pensou em novas possibilidades e sorriu.

Rephaim

– A gente tem que conversar sobre a visão de Aphrodite – Stevie Rae disse.

Rephaim pegou um dos cachos dela e começou a enrolá-lo no dedo. Quando terminou, ele deu um puxão leve de brincadeira.

– Você fala. Eu vou mexer no seu cabelo.

Ela sorriu, mas afastou a mão dele com delicadeza.

– Pare, Rephaim. É sério. A visão de Aphrodite é assustadora.

– Você não me contou que Aphrodite previu a morte de Zoey? Duas vezes? Assim como a morte da avó dela? Em todos esses casos a previsão ajudou evitá-las – Rephaim acariciou a bochecha dela e a beijou gentilmente. – A gente vai usar essa visão para evitar a minha morte também.

– Isso soa bem para mim – ela recostou a bochecha contra a mão dele. – Mas a gente tem que deixar uma coisa bem clara. Dragon é algum tipo de chave, então você realmente precisa ficar longe dele.

– Sim, eu sei – ele passou a mão pela lateral da cabeça dela, adorando sentir a maciez do seu cabelo, e deixou os dedos descerem devagar pelo pescoço e pelo ombro da sua amada.

– Rephaim, por favor, preste atenção – Stevie Rae segurou o rosto dele com as mãos e o fez parar de tocar o seu cabelo e a sua pele.

– Eu estou prestando – com relutância, ele concentrou sua atenção nas palavras dela.

– Cheguei à conclusão de que talvez eu estivesse errada. Talvez você tenha que ficar aqui, sem ir para a escola. E com certeza você também não deve ir para qualquer ritual que a gente faça na fazendo da avó de Z., ou pelo menos você precisa ficar afastado até que a gente descubra mais detalhes sobre a visão de Aphrodite.

Rephaim pegou as mãos dela, que estavam segurando o seu rosto, e as apertou com firmeza.

– Stevie Rae, se eu começar a me esconder agora, quando isso vai acabar?

– Eu não sei, mas o que eu sei é que você vai estar vivo.

– Há coisas piores do que a morte. Ficar preso pelo medo é uma dessas coisas – ele sorriu. – Na verdade, eu achei a coisa toda curiosamente positiva. A visão significa que eu sou humano de verdade.

– O que você quer dizer? É claro que você é humano.

– Eu pareço humano, pelo menos até o sol nascer. O fato de eu ser mortal me faz ser o que eu aparento.

– Mas você não fica triste por saber que o seu sangue não é mais imortal?

– Não, isso me deixa um pouco mais normal.

Stevie Rae arregalou seus brilhantes olhos azuis.

– Sabe o que mais? Isso faz com que você não seja mais parte do sangue de Kalona.

Rephaim tentou entender por que Stevie Rae negava o seu pai. Ele realmente tentou, mas não conseguiu evitar a sensação defensiva e quase irritada que o invadiu quando ela quis rechaçar o imortal alado.

– Você acha que é preciso mais do que o sangue para que alguém seja pai? – ele falou devagar, tentando raciocinar em meio aos seus sentimentos e encontrar a verdade por baixo deles.

– Sim, é claro – ela respondeu.

– Então é lógico que a ausência do sangue não faz automaticamente alguém deixar de ser pai também – antes que ela pudesse retrucar, ele continuou: – Kalona é imortal, mas eu estive ao seu lado por tempo o bastante para vislumbrar humanidade dentro da sua imortalidade.

– Rephaim, eu não quero discutir sobre o seu pai. Eu sei que você pensa que eu o odeio, mas não é isso. Eu odeio que ele machuque você.

– Eu entendo – ele a puxou para os seus braços e beijou o topo da cabeça dela, inalando o aroma doce e familiar de garota, xampu e sabonete. – Mas você precisa me deixar encontrar meu próprio caminho. Ele é meu pai. Nada vai mudar isso.

– Tudo bem, eu vou tentar parar com esses discursos sobre ficar longe de Kalona, mas quero que você me prometa que vai pensar em ficar longe de Dragon, pelo menos por um tempinho.

– Essa é uma promessa fácil de fazer. Eu já tento evitar o Mestre da Espada porque eu sei que ele sente dor quando me vê, mas eu não vou me esconder. Eu não posso me esconder de Dragon assim como não posso me esconder do meu Pai.

Ela se afastou e olhou para ele.

– Nós estamos juntos nisso, não estamos?

Ele encontrou o olhar dela.

– Estamos. Sempre.

– Certo. Vamos ficar juntos, mesmo se for perigoso. Eu vou proteger você – ela afirmou.

– E eu vou proteger você – ele concordou. Então Rephaim deu um beijo longo e demorado nela. Ele a abraçou forte por mais alguns momentos, deixando que o perfume e a doçura dela o encobrissem.

– Você tem que ir agora? – ela falou com o rosto enterrado no peito dele.

– Você sabe que eu tenho.

– Vou parar de perguntar se eu posso ir até lá em cima com você, pois sei que você não quer, mas se algum dia você mudar de ideia eu vou ficar com você até o último instante. Porque, mesmo quando você é um pássaro, você é o meu pássaro.

Ele riu.

– Nunca pensei nisso dessa forma, mas eu sou o seu pássaro, e o seu pássaro precisa ir lá para o céu da manhã esticar suas asas.

– Beleza – Stevie Rae se soltou dele primeiro e ele gostou que ela deu um sorriso entusiasmado, apesar de não parecer muito verdadeiro. – Vou estar aqui quando você voltar voando para casa.

– Ótimo, pois eu sempre vou voltar voando para você – ele deu um beijo rápido nela, vestiu a camisa e saiu do quarto. Ele estava contente por ter saído antes de começar aquele comichão terrível na sua pele. Ele odiava a sensação de pânico que tinha ao correr pelos túneis, ansiando com cada vez mais força o mundo lá em cima e o céu à sua espera.

Apenas um pouco antes da saída do porão, ele viu algo se mover nas sombras e automaticamente assumiu uma postura defensiva.

– Ei, relaxe. Sou eu.

Ele realmente relaxou quando ouviu a voz de Shaunee e logo em seguida a garota em pessoa emergiu dos túneis à direita. Ela estava com o cabelo despenteado e carregava uma cesta de plástico grande.

– Oi, Shaunee – ele disse. – Você está bem?

– Sim, eu acho. Eu tenho mais uma leva de coisas para tirar do quarto de Erin e levar para o meu novo quarto aqui embaixo – ela apontou com o polegar para a escuridão atrás dela. – Sim, eu sei que vou ter que colocar luzes aqui.

– Você precisa de luz?

Ela sorriu, levantou a mão com a palma voltada para cima, assoprou nela e uma pequena chama apareceu, dançando alegremente.

– Bem, não exatamente, mas se alguém quiser me visitar vai precisar de luz.

– Posso ajudar você a fazer isso amanhã se quiser – ele se ouviu dizer e de repente preferiu não ter dito. E se ela fosse como os outros novatos e realmente não quisesse ter muito contato com ele?

Mas ele não precisava ter se preocupado. Shaunee não o rejeitou. Na verdade, o sorriso dela se ampliou.

– Isso seria incrível. Eu ia tentar colocar as luzes depois que eu trouxesse a última leva de coisas, mas fazer mudança é muito cansativo e tudo o que eu realmente quero é me jogar na minha cama nova e super confortável e assistir de novo ao último episódio de *A Guerra dos Tronos* no meu iPad. Eu realmente adoro a Daenerys.

– Stevie Rae e eu também estamos assistindo. Você sabe que tem corvos na série.

– Sim, e também tem dragões, coisas mortas e um anão bacana, o que parece ser uma coisa totalmente louca e sem noção, e é, mas num bom sentido – ela mordeu o lábio e pareceu que estava decidindo se ia dizer mais alguma coisa, então Rephaim ficou ali, esperando, mesmo quando a sua pele começou a formigar. Finalmente, Shaunee falou com uma voz bem baixa: – Erin nunca gostou da série. Ela dizia que era uma versão mais idiota de *Dungeons & Dragons*[2], e eu concordava em voz alta com ela, mas costumava assistir às escondidas quando ela estava dormindo.

Rephaim não sabia muito bem como responder. Ele realmente não entendia por que as duas garotas antes costumavam agir como se fossem uma pessoa só e, por isso, ele também achava difícil entender por que as duas pareciam tão perturbadas e perdidas agora.

– Quem sabe você queira assistir comigo e com Stevie Rae quando a nova temporada começar? – ele ofereceu.

2 Dungeons & Dragons (calabouços e dragões, em tradução livre) é um dos jogos de RPG mais conhecidos no mundo. Deu origem a uma série de animação exibida no Brasil como Caverna do Dragão. (N.T.)

– Stevie Rae ainda faz pipoca com manteiga? Ela fazia uma pipoca com manteiga incrível.

– Ela ainda faz, sim, então com certeza ela vai fazer a pipoca. Com manteiga.

– Ah, nham-nham. Estou dentro. Obrigada, Rephaim.

– De nada. Agora preciso ir... – a voz dele morreu quando ele começou a se afastar em direção à saída do porão.

– Ei, eu ouvi falar sobre a visão de Aphrodite. Só quero dizer que eu espero que você não morra.

– Também espero que eu não morra – ele fez uma pausa e então acrescentou: – Se alguma coisa acontecer a mim, você poderia ligar para aquele telefone que você deu para meu pai e contar a ele?

– Sim, é claro. Mas não vai acontecer nada com você. Eu espero. Além disso, você não precisa morrer para que a gente use o telefone, você pode ligar para ele quando quiser, você sabe, só para falar com ele.

Rephaim percebeu que ele nem tinha pensado em algo tão simples, tão mundano, tão normal como apenas ligar para o seu pai.

– Eu vou ligar. Em breve – ele disse com convicção. – A gente se vê depois do pôr do sol.

– Até mais – ela respondeu.

Então Rephaim teve que correr na última parte do túnel e subir apressado pela escada de ferro até o porão, mas ele não se importou. O seu último pensamento, antes que o corvo e o céu se apoderassem da sua mente humana, foi que ele estava contente por Shaunee e Erin não serem mais uma pessoa só, pois Shaunee sozinha era uma pessoa legal. E ao lado de Zoey e talvez de Damien, os três poderiam ser os primeiros amigos verdadeiros que ele já teve na vida...

Kalona

Havia alguma coisa naquela noite que não o deixava descansar. Seus filhos já estavam dormindo, aquecidos e seguros, aninhados nas três cabanas de caçadores. Ele também deveria estar dormindo. Mas, em vez disso, ele se encontrava ao ar livre da montanha, sentado em uma enorme pedra achatada, pensando.

O iPhone estava na sua mão. Ele refletiu sobre o mundo moderno e a magia estranha que tinha se desenvolvido nos tempos atuais. Ele não conseguia decidir se gostava mais da modernidade ou do mundo antigo. Certamente, agora era mais confortável. E também era mais complicado. Mas melhor? Kalona tendia a acreditar que não.

Ele olhou para o telefone. A novata o havia dado para que ele pudesse ligar para Rephaim, mas o nome do garoto não estava na lista de contatos. *Que coisa idiota e inútil,* ele pensou. Mas então, pensando melhor, ele percebeu que o nome de Stevie Rae estava lá. Ligando para a Vermelha, ele poderia falar com o seu filho.

Ele não queria falar com a Vermelha. Ela era a raiz dos seus problemas. Se ela não tivesse interferido, Rephaim estaria ali, ao lado dele, segundo a ordem natural das coisas.

Ou Rephaim estaria morto depois de ficar sangrando, quebrado e sozinho naquela noite terrível. Esse não teria sido um fim melhor e mais apropriado para o meu filho do que ser acorrentado a uma jovem vampira e à sua Deusa implacável?

Os pensamentos mal haviam se formado na sua mente quando Kalona se arrependeu deles.

Não, não seria melhor se Rephaim tivesse morrido.

E Nyx não era implacável. Ela havia perdoado seu filho. Era só ele quem ela havia se recusado a perdoar.

Kalona falou para o firmamento:

– É irônico que, ao fazer uma gentileza para o meu filho, você tenha feito uma crueldade para mim. Você tirou de mim a única criatura neste mundo que me amava de verdade – sua voz desapareceu rapidamente na noite e ele estava completamente sozinho. Deusa, ele estava cansado de ficar só!

Ele sentia falta da companhia de Rephaim.

Os ombros de Kalona desabaram.

Foi então que ele sentiu a presença das Trevas. Foi sutil e bem disfarçada, mas Kalona conhecia as Trevas há tempo demais, tanto lutando contra elas quanto ao lado delas, para ser enganado.

Kalona largou o telefone e colocou no rosto uma expressão impassível e neutra. Ele não tinha ideia de por que o touro branco estava espreitando esta noite, mas ele sabia que a sua presença era um presságio de grandes problemas e tormentos para este mundo e, talvez, para ele.

Ele compreendia algo que Neferet, inebriada demais pelo poder, não conseguia entender: a encarnação das Trevas não poderia nunca ser um verdadeiro aliado. O touro branco tinha apenas um único objetivo: destruir o touro negro. Ele usaria qualquer coisa ou qualquer um para atingir esse objetivo, assim como ele destruiria qualquer coisa ou qualquer um que se colocasse no seu caminho.

Se Neferet acreditava que era sua Consorte, ela estava completamente errada. O touro branco das Trevas não tinha Consortes – ele tinha conquistas.

A presença se dissipou e Kalona suspirou de alívio. Então ele se endireitou, pensativamente. *Neferet? Eu senti a sua presença também?*

Ele baixou os olhos para o iPhone. Por quanto tempo será que eles ficaram observando? O que eles tinham escutado? O que eles sabiam?

Será que Rephaim estava em perigo?

Kalona ficou em pé e se atirou no céu. Ele bateu suas asas poderosas contra a noite, pegando correntes de vento silenciosamente, e voou rápido em direção ao leste na escuridão da pré-alvorada.

Ele chegou à estação momentos antes de o sol nascer, aterrissando no chão de cascalho perto dos trilhos da estrada de ferro, longe da entrada principal que Shaunee já havia explicado a ele que não era utilizada. Kalona estava andando de um lado para o outro, olhando para uma grade velha de metal e praguejando em silêncio por ter deixado o maldito telefone na pedra, quando a grade enferrujada foi empurrada e seu filho saiu correndo do edifício.

Kalona começou a andar em direção a ele, muito aliviado pelo fato de o garoto estar bem e inteiro, quando seu filho abriu a boca e berrou – um som de agonia terrivelmente agonizante. Então ele viu o corpo de Rephaim estremecer e se contorcer até se transformar, *e um corvo irromper da pele do garoto!*

Movendo-se só por instinto, Kalona subiu ao céu seguindo o corvo. O imortal ficou bem no alto, longe dos olhos curiosos da cidade, apesar de na verdade o corvo ter ficado bem pouco tempo na cidade. Em vez disso, ele voou para o oeste e um pouco para o sul, misteriosamente seguindo o mesmo caminho que Kalona havia trilhado. Não demorou muito até o corvo ficar empoleirado em um velho carvalho, cujos galhos se estendiam como um gigante protetor sobre os abrigos dos caçadores. O Corvo Rephaim permaneceu ali, apenas ocasionalmente se alimentando, às vezes subindo ao céu, mas sempre, sempre, voando em círculos de volta para a montanha.

Quando o pôr do sol se aproximou, o pássaro voou. Desta vez, não voou em círculos, mas sim encarou o leste e bateu asas em direção a Tulsa. Kalona o seguiu e, quando o sol mergulhou no horizonte, o corvo aterrissou do lado de fora da entrada do porão da estação. O pássaro deu um berro que se transformou em um grito de agonia, e então ali estava Rephaim, nu, ofegante e de joelhos.

Kalona se escondeu nas sombras, observando seu filho se vestir. Então, o som da grade de metal se movendo fez os dois olharem para lá.

– Você voltou! Viva! – a Vermelha se atirou nos braços de seu filho. Ele a abraçou forte, rindo e beijando-a. De mãos dadas, os dois desapareceram dentro do porão do edifício.

Kalona, subitamente confuso e sentindo-se incrivelmente velho, sentou-se nos trilhos enferrujados e falou em voz alta para a noite e para a Deusa que era a sua personificação:

– Você o perdoou e ainda assim o faz sofrer como uma besta. Por quê? Ele está pagando pelas minhas transgressões? Maldita seja você, Nyx. Maldita seja.

25

Zoey

Eu estava nervosa com a primeira aula e com o que Thanatos ia dizer sobre perder um dos pais – mais especificamente, minha mãe –, mas o dia estava começando bem de verdade. Pela primeira vez depois de bastante tempo, Stark levantou antes de mim e, portanto, eu acordei com beijos e com ele me chamando de Bela Adormecida. Ele então devorou a cumbuca de Cap'n Crunch[1] mais gigantesca que eu já vi na vida. Depois, no estacionamento da estação, ele ficou brincando de lutar boxe com Darius, enquanto os garotos entravam no micro-ônibus escolar.

Eu já estava dentro do ônibus, observando-o pela janela com um sorriso idiota no rosto, quando Aphrodite saiu da estação. Fiquei surpresa ao vê-la, pois eu imaginava que ela estaria com tanta ressaca e tão exausta que definitivamente não iria para a escola hoje. Ela franziu os olhos e então colocou seus óculos escuros, apesar de ser 19h30 e de não ter sol nenhum.

– Ela não tá bem – Kramisha disse do seu assento atrás de mim.

– Como você pode dizer isso desta distância?

– Ela tá sem salto e com um rabo-de-cavalo. Essa garota sempre usa salto e o cabelo dela normalmente parece o da Barbie – Kramisha explicou. – Quero dizer a Barbie normal e não aquelas bonecas estranhas tipo Barbie tenista ou Barbie na academia.

1 Cap'n Crunch é uma marca de cereal matinal de milho e aveia. (N.T.)

– Todo mundo sabe que a Barbie não precisa malhar para manter aquele seu maldito corpinho – Shaunee comentou.

– É uma droga, mas é verdade – Stevie Rae concordou.

– Ahn? – perguntei, totalmente confusa.

– Apenas confie em nós. Aphrodite não tá bem – Kramisha repetiu.

– Ela não está nem usando gloss. Mau sinal – Erin falou.

– Se ela não está com nenhuma maquiagem nos olhos, então o inferno está oficialmente congelado – Shaunee afirmou, o que foi interessante, pois isso foi o mais perto que ela chegou de um comentário de gêmeas, que não fazia há dias.

Dei uma olhada para Shaunee, que estava sentada no banco da frente, o mais longe possível do assento de Erin, que ficava no fundo do ônibus. Ela estava fuçando a sua bolsa como se não estivesse encontrando um daqueles batons da MAC com edição limitada, que as garotas compram e se apaixonam por eles e depois eles tiram de linha porque odeiam a gente e querem nos deixar loucas.

Enfim, eu tive certeza de que as bochechas de Shaunee estavam rosadas. Então, será que ela estava envergonhada do seu comentário acidental de gêmea ou estava excitada com isso? Não tive muito tempo para pensar nisso, pois Aphrodite subiu no ônibus e sentou pesadamente no primeiro assento atrás do banco do motorista, o qual era bem na minha frente.

– Café – ela falou com uma voz baixa e rouca. – Eu falei para Darius que a gente tem que passar com o ônibus pelo Starbucks da Utica no caminho. Eu vou morrer se não tomar um espresso duplo super doce caramelizado e um pedaço enorme daquela torta de café e blueberry deles.

– Isso aí tem um monte de calorias – Kramisha a avisou.

– Se tentar me impedir, eu mato você – Aphrodite rebateu.

– Acho que o seu cabelo fica bem assim – Shaunee disse.

– Que merda, eu não preciso da pena de metade das compartilhadoras de cérebro. Não estou tão mal assim.

Shaunee a fuzilou com os olhos.

– Eu não sou metade de nada e não estou com pena nenhuma de você. Eu só disse que gostei do seu cabelo porque você normalmente não o usa assim, mas, se você for vaca demais para aceitar um elogio, então vai se foder.

O ônibus inteiro prendeu o fôlego. O silêncio era total e ameaçador. Eu não sabia ao certo se devia invocar os elementos ou sair correndo. Então Aphrodite puxou seus óculos para a ponta do nariz e olhou por sobre a armação para Shaunee. Os olhos dela estavam rosados, inchados e totalmente horríveis, mas estavam brilhando com humor.

– Acho que eu gosto quando você usa o seu próprio cérebro.

– É, bem, eu ainda não resolvi se gosto de você, mas o seu cabelo ainda está bonito.

– Hum – Aphrodite murmurou.

– Hum – Shaunee ecoou.

Todos nós demos um longo suspiro de alívio.

E foi assim que o dia continuou. Stark estava de volta à sua velha forma: charmoso, sexy e totalmente fabuloso. Quando perguntei o que tinha acontecido, ele respondeu:

– Z., eu dormi profundamente e hoje estou me sentindo como o Superman.

Sem brincadeira. Superman. E aparentemente ele acreditava mesmo nisso, pois estava andando de um lado para o outro, rindo e sendo um cara completo.

Ele era a coisa mais fofa que eu já tinha visto desde aquele vídeo do Trololo Cat no YouTube.

Enfim, antes da escola estava tudo legal. O caminho até a escola também foi tranquilo. Bem, Aphrodite estava de mau humor, mas isso era quase normal. Além disso, ela estava conversando com Shaunee, o que era bacana, pois era óbvio que Shaunee não sabia muito bem quem ela era agora que ela não era mais metade do time das gêmeas. E a gente realmente parou no Starbucks no caminho. Eu sei que novatos supostamente não deveriam mais sentir os efeitos da cafeína, mas definitivamente parecia que nós todos estávamos excitados quando paramos na Morada da Noite.

É claro que, quando chegamos na escola, todo o resto estava tão sob controle quanto um rebanho de gatos, como Stevie Rae diria.

Tudo começou na primeira aula. Eu realmente não tinha esquecido que Thanatos ia me usar como exemplo da sua aula sobre como lidar com a perda de um dos pais. Eu só tinha meio que deixado de lado essa lembrança, o que provavelmente tinha a ver com o fato de Stark estar tão adorável e de eu estar tão feliz por ele estar agindo como ele mesmo de novo.

E talvez eu não quisesse lembrar. Talvez eu simplesmente não quisesse ser uma órfã de mãe arrasada por um tempinho.

Enfim, minha amnésia seletiva não durou mais do que uns dois segundos e meio depois que eu pisei na sala da primeira aula e segui Stevie Rae e Rephaim até as carteiras da frente. Aurox estava lá, exatamente no mesmo lugar onde ele havia sentado ontem. Nossos olhares se encontraram por um instante antes de ele se virar para outro lado. Então eu me lembrei do que estava rolando: eu não ia ficar entretida ou sonhando acordada durante aquela aula. Afinal, a aula ia ser sobre mim. Isso fez meu estômago se contrair, e de repente eu estava nervosa, ansiosa e querendo ter permissão para ir ao banheiro, à enfermaria ou para qualquer lugar longe da sala de aula.

Foi só mais tarde que eu percebi que a minha pedra da vidência, pela primeira vez, não havia ficado quente quando eu o vi. Na hora não pensei nisso, pois Thanatos começou a falar e me distraiu totalmente, colocando a cereja no topo do meu sundae de ansiedade.

– Eu li as perguntas de vocês e encontrei um tema comum em muitas delas – ela disse. – Muitos de vocês expressaram o desejo de discutir sobre como lidar com a perda de seus pais. A verdade é que, se vocês completarem a Transformação e se tornarem vampiros, vão inevitavelmente perder não apenas os seus pais, mas todos os seus contemporâneos mortais porque, como vocês já sabem, apesar de vampiros não serem imortais, nós definitivamente vivemos mais do que os humanos. Então, para nos ajudar a abordar esse assunto com mais profundidade, eu solicitei o auxílio da única colega de vocês que perdeu um dos pais e um companheiro para a morte: Zoey Redbird.

Eu queria morrer.

Todo mundo estava quieto e prestando atenção, até a fileira de trás dos novatos vermelhos idiotas que cercavam Dallas.

– Primeiro, deixem-me começar com uma palavra de alento – Thanatos falou. – Como vocês sabem, minha afinidade é com a morte. Eu frequentemente guio espíritos na sua passagem deste mundo para o Mundo do Além, portanto posso dizer a cada um de vocês com certeza absoluta que há um Mundo do Além esperando por nós. Eu nunca estive lá, mas Zoey esteve – ela sorriu para me encorajar. – Acho que você viu tanto a sua mãe quanto o seu companheiro serem bem recebidos no reino de Nyx.

– Sim – percebi que minha voz estava muito baixa, então limpei a garganta e tentei de novo, mais alto. – Sim, eu vi minha mãe receber as boas-vindas de Nyx e, na verdade, passei algum tempo lá com Heath.

– E é um lugar bonito?

Senti o enjoo no meu estômago diminuir um pouco enquanto eu me lembrava da parte boa.

– Sim, é incrível. Mesmo quando a minha alma estava despedaçada e eu estava super confusa, eu conseguia perceber a paz e a felicidade no Bosque da Deusa – *eu só não conseguia sentir isso,* acrescentei silenciosamente..

Stevie Rae levantou a mão.

– Sim, Stevie Rae – Thanatos a chamou.

– Tudo bem se a gente fizer perguntas?

– Zoey? – o olhar sábio de Thanatos se voltou para mim.

– Sim, claro, eu acho.

– Então vá em frente e faça a sua pergunta, Grande Sacerdotisa Vermelha – o olhar intenso de Thanatos abarcou toda a classe. – Mas vamos todos nos lembrar das regras de civilidade que sempre estão em vigor durante a minha aula.

Houve uma pausa e então Stevie Rae me perguntou:

– Ahn, então o Mundo do Além é um grande bosque?

Fiquei surpresa com a questão dela e com a sua óbvia curiosidade, e então eu me dei conta de que ela nunca tinha me perguntado muita coisa sobre o Mundo do Além. Na verdade, com exceção de Sgiach e de uma breve menção ao Mundo do Além quando liderei o ritual para Jack, eu quase não tinha falado sobre isso com ninguém.

– Bem, sim, mas eu sei que há um monte de partes diferentes no Mundo do Além. Tipo, quando eu encontrei Heath pela primeira vez, ele estava pescando em um deque que ficava em um lago realmente bonito – apesar de eu ficar triste e com saudade dele, aquela lembrança me fez sorrir. – Heath amava pescar. Amava mesmo. Então, foi ali que eu o encontrei pela primeira vez, mas, quando nós tivemos que ficar em segurança, fomos para o Bosque da Deusa, que ficava em outra parte do Mundo do Além.

Damien levantou a mão e Thanatos o chamou.

– Sei que você não viu Jack lá em cima, mas você está dizendo que acredita que existem lugares específicos para cada um no Mundo do Além?

Pensei nisso por um segundo e então assenti.

– Sim, acho que esse é um bom jeito de descrever as coisas. Jack provavelmente está na seção de artes e decoração.

Damien sorriu entre lágrimas.

– Ele queria ser estilista. Ele está na seção *Project Runway*[2].

– Aaah! Que bela seção! – alguém atrás de mim falou e alguns garotos riram baixo.

Com hesitação, Aurox levantou a mão. Depois que Thanatos chamou seu nome, ele se virou para encontrar meu olhar.

– Você disse que existem partes diferentes no Mundo do Além. Você acha que existe uma parte que é um lugar de punição?

Seus estranhos olhos cor de lua estavam cheios de uma angústia inconfessa, e eu soube que a sua pergunta vinha de um lugar mais pro-

---

2 Project Runway (projeto passarela, em tradução livre), é um reality show com estilistas, que competem entre si para criar a melhor coleção. (N.T.)

fundo do que a curiosidade e que a minha resposta ia significar mais do que apenas uma informação escolar aleatória. *Por favor, Nyx, forneça-me as palavras; permita que a minha resposta seja verdadeira.*

Respirei fundo e encontrei o espírito dentro de mim. Eu me segurei no elemento que estava perto do meu coração e confiei que, através dele, a Deusa ia guiar minhas palavras. Quando comecei a falar, percebi como a sala havia ficado silenciosa e praticamente pude sentir os garotos da fileira de trás prendendo a respiração.

– Eu vi coisas assustadoras e nada agradáveis no Mundo do Além, mas eram forças exteriores e não da Deusa. Se eu vi um lugar de punição? Não, mas o que eu vi foi Heath seguindo em frente para outro reino do Mundo do Além. Ele acreditava que ia reencarnar nessa outra parte do reino. Quando estava partindo, ele me disse que, apesar de estar seguindo em frente, o nosso amor continuaria com ele – fiz uma pausa e tive que piscar com força para não chorar e enxugar uma única lágrima que de algum modo tinha escapado. – O que os meus instintos me dizem é que Nyx não é uma Deusa que pune, mas eu não ficaria surpresa se pessoas realmente detestáveis renascessem de um jeito que faça com que elas se redimam de todas as atrocidades das suas vidas passadas ou que as ensine algo que elas não aprenderam antes.

– Você quer dizer, tipo, alguém que espancava a esposa renasce como uma mulher? – Shaunee quis saber.

– Que tal uma mulher de burca no Afeganistão? – Aphrodite acrescentou, levantando uma sobrancelha sarcasticamente.

– Sim, é mais ou menos isso o que eu quero dizer – eu afirmei. – Mas acho que o como, o onde e o quem ficam a cargo da Deusa.

– Você acha que sempre depende da pessoa? – Aurox me perguntou.

– Espero que sim – eu respondi sinceramente, pensando em Heath e na minha mãe.

– Então, o fato de sabermos sem sombra de dúvida que há um Mundo do Além e que as pessoas que amamos podem encontrar seu caminho até lá, mesmo se não forem vampiros ou mesmo novatos, é um conforto para nós, já que vivemos mais do que os mortais da nossa infância. Mas isso não significa que perder um dos pais seja fácil. Zoey, sei que é doloroso, mas será que você poderia dividir conosco o que é mais difícil para você em relação à morte de sua mãe?

Eu assenti e abri minha boca para dizer que agora ela não poderia mais compensar o modo como ela havia deixado de ser minha mãe nos últimos três anos, mas as palavras me faltaram.

– Leve o tempo que precisar – Thanatos me encorajou.

Stevie Rae estendeu o braço, pegou minha mão e a apertou. Então ela sussurrou:

– Está tudo bem, apenas finja que não tem mais ninguém aqui além de nós duas. Você pode me contar.

Olhei para a minha melhor amiga e soltei sem pensar:

– É tão terrível que eu não sei o que realmente aconteceu com ela.

– Por que você acha que isso é o que mais a entristece?

Thanatos fez a pergunta da parte elevada da frente da sala, mas eu continuei olhando para Stevie Rae, que sorriu e falou:

– Por que seria melhor se você soubesse o que aconteceu com a sua mãe?

– Porque alguém tem que pagar pelo que foi feito a ela – eu disse.

– Vingança? – Thanatos perguntou.

Então eu olhei para ela.

– Não. Justiça – respondi com firmeza.

– É admirável e compreensível que você deseje justiça. Que isso seja uma lição para todos vocês: há uma grande diferença entre se vingar ou conseguir uma revanche e querer a verdade para que a justiça brilhe para todos – Thanatos encontrou meu olhar. – Acredito que posso ajudar a mostrar a verdade a você, para que você seja capaz de fazer justiça por sua mãe e consiga superar e seguir em frente.

– O que você quer dizer?

– Eu falei com a sua avó. Hoje é a quinta noite depois da morte de sua mãe. Eu expliquei a ela que cinco é um número importante no nosso sistema de crenças; ele representa os elementos e a nossa proximidade a eles. Ela concordou em fazer uma pausa na sua purificação tradicional hoje, na quinta noite. Não é uma certeza absoluta, mas, com o poder dos elementos contido no seu círculo e com a sua conexão com a pessoa cuja morte queremos desvendar, acho que posso iluminar a verdade sobre o assassinato de sua mãe, se você quiser traçar o círculo e testemunhar o que ele revelar.

– Eu quero – senti um enjoo na boca do estômago, mas eu sabia que tinha que enfrentar isso.

– Há mais uma coisa – Thanatos desviou os olhos de mim e se voltou para Stevie Rae. – Zoey vai traçar o círculo. Eu estarei lá para invocar a presença da morte, mas o feitiço que invoca a morte depende de você.

– De mim? – Stevie Rae perguntou com medo.

– Foi no seu elemento que esse malfeito ficou marcado. É através do seu elemento que a verdade será revelada – o olhar intenso de Thanatos procurou cada membro do meu grupo enquanto ela continuava a explicar: – Esse feitiço não será agradável. A mãe de Zoey foi assassinada. Se nós tivermos sucesso, vamos testemunhar esse ato terrível. Vocês precisam querer participar, além de ficarem focados e cientes de como vão ser as coisas com as quais estão concordando.

– Eu quero – Stevie Rae disse imediatamente.

– Eu também... Sim, estou dentro... Eu quero – as frases vieram de Shaunee, Damien e Erin.

– Então está decidido. Nós partimos assim que a primeira aula acabar. Se eu chamar o seu nome, você deve ir até o estacionamento e se preparar para o ritual e o feitiço. Se eu não chamar o seu nome, por favor, compareça à sua segunda aula normalmente. A lição de casa de vocês vai ser uma redação sobre a perda, e essa lição vai ser para aqueles que vão participar do ritual assim como para quem não vai. Os estudantes que vão se juntar a mim são: Zoey, Stevie Rae, Damien, Shaunee, Erin e Aphrodite. Os outros podem começar a trabalhar nas suas redações. Bom dia e que vocês sejam abençoados – Thanatos se curvou formalmente para a sua classe e então foi se sentar atrás da sua mesa.

Fiquei de queixo caído. Como vovó diria, essa coisa toda me desconcertou.

Aphrodite se sentou pesadamente na carteira ao lado da minha e sussurrou:

– Fale com Thanatos para que ela não deixe Dragon ir com a gente – ela fez uma pausa, inclinou a cabeça para o lado e olhou para Stevie Rae e Rephaim, que estavam com as cabeças coladas e falando super rápido. – A menos que eu esteja errada, e eu nunca estou, ela vai insistir para o menino-pássaro ir com a gente, o que não é nenhuma surpresa, pois eu aposto que Darius não vai me deixar ir sem ele. Mas, se Rephaim estiver com a gente, isso significa que Dragon não pode ir ou, de acordo com a minha visão, Rephaim vai ser partido ao meio.

– Que inferno! – eu disse.

– Praguejando? – Aphrodite perguntou.

– Não. Inferno é um lugar. Eu não mandei ninguém para lá – respondi.

– Cresça – ela rebateu.

– Vai se ferrar – falei sucintamente.

Aphrodite riu alto, o que fez com que ela recebesse a quase-praga da Garota Crescida. Suspirei e, quando o sino soou, levantei da minha carteira e andei devagar, mas decididamente, até Thanatos.

Da cadeira atrás de sua mesa, Thanatos ergueu o rosto, mas seus olhos não vieram na minha direção. Em vez disso, ela olhou do meu lado e chamou:

– Aurox, um momento, por favor.

Aurox estava saindo da sala, mas ele parou e voltou.

– Você quer falar comigo, Sacerdotisa?

– Quero dar uma resposta à sua pergunta.

– Ahn, eu vou esperar lá fora para que vocês dois...

– Você não precisa sair – Thanatos me cortou. – Minha resposta é a mesma para quem quer que faça a pergunta.

– Eu não entendo – Aurox disse.

Na verdade, eu também não entendia. A questão dele era: "O que eu sou?". Como poderia haver só uma resposta para essa pergunta?

– Acho que você vai entender depois de me ouvir. A questão sobre o que nós somos só pode ser respondida por nós mesmos. Cada um de nós decide o que é através das escolhas que fazemos na vida. Como nós fomos feitos, quem são os nossos pais, de onde nós somos, qual a cor da nossa pele, quem nós escolhemos para amar, todas essas coisas não nos definem. Só as nossas ações nos definem e vão continuar nos definindo até depois da morte.

Eu vi surpresa na expressão de Aurox.

– O passado não importa?

– O passado importa muito, principalmente se nós não aprendemos com ele. Mas o futuro não precisa ser ditado pelo passado.

– Eu decido o que eu sou? – ele falou devagar, como se estivesse tentando decifrar uma charada.

– Sim.

– Obrigado, Sacerdotisa.

– De nada. Pode ir agora.

Ele cruzou seu punho fechado sobre o coração e se curvou profundamente antes de deixar a sala de aula.

Eu estava olhando ele se afastar, ainda pensando na surpresa que tinha visto em Aurox, quando Thanatos falou comigo.

– Zoey, eu sei que esse ritual e o feitiço vão ser difíceis para você, mas acredito que isso vai permitir que você supere a morte da sua mãe.

– Sim, eu também acho – falei rápido, sentindo-me como uma criança apanhada com a mão no pote de cookies, e voltei meu olhar para Thanatos. – Quero dizer, eu não quero fazer isso. Eu não quero ver o que aconteceu com mamãe, mas eu fico imaginando o que aconteceu com ela o tempo todo. Pelo menos a verdade vai me fazer parar de imaginar coisas.

– Sim, vai fazer – ela confirmou.

– Então, esse ritual... Quem mais vai estar lá?

– Aqueles a quem eu já chamei. Imagino que o seu Guardião vai acompanhá-la, assim como Darius deve acompanhar Aphrodite. E eu vou estar lá. Siga os seus instintos, Zoey. Você gostaria de requisitar que mais alguém fosse?

Parecia que a presença de Aurox ainda permanecia na sala conosco, então balancei a cabeça.

– Não, eu não gostaria de requisitar mais ninguém. O meu círculo e os nossos guerreiros são tudo de que eu preciso, mas há alguém que eu não quero que vá até lá – eu afirmei e ela levantou as sobrancelhas. Então continuei: – Dragon Lankford. Ele odeia Rephaim, que está atuando como uma espécie de guerreiro de Stevie Rae, portanto ele deve estar com ela – tomei uma decisão rápida: *Thanatos deve saber.* Acrescentei: – Além disso, ontem Aphrodite teve uma visão que mostrou Dragon totalmente envolvido com a morte de Rephaim, atravessado por uma espada. Eu preferia que isso não acontecesse durante o ritual que vai revelar como foi a morte de minha mãe.

– Dragon Lankford tem a missão de proteger esta escola e seus estudantes. Se ele permitir ou tomar parte em qualquer ação que deixe Rephaim machucado, uma grande injustiça terá sido cometida e ele deverá ser repreendido imediatamente e...

– Ei, espere – eu a interrompi. – Eu não quero que esse feitiço seja nenhum tipo de plano para que Dragon entre em apuros. Não quero que nada desse drama afete o que aconteceu com minha mãe. O assassinato dela já é dramático o suficiente. Você não pode simplesmente me ajudar a ter certeza de que Dragon não vai estar lá? Nós podemos lidar com os problemas dele depois.

Thanatos abaixou sua cabeça levemente.

– Você tem razão e está certa por me lembrar disso. O local da morte de sua mãe não é apropriado para testar Dragon ou iluminar suas falhas. Posso me certificar de que ele não vai nos acompanhar.

– Obrigada – eu disse.

– Agradeça-me depois que o ritual e o feitiço tiverem acabado. Eu tenho descoberto com bastante frequência que os mortos revelam coisas que deveriam ser mantidas escondidas dos vivos.

E depois daquela observação agourenta, saí da sala de aula sobre a morte e segui o meu caminho para o estacionamento e para um futuro que nenhum de nós teria sido capaz de prever.

Neferet

Quando o sino soou anunciando o final da primeira aula, Neferet caminhou de modo indiferente até a porta da sua classe. Fingindo estar se despedindo dos alunos que sobraram na sua aula depois que Thanatos dividiu a turma para formar a sua própria primeira aula especial, Neferet se posicionou de modo que podia observar os alunos da vampira membro do Conselho Supremo enquanto eles iam embora.

Dallas, agora seria um ótimo momento para orquestrar outra confusão.

Logo depois que o pensamento se formou na sua mente, o jovem vampiro vermelho em pessoa apareceu no seu campo de visão. Ele não estava fazendo pose nem provocando ninguém. Neferet franziu a testa. Ele e o seu grupo horroroso estavam saindo da aula de Thanatos devagar e cabisbaixos, como se fossem cachorros com os rabinhos entre as pernas.

Então Neferet percebeu que o grupo de Zoey, menos ela, saiu apressado da aula, todos seguindo na mesma direção. *Na mesma direção?* A maioria deles tinha horários diferentes na segunda aula. O fato de todos serem como ovelhinhas não importava, eles não deveriam estar andando juntos àquela hora.

Aurox apareceu e Neferet sorriu.

O Receptáculo olhou na sua direção, como se tivesse sentido o olhar intenso dela.

– Venha até mim – ela falou para ele sem som, apenas movendo os lábios, e indicou o seu escritório. Neferet não esperou para ver se o Receptáculo a obedecia. Ela sabia que ele faria o que ela havia ordenado.

– Sim, Sacerdotisa – ele disse, em pé diante de sua mesa. – Você me chamou?

– Algo incomum aconteceu durante a primeira aula?

– Incomum, Sacerdotisa?

Neferet mal conseguiu conter a sua irritação. *Ele precisava ser tão burro?*

– Sim, incomum! Reparei que Dallas e o seu grupo estavam surpreendentemente quietos, e muitos dos outros estudantes, aqueles mais próximos de Zoey Redbird, saíram juntos, como se eles tivessem que ir para algum lugar que não fosse a segunda aula deles.

– Sua observação está correta, Sacerdotisa. Thanatos pretende supervisionar Zoey e seu círculo em um ritual, para que assim ela possa fazer um feitiço invocando a morte. O objetivo dela é que Zoey testemunhe a verdade sobre a morte de sua mãe e desse modo consiga superá-la.

– O quê? – Neferet sentiu que sua cabeça ia explodir.

– Sim, Sacerdotisa. Thanatos está usando Zoey como um exemplo de como todos os novatos e vampiros podem superar a perda de um dos pais.

Neferet levantou a mão com a palma voltada para fora e os filamentos de Trevas se aglomeraram como um enxame em volta dela. Aurox deu um passo para trás, obviamente desconfortável com as emoções tumultuadas da Sacerdotisa. Neferet fez um esforço consciente para se controlar, e as gavinhas pegajosas se aquietaram.

– Onde esse feitiço será invocado?

– No local do assassinato da mãe de Zoey.

Entre dentes, Neferet conseguiu dizer:

– Quando? Quando isso vai acontecer?

– Eles estão se reunindo para partir agora, Sacerdotisa.

– E você tem certeza de que Thanatos vai acompanhá-los?

– Sim, Sacerdotisa.

– Malditos sejam todos os imortais! – Neferet quase cuspiu a maldição. – Um ritual de revelação. Ele precisa ser acompanhado da invocação de um feitiço muito específico... – ela tamborilou os dedos sobre a mesa, pensando. – Tem que ser baseado na terra, pois é dentro de um determinado ponto da terra que a morte deve ter ficado marcada. Portanto é Stevie Rae, e não Zoey, quem tem que ser impedida – ela voltou sua atenção para Aurox. – Esta é a minha ordem: você vai obstruir esse ritual e a invocação do feitiço de morte. Faça o que tiver que ser feito para impedir isso, mesmo se você tiver que matar, mas eu não quero a morte de nenhuma Sacerdotisa – ela fez uma careta de irritação. – Infelizmente, o preço da morte de uma Sacerdotisa é muito alto, principalmente porque eu não tenho um sacrifício equivalente para oferecer – ela murmurou quase para si mesma. Então ela encontrou o olhar de pedra da lua do Receptáculo. – Não mate nenhuma Sacerdotisa. Eu prefiro que ninguém perceba que você está lá, mas, se você não puder impedir o feitiço sem se mostrar, faça o que tiver que fazer. A minha ordem é que você estrague o ritual e o feitiço, de modo que Thanatos não possa revelar a maneira com que a mãe de Zoey foi morta. Você me entendeu?

– Sim, Sacerdotisa.

– Então saia daqui e faça o que eu ordenei. Se você for descoberto, não espere que eu o salve, mas sim que eu esqueça que nós tivemos esta conversa.

Como ele simplesmente ficou parado ali, encarando-a, ela disse:

– O que foi? Por que você ainda não está seguindo as minhas ordens?

– Eu não sei aonde ir, Sacerdotisa. Como eu chego ao local do ritual?

Neferet conteve a ânsia de derrubá-lo de joelhos usando as Trevas. Em vez disso, ela rabiscou um endereço num bloco de notas, arrancou a folha e a entregou a ele.

– Use o GPS como eu o ensinei antes. Este é o endereço. É tão fácil quanto se eu o enviar até lá num passe de mágica.

Aurox se curvou, segurando o papel.

– Como ordenar, Sacerdotisa – ele disse, saindo da sala.

– E tome cuidado para que eles não vejam você chegando!

– Sim, Sacerdotisa – ele falou antes de fechar a porta atrás de si.

Neferet ficou observando Aurox ir embora.

– Queria que ele fosse mais esperto – ela sussurrou para as gavinhas escuras que se arrastavam pelos seus braços e acariciavam seus pulsos. – Ah, mas vocês são espertas, não são? Vão com ele. Fortaleçam-no. Observem-no. Certifiquem-se de que ele não vai falhar ao obedecer minhas simples ordens. Então voltem e me contem tudo – as gavinhas hesitaram. Neferet suspirou e, com um rápido movimento do seu dedo indicador, ela arranhou com força a parte interna do seu bíceps e cerrou os dentes enquanto as Trevas se alimentavam dela. Pouco depois, ela afastou as gavinhas e lambeu a ferida superficial para fechá-la. – Agora vão. Vocês já tiveram o seu pagamento. Façam o que eu ordenei.

As sombras deslizaram dela e Neferet, satisfeita, chamou o seu assistente para pedir uma taça de vinho com um pouco de sangue.

– Encontre o sangue de uma virgem desta vez – ela falou rapidamente quando o jovem vampiro apareceu. – O outro sangue é muito comum e eu estou com o pressentimento de que em breve vai haver uma celebração.

– Sim, Sacerdotisa, como ordenar – o assistente se curvou e saiu apressado.

– Está certo – Neferet falou em voz alta para as sombras que a escutavam. – Tudo vai ser como eu ordenar. E em breve eles não vão mais me chamar de Sacerdotisa, mas de Deusa. Algum dia muito em breve...

Neferet gargalhou.

26

Dragon

Um Mestre da Espada percebe tudo. Em parte, é isso que o faz obter sucesso – e se manter vivo. Mas suas habilidades sobrenaturais não foram necessárias para que Dragon Lankford percebesse que estava acontecendo algo com o grupo mais próximo de Zoey. Só foi preciso que ele seguisse seus instintos e respondesse a uma pergunta simples.

Um pouco depois de a segunda aula começar, Dragon instruiu seus estudantes para que eles fizessem seus exercícios de aquecimento e disse que ele voltaria logo. O seu instinto o estava incomodando, incitando, preocupando. Darius e Stark eram guerreiros talentosos – ambos mais do que capazes nas suas áreas específicas de armamentos. Darius era provavelmente o melhor atirador de facas que Dragon já tinha conhecido, e a infalibilidade de Stark com seu arco e flecha era, de fato, incrivelmente inspiradora.

Mas nenhuma dessas habilidades significava que eles deviam ser responsáveis pelo treinamento de novatos jovens e impressionáveis. Ensinar era um dom à parte, e Dragon duvidava muito que dois vampiros tão jovens tivessem a experiência e a sabedoria necessárias para serem verdadeiros professores.

Ela era jovem, muito jovem quando se tornou professora. Foi assim que ele a havia conhecido... sua companheira... sua vida. Ele sabia o que Anastasia diria se estivesse ali. Ela iria sorrir de um jeito amável e lembrá-lo de que ele não deveria julgar os outros tão severamente por causa da juventude deles, e que ele um dia já sentiu como era ser julgado assim.

Ela iria lembrá-lo de que ele estava na posição perfeita para ser o mentor dos jovens, para se certificar de que eles se desenvolveriam e se tornariam guerreiros valorosos e professores excepcionais.

Mas Anastasia estava morta assim como o passado, e por causa disso a sua vida estava completamente mudada. Dragon não queria supervisionar nem ser mentor de jovens professores, especialmente à luz do fato de que eles haviam começado essa turma extra para que ele não tivesse que suportar a presença do Raven Mocker transformado em garoto. Mas Dragon estava descobrindo que o dever era uma coisa estranha. Mesmo que ele tivesse se afastado do caminho que trilhara com sua companheira e sua Deusa, parecia que ele não estava completamente livre dos laços que o atavam à honra e à responsabilidade.

Portanto, a contragosto, Dragon cedeu aos instintos que estavam lhe dizendo para conferir a aula dos jovens guerreiros e fez o curto caminho do ginásio até a arena do estábulo de Lenobia, onde Stark e Darius ministravam o seu treinamento de guerreiros.

Assim que ele colocou os pés na serragem da arena, Dragon percebeu que estava certo por ter se preocupado. Os dois vampiros não estavam conduzindo o treinamento, mas sim o humano do estábulo. Lenobia não estava em nenhum lugar à vista, e os dois guerreiros estavam seguindo Aphrodite para fora do estábulo. Dragon balançou a cabeça de desgosto.

– Darius! – ele chamou. O jovem vampiro fez uma pausa, gesticulou para que Stark e Aphrodite fossem em frente e então veio apressado na direção de Dragon. – Por que um humano está dando o treinamento na sua aula?

– Não há outro jeito – Darius respondeu. – Stark e eu precisamos escoltar Aphrodite e Zoey.

– Escoltá-las? Para onde?

Dragon reparou que Darius não estava confortável por discutir esse assunto com ele, mas o jovem guerreiro realmente não tinha muita escolha. Não importava que eles tivessem opiniões diferentes sobre Rephaim, Neferet e alguns novatos vermelhos, Dragon ainda era superior de Darius na hierarquia dos guerreiros e ele devia uma resposta ao Mestre da Espada.

– Thanatos vai liderar Zoey e o seu círculo em um ritual na fazenda da avó dela. O feitiço envolvido deve revelar a maneira com que a mãe de Zoey foi morta.

Dragon ficou chocado – esse era um feitiço muito sério, que acarretava certa dose de perigo, apesar de a ameaça ser mais emocional do que física. *Eu devia ter sido informado. Eu devia ter sido incluído.*

Dragon disfarçou seus sentimentos e apenas perguntou:

– Por que esse ritual vai acontecer agora, durante o horário de aula?

– Esta é a quinta noite após o assassinato dela.

Dragon assentiu, compreendendo.

– Uma noite para cada um dos elementos. Na quarta noite, ficaria incompleto. Na sexta, seria tarde demais. Tem que ser hoje.

– Exato, foi isso o que Thanatos explicou também – Darius acrescentou, obviamente desconfortável. – Tenho permissão para ir, Mestre da Espada? Minha Profetisa me aguarda.

– Sim, pode ir.

Darius se curvou e Dragon o observou enquanto ele se afastava. Então, com uma expressão severa em seu rosto bonito, Dragon Lankford mudou de direção e foi rapidamente para a sala que Thanatos havia tomado para si.

Ele ficou aliviado ao ver que a Grande Sacerdotisa ainda estava lá, mexendo dentro de um armário no fundo da sala. Thanatos estava recolhendo velas e ervas e colocando-as cuidadosamente em uma cesta de feitiçaria grande, que era familiar demais para ele. Aquela era a cesta favorita de Anastasia.

Essa visão o fez sentir-se ferido e exposto. Entretanto, ele limpou a garganta e perguntou:

– Sacerdotisa, posso ter uma palavra com você?

Thanatos se virou ao ouvir o som da voz dele.

– Certamente, Mestre da Espada.

– Darius me contou que você vai liderar o círculo de Zoey em um ritual de revelação com algum feitiço importante na fazenda da avó dela.

Apesar de ele não haver formulado a questão como uma pergunta, Thanatos respondeu.

– Sim.

– Sacerdotisa, eu achava que você sabia que eu sou o líder dos Filhos de Erebus nesta Morada da Noite.

– Estou ciente da sua posição aqui, Mestre da Espada – ela afirmou.

– Então, apesar de eu não querer censurá-la nem ser desrespeitoso, quero perguntar as suas razões para não ter me informado nem me incluído em uma empreitada tão importante e perigosa quanto essa.

Thanatos hesitou e então assentiu, como se estivesse concordando com ele.

– Você está certo, por causa da sua posição nesta escola eu deveria tê-lo informado sobre meus planos. Eu não o fiz por uma razão muito simples: eu entendi que a sua presença no ritual seria uma distração; portanto, eu não o incluí e não o informei. E peço desculpas se com isso fiz parecer que não respeito a sua posição. Não tive essa intenção.

– Uma distração? Por que eu seria uma distração?

– Como Consorte de Stevie Rae e seu protetor, Rephaim vai comparecer ao ritual.

Completamente aborrecido, Dragon replicou:

– O que Rephaim tem a ver com o fato de você achar que eu seria uma distração?

– Se você ferir o Consorte da Sacerdotisa que personifica o elemento da terra, isso com certeza vai distraí-la da parte fundamental que ela deve desempenhar no ritual de revelação, e isso vai impedir o prosseguimento do feitiço.

– Eu estaria lá para proteger nossos estudantes. Não para feri-los – Dragon forçou as palavras entre dentes cerrados.

– Aphrodite recebeu uma visão na qual você aparenta estar ferindo Rephaim.

– Eu não faria isso a não ser que ele estivesse colocando os outros estudantes em perigo!

– Seja como for, a sua presença seria uma distração. Dragon, outros dois guerreiros estarão presentes e o poder do círculo de Zoey será forte. Os estudantes estão protegidos. Além disso, Mestre da Espada, deixe-me acrescentar que eu percebi uma mudança profunda e perturbadora em você desde a morte de sua companheira.

– Eu sofro a sua perda.

– Mestre da Espada, acho que a verdade é que você está perdido. E mesmo que Rephaim não fosse ao ritual, eu não ia querer a sua presença.

– Então vou deixá-la para que eu não seja uma distração – Dragon girou sobre seus calcanhares.

Porém, antes que ele saísse da sala, as palavras de Thanatos o alcançaram:

– Por favor, deixe-me explicar. Eu não iria querer que você estivesse presente em nenhum ritual onde vai ser feito um feitiço para revelar a verdade sobre a morte com o objetivo de trazer justiça e alívio. Não quero insultá-lo, mas sinto que você está em conflito com a sua própria vida que a sua presença simplesmente iria contra o próprio sentido do ritual.

Como se as palavras dela tivessem formado um muro diante dele, Dragon parou. Ele não se virou para olhar para a Grande Sacerdotisa. Com uma voz que mal reconhecia como sua, ele falou:

– Minha presença iria contra o próprio sentido do ritual. Foi isso o que você acabou de falar para mim?

– Eu falei a verdade como eu a compreendo.

– Isso é tudo o que você tem a dizer para mim, Sacerdotisa? – ele ainda não se virou para olhar para ela.

– Sim, exceto que eu desejo que você seja abençoado, Mestre da Espada.

Dragon não se curvou para ela. Ele não cruzou seu punho sobre o coração em sinal de respeito. Ele não podia. Se ele não fosse embora dali para pensar, Dragon sentia que ia explodir. Ele saiu cambaleando pelo corredor e começou a andar às cegas. Ignorando os olhares curiosos dos estudantes, ele continuou o seu caminho até sair do prédio principal da Morada da Noite.

As memórias o bombardeavam. Palavras giravam sem parar pela sua mente. Ele estivera presente quando outro guerreiro havia sido impedido de acompanhar outra Sacerdotisa há muitos e muitos anos, mas ele podia ouvir a voz de Anastasia tão claramente como se ela tivesse acabado de falar.

Eu não quero insultá-lo, mas não posso fazer um feitiço de paz enquanto estou sendo protegida por um guerreiro. Isso simplesmente vai contra o próprio sentido do feitiço...

A Grande Sacerdotisa da Morada da Noite de Tower Grove havia concordado com a sua jovem professora de feitiços e rituais e ordenado que Dragon escoltasse Anastasia no lugar de um guerreiro vampiro. Ele recebera a tarefa de protegê-la naquela noite... de zelar por Anastasia enquanto ela fazia um feitiço de paz no centro de St. Louis[1].

E ele havia falhado com Anastasia.

Ah, ela tinha sobrevivido. Ela não morrera naquela noite, mas Dragon havia permitido que o mal escapasse da sua espada. O mesmo mal que cento e setenta e sete anos depois tinha assassinado o seu amor, a sua vida.

Dragon estava ofegante. Ele estava recostado contra algo que parecia frio e que suavizava o calor em ebulição do seu corpo. Piscando, ele levantou os olhos e percebeu aonde os seus pés o haviam levado. Dragon estava encostado na estátua de Nyx, que ficava diante do seu templo. Enquanto ele olhava para a face de mármore da Deusa, o vento murmurante soprou as nuvens que cobriam a lua e uma luz prateada acariciou Nyx, iluminando seus olhos.

Por um segundo, pareceu que ela estava viva e olhando para ele com tanta tristeza que o seu coração doeu, apesar de Dragon ter pensado que ele estava quebrado em tantos pedaços que nunca mais sentiria isso de novo.

Foi então que Dragon entendeu o que ele precisava fazer.

---

1 St. Louis é uma cidade do Estado de Missouri, nos EUA, onde fica o Tower Grove Park (parque do bosque da torre). (N.T.)

– Eu vou para o ritual. Vou observar sem interferir, a menos que o Mal tente atacar de novo. Se isso acontecer, desta vez eu juro que vou acabar com ele.

Zoey

– Você tem certeza de que não devemos chamar Shaylin para vir com a gente? – Stevie Rae perguntou. Ela estava sentada com Rephaim no seu lugar de sempre no micro-ônibus enquanto esperávamos que Thanatos se juntasse a nós.

– Eu realmente acho que não é certo ela ir – respondi. – Ela foi Marcada há apenas alguns dias. Ela ainda nem teve tempo para se acostumar em ser uma novata, muito menos para descobrir como lidar com a coisa da Visão Verdadeira.

– Além disso, nós não estamos anunciando por aí que ela tem a Visão Verdadeira – Aphrodite acrescentou. – Quanto menos gente souber sobre os nossos assuntos, melhor.

– Mas ela era parte do poema de Kramisha – Stevie Rae argumentou.

– Nós não temos certeza disso. O poema diz... – eu franzi os olhos, como se isso pudesse ajudar minha memória, e então recitei quase precisamente: – O poema diz: "Vistas com a Visão Verdadeira, as Trevas nem sempre equivalem ao mal e a Luz nem sempre traz o Bem". E se a parte da Visão Verdadeira for como a maioria dos poemas de Kramisha, que são simbólicos e não literais?

– Deusa, eu detesto poesia – Aphrodite comentou.

– Kramisha também não vai? – Stevie Rae disse, soando estranhamente choramingante. – A gente não deveria levá-la?

– Não, Stevie Rae, a gente precisa se ater ao nosso círculo, ao centro do nosso grupo – eu afirmei.

– O que significa a horda dos nerds, mais os rapazes e *moi*[2] – Aphrodite explicou. – Caipira, qual é o seu problema? A gente já dominou o mundo antes e se deu bem na maioria das vezes.

2 Moi (pronuncia-se muá) significa eu, em francês. (N.T.)

– Você parece assustada – Damien observou.

Stevie Rae olhou para trás de mim, onde Damien estava sentado com Erin.

– Eu estou assustada – ela admitiu em voz baixa.

– Não tenha medo – Rephaim deslizou seu braço em volta dela. – A visão de Aphrodite nos preveniu. Não vai acontecer nada comigo.

– Ahn, eu não estou bem certa de que seja melhor não ter medo – eu falei, deixando meu instinto me ajudar a raciocinar em meio aos meus pensamentos. – Eu vou ver como minha mãe foi assassinada. Isso me deixa com medo, portanto sei que tenho que estar pronta para algo terrível e super difícil de assistir. Aphrodite teve uma visão da morte de Rephaim, provavelmente durante o ritual que nós estamos nos preparando para fazer. Acho que tudo bem se Stevie Rae estiver com medo, e você também deveria estar com medo, Rephaim. Pelo menos o suficiente para que vocês dois estejam preparados para coisas ruins se elas acontecerem.

– Eu estou assustado – Damien confessou. – A morte de Jack é ainda tão recente, tão dolorosa, e pensar em ver outra morte me assusta.

– Todos nós vamos estar com você – eu assegurei a ele. – Todos nós estamos juntos nisso.

– Eu estou com medo. Nunca participei de um círculo sem ser uma gêmea – Shaunee soltou.

Houve um silêncio muito desconfortável, e então Erin disse do meio do ônibus:

– Eu ainda estou aqui. Eu ainda sou água para o seu fogo. Você não vai estar sozinha.

– Todos nós precisamos ter um medo seguro, não um medo burro – falei, sentindo-me incrivelmente aliviada com o fato de as gêmeas estarem de certa forma se falando de novo.

– O medo pode ser benéfico se for temperado com prudência e coragem – nós demos um salto quando Thanatos pareceu surgir num passe de mágica na frente do ônibus. Ela estava segurando uma cesta de feitiçaria gigante e usava um manto longo com capuz que tinha uma bonita cor azul safira. Ela parecia poderosa, assustadora e vinda de um tempo antigo. Então ela sorriu e sua aparência ameaçadora se alterou para de algum modo acolher a todos nós, então eu relaxei um pouquinho.

– Estamos todos aqui – eu disse depois de engolir o coração que estava saltando pela minha boca. – Estamos prontos.

– Vocês estão quase prontos. Antes que a gente saia do campus, preciso dar uma tarefa para cada um dos cinco membros do círculo. Como é um ritual de revelação, e o feitiço que eu farei vai permitir que os presentes vejam o que estava oculto, cada um precisa trazer para o altar algo que revele uma verdade sobre vocês que normalmente fica escondida.

– Ai, ai – suspirei.

– Pensem um pouco no que vocês precisam revelar sobre si mesmos e depois vão buscar algo que simbolize isso. Rapidamente. Nós precisamos terminar o ritual e o feitiço esta noite, antes da meia-noite e do começo de um novo dia.

Shaunee foi a primeira de nós a se levantar. Ela pareceu determinada quando saiu apressada do ônibus. Damien a seguiu. Depois Stevie Rae. E então Erin. Tive uma ideia repentina e comecei a vasculhar minha bolsa. Lá no fundo, junto com lenços Kleenex usados, um ChapStick[3] sem tampa e alguma sujeira de bolsa, encontrei o que procurava. Satisfeita, levantei o rosto para ver Stark, Darius, Rephaim e Aphrodite olhando embasbacados para mim.

– Você precisa de ajuda para entender a tarefa? – Aphrodite perguntou apenas semissarcasticamente.

– Zoey já tem o que precisa com ela – Thanatos afirmou.

– Sim. Ela está certa. Eu tenho – tive um desejo muito imaturo de mostrar a língua para Aphrodite, mas não fiz isso (é claro). Em vez disso, eu me contentei em cruzar os braços e parecer convencida.

Não tivemos que esperar muito para que meu círculo voltasse. Stevie Rae foi a primeira. Ela estava franzindo a testa de um jeito diferente. Minha melhor amiga não estava segurando nada, mas quando se

3 ChapStick é uma marca de protetor labial vendido em diversos países do mundo. (N.T.)

sentou percebi que ela colocou a mão sobre um dos bolsos da sua calça jeans, como se estivesse protegendo alguma coisa lá dentro.

Damien saiu e voltou do ônibus com a sua bolsa masculina. Ele deu um sorriso animado demais para Thanatos e disse:

– Missão cumprida!

Shaunee voltou em seguida. Ela não disse nada. Só voltou para o seu assento e continuou a olhar pela janela.

Erin finalmente voltou. Ela estava carregando uma pequena sacola térmica. Do tipo que empórios sofisticados (como o Petty's na Utica Square) dão para que você leve sorvetes e coisas congeladas para casa.

– O que é? – ela perguntou rispidamente para nós. – Já estou de volta. Estamos prontos. Podemos ir.

Thanatos suprimiu a explosão de Erin com um único olhar duro, que fez a metade de uma ex-gêmea sair de fininho para o fundo do ônibus. Então ela falou para Darius:

– Leve-nos para a fazenda de lavandas de Sylvia Redbird.

Darius deu a partida e saiu com o ônibus do campus da Morada da Noite. Eu pensei que Thanatos fosse se sentar (ahn, como uma professora normal) e sacolejar junto conosco pelo caminho. Mas, em vez disso, ela segurou firme no corrimão para deficientes (suspiro) com uma mão e enfiou a outra na sua cesta de feitiçaria super carregada. De dentro da cesta, ela pegou um maço grande de algo que parecia um monte de plantas com cachos de florzinhas brancas, como as que eu sempre via milhares de vezes na lateral das estradas e nos campos de Oklahoma.

– Como vocês sabem, vamos conduzir um ritual de revelação e eu vou fazer um feitiço invocando a morte que, nós esperamos, vai iluminar imagens do passado, principalmente do assassinato da mãe de Zoey. É um ritual difícil e um feitiço complexo – Thanatos estava se dirigindo a todos nós, mas então ela voltou sua atenção para Stevie Rae. – Como já mencionei antes, a terra é a chave desse feitiço. O sucesso da visão reside no poder da sua conexão com a terra, assim como no compromisso do círculo em trazer à vida imagens dos fatos do passado.

– Eu estou realmente conectada com a terra. Prometo – Stevie Rae afirmou.

Thanatos curvou os lábios em um sorriso.

– Esse é um excelente começo.

– Acredito que o meu círculo está realmente comprometido com esse ritual também – eu disse.

Escutei meus amigos em volta de mim ecoando minhas palavras com "sim" e "aham".

– Qual é a dessas ervas? – Aphrodite perguntou.

Thanatos chacoalhou uma planta para soltá-la das outras e a levantou para que pudéssemos vê-la. Como eu pensava desde o começo, era só aquela velha planta que tinha um monte de flores brancas comuns, mas bonitinhas, em um cacho no final dela, um pouco parecida com aquela flor chamada de mosquitinho.

– Isto não é uma erva. É uma maravilhosa flor selvagem chamada angélica. Suas propriedades são surpreendentemente fortes e puras. É a flor da comunicação. Quando usada em feitiçaria, a sua essência revela o que está escondido para o olho da consciência. Durante o ritual desta noite, você, minha jovem Grande Sacerdotisa Vermelha, vai usar uma coroa confeccionada pelos seus amigos com esta flor mágica.

– Aaaaaah! Isso é muito legal!

Thanatos entregou o maço de flores selvagens para Stevie Rae.

– Passe para a frente. Vocês devem trançar as plantas que receberem em um círculo. Stevie Rae vai empilhar os círculos na sua cabeça antes do ritual.

– Trançar? – Stark resmungou.

Stevie Rae colocou um monte de flores nos nossos colos. Levantei as sobrancelhas para Stark.

– Sim. Trançar. Ordens da morte.

– Bem, nesse caso... – ele suspirou e começou a trançar os longos caules desajeitadamente.

Enquanto todos nós trançávamos (Rephaim, que parecia ter algum dom estranho com nós, acabou elaborando uma trança bacana e intrincada e ajudou Stark com a bagunça que ele estava fazendo), Thanatos andava para a frente e para trás no corredor do ônibus e falava com a gente. Era tão estranho quanto estar em uma aula móvel.

– No momento em que nossos pés tocarem a terra do lugar do nosso ritual, precisaremos nos concentrar no objetivo do feitiço. Tentem afastar o resto do mundo das suas mentes. Concentrem-se apenas em uma pequena coisa: que nós vamos receber permissão para ver a verdade sobre a morte de Linda Heffer.

– Assassinato – eu me ouvi dizer. – Ela não morreu simplesmente. Ela foi assassinada.

Thanatos se virou e o olhar dela encontrou o meu. Ela concordou.

– Sim, eu errei. Nós estamos buscando a verdade, e portanto devemos falar a verdade. Sua mãe não morreu por idade avançada ou por doença. Ela foi assassinada. Nós estamos pedindo permissão para testemunhar isso.

– Obrigada – eu falei e então continuei a trançar.

– É auspicioso que o assassinato tenha ocorrido em uma fazenda de lavandas. A lavanda é uma poderosa erva mágica. Ela tem propriedades de purificação, mas a sua característica mais pura é a personificação da tranquilidade. Ela acalma e alivia. Ela evoca paz e sossego.

– Por que isso é bom? A mãe de Z. foi assassinada no meio de um monte de lavandas. Parece que essa coisa tranquilizadora não funcionou muito bem – Aphrodite observou.

– Uma planta não pode forçar as ações de alguém que está comprometido com o seu caminho destrutivo. As lavandas não poderiam salvar a mãe de Zoey. Mas o fato de ela ter sido assassinada rodeada pela terra que nutre as lavandas significa que a terra está desconfortável com a violência cometida em um espaço que deveria ser de paz.

– E isso é bom para nós porque... – eu perguntei, sentindo-me totalmente burra.

– Porque a terra vai querer se ver livre da violência produzida sobre ela. A terra deve fornecer as imagens ansiosamente, mas não facilmente.

– Por que não facilmente? – Damien quis saber.

– Rituais e feitiços que lidam com grande emoção nunca são fáceis – Thanatos respondeu. – Feitiços de morte são particularmente traiçoeiros. A morte raramente coopera, mesmo quando nós apenas queremos vislumbrá-la e não abraçá-la completamente.

– Então, quando a minha mãe dizia que as coisas boas não chegam facilmente, ela estava falando a verdade – Stevie Rae afirmou.

– Estava – Thanatos concordou. – Portanto, vamos continuar com a preparação. O feitiço vai ter três partes. A primeira vai acontecer a partir de agora, antes de chegarmos ao lugar físico do nosso ritual. É conhecida como Relaxamento. Para que nós tenhamos sucesso hoje à noite, precisamos todos estar em harmonia com o nosso objetivo. Limpem suas mentes. Concentrem-se.

– Na morte? – Stevie Rae perguntou.

– Não, concentrem-se na verdade. No nosso desejo compartilhado de buscar e encontrar a verdade nesta noite.

– A Visão Verdadeira.

Eu não tinha percebido que havia falado as palavras em voz alta até Thanatos concordar comigo.

– Sim, de fato. A Visão Verdadeira é um excelente modo de colocar as coisas. Hoje nós desejamos enxergar com a Visão Verdadeira.

Thanatos foi para o fundo do ônibus para conferir a trança de angélicas de Erin. Senti olhares sobre mim e levantei o rosto, deixando minha coroa de flores selvagens um pouco de lado, para ver Aphrodite e Stevie Rae me encarando.

– Hoje, "vistas com a Visão Verdadeira" – Aphrodite citou em voz baixa –, "as Trevas nem sempre equivalem ao mal. A Luz nem sempre traz o bem."

– Eu disse que a gente devia ter trazido Kramisha – Stevie Rae sussurrou.

– Acho que a gente devia ter trazido um tanque de guerra – Stark comentou.

– *Limpem suas mentes!* – eu praticamente rosnei, dando um olhar duro para eles. Então continuei a trançar.

Tentei limpar minha mente.

Tentei pensar na verdade.

Mas eu era muito jovem... estava com muito medo... muito preocupada. Então a verdade em que eu acabei me concentrando era simples, mas definitivamente não era a verdade à qual Thanatos havia se referido:

A verdade é que preciso da minha mãe e que eu daria tudo para que ela estivesse viva e do meu lado de novo.

27

Aurox

Aurox saiu do campus da Morada da Noite rapidamente, certificando-se de que ele estava na frente do ônibus da escola. Pelos padrões humanos, já era tarde da noite e as estradas estavam quase vazias. Ele estava satisfeito com as instruções da voz do seu veículo. Satisfeito por ter tempo para dirigir e pensar sem se preocupar em ser descoberto, caso tivesse que seguir o sempre atento Darius.

Neferet havia ordenado que ele impedisse o ritual que se aproximava e o feitiço de morte que Thanatos deveria fazer, apesar de ela ter deixado claro que ele não deveria matar nenhuma Sacerdotisa ao fazer isso. Aurox não ficou surpreso por ter gostado dessa pequena advertência. Por um momento, enquanto Neferet estava dando suas ordens, ele achou que ela iria mandá-lo assassinar Zoey. Esse pensamento o fez sentir-se mal, apesar de, segundo a Sacerdotisa, ele não ter a capacidade de sentir nada. Ele era um Receptáculo. As emoções dos outros alimentavam sua força, mas, depois de usadas, essas sensações deveriam se dissipar.

Então por que, desde o momento em que ele esteve sozinho com Zoey quando ela estava chorando por causa da morte de sua mãe, ele ainda sentia tristeza, um desespero profundo, culpa e recentemente algo mais, algo novo? Aurox sentia solidão.

Ele quase podia ouvir a risada sarcástica da Sacerdotisa.

– Sim, eu sinto! – ele gritou e sua voz ecoou dentro do veículo veloz, como se ele estivesse sozinho em uma caverna; sempre sozinho. – Eu sinto de verdade, apesar de a Sacerdotisa dizer que não – ele deu um murro no painel do carro, sem se importar que a sua mão se machucou e que o revestimento de couro ficou danificado. – Eu sinto a tristeza dela. Eu sinto o medo dela. Eu sinto a solidão dela. Por quê? Por que Zoey Redbird me faz sentir?

Cada um de nós decide o que é através das escolhas que fazemos na vida. Parecia que a voz de Thanatos estava ali dentro do carro com ele. *As nossas ações nos definem e vão continuar nos definindo até depois da morte.*

– Eu fui criado para servir Neferet – ele disse. Thanatos poderia estar correta, mesmo se tratando de uma criatura como ele?

Mais palavras da Grande Sacerdotisa vieram até ele, como que respondendo à sua pergunta.

... o futuro não precisa ser ditado pelo passado.

Então a voz do veículo falou, dissipando a sabedoria de Thanatos. Ela disse para ele virar à direita e que em cerca de oitocentos metros ele chegaria ao seu destino. Aurox fez a curva, mas então ele guiou o carro para o fosso ao lado da pista e não parou até ter certeza de que havia estacionado bem longe do alcance dos faróis de carros que passassem por ali e de olhos curiosos. Ele saiu do carro e, movendo-se rápido e em silêncio, Aurox seguiu paralelamente à estranha pista de cascalho, que levava a uma casa modesta.

Aurox parou antes de chegar na casa, não apenas porque ele precisava usar como esconderijo um pequeno pomar que ficava ao lado da casa e do grande campo de lavandas que a emoldurava. Ele parou ao ver o círculo chamuscado no meio das plantas adormecidas pelo inverno. Ele conhecia aquela queimadura. Não tinha sido pelo fogo que a terra fora carbonizada e as lavandas, destruídas. Havia sido por uma queimadura de frio... uma destruição gelada.

As Trevas estiveram aqui, Aurox disse a si mesmo. E então ele compreendeu. *Neferet e o touro branco fizeram esse malfeito. Eles mataram a mãe de Zoey Redbird.*

Então alguma coisa deslizou dentro dele, como se uma roda que estava presa, lutando contra a lama, finalmente se libertasse. Aurox sentiu uma fraqueza nas pernas e se sentou pesadamente, apoiando as costas no tronco áspero de uma das árvores, esperando... observando... mas sem fazer nada.

Dragon

Procurar o endereço da casa da avó de Zoey havia sido fácil e rápido. A fazenda dela ficava a apenas pouco mais de uma hora da Morada da Noite. Ele esperou até que o ônibus escolar deixasse o campus e então seguiu devagar, tomando cuidado para que o sempre vigilante Darius não reparasse nele pelo espelho retrovisor. Dragon não precisava ficar perto do ônibus. Ele sabia aonde estava indo. Ele sabia o que precisava fazer.

O dever era tudo.

Sua função era manter a escola e os estudantes seguros.

Um dragão protege os seus.

Era tudo o que havia restado: o dragão.

"Sua morte me arrasou

O dragão é só o que eu posso ser."

Suas próprias palavras o provocaram.

– Eu estava dizendo a verdade! – ele gritou para o vazio. – Anastasia, você se foi. Não sobrou nada para mim além do dragão e do meu dever.

"Se você não for o meu companheiro, gentil e verdadeiro,

como eu vou conseguir encontrá-lo de novo?"

A resposta de Anastasia parecia flutuar ao redor dele, trazida junto com o cheiro das terras férteis da margem do poderoso rio Mississipi[1] e com uma brisa quente e úmida de verão, em que girassóis balançavam suas cabeças pesadas em aprovação.

– Não! – ele gritou, afastando a lembrança. – Tudo isso se foi. Você se foi. Não me sobrou nada. Eu não escolhi isso, a sua Deusa fez essa escolha quando permitiu que você fosse tirada de mim porque há tantos

1 O rio Mississipi corta o Estado de Missouri. É um dos maiores rios dos EUA. (N.T.)

anos eu fui misericordioso – ele balançou a cabeça. – Eu não vou cometer esse mesmo erro de novo.

Ignorando o vazio dentro dele, Dragon Lankford acelerou.

Zoey

Enquanto nos aproximávamos da casa de vovó, eu ficava cada vez mais nervosa. Meu estômago estava me matando. Eu estava com dor de cabeça. Minha coroa de angélicas estava um lixo. Stark teve que me ajudar a terminá-la. Sem brincadeira. Stark. E ele não é exatamente o que você pode chamar de habilidoso com trançados.

Minha mãe é a verdade. Isso é tudo o que eu sei.

– Lembrem-se – Thanatos disse quando entramos na familiar estradinha de vovó. – A intenção é importante. Nós estamos aqui para revelar a verdade para que possamos fazer justiça por uma vida que foi abreviada. Nada mais. Nada menos – ela olhou para mim. – Você consegue fazer isso. Não falta coragem a você.

– Você tem certeza?

Ela sorriu apenas um pouco.

– Sua alma foi despedaçada. Isso deveria ter sido uma sentença de morte, mas ainda assim você sobreviveu e voltou a ser você mesma, trazendo o seu guerreiro junto. Isso nunca foi feito antes. Não falta coragem a você – ela repetiu.

Stark apertou minha mão. Eu balancei a cabeça como se estivesse concordando com ela, mas por dentro eu estava berrando uma verdade diferente: *Se eu fosse realmente corajosa, teria sido capaz de salvar Heath, a minha alma nunca teria se despedaçado e Stark não precisaria ser resgatado!*

Felizmente, antes que essas coisas escapassem pela minha boca e estragassem tudo o que Thanatos estava tentando nos ajudar a fazer, Darius parou o ônibus e abriu a porta.

Todos nós continuamos sentados ali. Finalmente, Thanatos falou:

– Zoey, você precisa tocar a terra primeiro. Foi a sua mãe quem foi assassinada aqui.

Eu me levantei e, ainda agarrando a mão de Stark, desci os degraus do ônibus.

Estacionamos em frente à casa de vovó. O micro-ônibus parecia estranhamente fora de lugar no pequeno estacionamento de cascalho ao lado do seu *Jeep*.

Como eu sabia que vovó não iria ficar na casa dela durante o seu ritual de purificação de sete dias, acho que eu esperava que tudo estivesse escuro e com uma aparência estranha, mas não estava. Todos os cômodos estavam acesos. O lugar estava tão iluminado que eu tive que franzir os olhos para olhar direto para lá. As janelas reluziam como se o vidro tivesse sido recentemente polido. A grande varanda frontal estava acesa também, mostrando cadeiras de balanço confortáveis e mesinhas com jarros de limonada.

E então vovó estava ali, puxando-me para dentro dos seus braços e enchendo o meu mundo com o aroma da minha infância.

– Ah, *u-we-tsi-a-ge-ya*, ver você traz muita alegria para o meu coração! – ela disse depois que finalmente nós duas conseguimos nos soltar uma da outra.

Ela estava usando seu antigo vestido de camurça favorito. Ela e sua mãe haviam bordado juntas as contas roxas e verdes que decoravam o corpete. Vovó sempre me contava a história de que, quando era garotinha, ela havia trocado com uma das Sábias da sua tribo um cinto, que ela tinha ficado bordando o inverno inteiro, pelas conchas e contas de vidro que ela havia colocado nas franjas das mangas e da bainha. Eu me lembro que o vestido era de um branco tão puro como as nuvens, mas agora ele estava amarelado. Isso poderia ter feito ele se tornar velho e surrado, mas não. Aos meus olhos, fazia com que ele fosse mais amado e valioso do que qualquer etiqueta de preço em uma loja ou em um leilão disputado no eBay.

Eu também não pude deixar de perceber que vovó havia perdido peso e estava com sombras escuras embaixo dos seus olhos expressivos.

– Como você está, vovó?

– Melhor agora, minha filha. E depois do ritual de hoje à noite, acho que vou me sentir melhor ainda. – Vovó colocou sua mão em punho sobre o coração e se curvou respeitosamente para Thanatos. – Abençoada seja, Grande Sacerdotisa.

– Abençoada seja, Sylvia Redbird. É um prazer conhecê-la pessoalmente. Eu apenas gostaria que este encontro pudesse acontecer em outra circunstância.

– Eu também. Eu adoraria sentar e conversar com a Morte. – Vovó falou, com um traço daquela velha faísca nos seus olhos.

– Seria uma honra – Thanatos respondeu. – Apesar de eu não ter a pretensão de ser a Morte. Apenas tenho uma afinidade com ela.

– Com ela? – vovó perguntou.

– É uma mãe quem nos traz a este mundo. Não faz sentido que também seja uma mãe quem nos chama para fazer a nossa passagem deste mundo para outro também?

– Hum. Eu nunca tinha pensado nisso dessa forma – Shaunee comentou.

– Faz com que a coisa pareça até meio agradável – Stevie Rae opinou.

– Isso depende da sua mãe – Aphrodite replicou.

– Não, Profetisa. Isso depende da mãe – Thanatos a corrigiu.

– Bem, isso é uma boa notícia – Damien disse. – Minha mãe não é um pesadelo como a de Aphrodite, mas também não é exatamente acolhedora.

– Esta conversa está interessante e tudo mais, mas será que nós não devemos nos concentrar no feitiço? – Stark sugeriu. – Alguém tem alguma dúvida?

– Jovem guerreiro, você está certo – Thanatos afirmou. – Vamos começar. Sylvia, por favor, leve-nos até o local onde você descobriu o corpo de sua filha.

– Muito bem. – Vovó teve que andar apenas alguns passos de onde nós estávamos. O lugar era super óbvio. Ali, na beira do campo de lavandas que margeava o lado norte da casa de vovó, de costas para o seu gramado, havia um círculo perfeito de plantas queimadas. Todo o chão naquele ponto estava escurecido, morto e horrível. Até as plantas próximas ao círculo pareciam que estavam secas e morrendo.

– Não há sangue – Thanatos reparou, levantando a mão para o alto para sinalizar que nenhum de nós deveria entrar no círculo de destruição.

– Isso foi uma das coisas estranhas que o xerife e seus policiais não conseguiram explicar – vovó falou.

Thanatos se moveu de modo que ela ficou bem na frente da vovó. Ela colocou a mão no ombro dela, e eu vi vovó dar um suspiro profundo e ofegante, como se a Grande Sacerdotisa tivesse passado energia para ela através do seu toque.

– Eu compreendo que isto é difícil. Mas a pergunta é necessária. Qual foi exatamente a causa da morte da sua filha?

Vovó respirou fundo de novo e então respondeu com uma voz clara e forte:

– O pescoço da minha filha estava cortado.

– E mesmo assim não encontraram nenhum sangue na terra em volta do corpo dela?

– Não. Nem aqui, nem na varanda, nem na casa.

– E no corpo dela? Ainda havia sangue no seu corpo?

– O relatório do médico-legista diz que não. Ele também disse que isso era impossível. Que algo além de um corte no pescoço aconteceu com Linda, mas tudo o que ele tinha eram perguntas e não respostas. Tem sido assim com todo mundo.

– Sylvia Redbird, nós estamos aqui para trazer as respostas, se você for forte o suficiente para vê-las.

Vovó empinou o queixo.

– Eu sou.

– Então que assim seja. Todos os rituais de vampiros começam com um altar para a nossa Deusa no seu centro – Thanatos disse para nós. Eu estava pensando que todos nós já sabíamos disso, e então as próximas palavras dela suspenderam a questão na minha mente. – Sylvia, eu gostaria de pedir que você representasse o altar bem no meio do ritual. Você deseja fazer isso?

– Sim.

– Então assim será. Você vai entrar no solo maculado ao meu lado e me mostrar exatamente onde você encontrou a sua filha. Esse vai ser o lugar do nosso altar e o centro, o coração e o espírito do nosso círculo – ela olhou para o restante de nós. – Ninguém mais deve entrar. O círculo de Nyx ainda não está traçado, mas a nossa intenção é claramente instigar esse espaço – ela olhou para Stark, Darius e Rephaim. – Guerreiros, formem um triângulo do lado de fora e cerquem o círculo – Thanatos apontou para a frente. – Rephaim, aquela direção é o norte. O seu lugar é lá. Stark, pegue a posição leste. Darius, o seu lugar é no oeste.

– Onde você quer que eu fique? – Aphrodite perguntou.

– Do lado de fora do círculo, protegendo a única posição que sobrou: o sul.

– Ela não é uma guerreira – Darius interveio.

– Não, ela é algo mais poderoso, uma Profetisa da nossa Deusa. Você duvida da força dela?

Aphrodite colocou as mãos no quadril e levantou uma sobrancelha loira para ele.

– Não. Eu nunca duvidaria da força dela – Darius respondeu. E então, depois de se curvarem para Thanatos, ele, Aphrodite e os outros guerreiros foram ocupar seus lugares do lado de fora do círculo.

Thanatos pegou a mão de vovó e, carregando a sua cesta de feitiçaria, perguntou:

– Você está pronta, Sylvia?

Vovó assentiu e disse sim em Cherokee:

– Uh.

Juntas, elas entraram no círculo de destruição. Vovó levou Thanatos até um local apenas um pouco mais para o sul em relação ao centro. Ela apontou:

– Aqui estava a minha filha.

– Sente-se onde a sua filha já repousou. Encare o norte, a direção do elemento terra. Você representará o espírito de Nyx, neste círculo que vamos recuperar da destruição e tomar como nosso através da verdade revelada.

Vovó assentiu solenemente. Ela se sentou com graça, fazendo seu vestido de camurça tremular levemente. Ela estava encarando o norte, de costas para nós, mas percebi que o seu queixo estava empinado e que os seus ombros estavam firmes e eretos.

Naquele momento, achei que meu coração ia explodir de tanto orgulho que eu sentia dela.

Thanatos posicionou sua cesta ao lado de vovó. Ela a abriu e tirou de lá de dentro um bonito pedaço de veludo igual ao do seu manto. Ela sacudiu o quadrado de tecido e o colocou no chão na frente de vovó. Então ela pegou as coroas de angélicas que nós havíamos trançado. Fiquei surpresa ao ver como elas ficavam bonitas empilhadas juntas, com as flores brancas quase brilhando contra o veludo cor de safira. Em seguida ela levantou um saco de veludo negro que eu tinha certeza de já ter visto Anastasia usando durante a aula. Se eu estivesse certa, ele estaria cheio de sal. Ela colocou o saco e as cinco velas que representavam os elementos no tecido também. Tudo estava ao alcance de vovó.

Thanatos nos encarou. Sua voz alcançou a noite facilmente, como se até os insetos e os pássaros em volta de nós tivessem feito uma pausa para escutá-la.

– O traçado deste círculo vai ser incomum, já que o nosso ritual é na verdade um feitiço com um ritual dentro de um círculo, mas vamos começar com o ar e terminar com o espírito. Quando eu chamar cada um de vocês, aproximem-se do altar. Entreguem para Sylvia o item que simboliza a verdade que vocês desejam revelar. Falem a sua verdade para ela. Por sua vez, ela vai dar a cada um a vela apropriada. Então ocupem a sua posição no círculo.

– E então você vai invocar os elementos? – perguntei, sem saber ao certo se eu iria liderar o traçado do círculo ou não.

– Você e eu vamos traçar este círculo juntas, jovem Sacerdotisa – ela explicou. – Eu vou fazer o encantamento e segurá-lo com sal. Você vai acender as velas. Na hora em que o espírito for chamado e o círculo estiver pronto, minha intenção é que as minhas próximas palavras, com a ajuda de todos os elementos, principalmente da terra, realizem o nosso feitiço e invoquem a morte.

– Certo – eu disse. Olhei para os meus amigos e eles assentiram. – Estamos prontos.

– Damien, venha para o altar e represente o seu elemento, o ar.

Escutei Damien respirar fundo antes de entrar no círculo de lavandas destruídas e se aproximar de vovó.

– O que você deseja revelar para o espírito? – Thanatos perguntou.

Damien colocou a mão dentro da bolsa masculina que sempre estava pendurada no seu ombro e pegou um estojo de pó compacto da MAC. Ele o abriu e a luz da lua o atingiu, mostrando uma superfície fragmentada e um reflexo estilhaçado. Quando ele o entregou para vovó, revelou:

– Eu trouxe um espelho quebrado porque, apesar de eu aparentar e agir como se estivesse bem, secretamente me pergunto se a morte de Jack quebrou para sempre algo dentro de mim.

Vovó colocou o pó compacto sobre o tecido do altar e deu a Damien a vela amarela do ar. Ela tocou a mão dele e disse:

– Eu escutei você, meu filho.

Damien se moveu para o lado direito de vovó e ocupou o lugar leste na beira do círculo.

– Minha vez – Shaunee falou em voz baixa e foi até vovó. Quando chegou ao meio do círculo, ela entregou para vovó uma longa pena branca que estava guardando entre as mãos. – Esta pena simboliza que, apesar de por muito tempo eu ter tido medo de ficar sozinha, quero me libertar desse medo.

Vovó colocou a pena ao lado do espelho quebrado de Damien e deu a vela vermelha para Shaunee.

– Eu escutei você, minha filha – ela disse, tocando-a com carinho e gentileza, como havia feito com Damien.

Erin não disse nada. Ela andou rapidamente até vovó e entregou para ela a pequena sacola térmica que havia levado para o ônibus. Vovó a abriu, colocou a mão dentro dela e pegou um cubo de gelo.

– Isso sou eu por dentro. Estou congelada, como se realmente eu não tivesse nenhum sentimento.

Vovó pegou o gelo e o colocou junto com os outros itens no tecido do altar. Ela deu a vela azul para Erin, tocando-a gentilmente e dizendo:

– Eu escutei você, minha filha.

Com nenhuma expressão no rosto, Erin foi para a beira oeste do círculo.

– Deseje-me sorte – Stevie Rae sussurrou.

– Boa sorte – eu falei baixinho.

Ela se dirigiu até vovó e sorriu para ela.

– Oi, vovó.

– Olá, filha da terra – vovó retribui o seu sorriso. – O que você deseja me revelar?

Stevie Rae tirou um pedaço de papel do bolso da sua calça jeans. Era preto, tipo uma cartolina que costumamos usar para recortar coisas na aula de artes no ensino fundamental. Ela entregou o papel para vovó, dizendo:

– Este papel é como o meu medo de perder Rephaim para algo escuro e assustador que eu realmente não compreendo.

Vovó desdobrou o papel preto e o alisou sobre o tecido do altar. Ela deu a vela verde para Stevie Rae e falou:

– Eu escutei você, minha filha.

Antes que Stevie Rae ocupasse o seu lugar no norte, Thanatos pegou as coroas trançadas com angélicas e as colocou na cabeça dela.

– A verdade revelada pela terra através de ti. Assim nós podemos pedir, e que assim seja.

– Obrigada. Vou dar tudo de mim – Stevie Rae agradeceu solenemente e então ocupou o seu lugar no círculo.

Era a minha vez. *Nyx, por favor, ajude-me a ser forte o bastante para lidar com o que eu vou ver hoje.* Fui até vovó. Ela sorriu e me perguntou:

– O que você tem a revelar para mim, *u-we-tsi-a-ge-ya*?

Eu havia deixado a minha bolsa no ônibus, mas antes de sair eu tinha pegado o símbolo que estava dentro dela. Do bolso da minha calça jeans, tirei um prendedor de cabelo. Era um desses elásticos que não deveriam arrancar o cabelo quando você usa, mas que nunca funcionam direito. Eu o entreguei para vovó.

– Quase o tempo todo, eu me sinto como se estivesse sendo puxada em várias direções diferentes por um monte de gente diferente. Às vezes, eu acho que vou arrebentar como um elástico de cabelo e me despedaçar inteira de novo. Desta vez para sempre.

Vovó colocou meu prendedor de cabelo devagar sobre o tecido do altar. Quando ela me deu a vela roxa, segurou minhas mãos entre as suas. A voz dela tremeu só um pouco quando ela disse:

– Eu escutei você, minha filha.

Então eu me coloquei atrás de vovó, no centro do círculo, e olhei para Thanatos para saber qual era o próximo passo.

A Grande Sacerdotisa pegou na cesta de feitiçaria uma caixa comprida de palitos de fósforo. Ela levantou o saco de sal e falou:

– Você pode deixar a sua vela no altar. A sua avó vai servir como protetora do espírito até você invocar o seu elemento.

Coloquei a vela no meio do pequeno círculo que vovó havia feito com as coisas que cada um de nós entregou para ela. Eu me inclinei e beijei sua bochecha macia.

– Não importa o que a gente veja hoje, lembre-se de que eu amo você e que nós ainda temos uma à outra – eu disse.

Vovó me abraçou e eu pensei que ela ia beijar minha bochecha. Em vez disso, ela sussurrou:

– *U-we-tsi-a-ge-ya*, tome cuidado. Sinto que olhos estão nos observando das sombras.

Antes que eu pudesse dizer qualquer coisa, Thanatos estava me entregando os fósforos e dando as últimas instruções para mim:

– Eu vou ficar à sua esquerda para que você lidere o traçado físico do círculo. Mas, quando nos aproximarmos de cada elemento, eu vou chamá-lo. O feitiço de revelação é entremeado dentro do chamado do elemento. Enquanto nos movemos ao redor do círculo, eu vou amarrar o feitiço com sal e invocar a morte, se ela escutar – Thanatos levantou a voz, dirigindo suas palavras para os meus amigos que estavam à espera. – Com um círculo forte assim, eu espero uma resposta muito concreta à minha invocação. Preparem-se e lembrem-se, este ritual não é algo feito para vocês, mas sim algo feito com vocês – então ela levantou as mãos e entoou: – Vamos começar o que pretendemos finalizar: nós buscamos a verdade para que esta terra e estas pessoas possam assim se curar.

Juntas, Thanatos e eu caminhamos até Damien, que estava agarrando sua vela amarela com as duas mãos e parecia tão nervoso quanto eu.

Muito bem, aí vamos nós, eu pensei. *Por favor, Nyx, ajude-me. Eu não posso fazer isto sem você.*

28

Neferet

As sombras estavam agitadas. Algo estava muito errado.

– Leiam o próximo capítulo do livro de sociologia. Tenho assuntos que preciso resolver – Neferet disparou a ordem rispidamente para seus estudantes da quinta aula, que ficaram muito surpresos, e saiu apressada da sala. Ela se escondeu em um manto de névoa e escuridão para que olhos observadores, e professores muito curiosos, não a testemunhassem passar enquanto ela corria para seus aposentos privados. Ao chegar lá, ela rapidamente abriu um corte na sua mão. Deixou o sangue formar uma poça e estendeu a mão em uma oferenda.

– Bebam! Contem-me o que há de errado!

Os filamentos de Trevas se aglomeraram na sua mão, grudando nela como sanguessugas. Enquanto se alimentavam, sussurraram palavras com vozes diferentes que encheram a mente dela.

O Receptáculo não faz nada para impedir a terra

Ao se juntar ao espírito, a visão de morte vai renascer

– O quê? – a raiva tomou conta de Neferet. – Aurox não está lá? Ela é tão burro que não conseguiu encontrar a fazenda?

O Receptáculo está lá

Ele observa sem se importar

– Forcem-no a agir! Façam-no impedir esse maldito ritual! – ela gritou. Todas as vozes das gavinhas falaram junto, de modo incompreensível, formando uma confusão na sua mente. Ela fechou a palma da mão e as afastou com bofetadas. – Façam o que eu mandei! Vocês já receberam o seu sangue.

A miríade de vozes murmurantes foi cortada abruptamente quando o espectro do touro branco se materializou no meio dos seus aposentos. A imagem era transparente e não completamente formada, mas a sua voz, poderosa e com irritação óbvia, explodiu na mente dela. *Eu já disse que o seu sacrifício tem que ser equivalente à sua ordem!*

Com esforço, Neferet conteve a sua própria raiva e, com palavras doces e conciliadoras, falou para a aparição fantasmagórica:

– Mas o Receptáculo foi um presente seu. Por que seria preciso um grande sacrifício para controlar uma criatura feita pelas Trevas? Eu nem consigo entender por que ele está se desviando da minha ordem.

Quando criei o Receptáculo, eu a avisei que o sacrifício usado para fazê-lo não era perfeito e que, portanto, ele poderia conter imperfeições.

– Bem, recentemente eu comecei a duvidar da inteligência dele.

Pode ser que ele esteja pensando por si mesmo, em vez de não pensar em absolutamente nada.

– Então ele é preguiçoso? Eu dei a ele uma tarefa, e ele não está fazendo nada! – Neferet fez uma pausa, controlou o seu temperamento e então suspirou dramaticamente. – Eu nem me importo tanto comigo, mas parece desrespeito a você.

Ah, minha cara impiedosa, fico tocado que a sua preocupação seja em meu favor. Talvez o receptáculo precise ser induzido.

– Se você o induzir, terá minha gratidão – Neferet fez uma reverência profunda para a aparição.

Por você, meus filamentos vão forçar as ações dele. Ainda assim, é preciso um sacrifício apropriado.

Tentando não soar tão irritada quanto se sentia, Neferet disse:

– Muito bem. Qual é o sacrifício necessário?

O Receptáculo é uma besta, portanto uma besta deve ser sacrificada para controlá-lo.

– Uma besta? Um Raven Mocker?

Não, uma criatura aliada a você tem que ser sacrificada.

Neferet ficou aflita.

– Skylar? Tenho que sacrificar o meu gato?

Se isso a perturba tanto, escolha outro sacrifício. Há muitos felinos neste lugar, não é?

Com essas palavras, o espectro do touro branco tremulou e então se dissipou. Com um olhar de fria determinação, Neferet pegou a adaga ritual afiada na sua cômoda, abriu a porta dos seus aposentos e começou a chamar o sacrifício perfeito. Não seria Skylar. Ele não era o gato de um guerreiro. A sua morte não ficaria impregnada com a violência adequada. Não, só havia um felino cuja morte iria corresponder a essa necessidade. Disfarçada em névoa e sombras, Neferet deslizou para dentro da noite...

Zoey

"Venha, ar, doce e suave toque do sopro divino de Nyx."

Desde as primeiras palavras do feitiço de Thanatos, eu sabia que este não seria como nenhum outro círculo de que eu já tivesse feito parte. Em primeiro lugar, a voz da Grande Sacerdotisa havia mudado. Ela não estava gritando nem nada parecido, mas havia algo no ritmo cadenciado do feitiço que emprestava poder à sua voz, de modo que suas palavras pareciam estar vivas e nos rodeando. E depois que ela continuou a falar, aquele poder jorrou para o espaço à nossa volta. Ele ferveu contra a minha pele e desceu pelo meu corpo. Eu vi a pele arrepiada do braço de Damien e sabia que os outros também estavam sendo afetados.

Sopre deste lugar as sombras que ocultam o passado
É a penumbra da morte que nós estamos dispostos a ver
Morte revelada através do feitiço deste círculo traçado.

Com um floreio de mãos, Thanatos gesticulou para que Damien levantasse a sua vela. A Sacerdotisa assentiu para mim; eu risquei o fósforo, e disse:

– Ar, por favor, junte-se ao círculo.

Houve uma rajada poderosa e o vento chicoteou e girou em volta de nós, levantando meu cabelo e fazendo o manto de Thanatos tremular.

– Para o fogo – ela falou para mim, e eu andei obedientemente no sentido horário em direção a Shaunee. Os olhos dela estavam arregalados e ela estava olhando fixamente para trás de nós. Lembrando do aviso de vovó, eu virei rapidamente para trás e arfei de susto. Um fio comprido e incandescente de luz escarlate deslizou a partir de Damien, contornando o círculo e traçando o nosso caminho até Shaunee.

Eu estava acostumada com o fio prateado que costumava aparecer quando eu traçava um círculo, mas este era diferente. Sim, era poderoso, mas também parecia agourento. Eu não sabia se Thanatos o tinha visto ou não; eu não sabia se aquilo era um bom ou mau sinal, mas eu não queria interromper o feitiço da Grande Sacerdotisa, que já estava começando a invocar o fogo.

Venha, fogo, sua chama deve ser forte, segura e verdadeira
Atinja, queime e destrua o que pode impedir a nossa visão
Force a morte violenta a ser revelada para nós de uma nova maneira
Que o seu fulgor iluminado exponha a luz da exatidão.

Depois do gesto de Thanatos, Shaunee levantou a vela vermelha e eu a acendi, dizendo:

– Fogo, por favor, junte-se ao nosso círculo.

Foi como se de repente nós estivéssemos no meio do inferno. Labaredas saíam do corpo de Shaunee, preenchendo o círculo já carbonizado, mas este fogo não se somou à destruição. Em vez disso, eu ouvi um som alto de chiado e, de todo lugar que estava morto, uma névoa densa se levantou, como se o fogo tivesse encontrado gelo e não a terra.

Então o ar se juntou ao fogo e as chamas e a névoa subiram ao céu para reluzir e relampejar.

– Raios – a voz de Shaunee saiu baixa e impressionada. – O ar e o fogo misturados estão formando raios.

– Para a água – Thanatos afirmou.

O fio grosso, brilhante e escarlate nos seguiu.

Quando nós paramos na frente de Erin, achei que ela parecia assustada, mas então ela assentiu e disse:

– Podem vir. Estou pronta.

Thanatos falou:

Venha, água, flua no espaço deste círculo por toda a parte
Com uma maré de verdade, lave o tempo da visão roubada
Permitindo que nós vejamos o rosto marcado de lágrimas da morte
Liberte-nos de toda a sujeira do mal com a violência purificada.

Erin levantou sua vela para encontrar o meu fósforo e eu disse:

– Água, por favor, junte-se ao nosso círculo.

Houve um barulho alto, como se de repente tivéssemos sido transportado para o meio de uma cachoeira. A cor da noite mudou para tons brilhantes de azul, turquesa e safira – todas as cores da água. O elemento transbordou dentro do círculo escurecido. A água girou por ali como um redemoinho nervoso e então, como o ar e o fogo, ela jorrou para cima em direção ao céu relampejante. Nuvens se avolumaram em ondas e ficaram turvas. Houve o estrondo de um trovão, que retumbou com tanta ferocidade que eu me encolhi.

– Não – Erin disse rapidamente. – A água não está brava com a gente.

– Nem o fogo – Shaunee falou.

– Nem o vento – Damien acrescentou.

– Os elementos estão indignados com o ato que foi cometido aqui – Thanatos explicou. – Prepare-se, círculo. Nós vamos para a terra.

Com nuvens carregadas multiplicando-se acima de nós e raios iluminando a tempestade que se formava, eu cheguei na frente de Stevie Rae.

– Está na hora de agarrar o touro à unha – ela disse.

Thanatos assentiu e fez a invocação da terra:

Venha, terra rica e verdejante pela Deusa abençoada
O seu seio alimenta e guarda a chave deste feitiço
Abra-se aqui e a morte sombria vai ser confessada
Da ferida no seu coração, vamos ver a justiça.

Stevie Rae levantou a vela verde até a minha chama.

– Terra, por favor, junte-se ao nosso círculo.

O chão abaixo dos nossos pés começou a tremer como se nós estivéssemos no meio de um terremoto. Não consegui evitar o pequeno grito que escapou da minha boca.

– Zoey! – Stark berrou. Eu o vi cambaleando, tentando chegar ao círculo, que agora estava completamente rodeado por um fio grosso e vermelho.

– Espere, está tudo bem! – Stevie Rae gritou acima da cacofonia de elementos nervosos. – Como os outros elementos, a terra não está brava com a gente. Ela não vai nos machucar. Olhem, o chão está se renovando.

Eu olhei para baixo e vi que ela estava certa. O chão que havia sido lavado pela água tinha se levantado e se revolvido até que, em vez de cinzas e de restos de plantas secas, a terra rica e vermelha de Oklahoma estava novamente exposta.

– Viram, está dando certo – quando Stevie Rae falou, os tremores diminuíram e então pararam completamente.

– Nós precisamos terminar o círculo e o feitiço – Thanatos afirmou. – Chame o espírito, Zoey. Agora.

Aurox

Do seu lugar escondido no pomar, Aurox assistiu o círculo escarlate e brilhante se formar. O seu poder era inspirador, a força dos elementos era incrível de ver. Ele podia sentir as emoções que o ar, o fogo, a água e a terra despertavam nos novatos que os personificavam. Êxtase, coragem e justa indignação preenchiam o círculo, transbordavam e o inundavam.

Aurox podia usar essa energia para se transformar na criatura que iria emergir dele, atacar Rephaim como Neferet havia ordenado e, com isso, interromper o feitiço que a Grande Sacerdotisa já havia praticamente concluído.

Ele encarou Zoey. Radiante, ela se virou para a mulher idosa que estava sentada no centro do círculo. Aurox sabia que, uma vez que Thanatos invocasse o último elemento, o espírito, e que Zoey acendesse a vela roxa, o círculo ficaria completo e o feitiço de revelação estaria em andamento.

Se ele quisesse impedi-lo, teria que agir agora.

Ele se levantou, lutando contra si mesmo.

Eu fui criado para servir Neferet. Ela serve às Trevas.

Diante dele, a Luz elementar da Deusa reluziu e se expandiu, muito clara e brilhante, principalmente se comparada ao que tinha sido manchado pelas Trevas e pela destruição.

Eu não devo interromper isso! Lá no fundo, o seu espírito estava berrando para que ele não obstruísse o ritual. Para que, em vez disso, ele esperasse, testemunhasse e...

A dor explodiu e atravessou Aurox quando gavinhas de Trevas chicotearam ao redor dele. Grossas e pegajosas, elas se espalharam como teias de aranha pelo seu corpo. Aurox arfou quando o seu corpo começou a absorver coisas, fundindo-se à criatura que descansava dentro dele e despertando-a. Sem conseguir impedir, Aurox sentiu o touro emergir. A criatura assumiu o controle do seu corpo. *Eu só sei uma coisa, a última ordem de Neferet: ataque Rephaim.*

Com a cabeça abaixada, com chifres mortais e reluzentes, Aurox arremeteu contra Rephaim.

Zoey

Thanatos e eu andamos devagar e com cuidado até ficar na frente de vovó, que estava sentada ilesa no meio do tumulto dos elementos. Seu rosto estava pálido, mas suas mãos estavam totalmente firmes quando ela levantou a vela roxa.

Thanatos começou a invocação do espírito:

Espírito fiel, eterno e sábio, venha deste círculo participar
Com lacre de sal, nós pedimos que a verdade revele
Os anos perdidos e as lágrimas que você viu Linda chorar
Trevas desapareçam! O poder do espírito, vamos sentir na pele.

Eu estava riscando o fósforo para acender a vela roxa quando o grito de Stevie Rae interrompeu tudo:

– Rephaim! Cuidado!

Levantei os olhos a tempo de ver Dragon Lankford irromper das sombras. Com a espada em riste, ele estava correndo na direção de Rephaim.

– Confie em mim! – Dragon berrou. – Abaixe-se!

– Não! – Stevie Rae gritou.

Rephaim não hesitou. Nem por um instante. Ele se ajoelhou como se estivesse se oferecendo em sacrifício para a espada de Dragon. Tive vontade de vomitar. Eu ouvi Aphrodite berrando algo como "eu avisei", mas não consegui olhar para ela. Eu tinha certeza absoluta de que o Mestre da Espada ia cortar o garoto em dois. Eu não conseguia parar de olhar para a tragédia que estava prestes a acontecer com Rephaim.

Dragon saltou sobre o corpo ajoelhado de Rephaim e, com um som alto e terrível, a espada dele se chocou contra os chifres afiados da criatura que parecia um touro. No último momento, ele conseguiu desviar aquele impacto mortal de Rephaim, mas a força do impulso da criatura era muito grande e o seu corpo, muito poderoso. Nem Dragon poderia impedir a colisão. Rephaim voou longe, não espetado pelos chifres, mas arremessado para o lado com uma pancada tão forte que, quando finalmente aterrissou, ele estava longe do nosso círculo e sem se mexer.

– Ah, Deusa, não! – Stevie Rae disse entre soluços. – Rephaim!

Eu vi que ela estava se virando, quase saindo do círculo para ir até Rephaim.

– Não quebre o círculo! É isso o que as Trevas querem! Faça isso e todo o sacrifício aqui terá sido em vão! – Aphrodite gritou. Eu não estava olhando para ela, mas na sua voz ecoou uma majestade que eu sei que Stevie Rae reconheceu, pois em vez de quebrar o círculo ela se ajoelhou, exatamente como Rephaim havia feito momentos antes.

Stevie Rae abaixou a cabeça e, com uma voz entrecortada, pediu:

– Nyx, eu confio na sua misericórdia. Por favor, proteja o meu Rephaim.

A coisa que parecia um touro se virou e, ciscando a terra com seus cascos, arremeteu contra Rephaim de novo.

Dragon Lankford se moveu de um modo tão rápido e sobrenatural quanto a criatura. Ele chegou ali a tempo, colocando-se contra a morte e Rephaim. Levantando sua espada, ele bradou:

– Um Mestre da Espada de Nyx está aqui. Eu vou proteger Rephaim.

Dragon se chocou contra a besta novamente. Ela fez o guerreiro retroceder, mas, com isso, Dragon foi afastando a criatura do corpo inconsciente de Rephaim. Então, rosnando de modo ameaçador, a criatura virou a cabeça e eu consegui ver seu rosto bestial. Senti como se eu tivesse levado um chute na boca do estômago. Os olhos da criatura brilharam como pedras da lua incandescentes. Eu sabia que a coisa era Aurox, totalmente transformado e sem absolutamente nada de humano.

– Guerreiros, juntem-se a mim! – Dragon gritou enquanto encarava o próximo ataque de Aurox.

– Zoey, você precisa invocar o espírito e acender a vela! – Thanatos segurou meus ombros e me sacudiu com força, me fazendo olhar para ela. – Dragon vai combater a besta. Nós precisamos segurar o círculo de verdade e completar o feitiço ou não vai haver esperança para nenhum deles.

Nenhum deles? Onde estava Stark? Onde estava Darius? Eu olhei para todos os lados feito louca. Meu olhar passou por eles antes que eu realmente entendesse o que estava vendo. Eles estavam lá, ambos, em pé nas posições que haviam tomado antes de nós começarmos a traçar o círculo, mas eles não podiam ajudar Dragon. Eles não podiam nem ajudar a si mesmos. Darius e Stark, o meu guerreiro, o meu Guardião, estavam congelados como zumbis. Com as bocas abertas em gritos silenciosos de agonia e com seus olhos encarando o nada.

– Filamentos de Trevas os aprisionaram – Thanatos explicou, ainda segurando meus ombros. – Abra o círculo para que eu possa completar o feitiço. Nós precisamos do poder da Morte e de todos os cinco elementos para combater esse mal.

– Zoey Passarinha, faça o que ela diz – vovó ergueu a vela roxa.

Com as mãos trêmulas, eu risquei o fósforo e gritei:

– Espírito, junte-se ao nosso círculo!

Thanatos levantou seus braços. Espargindo sal em volta de nós, ela pronunciou as últimas palavras do feitiço:

As portas escuras da morte eu ordeno que se abram para mim
A verdade que as Trevas esconderam nós vamos poder ver!

O fio vermelho se expandiu e, com um rugido ensurdecedor, ele convergiu cada vez mais para cima, criando um caos de vermelho brilhante, que iluminou as nuvens carregadas de tempestade que enchiam o céu bombástico acima de nós.

– Mantenham o controle dos seus elementos! Lembrem-se do nosso objetivo! – Thanatos gritou. – Comece com o ar!

Damien levantou as mãos e, com uma voz forte e segura, invocou:

– Ar, sopre deste lugar as sombras que ocultam o passado!

Uma ventania soprou de Damien. Ela capturou o caótico brilho vermelho e o transformou em um cone de energia concentrada e giratória.

– Fogo! – Thanatos ordenou.

Shaunee ergueu as mãos, gritando:

– Fogo, atinja, queime e destrua o que pode impedir a nossa visão!

Com um chiado, os raios foram atraídos como imãs para o centro do cone incandescente.

– Água!

Erin não levantou os braços. Em vez disso, ela apontou para o lugar onde vovó havia encontrado o corpo de mamãe.

– Água, com uma maré de verdade, lave o tempo da visão roubada!

Com um estrondo de trovão, um raio caiu do céu e atingiu o chão. Quando a terra se abriu, a água começou a jorrar aos borbotões, ondulando na terra vermelha como uma piscina de sangue.

– Terra!

Stevie Rae, ainda de joelhos, estava olhando fixamente para a batalha que Dragon travava com Aurox, observando os dois chegarem cada vez mais perto do corpo imóvel de Rephaim. Ela estava chorando e sua voz tremeu, mas suas palavras soaram pelo círculo, carregadas com o poder da dor no seu coração:

– Terra, o seu seio alimenta e guarda a chave deste feitiço.

A água ondulou. Imagens se levantaram das profundezas da poça que havia se formado, como se a terra estivesse vomitando aquelas cenas, mas elas ondularam e não eram claras, apenas lampejos irreconhecíveis de rostos e formas vagamente humanas.

– Espírito! – Thanatos chamou.

Minha boca se abriu e, através de mim, o espírito recitou as palavras corretas do feitiço de revelação:

– Os anos perdidos e as lágrimas que você viu minha mãe chorar. Espírito, liberte a verdade diante do nosso olhar!

Instantaneamente, tudo que estava fora do círculo – Aurox, Dragon, Darius, Stark e Aphrodite – deixou de existir para mim. A única coisa real era o que estava sendo revelado dentro da poça. A água clareou e, como se aquilo estivesse acontecendo diante dos meus olhos, eu vi minha mãe na varanda da frente da casa de vovó. Ela abriu a porta, sorrindo mas parecendo meio confusa. Então, a cena se ampliou, e o ponto de vista se alterou, e eu consegui ver Neferet, nua, em pé do lado de fora da porta, perguntando se Sylvia Redbird estava em casa. Eu escutei o choro soluçado de vovó e quis correr para a poça de água, para me colocar entre ela e vovó, para tentar impedir que ela tivesse a visão horrível e insuportável que eu sabia que seria mostrada.

Mas eu não conseguia me mover.

– Não, espere – em pânico, olhei para baixo. O brilho vermelho que contornava o círculo havia se expandido. Ele encobrira o espaço inteiro feito um tapete, engolfando cada um de nós. – Isto é demais! Eu não quero que vovó...

– Você não pode impedir – Thanatos disse. – A morte colocou este feitiço em andamento. Só a morte pode nos libertar.

Vovó conseguiu levantar seu braço. Ela deslizou a mão dela para dentro da minha. Aprisionadas pelo poder da morte que fora solto através dos elementos, nós assistimos tudo. Neferet amarrou minha mãe com filamentos negros e pegajosos feito chicotes e então ela cortou o pescoço dela e deixou que as gavinhas a arrastassem da varanda. No meio de um círculo de plantas secas, o touro branco das Trevas bebeu dela até que os filamentos que o rodeavam ficassem inchados e intumescidos. Depois que mamãe estava morta e sem sangue, Neferet, gargalhando, montou na besta e eles desapareceram juntos.

– É verdade – Thanatos afirmou. – O Consorte de Neferet é o touro das Trevas.

Então Stevie Rae berrou:

– Salve Rephaim! O touro vai matá-lo!

A visão na poça começou a desaparecer e eu olhei para Stevie Rae. Só tive tempo para me perguntar por que raios ela estava falando no celular antes que o mundo em volta de mim explodisse em som e sangue.

29

Kalona

Rephaim não havia contado a ele. O seu filho tinha deixado que ele acreditasse que a Deusa o perdoara e que, ao fazer isso, presenteara-o com a forma de um garoto humano.

Rephaim não havia mencionado que ele tinha sido condenado a ser um pássaro, uma besta que só podia ansiar algo que era, com a mente de uma criatura, inalcançável para sempre.

– Pelo menos durantes a luz do dia, é inalcançável – Kalona disse, andando de um lado para o outro no alto da montanha.

– Ajudar você, nósss vamosss?

A raiva de Kalona explodiu ao ouvir o som sibilante e semi-humano da voz do seu outro filho. Ele se virou para Nisroc, levantando a mão para dar uma bofetada nele e fazê-lo ficar em silêncio. Os *Raven Mockers* que estavam aglomerados por perto se afastaram para trás rapidamente, saindo do seu alcance. Nisroc se encolheu, mas continuou perto e não tentou escapar da fúria de seu pai.

No meio do caminho, Kalona hesitou. Ele deixou sua mão despencar. O imortal encarou seu filho que estava quieto e abaixado, esperando a explosão.

– Por quê? – Kalona deixou que o desespero que estava sentindo transparecesse na sua voz. – Por que você iria querer me ajudar?

Nisroc levantou a cabeça. Havia confusão no seu olhar vermelho.

– Você é pai.

– Mas eu não tenho sido um bom pai.

Nisroc continuou olhando firme para ele.

– Issso não importa. Pai você ainda é.

Completamente derrotado, Kalona só conseguiu balançar a cabeça e, com uma voz suavizada por emoções que ele mal entendia, afirmou:

– Vocês não podem me ajudar nisto – Kalona fez um gesto em direção ao céu. – Vão em frente. Está totalmente escuro agora. Vocês podem esticar suas asas e voar pelo céu sem serem vistos. Apenas voltem antes do amanhecer.

Eles não hesitaram. Os *Raven Mockers* saltaram da montanha e, com berros de corvo, subiram ao céu.

Kalona não percebeu que Nisroc não tinha partido com eles até que ele falou. A voz de seu filho estava suave de modo incomum. Talvez essa suavidade tenha feito com que ele soasse tão humano:

– Ajudar você, eu poderia.

Kalona olhou para o seu filho.

– Obrigado – ele agradeceu.

Nisroc abaixou a cabeça, como se as palavras de seu pai fossem tão palpáveis quanto a explosão que ele quase recebera.

Kalona limpou a garganta e desviou os olhos da criatura que ele havia feito do ódio e da luxúria.

– Vá em frente. Junte-se aos seus irmãos. Eu ordeno.

– Sssim, Pai.

Kalona escutou Nisroc bater suas asas contra o vento. Ele levantou a cabeça para assistir seu filho desaparecer na noite.

Foi quando ele estava sozinho que o telefone começou a tocar. Sentindo-se ridículo, ele pegou aquela coisa na pedra em que a havia deixado na noite anterior. Na tela, estava escrito STEVIE RAE. Sem hesitar, Kalona clicou no botão para atender a ligação e colocou o telefone no ouvido.

– Salve Rephaim! O touro vai matá-lo! – a voz da Vermelha gritou mais alto que um terrível crescente de sons.

Houve um ruído de eletricidade estática e caiu a linha.

O corpo de Kalona já estava em movimento antes que a sua mente processasse a sua decisão. Ele se atirou no céu, levando consigo os fragmentos etéreos que flutuavam desde o Mundo do Além, formando correntes no céu dos mortais.

– Eu apelo ao poder do espírito dos importais ancestrais, que eu posso comandar por direito de nascença. Leve-me ao sangue do meu sangue, ao filho do meu espírito. Leve-me até Rephaim!

Zoey

– Salve Rephaim! O touro vai matá-lo! – Stevie Rae gritou e derrubou o telefone, que foi engolfado pelo brilho escarlate. Ela tentou ficar em pé para ir até Rephaim, mas o seu corpo estava preso dentro do poder do círculo. Desesperadamente, ela berrou para mim: – Feche o círculo! Deixe-me ajudá-lo!

Eu não hesitei. Nós já havíamos visto a verdade sobre o assassinato de mamãe. O círculo podia ser fechado.

– Espírito, terra, água, fogo e ar, eu liberto vocês!

Mas as minhas palavras não fizeram diferença alguma. O brilho vermelho ainda nos aprisionava.

– O que está acontecendo? – Stevie Rae estava chorando e lutando inutilmente para se levantar.

– A morte colocou o seu feitiço em andamento – Thanatos repetiu. – Só a morte pode libertar o círculo.

– Você representa a morte. Você pode nos libertar! – eu disse.

– Eu não posso – ela pareceu velha e derrotada. – Perdoe-me.

– Não! Isso não é bom o bastante. Você tem que...

Antes que eu conseguisse terminar a frase, Aurox abaixou a sua cabeça horrível para atacar Rephaim novamente. Sangrando e esgotado, Dragon Lankford cambaleou entre o garoto e a criatura, absorvendo o impacto destinado a Rephaim. O chifre de Aurox atingiu o meio do peito de Dragon, levantando-o dos seus pés quando o touro atravessou completamente o

Mestre da Espada. Aurox deu um passo para trás, balançando a cabeça para que o corpo de Dragon se soltasse e deslizasse para o chão. Nós assistimos Dragon estremecer, tossir e então ele olhou para o nosso círculo e, com o seu último suspiro, disse:

– Se só a morte pode libertar vocês, então que a minha morte os liberte...

Aurox rosnou a sua vitória e contornou o corpo de Dragon para continuar seu ataque contra Rephaim.

Mas a morte de Dragon mudou tudo. O brilho vermelho se levantou do círculo. Ele subiu tão alto que parecia que ia tocar a lua. No céu, ele explodiu e uma neblina prateada voltou para a terra, banhando tudo gentilmente com uma chuva quente com o cheiro da primavera.

No mesmo segundo em que foi libertada, Stevie Rae correu para a frente, chamando:

– Terra, venha para mim! Proteja Rephaim!

Mas o brilho verde que apareceu instantaneamente em volta de Rephaim não foi necessário. Quando a chuva prateada molhou o touro, o corpo da criatura se contorceu, deu um solavanco e então tropeçou. Eu pisquei e enxuguei meu rosto, tentando clarear minha visão, mas percebi que não havia nada errado com ela. Aquela coisa que parecia um touro estava se fundindo, transformando-se e, depois de alguns momentos, Aurox, o garoto que havia me salvado do galho caído, estava de pé no seu lugar.

Ele piscou várias vezes e olhou em volta como se estivesse confuso, como se não soubesse onde estava.

– Afaste-se dele! – Stevie Rae rosnou para Aurox, colocando-se entre ele e Rephaim. As mãos dela estavam emitindo um brilho verde.

Aurox deu um passo hesitante para trás, balançando a cabeça. Ele estava olhando em volta, ainda obviamente aturdido. Eu vi o momento em que o olhar dele encontrou o corpo perfurado de Dragon.

– Não! – Aurox desviou os olhos do corpo machucado de Dragon e então me viu. – Zoey! Eu escolhi um futuro diferente. Eu escolhi!

Então Stark e Darius estavam lá, correndo na direção dele com as espadas levantadas. Aurox ainda estava balançando a cabeça e falando sem parar:

– Eu escolhi um futuro novo... Eu escolhi um futuro novo...

Mas não importava o que as suas palavras diziam, eu percebi que o seu corpo estava começando a se agitar de novo. Ele estava se transformando de volta no touro. Stark e Darius iam matá-lo.

As Trevas nem sempre equivalem ao mal; a Luz nem sempre traz o Bem. Veja com a Visão Verdadeira, minha filha... veja com a Visão Verdadeira...

A voz de Nyx preencheu a minha mente e eu sabia o que tinha que fazer. Ergui a pedra da vidência, que descansava entre meus seios, respirei fundo e olhei através dela para Aurox.

Visto através da minha pedra, o corpo do garoto irradiava um brilho de pedra da lua bem do seu centro, perto do coração. O brilho se expandiu até encobrir Aurox completamente. E então eu percebi o que o brilho realmente era: a imagem de outro corpo, um corpo fantasmagórico e etéreo que não estava apenas encobrindo Aurox, mas obscurecendo-o, pois ele era muito luminoso.

E familiar.

– Heath! – eu berrei o seu nome. Aurox, já parcialmente transformado na criatura, girou a cabeça para olhar para mim. A visão brilhante de Heath se moveu junto com ele e, apenas por um instante, nossos olhares se encontraram. Eu vi os olhos de Heath se arregalarem de surpresa.
– Terra! – eu tomei emprestada a energia do elemento que Stevie Rae já tinha manifestado. – Proteja Aurox! Não deixe que Stark e Darius o machuquem! – eu disse e então um pouco do brilho verde que pairava sobre Rephaim se espalhou pelo chão e se levantou na frente de Aurox, formando uma barreira entre ele e os dois guerreiros.

– Zoey, que diabo você está fazendo? – Stark perguntou, tentando contornar a barreira de proteção.

– Eu sei o que estou fazendo – respondi a Stark, mas não deixei de olhar para Aurox. Mas ele não era mais humano. A criatura estava totalmente formada e a imagem de Heath tinha desaparecido. A besta rugiu com ódio, agonia e desespero, e então abaixou a cabeça e arremeteu diretamente contra mim.

Eu sei que isso foi uma coisa idiota, mas não me mexi. Em vez disso, continuei encarando os olhos dele e, soando muito mais calma e segura do que eu me sentia, disse:

– Você não vai me machucar. Sei que você não vai.

No último instante, Aurox deu uma guinada para o lado. Passando a apenas poucos centímetros do meu corpo, ele chegou tão perto de mim que eu consegui sentir o cheiro de sangue e de morte nele e a sua pele roçando a minha. E então ele desapareceu dentro da noite.

Eu não sei se era a adrenalina ou a burrice que haviam me mantido em pé até aquele momento, mas ambas de repente me abandonaram e eu caí de bunda no chão. O muro verde se dissipou e Stark veio correndo até mim.

– Você se machucou? Você está bem? Caramba, o que há de errado com você? – Stark se agachou ao meu lado e disparou perguntas enquanto passava as mãos por todo o meu corpo. – Você está sangrando?

Eu segurei as mãos dele com força, torcendo para que ele não percebesse como as minhas mãos estavam tremendo.

– Eu estou bem. Sério.

– Você é burra. De verdade – Aphrodite disse, abaixando seu nariz para mim. – Sem brincadeira, Z. Ou é isso ou você está delirando. O menino-touro não é Heath.

– Caramba, é claro que ele não é Heath – Stark falou, olhando para Aphrodite como se ela estivesse louca.

Então ele não me ouviu. Ótimo, talvez ninguém mais tenha ouvido. Eu posso lidar com Aphrodite. Mais tarde. Naquele momento, eu a ignorei, o que foi fácil, pois vovó estava vindo apressada na minha direção, parecendo tão preocupada quanto Stark.

– Ele machucou você?

Eu segurei nas mãos de Stark e ele me ajudou a ficar em pé. Então eu abracei vovó.

– Não, eu estou bem.

Ela me deu um abraço tranquilizador e não me chamou de burra. Em vez disso, ela afirmou:

– Rephaim não está bem.

– Xi – Aphrodite disse em voz baixa. Damien, Erin e Shaunee tinham se juntado a Stevie Rae, que estava ajoelhada ao lado de Rephaim. Nós fomos em direção a eles. – Isso vai ser péssimo. Realmente péssimo.

Tentei evitar olhar para o corpo de Dragon, mas não consegui. Ele havia caído não muito longe de Rephaim. Se eu apenas visse o seu rosto, poderia pensar que ele estava dormindo. Quero dizer, exceto pelo sangue que escorria pelo canto da sua boca, ele parecia mais em paz do que tinha estado desde a morte de Anastasia. Mas era o corpo dele que estava um horror. Ambos os braços tinham ferimentos. O chifre de Aurox havia atravessado o tecido da calça dele, deixando uma aparência de carne moída em uma das suas coxas. O peito dele era uma coisa horrível de ver. Suas costelas tinham se estilhaçado em volta de um buraco. Do seu peito para baixo, havia sangue por toda a parte.

Eu estava parada ali, olhando, quando o manto de veludo de Thanatos apareceu tremulando na minha frente. Ela havia soltado o broche que o prendia aos seus ombros e, com um floreio, a Grande Sacerdotisa cobriu o corpo de Dragon. Ela tinha uma expressão estranha no rosto, e eu estava tentando entender o que estava acontecendo, quando ela falou:

– Você pode seguir em frente agora. Você estava destinado a morrer nesta noite, recuperando o seu Juramento e seguindo no seu verdadeiro caminho... ou a sair desta noite com o seu corpo vivo, mas com o seu espírito morto para tudo o que é digno de honra – Thanatos sorriu, e eu percebi que a sua expressão parecia estranha porque ela estava falando com o ar acima do corpo de Dragon. – Sacrificando-se por Rephaim, você encontrou a misericórdia de novo e, através dela, a nossa Deusa – Thanatos fez um gesto levantando o braço rapidamente para o céu, e eu achei que ela era incrivelmente graciosa e bonita. – Este é o seu caminho. Siga em frente para o Mundo do Além e o seu novo futuro.

Então eu arfei surpresa quando o céu acima de Thanatos se fragmentou. A noite se abriu e uma árvore familiar ficou à vista. Ela era verde e exuberante, como se fosse a junção de uma sorveira e de um espinheiro. Os pedaços de pano que estavam amarrados na sua enorme cobertura de galhos ficavam mudando de cor e de comprimento enquanto balançavam suavemente em uma brisa morna, que tinha cheiro de terra, musgo e primavera.

– A árvore de pendurar desejos da Deusa – Stark sussurrou.

– Você também consegue vê-la? – eu murmurei para ele.

– Sim – ele respondeu.

– Eu também consigo – Aphrodite disse.

– Eu também – Darius falou.

E por toda a aminha volta, meus amigos assentiram, sussurraram e ficaram olhando maravilhados quando uma garota saiu de trás da árvore. Ela era loira, estava sorrindo e parecia deslumbrante com uma saia comprida azul topázio, que tinha contas de vidro, conchas e franjas de couro branco em toda a bainha e no decote do top sem mangas que combinava com a saia.

– É Anastasia! – Damien a reconheceu.

– Ela está tão jovem – eu falei sem pensar e então fechei a boca, com medo de dizer algo que fizesse a visão desaparecer.

Mas parecia que Anastasia não estava nos vendo. A atenção dela estava totalmente voltada para o jovem que surgiu andando decididamente em direção a ela. Ele tinha o cabelo longo, grosso e amarrado para trás, e seus olhos castanhos reluziam com lágrimas não derramadas.

– É Dragon – Shaunee afirmou.

– Não – Thanatos a corrigiu. – É Bryan, o Bryan de Anastasia.

O jovem Bryan Lankford tocou o rosto de Anastasia cheio de reverência.

– Minha vida – ele disse.

– Minha vida – ela repetiu. – Eu sabia que você ia se encontrar novamente.

– E fazendo isso, eu encontrei você – sorrindo, ele a puxou para dentro dos seus braços e, quando eles se beijaram, o céu tremeluziu de novo e as portas para o Mundo do Além se fecharam.

Stark me estendeu um lenço Kleenex todo amassado que ele pegou no bolso da sua calça jeans. Eu assoei meu nariz.

– Agora Rephaim vai morrer também?

A pergunta de Stevie Rae nos trouxe rápido de volta à terra. Eu me virei e vi que ela ainda estava ajoelhada ao lado de Rephaim. Eu estava perto o bastante para perceber que ele estava sangrando com uma ferida profunda na cabeça. Ele parecia pálido e imóvel... imóvel demais.

– A sua afinidade é com a morte – Stevie Rae continuou. Enxugando as lágrimas com as costas da sua mão, ela encarou Thanatos. – Então, diga-me a verdade. Rephaim vai morrer?

Houve um som muito alto de vento e Kalona desceu do céu. Stark e Darius instantaneamente levantaram suas armas e se colocaram na frente de mim e de Aphrodite. Mas Kalona nem olhou para nós. Ele correu para Rephaim.

– Você chegou tarde demais! – Stevie Rae berrou para ele. – Eu o chamei, mas você chegou muito tarde.

Kalona desviou os olhos de seu filho e se virou para Stevie Rae.

– Eu não hesitei. Vim assim que você chamou – ele respondeu e então me deixou totalmente chocada ao se ajoelhar ao lado de Stevie Rae. Devagar, ele estendeu o braço e tocou o rosto de seu filho. – Ele está vivo.

– Não por muito tempo – Thanatos disse em voz baixa. – Aproveitem o tempo que resta para dizerem adeus. A morte marcou Rephaim para si.

O olhar âmbar de Kalona pareceu fuzilar a Grande Sacerdotisa. O poder da sua voz era tão terrível quanto o seu sofrimento.

– A morte não pode levá-lo! Ele é meu filho, e eu sou imortal. Ele não pode morrer.

– Você não renunciou a ele e disse que ele não era mais seu filho?

A dor que atravessou o rosto de Kalona era de cortar o coração. Percebi que ele estava tentando falar, mas as palavras lhe faltavam.

Stevie Rae tocou o braço do imortal. Ele virou seu olhar intenso para ela.

– Todos nós dizemos coisas que não queremos às vezes, principalmente quando estamos bravos. Se você não queria dizer isso, por que você simplesmente não tenta se desculpar? – ela desviou os olhos do imortal e olhou para o filho dele. – Diga isso a Rephaim. Talvez ele escute você – então ela se afastou, deixando Kalona sozinho ajoelhado ao lado de Rephaim.

Kalona se inclinou para a frente e puxou seu filho, colocando Rephaim sobre o seu colo. O imortal olhou para ele pelo que pareceu bastante tempo e então, com uma voz instável pela emoção, disse:

– Rephaim, eu sinto muito. Você é meu filho. Você sempre vai ser meu filho. Perdoe-me pela minha raiva e pela minha tolice – e então o guerreiro caído de Nyx fechou os olhos, abaixou a cabeça e acrescentou: – Deusa, por favor. Não deixe que ele pague pelos meus erros.

Um única lágrima escorreu pelo rosto de Kalona e caiu na testa de Rephaim, em cima do ferimento ensanguentado. Houve um lampejo de luz tão brilhante e pura que me cegou por um momento. Depois que pisquei até sumirem os pontinhos da minha visão, eu vi Rephaim respirar fundo e abrir os olhos. O ferimento na sua testa tinha desaparecido. Ele parecia um pouco confuso. Kalona se moveu desajeitadamente para ajudá-lo a se sentar sozinho, o que Rephaim fez facilmente. Ele sorriu de modo hesitante, mas soou perfeitamente normal quando falou:

– Oi, Pai. Quando você chegou aqui?

Stevie Rae envolveu Rephaim com seus braços e o apertou com força, mas o seu rosto estava levantado, então era óbvio que ela estava se dirigindo a Kalona quando respondeu por ele:

– Na hora certa. Seu pai chegou aqui na hora certa.

Kalona ficou em pé. Naquele momento, ele não era um imortal fascinante, poderoso e totalmente assustador. Ele era apenas um pai que não tinha a menor ideia do que dizer ao seu filho.

– A Vermelha... – Kalona fez uma pausa e então começou de novo. – Stevie Rae me chamou. E eu vim.

Rephaim sorriu, mas logo em seguida sua alegria desapareceu quando ele claramente se lembrou.

– Dragon. Onde ele está? Ele não estava tentando me ferir. Eu sei que ele não estava.

Stevie Rae mordeu o lábio. Lágrimas escorreram dos seus olhos quando ela disse:

– É, nós sabemos. Dragon salvou você de Aurox.

– Aurox? A criatura de Neferet? Ele estava aqui? – Kalona quis saber.

– Estava. Ele tentou matar o seu filho e interromper o ritual de revelação. Dragon Lankford deu a vida para salvá-lo – Thanatos explicou.

Todos os nossos olhares se voltaram para o corpo coberto pela mortalha.

Eu não sabia o que dizer. Como eu ia explicar para eles que eu realmente tinha visto a alma de Heath dentro do corpo de Aurox? E o que eu ia fazer em relação a isso?

– Você deve saber que Neferet se aliou às Trevas – Kalona falou.

– Sim, eu sei – Thanatos confirmou. – E o Conselho Supremo dos Vampiros vai saber disso também.

– O que vai acontecer? – eu perguntei a Thanatos.

– Neferet vai perder o seu título de Grande Sacerdotisa e vai ser marginalizada por todos os vampiros – Thanatos respondeu.

– Ela vai lutar – Kalona afirmou sombriamente. – E ela tem aliados poderosos nas Trevas, na sua criatura e nos vermelhos que a seguem.

– Então nós vamos nos defender – Thanatos disse.

– Isso significa que você vai ficar em Tulsa? Ou você vai voltar para a sua ilha italiana e deixar que essas crianças combatam as Trevas? – Kalona a questionou.

Thanatos estreitou seus olhos para ele.

– A Morada da Noite de Tulsa tem uma nova Grande Sacerdotisa, e ela é a Morte.

Kalona encarou Thanatos e então olhou para o seu filho. Eu vi a indecisão no seu rosto e imaginei que ele estava se preparando para ir embora voando – na verdade, passou pela minha cabeça o pensamento de que, apesar de ele ter se desculpado com Rephaim e parecer ter uma trégua conosco, nós não podíamos realmente ter certeza de que ele não estava mais envolvido com Neferet. Quero dizer, eu tinha acreditado nele antes e Heath morreu por causa disso.

Mas quando o imortal se mexeu não foi para ir embora voando. Ele andou decididamente em direção a Thanatos e então se abaixou, apoiando-se sobre um joelho e dizendo:

– Parece que a sua Morada da Noite vai precisar de um novo Mestre da Espada. Eu me comprometo com meu corpo, meu coração e minha alma proteger você, Grande Sacerdotisa. Acredito que é justo que eu sirva como guerreiro da Morte. Você vai aceitar meu juramento?

– Que merda! – ouvi Aphrodite murmurar.

Ao meu lado, Stark se mexeu de modo inquieto e eu o vi trocar aquele olhar com Darius.

– Eu aceito o seu Juramento, Kalona, e eu vou tomá-lo como um compromisso.

Kalona abaixou sua cabeça e cruzou seu punho sobre o coração.

– Obrigado, Grande Sacerdotisa – quando ele se levantou, seu olhar se voltou diretamente para seu filho.

O sorriso de Rephaim era radiante, apesar de o seu rosto estar encharcado de lágrimas.

– Você fez a coisa certa – ele falou para o seu pai.

Kalona concordou.

– Sim. Finalmente.

– Bem, então podemos voltar para a nossa Morada da Noite e ver o que nos aguarda por lá? – Thanatos perguntou.

Todos nós assentimos, apesar de eu saber que não era a única com dor no estômago e com vontade de sair correndo e gritando do que quer que a gente fosse encontrar em Tulsa.

Mas nenhum de nós saiu correndo. Nenhum de nós disse quase nada enquanto seguíamos a Morte e o seu guerreiro alado até o ônibus. Darius e Stark carregaram o corpo de Dragon enrolado no manto. Eu dei um beijo de despedida em vovó. Depois, olhei pela janela do ônibus quando passamos pelo círculo que havia sido destruído pelas Trevas e que agora estava repleto de lindas lavandas em flor.

– Espere – eu falei para Darius. – Pare o ônibus.

Eu abri minha janela e escutei o barulho dos meus amigos fazendo o mesmo. Então, como se a gente fosse um só, inspiramos profundamente, inalando o aroma mágico das lavandas abençoadas novamente.

– Olhem! – Stevie Rae gritou, apontando para cima do círculo.

Levantei os olhos e lá, pairando no ar, estava a nossa Deusa. Ela estava vestida com um manto da cor da noite e usava um enfeite na cabeça decorado com estrelas. O sorriso dela envolveu todos nós e, com a fragrância das flores, as suas palavras flutuaram pelo ônibus:

Guardem a lembrança da cura que aconteceu aqui esta noite.

Vocês vão precisar dessa força e dessa paz para a luta que está a caminho.

Fechei meus olhos, abaixei a cabeça e pensei, *ah, que inferno...*

FIM

Por enquanto...